ANDREAS WINKELMANN

Tief im Wald und unter der Erde

GOLDMANN

Andreas Winkelmann

Tief im Wald und unter der Erde

Ein Fall für Nele Karminter

Thriller

GOLDMANN

Penguin Random House Verlagsgruppe FSC® N001967

7. Auflage
Neuausgabe Dezember 2018
Copyright © 2009 by Andreas Winkelmann
Copyright © dieser Ausgabe 2018
by Wilhelm Goldmann Verlag, München,
in der Penguin Random House Verlagsgruppe GmbH,
Neumarkter Straße 28, 81673 München
produktsicherheit@penguinrandomhouse.de
(Vorstehende Angaben sind zugleich
Pflichtinformationen nach GPSR.)

Umschlaggestaltung: UNO Werbeagentur, München
Umschlagmotiv: Marjeta Sustarsic / EyeEm / Getty Images; Finepic®, München;
Getty Images / Renphoto
Th · Herstellung: kw
Druck und Bindung: GGP Media GmbH, Pößneck
Printed in Germany
ISBN: 978-3-442-48945-9

www.goldmann-verlag.de

In Gedenken an Sabrina Jeske

… die ins Auge des Orcas blickte
und mir davon erzählte.
Auch kurze Leben hinterlassen Spuren;
deine werden ewig sichtbar bleiben.

Ein Jahr zuvor

Wummernde Bässe ließen Blech vibrieren und brachten Glas zum Schwingen; das kleine Auto erzitterte unter der Gewalt der Schallwellen. Dröhnende, hässliche Geräusche, die tief in den nachtstillen Wald eindrangen und das Wild in panischer Angst erstarren ließen. Die vier jungen Insassen störte der Lärm nicht. Walkman und Discobesuche hatten ihren Ohren die Sensibilität genommen, so dass ihre Trommelfelle ihrer Jugend bereits zwanzig Jahre voraus waren.

Im Inneren der hüpfenden Kiste schob Jenny zum wiederholten Mal Erkans Hand beiseite. Sie hatten bereits zu Haus mit dem Trinken angefangen, lange bevor sie sich auf den Weg zu der Party bei Arnos Freund, der gestern achtzehn geworden war, gemacht hatten, und der Alkohol ließ Erkan noch zudringlicher werden, als er es auch nüchtern schon war. Trotzdem kam er bei Jenny nicht weit, denn sie war nicht annähernd so betrunken wie die Jungs. Ein Zungenkuss war das Äußerste, und schon der verlangte ihr eine Menge ab, da sie notgedrungen den süßen Geschmack des Anislikörs schmecken musste, den Erkan so gern trank und so schlecht vertrug.

Schon wanderte seine Hand erneut über den dünnen Stoff der hautengen schwarzen Stoffhose den Schenkel hinauf in Richtung ihres Schritts.

Diesmal schlug Jenny drauf, und es klatschte laut.

Das Geräusch hörten Jens und Arno selbst durch den Lärm von Eminems *8 Mile*-Album hindurch.

Jens drehte sich um und sah grinsend nach hinten. »Brauchste Hilfe?«

Sein Blick war alkoholgetrübt.

Erkan löste sich von Jenny und sah seinen Freund böse an. »Von dir, du Tunte?«

Er rückte ein Stück von Jenny fort, zog die bereits halb geleerte Flasche zwischen seinen Füßen hervor und trank einen langen Zug.

Arno, der den Polo fuhr, grinste in sich hinein. Er hätte gern einen Blick in den Rückspiegel geworfen, doch die wummernden Bässe ließen das Glas derart erzittern, dass darin nichts zu erkennen war. Schade! Erkans Gesicht musste Gold wert sein. Er kapierte es einfach nicht! An Jenny biss er sich mit seiner Mischung aus südländischem Charme und türkischer Aufdringlichkeit die Zähne aus. Arno bewunderte das Mädchen dafür. Als Aufreißer war Erkan bekannt wie ein bunter Hund, und insgeheim überlegte Arno, ob Jenny sich vielleicht nur mit ihm eingelassen hatte, um dem Aufschneider irgendwann die kalte Schulter zu zeigen. Arno hoffte, dass es so war, denn dann hatte er vielleicht doch Chancen bei ihr. Sie war das hübscheste Mädchen in der Klasse, und auch wenn sie sich gern cool und unnahbar gab, erahnte Arno darunter doch eine nachdenkliche, sensible Seele.

Weit voraus in der Dunkelheit flammten plötzlich zwei rote Augen auf. Der Bahnübergang! Kurz darauf konnte Arno im Licht der Scheinwerfer die reflektierenden, sich langsam senkenden Halbschranken erkennen.

Pech, wie meistens!

Im Fond des Wagens warf der junge Türke Jenny einen Blick zu, den sie schon zu oft bei ihm gesehen hatte, als dass sie noch darauf hereingefallen wäre. Diese gekonnt einstudierte Mischung aus gekränkter Eitelkeit und spitzbübischem Charme stellte er immer dann zur Schau, wenn er von ihr nicht bekam, was er wollte. Auch die Verletzlichkeit in diesem Blick war gespielt, das wusste Jenny mittlerweile.

»Was'n los?«, fragte Erkan.

Jenny nahm einen schnellen Schluck aus der Flasche Becks. Dann strich sie mit der linken Hand ihr Haar zurück und achtete darauf, in dieser fließenden Bewegung ihr tiefes Dekolleté weit nach vorn zu strecken. Aus den Augenwinkeln nahm sie wahr, wohin Erkans Blick sofort wanderte.

»Ich lass mich nicht auf 'nem Rücksitz betatschen.«

»Ey, mach mal halblang. Was heißt denn hier betatschen? Sind wir nun zusammen oder nicht?«

Jenny beugte sich zu ihm rüber, ihre Brust berührte seinen Oberarm, ihre Lippen näherten sich den seinen.

»Wenn ich es sage, vorher nicht.«

Damit ließ sie ihn sitzen, wandte sich ab, starrte aus dem Seitenfenster und tat so, als gäbe es im vorbeihuschenden, finsteren Wald etwas zu sehen.

Arno stoppte den Wagen vor der Schranke.

»Scheiße«, grunzte Jens, »fahr doch drum herum.«

»Spinnste?«, rief Jenny von hinten. »Nicht, wenn ich im Wagen sitze.«

»Nur die Ruhe, hätte ich sowieso nicht gemacht.«

Arno, als Einziger im Wagen nüchtern, drehte die Lautstärke ein wenig runter und warf nun doch einen Blick in den Rückspiegel. Leider bekam er nicht das Paar hübsche grüne Augen zu sehen, in dem vielleicht ein wenig Dank und Anerkennung aufblitzte, weil er hier nicht den Coolen markierte. Stattdessen tauchte Erkan zwischen den Sitzlehnen auf und rülpste. Der Gestank seines Atems widerte Arno an. »Du Arsch. Lass deine Gesichtsfürze hinten ab.«

9

»Warum machste die Mucke leise?«

»Is mein Auto, oder?«

Arno war sich nicht sicher, ob Erkan wirklich sein Freund war, ganz sicher aber wusste er, dass er dessen selbstgefällige Art nicht ausstehen konnte. Immer alles klar und cool, und keiner kam an ihn heran, und dazu sah er auch noch unverschämt gut aus.

»Du brauchst Stoff, oder?«, sagte Erkan und reichte die Flasche nach vorn. Viel war nicht mehr drin.

»Ich fahre.«

»Spießer.«

Auf Arno konnte sie sich verlassen, das wusste Jenny, der würde nicht einfach um die Halbschranken herumfahren. Also hatte sie sich zurückgelehnt und lauschte der Unterhaltung nur mit einem Ohr. Ihr war schlecht, denn eigentlich mochte sie kein Bier. Außerdem hatte sie seit gestern wieder ihre Tage; ihr Unterleib schmerzte, und die Hormone spielten verrückt. Mehrmals am Tag schwankte ihre Stimmung zwischen euphorischer Heiterkeit und lähmender Melancholie. Der Alkohol wollte auch nicht so recht helfen, aber das hätte sie den Jungs wohl kaum erklären können. Erkan schon gar nicht.

Sie starrte durch das Seitenfenster nach draußen. Der finstre, undurchdringliche Waldrand war zum Greifen nah. Das weiße Licht der Scheinwerfer vermischte sich mit dem roten Licht der Ampeln zu einer wächsernen, unnatürlichen Farbe, die der Dunkelheit kaum ein Stück der Straße entreißen konnte. Vor einer halben Stunde hatte es noch wie aus Eimern geschüttet, und im Wald schien es immer noch zu regnen. Eine feuchte Dunkelheit war das, undurchdringlich und irgendwie beängstigend.

Jenny wollte sich gerade abwenden, da nahm sie eine Bewegung wahr. Oder glaubte es zumindest. Sie sah genauer hin. Da war doch was gewesen, am Waldrand!

Vielleicht ein Reh?

Aber was sich dann aus der Dunkelheit löste, als sei es ein Teil von ihr, war ganz gewiss kein Reh. Es war etwas Schwarzes, Großes, Unförmiges, das auf zwei Beinen lief. Ein Mensch, und doch auch wieder nicht.

»He, Leute!«, flüsterte sie.

Da keiner reagierte, rüttelte sie an Erkans Arm.

»Haste jetzt doch Bock?«, fragte er und ließ sich zurückfallen. Triebgesteuert grapschte seine Hand nach ihrem Knie.

»Lass die Scheiße ... da draußen ist jemand.«

Jenny ließ die Gestalt nicht aus den Augen. Sie bewegte sich vom Waldrand direkt auf ihren Wagen zu. Schwarz von Kopf bis Fuß, irgendwie unförmig und viel zu groß. Auch schien sie zu fließen, statt zu gehen. Genaueres war in dem Dreckslicht nicht zu erkennen.

»Wer soll'n da sein bei dem Sauwetter?«

Erkan beugte sich zu ihr rüber und sah im selben Augenblick, was Jenny meinte.

Die Gestalt näherte sich dem Wagen schräg von hinten. Kam aber nicht direkt darauf zu, sondern umrundete ihn mit einem Abstand von zwei Metern, bis sie die Motorhaube erreicht hatte und stehen blieb. Obwohl sie sich damit im Licht der Scheinwerfer befand, bekamen die vier jungen Leute nicht mehr zu sehen als feucht glänzendes, schwarzes Ölzeug. Die Kapuze war so tief heruntergezogen, dass Jenny meinte, dahinter sei gar kein Gesicht, sondern nur ein furchterregendes Loch, das, sollten sie einen Blick hineinwerfen, sie alle verschlingen würde.

»Was'n das für'n Spinner?«, fragte Jens.

Arno stellte die Musik ab. Die plötzliche Stille senkte sich bedrohlich über die makabere Situation.

»Ich hau ihm in die Fresse.«

Noch nicht ganz zu Ende gesprochen, griff Erkan schon nach dem Türgriff. Doch Jenny hielt ihn zurück.

»Nein!« Sie schrie beinahe. »Nicht aussteigen.«

Erkan glotzte sie an. »Warum nicht?«

»Ich ... Vielleicht ist er gefährlich.«

Plötzlich rauschte ein Zug vorbei. Eine schwere Diesellok, wie sie nachts zuhauf auf dieser Strecke unterwegs waren, mit einer schier endlosen Schlange Güterwaggons dahinter. Erneut erfüllte Lärm die Luft, zudem erzitterte der kleine Wagen unter der Gewalt des Stahlkolosses.

Unvermittelt setzte sich die Gestalt in Bewegung, kam zurück zu der Tür, hinter der Jenny saß, und griff danach. Wenn Jenny nicht instinktiv von innen dagegengehalten hätte, hätte die Gestalt die Tür aufgerissen. So zog das Mädchen die Tür wieder ins Schloss und schrie: »Den Knopf, drück den Knopf runter!«

Damit war Arno gemeint, und der kapierte sofort. Mit einem schnellen Handschlag verriegelte er alle vier Türen.

»Ich geh raus und bring den Typ um!«, sagte Erkan.

»Nein, lass uns abhauen.«

Der letzte Waggon des Zuges rollte vorbei. Doch bevor wieder Stille einkehren konnte, rutschte etwas metallisch Glänzendes aus dem Ärmel der dunklen Gestalt, die damit ausholte und es ins Seitenfenster krachen ließ. Der Hammer zerstörte die Scheibe und ließ einen Splitterregen auf Jenny und Erkan niedergehen.

Jenny schrie gellend auf. Erkan zog sie zu sich herüber und lehnte sich schützend über sie.

»Fahr los!«, schrie er Arno an.

Der Hammer ging erneut nieder, diesmal auf das Wagendach.

»Mach schon!«

Arno rammte in Panik den Gang rein und gab Gas. Der Wagen machte einen Satz nach vorn, kratzte mit der rechten Seite an der Halbschranke entlang und soff ab, als er auf den Gleisen stand.

Keiner der Insassen hatte noch die Zeit, etwas zu sagen. Die zweite schwere Diesellok raste mit hundertfünfzig Stundenkilometer heran, noch ehe die jungen Leute begriffen, was mit ihnen geschah. Sie kam von rechts, so dass Jenny durch die zerstörte Scheibe die drei Scheinwerfer sehen konnte. Sie kamen auf sie zu, wurden größer und größer, gleißend hell wie die Sonne …

Dann endeten vier Leben in einem kreischenden Inferno. Mehrere hundert Meter schleifte die Lok den Polo über die Schienen mit sich, zerdrückte und zerknäulte ihn, zermalmte die Insassen und entfachte ein Feuer, das den Wagen explodieren ließ. Eine Flammensäule schoss in die Höhe, Funkenregen ging über dem Gleisbett nieder, und ein Fauchen wie von einem wilden Tier erfüllte die heiße Luft.

Ein Stück weit entfernt schob sich etwas Schwarzes in den Wald zurück und verschmolz mit der Dunkelheit, aus der es zuvor gekommen war.

JETZT

1. Tag, abends

Ihr Kopf glühte noch, und sie spürte schon jetzt einen beginnenden Muskelkater wegen der neuen Übungen, die Vera in das Aerobicprogramm eingebaut hatte. Das tat sie immer, wenn sie von einer Trainerfortbildung zurück war. Melanie mochte das, trotz der Schmerzen. Ihr Körper wurde dann wieder einmal richtig gefordert, außerdem war der Kopf danach so herrlich frei!

»Puh, das war hart!«, sagte Natalie und ließ sich auf die Holzbank neben sie fallen.

Melanie reichte ihr die halbleere Wasserflasche. »Hart, aber gut.«

Da Natalie trank, konnte sie nur nicken. Nachdem sie die Flasche abgesetzt hatte, rülpste sie leise und sagte: »Was machst du am Wochenende?«

Melanie überlegte kurz. »Wenn ich wieder das Auto meiner Mutter bekomme, könnten wir zu Meyers Tanzpalast fahren«, schlug sie vor.

Natalie boxte ihr spielerisch gegen den Oberschenkel. »Weil Timo da ist, oder?!«

Gut, dass ihr Kopf vom Training schon gerötet war, so fiel die neue Röte, die ihr jetzt in die Wangen schoss, gar nicht auf. Aufgesetzt lässig zuckte Melanie mit den Schultern.

»Weiß nicht. Ist er da?«

Natalie lachte, wollte etwas erwidern, wurde aber von Vera unterbrochen, die in diesem Moment den Umkleideraum betrat.

»Los Mädels, geht duschen. In einer Viertelstunde schließt der Hausmeister hier ab, und ihr wisst, wie laut der werden kann.«

Ja, das wussten sie, und keines der Mädchen wollte es sich mit dem alten Plumberg verderben, also sprangen alle gleichzeitig auf, zogen sich aus und gingen duschen. Als Melanie und Natalie wenig später mit noch feuchtem Haar die Turnhalle verließen, stand der Hausmeister bereits in der Tür und wedelte auffällig mit seinem schweren Schlüsselbund.

»Danke fürs Warten«, flöteten die beiden unisono und kicherten los, kaum dass sie außer Hörweite waren.

Es hatte geregnet. Auf dem Parkplatz standen Pfützen, die Autos glitzerten nass im Licht der weißen Lampen.

»Ich kanns kaum noch erwarten, dass es endlich Sommer wird«, sagte Melanie. »Ich hasse es, im Dunkeln zurückfahren zu müssen.«

»Kann ich verstehen, bei der Strecke«, sagte Natalie, und all das, was sie nicht aussprechen mochte, lag fast drohend zwischen ihren Worten.

Die beiden verabschiedeten sich mit einer kurzen Umarmung. Melanie warf ihre Sachen auf den Beifahrersitz, startete den Motor und verließ den Parkplatz der Turnhalle. Im Dorf selbst brannte noch die Straßenbeleuchtung, doch bald ließ sie auch die letzte Laterne hinter sich, und die Scheinwerfer schnitten durch tiefe Dunkelheit. Nicht weit hinter dem Ortsschild führte die Kreisstraße durch den Wald. Als die dicht stehenden Bäume das Schwarz noch schwärzer machten, spürte Melanie einen Kloß im Hals und einen Klumpen im Magen. Beinahe automatisch fuhr sie langsamer.

Plötzlich rissen die blutroten Augen der Ampeln zwei Löcher in die nasse Dunkelheit. Sie waren noch zwei Kilometer entfernt, und doch blendeten sie Melanie Meyer mit jener hypnotisierenden Intensität, die immer wieder aufs Neue völlig überzogene Reaktionen bei ihr auslöste. Eine eiskalte Klammer legte sich um ihr Herz, ihre Hände – auf einmal verschwitzt – packten das Lenkrad mit einer Kraft, die nicht zu ihren dünnen Armen passte.

Im Fernlicht der Scheinwerfer sah sie, wie sich die reflektierenden Halbschranken senkten.

»Scheiße!«, fluchte sie laut und hieb aufs Lenkrad.

Automatisch ging ihr Fuß vom Gas. Wenn sie nur langsam genug fuhr, den Wagen einfach ausrollen ließ, würden sich die Schranken vielleicht wieder öffnen, bevor sie sie erreichte. Nur nicht anhalten, hier im Wald, im Dunkeln, allein.

Dieser einsame Bahnübergang im tiefen Wald, den sie passieren musste, wenn sie in ihr spießiges Dorf zurückwollte, war ihr noch nie geheuer gewesen. Früher war es nur ein ungutes Gefühl gewesen, ein Ziehen im Bauch, ein Kribbeln unter der Kopfhaut, doch seit einem Jahr gesellten sich nach und nach heftigere körperliche Reaktionen dazu – flache Atmung, verschwitzte Hände, rasender Herzschlag –, alles Vorboten für eine regelrechte Panikattacke. Natalie und ihren anderen Freundinnen aus dem Kurs gegenüber würde sie es nicht zugeben, sich selbst aber machte Melanie nichts mehr vor. Angst und Panik. Wegen einer geschlossenen Schranke im Wald.

Ein paar Hundert Meter noch. Warum fraß das Auto die Strecke derart schnell, sie gab doch kaum noch Gas!?

Ein unbeleuchteter Güterzug zog langsam vorbei. Waggon um Waggon. Das Rumpeln übertrug sich durch den Boden bis in ihren Wagen, so nah dran war sie bereits. Vielleicht hatte sie heute Glück! Vielleicht war es der einzige Zug und sie brauchte nicht anzuhalten.

Der letzte Waggon nahm diesen Wunsch mit in die Nacht, hinterließ jedoch unerfüllte Hoffnungen, denn die Schranken rührten sich nicht von der Stelle. Ungnädig versperrten sie weiterhin den Weg. Melanie drückte den Knopf in der linken Armablage, und mit einem leisen Geräusch verriegelten alle vier Türen des Wagens automatisch.

Schließlich erreichte sie die Halbschranke und stoppte notgedrungen. Sie hätte weiterfahren können, es waren ja nur Halbschranken, kein Problem, drum herumzufahren. Aber wie immer, wenn sie diesen Gedanken erwog, wurde ihr Blick geradezu schmerzlich angezogen von dem Holzkreuz am rechten Fahrbahnrand, gleich neben dem Betonsockel der Schranke.

Ein Kreuz. Vier Namen.

Vier Freunde.

Verbrannt.

Erst als der nächste Zug herandonnerte, schaffte Melanie Meyer es, ihren Blick abzuwenden von dem Kreuz, in dessen langsam verwitterndes Holz die Namen ihrer Freunde eingraviert waren. An jenem Abend vor etwas mehr als einem Jahr hätte sie mit in dem Wagen sitzen sollen, und sie verdankte ihr Leben nur dem Umstand, dass sie mit Fieber im Bett gelegen und nicht mit zu der Party gekonnt hatte. Jetzt blieb ihr nichts anderes mehr, als alle zwei Wochen einen kleinen Strauß in die Plastikvase zu stecken, die vor dem Kreuz im Boden eingelassen war.

Jenny!

Neun Jahre gemeinsame Schulzeit. Neun Jahre alle Gedanken, Geheimnisse, Wünsche und Sehnsüchte geteilt. Und von einer Sekunde auf die andere war alles ausgelöscht. Es tat noch immer weh. Nicht mehr so sehr, aber ganz verschwinden würde es wohl nie.

Der zweite Zug war vorüber.

Melanie legte den Gang ein und starrte zur Ampel empor. Mittlerweile wusste sie genau, dass dem Öffnen der Schranken ein kurzes Zucken des roten Lichts vorausging. Aber wie es so oft gerade nachts der Fall war, folgten dem zweiten Zug noch weitere. Die Schranke blieb unten, die Ampel streute weiter ihr blutiges Licht in die Nacht. Vier, fünf Güterzüge waren zu dieser Zeit nichts Ungewöhnliches. Das bedeutete Wartezeiten von manchmal zehn Minuten. Zeit genug eigentlich, den Motor abzustellen und die Umwelt zu schonen, so wie es auch das Schild dort oben über der Ampel anmahnte. Niemals würde Melanie hier nachts den Motor abstellen.

Es war ein Unfall gewesen damals, ein schrecklicher Unfall. Jugendlicher Übermut, Alkohol und diese ewig nervende Schranke hatten dazu geführt.

Aber Arno hatte nie getrunken, wenn er fuhr. Und Arno war immun gewesen gegen Erkans Sticheleien. Arno war immer der Vernünftigste von ihnen gewesen.

Warum war Arno auf die Gleise gefahren?

Es war diese eine Frage, die Melanie seitdem umtrieb, immer dann, wenn sie hier warten musste. Zweimal die Woche fuhr sie abends zum Aerobic, folglich stand sie zweimal die Woche in der Dunkelheit vor der Schranke, abgesehen von den paar Ausnahmen, wenn sie gerade mal nicht unten war.

Bewegte sich da etwas am Waldrand?

Melanie schaute genauer hin und meinte schon, sich getäuscht zu haben, als sie es wieder sah. Da bewegte sich etwas Dunkles im Dunkeln, so als sei ein Stück der Nacht lebendig geworden.

Was war das?

Der Ast einer Fichte im Wind?

Ein Reh?

Davon gab es hier jede Menge, und sie hatten sich längst an die Menschen, Autos und Züge gewöhnt, so dass sie oft sehr nah an die Straßenrand kamen. Melanie strengte sich an, konnte aber nichts erkennen. Dort, wo das Licht der Autoscheinwerfer nicht hinreichte, war es stockdunkel.

Doch plötzlich löste sich ein Teil dieser Dunkelheit vom Waldrand. Melanie riss die Augen auf, ihr Herz setzte kurz aus. Ein großes schwarzes Etwas – eindeutig kein Reh, von der Kontur her mehr ein Bär – schlich auf ihren Wagen zu.

»Nein … bitte, nein!«, entfuhr es Melanie flüsternd.

Hektisch riss sie den Kopf herum und starrte zur Ampel hinauf.

Immer noch rot!

Bitte, lieber Gott, lass sie umspringen, bitte, bitte, bitte!

Der Schatten war heran, stand plötzlich genau neben der Fahrertür und beugte sich hinunter.

Stocksteif saß Melanie hinterm Lenkrad. Sie wagte es nicht hinauszusehen. Wenn sie in das grässliche Gesicht dieses Etwas blickte, würde ihr Herz einfach aufhören zu schlagen, das wusste sie.

Das rote Licht der Ampeln floss wie Öl über die glatte Haut des Etwas. Jetzt trat es seitlich vor die Windschutzscheibe. Melanie gab einen erstickten Laut von sich, fieberhaft suchte sie im Wageninneren nach etwas, das sie als Waffe verwenden könnte. Da war nichts. Doch, die leere Mineralwasserflasche, die sie nach dem Training ausgetrunken hatte. Sie griff danach, stieß sie in ihrer Panik aber nur vom Sitz, so dass sie klappernd im dunklen Fußraum verschwand.

»Scheiße!«

Eine Hand klatschte auf die Windschutzscheibe.

Melanie schrie auf, zuckte zurück und presste sich so tief in den Sitz, wie es eben möglich war. Stoßweise und gehetzt ging ihr Atem, ihre Brust hob und senkte sich in unnatürlichem Rhythmus. Vor sich auf der Scheibe sah sie deutlich vier Finger und einen Daumen. Gespreizt, riesig, eine Kralle.

Plötzlich schoss mit hoher Geschwindigkeit eine einzelne Lokomotive vorbei. Kaum zwei Sekunden war sie zu sehen. Kurz darauf hoben sich die Halbschranken.

Der Gang war schon eingelegt, sie musste nur noch Gas geben. Sie überwand ihre Starre, drückte aufs Pedal, und der Wagen sprang förmlich über den Bahnübergang.

Der Motor heulte gequält, weil sie vergaß hochzuschalten. Erst als der Wagen nicht mehr beschleunigte, legte Melanie den zweiten Gang ein und warf einen Blick in den Rückspiegel. Der Bahnübergang lag vielleicht zwei-, dreihundert Meter entfernt. Hinter ihr war nur Dunkelheit.

Für einen Moment glaubte sie, in weiter Entfernung ein schwaches, unruhiges Licht zu erkennen.

Vielleicht das einer Fahrradlampe.

Dreiundzwanzig Uhr!

Detlef Dreyer verfolgte mit den Augen den roten Sekundenzeiger der Funkuhr an der Wand. Seit er vor einer Viertelstunde den Fernseher ausgeschaltet hatte, konzentrierte er sich auf das leise Ticken, das in der absolut stillen Wohnung ungewöhnlich laut klang. Auch lief das Uhrwerk langsamer als sonst. Schon merkwürdig, wie viel Zeit einem zur Verfügung stand, wenn man sie nicht brauchte.

Dreiundzwanzig Uhr vorbei! Die Grenze, bis zu der er

bereit gewesen war, regungslos zu warten, war überschritten. Jasmin war seit einer halben Stunde überfällig.

Nicht ungewöhnlich bei einem 17-jährigen Mädchen sollte man meinen, zumal sie ihren ersten richtigen Freund besuchte, aber Detlef war sich sicher, in seiner Eigenschaft als Vater die Grenzen sehr deutlich gezogen zu haben. Es war der Preis, den Jasmin zu zahlen bereit war, damit sie allein mit dem Fahrrad nach Friedburg fahren durfte. Vom Papa mit dem Wagen hingebracht zu werden war ihr zu peinlich.

Das musste man sich mal vorstellen.

Peinlich!

Die Sekunden verrannen und taten es auch wieder nicht. Eine halbe Stunde! Grund genug, sich zu sorgen?

Ein eindeutiges Ja! Der Heimweg führte durch den Wald. Unbeleuchtet. Was da alles passieren konnte. Jetzt, im Nachhinein, fragte Detlef sich, wie er das nur hatte erlauben können. Gedankenlosigkeit aufgrund von Gewöhnung, das war es. Sie lebten seit zwanzig Jahren in Mariensee, Jasmin war hier geboren und aufgewachsen. Die sechs Kilometer durch den Wald mit dem Fahrrad zu fahren, war völlig normal für sie.

Trotzdem. Es war gedankenlos gewesen!

Detlef Dreyer erhob sich aus dem Sessel, nahm sein Handy, ging über den kurzen Flur zur Haustür und zog sie auf.

Es war still im Ort, wie immer um diese Zeit. Die Luft war nicht mehr ganz so kalt, und er bildete sich ein, den nahenden Frühling spüren zu können. Vor kurzem hatte es geregnet, Feuchtigkeit lag in der Luft, und gegen Morgen würde es sicher Nebel geben.

Detlef ging in Hausschuhen auf den Hof hinaus. Der Kies knirschte unter seinen Füßen. Wo die lange, gewundene Auffahrt in die Dorfstraße mündete, blieb er stehen. Von dort vorn konnte er ein gutes Stück der Straße einsehen, die in einem großen Oval durchs ganze Dorf führte. Es war die einzige, an ihr lagen alle vierzig Grundstücke der kleinen Waldgemeinde, deren Einwohner sorgfältig darüber entschieden, wer hier leben durfte und wer nicht. Ohne persönliche Bindung bekam hier niemand einen der wenigen Bauplätze.

Wie sehr hatte Detlef gehofft, irgendwo in der Dunkelheit das unruhige Flackern einer Fahrradlampe zu entdecken. Doch da war nichts. Nur stille Nacht.

Er wählte die Nummer seiner Tochter, hielt sich das Handy ans Ohr und wartete. Nach dem siebten Klingeln meldete sich die verdammte Mailbox.

Okay, jetzt machte er sich *ernsthaft* Sorgen! Auch dafür, dass Jasmin nicht an ihr Handy ging, konnte es natürlich verschiedene, nicht besonders aufregende Gründe geben. Theoretisch zumindest. Aber eigentlich waren Jugendliche heutzutage immer und überall per Handy zu erreichen, da war auch seine Jasmin keine Ausnahme. Nicht erreichbar zu sein hatte es auf Platz eins in die Riege der Todsünden unter Teenagern geschafft.

Detlef Dreyer traf eine Entscheidung.

Und wenn es seiner Tochter bis an ihr Lebensende peinlich sein sollte, er würde jetzt den besorgten Vater spielen. Was hieß spielen? Er war es!

Mit schnellen Schritten lief er ins Haus zurück und nahm die kleine Post-it-Notiz vom Kühlschrank, die er Jasmin am frühen Abend abgerungen hatte. Darauf standen in ihrer sehr sauberen Handschrift eine Telefonnummer und ein Name.

Sven Schweers. Jasmins erster richtiger Freund.

Das merkwürdige Gefühl unterdrückend, das dieser Name bei ihm auslöste, wählte Detlef die Nummer. Es war ein Handy, natürlich, was denn sonst. Der junge Mann war relativ schnell dran.

Detlef erfuhr, dass seine Tochter das Haus der Schweers wie abgesprochen gegen zweiundzwanzig Uhr verlassen hatte. Sie war mit dem Fahrrad in Richtung Mariensee aufgebrochen, obwohl auch Svens Vater angeboten hatte, sie mit dem Auto zu bringen. Die Schweers besaßen einen Kombi, in dessen Kofferraum ein Fahrrad problemlos Platz fand. Doch Jasmin konnte sehr stur sein, wenn sie sich etwas in den Kopf gesetzt hatte. Da war sie wie ihre Mutter.

Detlef Dreyer vereinbarte mit dem jungen Mann (der irgendwie sogar sympathisch klang und sich offenbar wirklich Sorgen machte) in einer Viertelstunde noch einmal anzurufen. So lange würde er brauchen, um die Strecke nach Friedburg mit dem Wagen abzufahren.

Eilig zog er sich Schuhe an und steckte eine Taschenlampe ein. Zwei Minuten später ließ er das Ortsschild von Mariensee hinter sich und fuhr mit Schrittgeschwindigkeit durch den Wald. Nach der letzten Rechtskurve kam ein langes, gerades Stück, das bis zum Bahnübergang reichte und fast drei Kilometer lang war. Von der Kurve aus konnte Detlef erkennen, wenn die Ampeln auf Rot schalteten. Im Moment waren sie aus – und das Licht einer Fahrradlampe war auch nicht zu sehen.

Detlef Dreyer wechselte zu Fernlicht. Langsam fahrend suchte er sorgsam die Straßenränder ab. Nervös trommelten seine Finger auf dem Lenkrad.

Er hätte nicht beschreiben können, was in ihm vorging. Es war diese eine Situation, die Eltern sich oft ausmalten, und von der sie hofften, sie niemals erleben zu müssen. Vielleicht waren Jasmin und er zu leichtsinnig? Vielleicht lag es daran, dass die Mutter fehlte? Anke hätte nie erlaubt, was er seiner Tochter erlaubte. Aber wenn ein Teenager ohne Mutter aufwachsen musste und der Vater vielbeschäftigt war, dann wurde der Teenager schnell selbstständig, handelte eigenverantwortlich und ließ sich zwangsläufig nicht mehr alles vorschreiben, auch vom Vater nicht. Müßig, jetzt darüber nachzudenken, das änderte nichts.

Möglich, dass ihr nur die Kette abgesprungen war oder sie einen Platten hatte; vielleicht hatte sie auch ein angefahrenes Reh am Straßenrand entdeckt und wollte es nicht einsam sterben lassen. So war Jasmin, in solchen Situationen vergaß sie alles andere.

Aber warum ging sie dann nicht an ihr Handy?

Detlefs Magen zog sich schmerzhaft zusammen.

Die Antwort auf diese Frage ließ zu viele Spekulationen zu, von denen er nichts wissen wollte. Lieber nahm er sich selbst das Versprechen ab, Jasmin niemals wieder zu erlauben, nachts mit dem Fahrrad durch den Wald zu fahren. O Gott, hoffentlich gab es noch eine Gelegenheit für ihn, ein strengerer Vater zu sein.

Die Ampeln schalteten um, und die Schranken senkten sich, kurz bevor er sie erreichte.

Detlef Dreyer hielt den Wagen an, stellte den Motor ab und stieg aus. Noch war von dem angekündigten Zug nichts zu sehen und zu hören, dementsprechend still war es im Wald. Er ging bis zur Schranke vor und legte die Hände darauf. Da er die Scheinwerfer angelassen hatte, konnte er ein gutes Stück der Straße auf der anderen Seite einsehen. Auch von dort kam ihm kein einsames, einzelnes Licht entgegen.

Die Schienen begannen zu singen.

Er wollte gerade von der Schranke zurücktreten, als er im Wald neben der Fahrbahn auf der anderen Seite etwas aufblitzen sah.

Chrom! Teile eines Fahrrades!

Alles in ihm verkrampfte sich.

Dann war der Zug heran. Es war ein ICE. Der machte nicht viel Lärm, aber umso mehr Wind. Die Wucht des Luftdrucks ließ Detlef taumeln. Er lief zum Wagen und holte die Taschenlampe.

So schnell er gekommen war, verschwand der Zug auch wieder. Noch bevor die Schranken sich hoben, lief Detlef über die Gleise. Ein zweiter Zug hätte ihn getötet, aber er dachte nicht einmal an das Risiko. In seinem Kopf war nur noch Platz für das kurze Aufblitzen von Chrom. Er lief zu der Stelle, an der er meinte, es gesehen zu haben, schaltete die Taschenlampe ein und leuchtete in den Wald.

Keine drei Meter entfernt lag ein Fahrrad im Unterholz.

Detlef Dreyer stolperte darauf zu und fiel auf die Knie. Die letzten Zweifel verschwanden und hinterließen nur noch Schmerzen in seinem Inneren. Es war das silberne City-Bike mit dem bequemen Sattel, das er ihr vor zwei Jahren zum Geburtstag geschenkt hatte.

Ihr Handy lag im Moos.

Jasmin!

»Da war ein Mann ... ganz bestimmt, ihr müsst mir glauben!

Hartmut Meyer betrachtete seine Tochter Melanie und wusste nicht, was er davon halten sollte.

Völlig aufgelöst, zitternd, beinahe hysterisch war sie von ihrer Aerobicstunde zurückgekehrt. Ihrem ersten Wortschwall hatten weder Gudrun noch er etwas Sinnvolles entnehmen können. Erst nachdem Gudrun ein paar Minuten beruhigend auf sie eingeredet hatte, war Melanie in der Lage gewesen, verständliche Sätze zu formulieren. Weinend und immer noch zitternd hatte sie erzählt. Von einem schwarz gekleideten, riesigen Mann, der sich an der geschlossenen Bahnschranke an ihren Wagen herangeschlichen und mit der Hand auf die Windschutzscheibe geschlagen hatte.

Das ergab doch keinen Sinn!

»Warum glaubt ihr mir denn nicht ... ich hab mir das doch nicht eingebildet. Wir müssen die Polizei rufen!«

»Pssst«, machte Gudrun, nahm ihre Tochter fester in den Arm, drückte sie an ihren großen Busen und warf ihrem Mann einen vielsagenden Blick zu.

Nein, sie würden natürlich nicht die Polizei rufen. Das würde Gudrun nicht zulassen. Nicht nach dem unsäglichen Unfall von vor einem Jahr. Sie alle hatten in dieser Zeit viel durchgemacht, und die Wogen der Empörung begannen sich gerade erst zu glätten. Niemand hier konnte neue Aufregung gebrauchen. Melanie ganz besonders nicht. Die kaum verheilten Wunden würden wieder aufreißen, erneut die langen Sitzungen bei Dr. Lindtner, das Gerede der Nachbarn ... nein, Gudrun hatte sicher recht, es gab keinen Grund, die Pferde scheu zu machen. Was sollten sie der Polizei auch melden?

Ein 19-jähriges Mädchen, das nach dem Unfall damals drei Monate lang in psychotherapeutischer Behandlung gewesen war, weil es eigentlich mit in dem Auto hätte sitzen sollen, fabulierte von einem schwarz gekleideten Mann, der nächtens Menschen an einer geschlossenen Bahnschranke erschreckte.

Melanie war immer zart besaitet gewesen, hatte, wie man

so schön sagt, zu nah am Wasser gebaut. Ganz das Gegenteil ihrer Mutter.

Hartmut stand mitten im Wohnzimmer, fühlte sich überflüssig und wusste nicht recht, was er tun sollte. Mit den Tränen seiner Tochter hatte er nie gut umgehen können, das Trösten war immer Gudruns Aufgabe gewesen, obwohl sie doch sonst mehr der herbe Typ war.

»Hartmut«, sagte seine Frau übertrieben laut, »nimm doch den Wagen und fahr nachschauen, ja.«

Dabei schüttelte sie aber leicht den Kopf, so dass Melanie es nicht bemerkte. Er sollte nicht wirklich fahren, es reichte, wenn Melanie daran glaubte.

»Ja, mach ich.« Hartmut wandte sich um.

»Papa«, rief seine Tochter, »sei bitte vorsichtig. Vielleicht ist er noch da!«

Ihre Blicke trafen sich. Was Hartmut Meyer in den Augen seiner Tochter sah, schockierte ihn. Diese nackte Angst! Kein Mensch konnte sich so etwas bloß einbilden.

»Keine Sorge, ich passe schon auf.«

Er verließ das Haus.

Draußen auf dem Hof atmete er einmal tief ein, dann nahm er die Packung mit den Zigaretten aus der Hemdtasche und zündete sich eine an. Im Haus erlaubte Gudrun das Rauchen nicht, also war ihre Idee in doppelter Hinsicht gut gewesen.

An der Zigarette ziehend ging Hartmut über den großen Hof zur Scheune. Die Wolkendecke war aufgerissen und ließ ein paar Sterne durchscheinen. Die Temperatur war gefallen. Der Zigarettenrauch zeichnete sich deutlich in der kühlen Nachtluft ab.

Vor dem geschlossenen Scheunentor parkte Gudruns Wagen, den Melanie ab und an benutzen durfte. Er war nicht abgeschlossen, die Tür nur angelehnt, die Innenbeleuchtung brannte. In Panik und voller Angst hatte seine Tochter den Wagen fluchtartig verlassen.

Hartmut wollte die Tür gerade ins Schloss drücken, als ihm etwas auffiel. Auf der Windschutzscheibe setzte sich in der kühleren Nachtluft bereits Feuchtigkeit ab. Da das Licht im Innenraum noch brannte, konnte er deutlich die Umrisse einer großen Hand in den winzigen Wasserperlen erkennen.

Die Zigarette fiel ihm aus dem Mund.

Er warf einen schnellen Blick zum Haus zurück, dann wieder aufs Auto. Schließlich holte er aus der Scheune die Sprühflasche mit Scheibenreiniger und bearbeitete den Abdruck so lange, bis er nicht mehr zu sehen war.

Dabei versuchte er, nicht nachzudenken.

Das neue Sweatshirt, vor drei Tagen gekauft, war blutig und zerrissen – nicht mehr zu gebrauchen. Sie streifte es ab und warf es in die Ecke. Auch die Jeans sah übel aus. Verschmiert mit einer Mischung aus Blut und Diesel, aufgerissen unter dem rechten Knie. Sie zog sie aus und warf sie zu dem Sweater.

In BH und Slip stand sie vor dem Spiegel an der Rückseite der Badezimmertür und dachte darüber nach, sich selbst auch in die Ecke zu den ramponierten Klamotten zu werfen. Sie fühlte sich elend und sah auch so aus. Am linken Oberarm und an der Innenseite des rechten Schenkels zeichneten sich beginnende blaue Flecken ab. Der rechte Unterarm war bandagiert; ein wenig Blut war anfangs durch den weißen Mull gesickert und hatte sich bräunlich verfärbt. Ihr kurzes blondes Haar, das knapp über den Schultern endete, war schmutzig und verklebt. Zwischen die Sommersprossen, die vom Nasenrücken dichter werdend bis unter die Augen verliefen, hatten sich kleine dunkle Spritzer gemischt. Sie wollte gar nicht wissen, von welcher Substanz die stammten.

Nele Karminter entschied sich gegen die Entsorgung ihrer selbst. Stattdessen ließ sie Badewasser ein und fügte reichlich von dem Rosmarinöl hinzu, das pure Entspannung versprach. Entspannung war jetzt dringend notwendig.

Während das Wasser einlief, zog sie die Unterwäsche aus und tappte nackt in die Küche. Die Fliesen waren eiskalt unter ihren bloßen Füßen. Sofort begann sie wieder zu zittern. Seit die Sanitäter eingetroffen waren und sie abgelöst hatten, hatte sie unaufhörlich gezittert, bis sie vor ein paar Minuten ihre Wohnung betreten hatte.

Im Kühlschrank fand sie noch einen Rest Rotwein. Sie goss die mattrote Flüssigkeit in ein Wasserglas und nahm es mit ins Bad. Weder die Temperatur des Weines noch das Behältnis, aus dem sie ihn zu trinken gedachte, waren angemessen, doch das interessierte Nele nicht im Geringsten.

Im Bad stiegen die ersten Dampfschwaden über der Badewanne auf. Nele stellte das Glas auf dem Wannenrand ab und wickelte den Verband vom Unterarm. Die beiden Schnitte waren nicht wirklich tief, aber mehrere Zentimeter lang. Sie waren vom Sanitäter professionell gereinigt und versorgt worden und hatten bereits Schorf gebildet. Kein Grund, sich Sorgen zu machen.

Mit den Zehen testete Nele vorsichtig die Wassertemperatur. Zum Einsteigen genau richtig. Langsam ließ sie sich ins Wasser hinab, achtete aber darauf, den verletzten Arm nicht zu belasten und nicht nass werden zu lassen. Als sie die letzten Zentimeter hineinglitt und sich der Wasserspiegel um ihren Brustkorb schloss, löste sich ein Seufzer tief in ihr. Sie schloss die Augen und verharrte kurz. Es war ein unglaublich schöner Moment. Kaum zu fassen, dass sie noch vor zwei Stunden in der Hölle gewesen war.

Nele beugte sich vor, stellte die Temperatur so ein, dass es richtig heiß wurde und trank im Sitzen die Hälfte des Weines. Kurz bevor die Wanne voll genug war und das Wasser so heiß, dass sie es gerade noch aushalten konnte, stellte sie es ab, trank den restlichen Wein in einem Zug und ließ sich bis zum Kinn ins nach Rosmarin duftende Badewasser gleiten. Beinahe sofort begann der Alkohol zu wirken, setzte in ihrem Kopf eine Scheibe in rotierende Bewegung und ließ ihre Glieder schwer werden. Nach und nach entspannten sich ihre Muskeln. Mit geschlossen Augen genoss sie das lähmende Gefühl, das der schwere Rotwein in ihr auslöste. Sie nahm die Stille der leeren Wohnung in sich auf, ließ die grausame Welt da draußen verblassen und schuf ein heimliches, sicheres Universum.

Die Bilder verschwanden trotzdem nicht.

Wie lange würde es dauern? Wie lange, die gebrochenen Augen in einem gespaltenen Schädel zu vergessen?

Wäre sie nur fünf Minuten früher aus dem Präsidium weggekommen, dann hätte sie ganz normal nach Haus fahren, vorher noch eine Kleinigkeit einkaufen und sich dann den ruhigen Abend machen können, den sie so dringend brauchte. Fünf Minuten nur. Aber das Schicksal hatte heute Abend Lust gehabt zu spielen. Einzelne Sequenzen verblassten bereits – wahrscheinlich nur, um dem wirklich Grausamen genug Platz einzuräumen. Der aufsteigende Qualm, als die Fahrzeuge bremsten und Gummi auf dem Asphalt verbrannte. Die roten, schreienden Bremsleuchten. Und dann das Hindernis! Vierzig Tonnen Stahl auf Rädern, die quer auf der Bundesstraße standen. Keine Chance für die ganz vorn, irgendwohin auszuweichen.

Das war die andere, noch furchterregendere Seite des Schicksals. Wäre sie nur wenige Sekunden früher vom Parkplatz ihrer Dienststelle gefahren, hätte sie mit Anou nicht noch einen Kaffee getrunken – vielleicht wäre sie dann dort vorn gewesen, plötzlich der Chance beraubt, ihre aufkeimende Beziehung zu Anou genießen und wachsen lassen zu können. So war sie »nur« die Erste an der Unfallstelle. Nicht die Einzige, es herrschte schließlich Feierabendverkehr, aber eben die Erste, eine Polizistin zudem, die in solchen Situationen einen klaren Kopf bewahren musste ...

Nele würde nie jemandem erzählen, wie es in ihrem Kopf wirklich ausgesehen hatte. Dass sie sich gar nicht von all den anderen Leuten unterschied, die in ihrer Hilflosigkeit erstarrten, denen die Angst und das Entsetzen Blei in die Glieder goss. Auch sie hatte Sekunden, die ihr wie Stunden vorgekommen waren, einfach nur in ihrem Wagen gesessen, ehe die antrainierten Reflexe die Starre verdrängt und ihr Handeln bestimmt hatten.

Warnblinklicht an, Notruf absetzen, aussteigen, Feuerlöscher mitnehmen, zur Unfallstelle laufen, die Situation analysieren, wer brauchte als Erstes Hilfe ...

... und den Kopf verlieren angesichts des Anblicks.

Der völlig zerstörte PKW steckte mit der Beifahrerseite voran bis zur Hälfte unter dem Auflieger. Ein dampfendes Knäuel Blech, ein Ausschnitt der Hölle auf Erden.

Und die Insassen ... großer Gott, diese armen Menschen!

Mit einem heftigen Ruck öffnete Nele die Augen und wusste im selben Moment, dass ihr die nächsten Nächte nicht viel Schlaf bieten konnten, wenn sie nicht immer und immer wieder diese gebrochenen Augen in dem gespaltenen Schädel sehen wollte.

Eine einzelne Träne lief ihre Wange hinab. Sie vermischte sich mit ihrem Schweiß. Das Bad hatte sich in eine Sauna verwandelt, voller Nebel, der alles verblassen ließ, was nicht hierhergehörte. Dann kamen mehr Tränen, und sie suchten sich schmerzhaft ihren Weg nach draußen. Nach ein paar Minuten war es vorbei. Ein paar Minuten Schmerz und Tränen für zwei Menschen, die sie nicht gekannt hatte und die in ihrem Leben keine Rolle gespielt hatten.

Plötzlich hielt Nele Karminter es in dem heißen Wasser nicht mehr aus. Sie zog den Stöpsel und stand auf. Viel Alkohol war es nicht gewesen, trotzdem spürte sie die Wirkung auf ihren Gleichgewichtssinn, als sie über den niedrigen Rand der Wanne stieg. Sie musste sich bücken und abstützen, belastete dabei ihren verletzten Arm und spürte einen scharfen Schmerz. Die bereits verheilende Wunde, weich geworden vom warmen Wasserdunst, riss auf. Sofort quoll Blut hervor. Nele schnappte sich ein Handtuch und presste es auf die Wunde. In diesem unpassendsten aller Momente klingelte es an der Wohnungstür.

Sie erwartete niemanden. Es sei denn …

Nele wickelte das eine Handtuch um die Wunde, band sich ein größeres um den Körper und lief tropfend über den Flur zur Wohnungstür. Durch den Spion sah sie ihre Annahme bestätigt und öffnete.

Ohne Worte nahm Anouschka Rossberg sie in die Arme, hielt sie eine ganze Weile so fest, schob sie schließlich zurück in die Wohnung und schloss die Tür. »Theo aus der Leitstelle hat mich informiert«, sagte sie flüsternd, schob Nele ein Stück von sich weg und sah sie prüfend an. »Bist du in Ordnung?«

»Ein paar blaue Flecke und Schnittwunden, nichts Ernstes.«

Ihr Blick fiel auf den Unterarm. Das weiße Handtuch wies bereits rote Flecken auf.

»Komm mit«, sagte Anou, nahm Neles Hand und zog sie zurück ins Bad. »Setz dich hin«, befahl sie.

Nele setzte sich auf den noch warmen Rand der Badewanne und beobachtete Anouschka dabei, wie sie aus dem kleinen Schränkchen hinter der Tür Verbandszeug holte, sich vor sie hinkniete und sich vorsichtig, fast schon zärtlich um die Wunde kümmerte.

Als sie fertig war, hielt sie ihre Hände. Von unten herauf blickte Anou sie aus ihren großen braunen Augen an.

»Geht's?«

Nele nickte, fühlte sich aber längst nicht so tapfer, wie sie tat. Die Tränen saßen dicht hinter den Augen.

»Ich trockne mir die Haare und zieh mir was an.«

»Hast du Hunger?«

Nele nickte.

»Okay, ich mach in der Zwischenzeit was.«

»Ist aber nicht mehr viel da ... ich wollte vorhin einkaufen.«

»Irgendwas Kleines werde ich schon zaubern können.«

Bevor Anou das Bad verließ, hielt Nele sie kurz fest. »Danke ... dass du gekommen bist.«

Anou schenkte ihr ein Lächeln. »Ist doch klar.«

Wenig später saßen sie unter Wolldecken auf der Couch und aßen die Sandwiches, die Anou aus Neles Resten gezaubert hatte. Auf dem Tisch stand eine gerade entkorkte Flasche lieblicher Rotwein, zwei große Gläser waren zur Hälfte gefüllt. Rubinrote Flüssigkeit reflektierte das Licht einer Kerze.

»Wenn wir die leeren«, sagte Anou mit vollem Mund, »wovon ich ausgehe, werde ich hier schlafen müssen.«

Nele schaffte ihr erstes Lächeln seit dem Unfall. »Was anderes hätte ich auch nicht gewollt.«

Anou beugte sich zu ihr herüber und strich ihr mit einer zärtlichen Bewegung die noch leicht feuchten und eine Nuance dunkler als sonst schimmernden blonden Haare aus der Stirn. Unter dem Haaransatz befand sich eine rot leuchtende Schramme. »Und ... willst du darüber reden?«

Nele nickte, lehnte ihre Wange gegen die Hand ihrer Freundin, schloss kurz die Augen. »Wenn du die Einzelheiten ertragen kannst.«

»Hey, Süße ... wenn es dir hilft, kann ich alles ertragen.«

Also sprach Nele Karminter darüber, wie sie den Feuerlöscher einem Mann in die Hand gedrückt hatte, damit er auf den qualmenden Motorraum aufpasste. Wie sie die Fahrertür des zerstörten Wagens aufgerissen und sich dabei den Unterarm aufgeschnitten hatte. Die Fahrerin, eine Frau in ihrem Alter, war ohne Bewusstsein, überall war Blut, die Schneidezähne der jungen Frau lagen in ihrem Schoss, das linke Ohr baumelte an einem Stück Haut und fiel ab, als Nele die Frau aus dem Wagen zog. Die inneren Verletzungen waren sicher noch viel schlimmer, und es war nicht ungefährlich, sie zu bewegen, doch der Mann mit dem Feuerlöscher schrie, dass gleich alles explodieren würde. Was blieb ihr also übrig? Sie beugte sich über die Frau, um an das Gurtschloss zu gelangen. Dabei musste sie zwangsläufig bis auf ein paar Zentimeter an den Beifahrer heran. Ein älterer Herr, vielleicht der Vater des Mädchens. Ihm konnte keiner mehr helfen. Seine Augen waren weit aufgerissen, der Blick gebrochen. Der harte Stahl des Aufliegers hatte sich tief in den Wagen geschoben und dem Mann den Schädel gespalten. Alles, was darin gewesen war, hatte sich über Sitz, Schoß und Fußraum ergossen. Nur eine Sekunde lang hatte Nele hingesehen, und doch hatte sich der Anblick in ihr Bewusstsein eingebrannt wie ein äußerst genaues Foto. Viel zu lange dauerte es, den verdammten Gurt aus dem Schloss zu lösen. Draußen schrie der Mann abermals und sprühte mit dem Feuerlöscher. Durch das zerstörte Fenster der Beifahrertür lief der Diesel des LKW-Tanks in den Innenraum des PKW. Nele zerrte und riss, bekam den Gurt schließlich los und hievte die Frau aus dem Sitz. Dabei stürzte sie nach hinten, schlug sich den Kopf an, prellte sich das Gesäß, robbte trotzdem rückwärts, die leblose Frau zwischen den Beinen, zerrte und schrie und beeilte sich, von dem Wagen wegzukommen. Flammen züngelten unter dem Motorraum. Der Mann warf den Feuerlöscher weg, kam herüber und half ihr, die Frau aus der Gefahrenzone zu bringen. Der Wagen explodierte nicht. Bevor es dazu kam, war der Fahrer des LKW mit einem viel größeren Feuerlöscher heran und löschte die Flammen.

Das war es.

Die Fakten.

Nele war erstaunt, wie schnell sich erzählen ließ, was sie so aus der Bahn warf.

Aber zwischen Fakten und Gefühlen gab es eben gravierende Unterschiede. Das wusste auch Anou. Sie hatten beide während ihrer Arbeit beim Dezernat für Vermisste viel Hässliches gesehen, abgehärtet waren sie jedoch längst nicht. Vielleicht würden sie es auch nie sein. Die Frage war, ob das gut oder schlecht war, ob sie den Job auf Dauer machen konnten, wenn sie sich nicht einen harten Panzer zulegten, so einen, wie ihn die älteren männlichen Kollegen zur Schau trugen. Lässigkeit, Arroganz, Coolness, Härte – alles nur Wörter für diesen Panzer, der die eigene Seele schützen sollte.

Anou nahm ihre Freundin in den Arm, zog sie zu sich heran und strich ihr über den Rücken. Nele weinte wieder. Leise liefen die Tränen ihre Wangen hinab und versickerten in Anouschkas Shirt.

»Ist ja vorbei«, flüsterte sie, nicht ahnend, wie unrecht sie damit hatte.

Es begann erst.

Als sie erwachte, war sie umgeben von ekelhaftem Geruch. Noch in ihrem Traum hatte sie die weichen, nach Ringelblumencreme duftenden Hände ihrer Mutter an ihren Wangen gespürt, so wie sie sie damals im Krankenhaus immer angefasst hatte, wenn Jasmin in Tränen ausgebrochen war. Von diesem Duft und dem tröstlichen Gefühl ihrer Hände war nichts mehr da. Jetzt stank es nach Fäulnis, in ihrem Mund war ein eklig schmeckender, pelziger Belag, ihre Kehle fühlte sich rau und unangenehm trocken an, ihr Kopf schien platzen zu wollen. All das nahm sie wahr in den wenigen Sekunden, die es dauerte, bis sie vollkommen bei Bewusstsein war. Ihre Lider flatterten zunächst, bevor sie es schaffte, sie ganz zu öffnen.

Dunkelheit.

Kälte. Sie fror erbärmlich und stellte fest, dass sie völlig nackt war. Dieser Umstand jagte ihr namenlose Angst bis tief in den Körper.

Die Erinnerung setzte ein. Sie war doch mit dem Fahrrad unterwegs nach Haus gewesen! Mit diesem wunderschönen Flattern im Bauch, das sich tatsächlich wie Schmetterlinge anfühlte und selbst auf dem unheimlichen Weg durch den Wald nicht erlosch. Sven hatte sie geküsst, zum ersten Mal richtig geküsst, lange und zärtlich, und sie wäre so gern die ganze Nacht bei ihm geblieben …

Was war passiert? Wie war sie hierhergekommen? Und wo war sie überhaupt?

Jasmin versuchte die aufkeimende Panik zu bekämpfen, versuchte sich auf ihre Umgebung zu konzentrieren. Unter sich spürte sie eine weiche Unterlage, wahrscheinlich eine Matratze, von ihr schien auch der ekelhafte Gestank auszugehen. Was war mit ihren Armen? Beide waren weit über den Kopf nach hinten gestreckt und taten weh. Jasmin versuchte sie zu bewegen, die Schmerzen verstärkten sich, und sie musste feststellen, dass sie gefesselt waren. An ihren Handgelenken spürte sie metallene Ringe, die in die Haut schnitten.

Das konnte doch nicht sein! Ein Alptraum, ein schlimmer Alptraum, aus dem sie jeden Moment erwachen würde, froh darüber, in ihrem eigenen Bett zu liegen, vielleicht sogar noch das Kribbeln im Bauch spüren, das Svens Küsse hinterlassen hatten.

Aber das geschah nicht. Stattdessen bemerkte Jasmin, dass ihre Umgebung doch nicht völlig dunkel war, wie sie zunächst gedacht hatte. Von irgendwoher kam ein wenig Licht. Sie stemmte die Füße in die Matratze, schob ihren Körper ein Stück nach oben, entlastete damit ihre Schultergelenke und bekam gleichzeitig eine bessere Sicht.

Ja, da war Licht!

Eine Kerze, scheinbar weit entfernt und nicht in der Lage, den Raum völlig aus der Dunkelheit zu reißen. Trotzdem konnte Jasmin ein paar Einzelheiten entdecken. Einen langen Tisch, auf dem eine große Anzahl Gegenstände lag, eine niedrige Decke aus Beton, feucht schimmernd. Das war aber auch schon alles, was der Lichtkegel der Kerze sichtbar machte, der Rest lag in tiefer Dunkelheit.

Die allein war schon erschreckend, denn in ihr schien

eine weite Leere zu lauern, so als befände Jasmin sich in einer gewaltigen Höhle tief unter der Erde. Das Gefühl lastete tonnenschwer auf ihr, aber noch schlimmer war die Stille!

Jasmins Herz schlug schnell, sie hörte es wummern, in ihrem Kopf rauschte es, aber außer diesen Geräuschen gab es keine anderen. Eine beängstigende Grabesstille, wie sie sie noch nie in ihrem Leben wahrgenommen hatte.

Sie riss die Augen weit auf, starrte in die Dunkelheit, ihr Kopf zuckte hin und her. Wieder zerrte sie an den Fesseln, mit dem Ergebnis eines erneuten scharfen Schmerzes an den Handgelenken. Tränen schossen ihr in die Augen, ihr Körper begann unkontrolliert zu zittern, sie schluchzte laut auf. Ein heftiger Weinkrampf schüttelte sie ein paar Minuten lang, raubte ihr die Kraft, und als sie langsam ruhiger wurde, meinte sie plötzlich, nicht mehr allein zu sein.

Das Gefühl, aus der Dunkelheit heraus angestarrt zu werden, war körperlich spürbar und ließ Jasmin erstarren. Den Atem anhaltend versuchte sie erneut mit ihren Blicken die Schwärze zu durchdringen.

»Ist da jemand?«, fragte sie zaghaft.

Eine Antwort bekam sie nicht. Sie meinte zwar, ein leises, flaches Atmen vernehmen zu können, war sich aber nicht sicher. Das Gefühl, völlig ausgeliefert zu sein, ließ erneut die Tränen rinnen.

»Bitte ... ist da denn niemand?!«, brachte sie zwischen den Schluchzern hervor.

2. Tag, morgens

»Verdammt noch mal, du hättest mich wenigstens informieren müssen ... nein, das spielt überhaupt keine Rolle ... wir reden später weiter, ich komme raus.«

Kriminalhauptkommissarin Nele Karminter drückte die Taste ihres Handys und unterdrückte gleichzeitig den Impuls, es auf den Tisch zu knallen oder an die Wand zu werfen. Was war das früher schön gewesen, als man den Hörer wütend auf die Gabel hatte schmettern können!

Anouschka Rossberg kam in Unterwäsche aus dem Bad.

»Was ist los?« Sie wirkte verschlafen, wie ein kleines Kätzchen, gerade erst erwacht, strubbelig und noch nicht richtig da.

Augenblicklich schmolz Neles Wut dahin.

»Das war Tim. Heute Nacht kam eine Vermisstenmeldung rein. Er ist mit Eckert schon vor Ort ... ohne mich zu informieren. Hat sich gedacht, ich will nach dem Unfall gestern vielleicht ausschlafen.«

»Ist doch nett von ihm.«

»Man kann es auch eigenmächtig nennen. Aber das kenne ich von ihm ja schon.«

Anou kam herüber und hauchte ihr einen Kuss auf die Wange.

»Sei nicht zu streng mit ihm, er mag mich.«

Nele, die schon seit einer halben Stunde auf und deshalb angekleidet war, holte ihre Jacke aus dem Flur.

»Fährst du jetzt sofort?«, fragte Anou.

»Ja, ich müsste schon lange da sein. Dem werde ich was erzählen.«

Sie band sich das Achselholster mit der Dienstwaffe um.

»Nimmst du mich nicht mit? Ich kann in fünf Minuten fertig sein.«

»Nein, lass dir Zeit. Tim und Eckert sind ja schon draußen. Außerdem ist es wohl besser, wenn wir nicht zusammen fahren. Wir treffen uns nachher im Büro, ja. Und ...«, sie deutete auf das Schlüsselbrett. »nimm dir ruhig einen Schlüssel mit.«

Über die eigentlichen Gründe für ihr Verhalten begann Nele Karminter nachzudenken, nachdem sie ihren Wagen aus der Tiefgarage gelenkt und sich in den frühen Berufsverkehr eingereiht hatte. Fahren war Routine, die Gedanken bekamen Raum für Emotionen. Das war eben nicht die feine Art gewesen, besonders nicht nach der vergangenen Nacht, aber sie war sauer über Tim Sieberts Verhalten und ...

Nein! Stopp! Bleib ehrlich. So sauer war sie eigentlich nicht. Tim hatte eigenmächtig gehandelt, okay, aber unrecht hatte er damit nicht gehabt. Nele bezweifelte, dass sie um vier Uhr in der Nacht schon wieder fit genug gewesen wäre, einen Einsatz zu leiten. Sie war es streng genommen auch jetzt noch nicht und hätte ohne einen akuten Fall wohl einen Tag blaugemacht. Nein, sie hatte Anou stehen lassen, weil sie nicht mit ihr zusammen am Tatort auftauchen wollte, *das* war die Wahrheit. Weil sie Angst davor hatte, die Kollegen könnten in ihrem Gesicht ablesen, was zwischen ihnen beiden geschehen war.

Ein wunderbarer, tabuloser Abend, der den entsetzlichen Bildern des Todes Paroli geboten hatte, angefüllt von Vitalität, Leben und sexueller Energie. Nele hatte seit mehr als einem Jahr keine Freundin mehr gehabt und deshalb die Zeit des vorsichtigen Herantastens, in der jeder Blick, jede Berührung Kribbeln im Bauch hervorrief, genossen. Kaum mehr als zwei Monate lag es zurück, dass Anou frisch von der Akademie in ihre Abteilung versetzt worden war, und obwohl von Anfang an diese erotische Spannung zwischen ihnen existierte, hatte Nele es nicht zugelassen, hatte die Entscheidung hinausgezögert. Bis gestern. Und gerade darum war es so gut, so besonders gewesen. Anou war im Job oft burschikos, in der Nacht jedoch feminin zärtlich gewesen, und schien zumindest auf dieser Ebene keine Hemmungen zu kennen. Sie hatte es auf eine sehr erotische Art geschafft, die Bilder vom Unfall zu verscheuchen.

Trotzdem war am frühen Morgen, als sie allein aufgestanden und durch die Wohnung getigert war, ein Wermutstropfen geblieben. Dass sie zusammen arbeiteten, dass Anouschka in der Hierarchie ihre Untergebene war, barg eine nicht zu unterschätzende Brisanz. Wenn sie eines nicht brauchte, dann war es das blöde Gequatsche der Männer im Dezernat. Nele glaubte nicht, dass jemand von ihrer sexuellen Ausrichtung wusste, und das sollte auch so bleiben. Immerhin arbeiteten sechs männliche Kollegen unter ihrer Leitung, einige davon Machos wie sie im Buche standen. So liberal die Gesellschaft in Bezug auf homosexuelle Beziehungen auch geworden war, in ihrem eigenen Mikrokosmos, in dem sie jeden Tag eng mit den Männern arbeiten musste, sah das noch anders aus. Hier ging es auch und vor allem um Autorität, die nicht untergraben werden durfte. Das war der eigentliche Grund, warum sie Anouschka nicht mitgenommen hatte, und Nele kam sich nach diesem Eingeständnis vor wie ein Feigling. Während der Fahrt hinaus aufs Land quälte sie dieser Gedanke, und sie nahm sich vor, es am Abend wiedergutzumachen.

Das Navigationssystem ihres Wagens leitete Nele aus der Stadt hinaus über die wenig befahrene B71 bis nach Friedburg, einer Samtgemeinde mit neuntausend Einwohnern, verteilt auf mehrere kleine Dörfer, die verstreut in der ländlichen Idylle am Rande der Heide lagen. Von dort aus hatte sie den Weg zum Tatort von Tim Siebert erklärt bekommen. Nach drei Kilometern auf dem ausgeschilderten Weg nach Mariensee gab es einen beschrankten Bahnübergang, den sie angeblich nicht verfehlen konnte. Die schlechte Landstraße dorthin führte durch dichtes Waldgebiet. Kiefern und Fichten drängten sich bis dicht an die Straße. Noch fehlte frisches Grün im Unterholz, so dass die Szenerie zwar friedlich, aber auf eine unheimliche Art auch alt und verlassen wirkte. Nele sah den Übergang schon von weitem. Mehrere Streifenwagen standen rechts und links auf dem schmalen Grünstreifen vorm Waldrand. Sie parkte den Passat hinter dem letzten Wagen, nahm ihr Handy aus der Halterung und stieg aus.

Die Luft hier draußen war anders als in der Stadt. Feucht, würzig, irgendwie modrig und mit einem deutlichen Geschmack erfüllt, der sie an die Sägerei erinnerte, in der ihr Vater gearbeitet hatte. Irgendwo in der Nähe musste frisch geschlagenes Holz lagern. Nele schloss für einen Moment die Augen und atmete tief ein. Dann gab sie sich einen Ruck, straffte die Schultern und machte sich auf den Weg nach vorn.

Bei einem Streifenwagen, der dicht bei den Schranken parkte, standen drei uniformierte Beamte, vor ihnen auf der Motorhaube lag ausgebreitet eine Landkarte. Sie war mit Tape auf der Haube befestigt. Oberkommissar Tim Siebert sprach mit den örtlichen Kollegen und fuhr dabei mit dem Finger über die Karte. Als er seine Chefin bemerkte, entschuldigte er sich und kam auf sie zu.

»Morgen«, sagte Nele absichtlich kurz angebunden.

Tim Siebert stockte und sah sie an.

»Okay, okay, ich hab schon verstanden, ich hab Mist gebaut. Aber nachdem ich von der Sache gestern Abend erfahren habe, dachte ich halt, du brauchst ein bisschen Ruhe. War das denn so verkehrt?«

Er zog die Augenbrauen hoch und sah sie mit einem Blick an, den er sich bei einem Hund abgeschaut haben musste. Nur Hunde konnten so reumütig dreinschauen, dass man ihnen einfach alles verzeihen musste.

»Ist schon okay«, sagte Nele und machte eine beschwichtigende Handbewegung. Sie wollte jetzt nicht darüber sprechen. Dies war weder der richtige Ort noch Zeitpunkt für eine Zurechtweisung. Außerdem war das eben fast eine Entschuldigung gewesen und ihre anfängliche Wut längst verflogen.

»Wie sieht es denn aus?«, fragte sie und ging neben Tim auf die Schranken zu.

Eigentlich mochte Nele den 28-jährigen Oberkommissar, der ihr Stellvertreter war. Sie selbst hatte ihn für ihre Truppe ausgewählt. Er war intelligent, zurückhaltend, aber auch sehr bestimmt, wenn es die Situation erforderte. Außerdem konnte er über den Tellerrand sehen. Siebert würde es weit bringen, da war sich Nele sicher, es sei denn, er übertrieb es mit seinem Eigensinn. Er hatte Probleme mit Autorität, hatte sich schon öfter über Entscheidungen hinweggesetzt und war seinen eigenen Weg gegangen, ohne sich mit ihr abzusprechen. Bisher hatte er dadurch am Ende immer irgendeinen Ermittlungserfolg vorweisen können, deshalb hatte sich noch niemand beschwert. Sollte das einmal anders sein, könnte es ihn seine Karriere kosten.

Er legte eine Hand ans Kinn und strich über den perfekt gestylten Bart. Ein dünnes, modernes Ding, das ihn ein wenig wie Johnny Depp aussehen ließ.

»Jasmin Dreyer, siebzehn, wohnt in Mariensee, circa drei Kilometer in diese Richtung.« Siebert zeigte über den Bahndamm.

»War gestern Abend zwischen 22 Uhr und 22:30 Uhr mit ihrem Fahrrad unterwegs von Friedburg nach Mariensee. Das Fahrrad liegt dort vorn im Unterholz, das Handy des Mädchens ebenfalls. Keine weiteren Spuren bisher. Die Hundestaffel ist unterwegs, allerdings schon seit einer Stunde ohne Erfolg.«

»Was ist mit Reifenspuren?«, wollte Nele wissen.

Siebert schüttelte den Kopf. »Gestern Nacht hat es geregnet.«

Nele nickte. Ihr Blick fiel auf ein großes Holzkreuz vor dem Betonsockel der Halbschranke. In einer Plastikvase steckte eine rote Rose, die noch nicht alt sein konnte. Die Blätter begannen gerade erst zu welken.

»Was ist das?«, fragte sie.

»Vor einem Jahr ist hier ein Wagen mit vier jungen Leuten verunglückt. Vom Zug erfasst. Hat keiner überlebt. Die kamen alle aus Mariensee.«

Nele ging näher heran, um die eingebrannte Gravur lesen zu können. Jens, Arno, Erkan und Jenny. Vier Namen, ein Todestag. Die Welt war voller Unfälle. Selbst die friedlichsten Plätze und idyllischsten Orte blieben nicht verschont. Plötzlich drängten sich die Bilder des gestrigen Abends wieder an die Oberfläche und verursachten einen leichten Schwindel. Die Augen, die gebrochenen Augen mit der grenzenlosen Traurigkeit darin … ruckartig wandte Nele sich ab. Von solchen Gedanken durfte sie sich jetzt nicht ablenken lassen.

»Was ist mit den Eltern des Mädchens?«

»Es gibt nur den Vater. Die Mutter ist vor sieben Jahren an Krebs gestorben. Eckert hat schon mit ihm gesprochen und ist jetzt in der Nachbarschaft unterwegs.«

Nele deutete mit dem Kinn auf die uniformierten Männer. »Kommen die Kollegen allein zurecht?«

Siebert nickte. »Ich denke schon.«

»Gut, dann komm mit. Ich will mit dem Vater sprechen.«

Sie nahmen ihren Dienstwagen.

»Bist du sauer?«, fragte Tim, nachdem sie den Bahnübergang und damit die Kollegen hinter sich gelassen hatten und endlich offen miteinander reden konnten.

Nele vermied es, ihn anzusehen.

»Nach deinem Anruf war ich es, ja. Ich finde es ja nett von dir, dass du mich schonen wolltest, aber in Zukunft überlässt du solche Entscheidungen bitte mir. Verstanden?«

»Alles klar, kommt nicht wieder vor.« Und nach einer Pause. »Ich hab übrigens mit dem Krankenhaus telefoniert … das Mädchen, das du aus dem Wagen gezogen hast, kommt durch.«

Jetzt sah Nele ihn doch an. Er schaffte es immer wieder, sie zu überraschen. Sie hatte heute früh nach dem Aufstehen auch dort anrufen wollen, hatte den Hörer schon in der Hand gehabt, sich aber nicht getraut. Die Nachricht vom Tod des Mädchens wäre zu viel gewesen. Dass Tim Siebert sich erkundigt hatte, berührte sie irgendwie. Keiner der anderen männlichen Kollegen wäre auf die Idee gekommen, dass es für Nele wichtig sein könnte.

»Danke.«

Er schwieg einfach und tat damit genau das Richtige. Nicht alle Männer waren emotionale Krüppel.

»Was sagt dein Gefühl?«, fragte Nele schließlich.

»Nichts Gutes«, er zögerte kurz, »abgehauen ist die nicht. Und jetzt sind zwölf Stunden vergangen, damit sind wir über der Zeit.«

Zwölf Stunden! Als sie sich am gestrigen Abend von Anouschka hatte verwöhnen lassen, war Jasmin Dreyer von ihrem Fahrrad gerissen und entführt worden. Zwölf Stunden! Viel zu lange her. Wahrscheinlich suchten sie nach einer Leiche.

Der Vater kam ihnen laufend entgegen, kaum dass Nele den Wagen auf dem Hof des gepflegten Bungalows geparkt hatte. Ein hoch aufgeschossener Mann mit grauen Schläfen und vollem Haar, das jetzt allerdings ungepflegt wirkte. Er trug teure, zerknautschte Kleidung.

»Jasmin … haben Sie Jasmin gefunden?«, rief er und fuchtelte mit den Händen.

Nele verneinte. Augenblicklich sackten seine Schultern schwer nach unten, die Arme wurden zu nutzlosen Anhängseln. Er schaffte es gerade noch, Neles zur Begrüßung ausgestreckte Hand zu ergreifen. Sein Händedruck war kraftlos, sein Blick unstet. Bartstoppeln überwucherten sein Gesicht.

»Können wir vielleicht hineingehen? Ich hätte noch ein paar Fragen.«

Detlef Dreyer nickte und ging mit hängenden Schultern und schleppendem Gang voran. Nele wusste nur zu gut, wie es im Inneren dieses Mannes aussah. Noch war Hoffnung da, noch klammerte er sich an Wünsche und Gebete, obgleich sich das Feld der Verzweiflung immer weiter ausdehnte. Dazu kamen Selbstvorwürfe, das Schlimmste überhaupt. Das Innere eines Menschen übertraf mitunter die Hölle bei weitem.

Eine schmutzige Spur führte in dem ansonsten sehr sauberen Haus von der Eingangstür bis in die Küche. Die leeren Tassen auf der Spüle zeugten von den Beamten, die sich im Laufe der Nacht hier aufgewärmt hatten. Nele bemerkte, dass der Hausherr die Tür offen stehen ließ. In solchen Fällen ging es in den Häusern der Angehörigen in den ersten Stunden oft zu wie in einem Taubenschlag. Fremde Menschen, Polizisten, Ermittler, mitunter Seelsorger oder Psychologen kamen und gingen. Das war aber nicht unbedingt schlecht, eher im Gegenteil. Als Allerletztes brauchten Angehörige in solchen Situationen Ruhe und Zeit.

Einige Fotos lagen durcheinander auf dem Küchentisch. Nele deutete darauf. »Darf ich?«

»Ja … ich hab Ihren Kollegen die besten schon gegeben. Aber nehmen Sie ruhig.«

Nele blätterte durch den Stapel. Bilder einer Jugendlichen auf der Schwelle zur Erwachsenen. Die übliche aufreizende Kleidung, nabelfrei, sehr enge Jeans, geschminkt und gestylt. Darin unterschied sich das Leben auf dem Lande nicht von dem in der Stadt. Jasmin war ausgesprochen attraktiv.

»Ein hübsches Mädchen«, sagte sie und sah den Vater an.

Er nickte nur, den Blick auf das oberste Foto geheftet. »Sie kommt nach ihrer Mutter.«

»Herr Dreyer«, begann Nele und legte die Fotos beiseite. »Mein Kollege hat Ihnen zwar schon einige Fragen gestellt, und ich weiß, dass es eine Belastung ist, aber trotzdem ist es wichtig, dass ich mich mit Ihnen unterhalte. Schaffen Sie das?«

Er sah sie aus rot verquollenen Augen an. Die Phase des Weinens hatte er schon hinter sich. Im Moment stand die Hoffnung wieder im Vordergrund, zumal der Polizeiapparat in Gang gebracht worden war.

»Sie werden meine Kleine finden, nicht wahr? Ich habe ihrer Mutter doch versprochen, auf sie aufzupassen. Ich hätte sie niemals allein … aber sie ist so eigensinnig, und manchmal gebe ich zu schnell nach, verstehen Sie? Sie werden sie doch finden, nicht wahr?«

»Wir werden alles dafür tun«, sagte Nele. Mehr nicht. Denn das war das Einzige, was sie garantieren konnte. Versprechen gab sie niemals ab. Dann stellte sie dem Vater all die Fragen, die in einem solchen Fall zu stellen waren. Nach zwanzig Minuten war sie fertig. Blieb nur noch eines.

»Herr Dreyer, sind Sie vermögend?«

Er starrte sie an. »Ich verstehe nicht, was …?«

»Könnte jemand Sie erpressen wollen?«

Darüber schien er nachdenken zu müssen, schüttelte aber schließlich den Kopf. »Ich habe eine kleine Baufirma. Es geht uns ganz gut, aber ich kann mir nicht vorstellen … nein … wer denn auch … meinen Sie etwa …?«

»Wir dürfen nichts außer Acht lassen. Vorsichtshalber würde ich gern Ihr Telefon überwachen lassen, wenn es Ihnen recht ist.«

Detlef Dreyer nickte.

Alles wäre ihm recht, wenn es nur seine Tochter zurückbringen würde.

Plötzlich hörte sie ein Geräusch!

Sofort war sie hellwach, riss die Augen auf und versuchte, die Finsternis mit ihren Blicken zu teilen. Das gelang natürlich nicht, aber sie hörte, wie sich das Geräusch wiederholte. Ein Schaben und Scharren, so als würde jemand weit entfernt durch einen langen Gang schlurfen.

Jasmin hatte nicht wirklich fest geschlafen, aber nachdem die Kerze verloschen war, hatte sie es auch nicht geschafft, die Augen offen zu halten. Immer wieder war sie eingedöst, aufgeschreckt, wieder eingedöst. In den kurzen Zeiträumen, in denen sie diesen grausamen Ort verließ, verschwanden auch die Schmerzen, verschwand die Kälte, die Angst. Sie träumte weder schlecht noch gut, war einfach nur weg.

Das schabende Geräusch wiederholte sich, klang näher. Kam er jetzt, der Mann, der sie entführt und nackt in diesem Verließ angekettet hatte? Und was hatte er mit ihr vor?

Obwohl Jasmin sich vor diesem Moment fürchtete, sehnte sie ihn auch herbei, denn das Warten und Zittern in der Dunkelheit war entsetzlich gewesen. Schnell hatte sie gespürt, dass sie es nicht mehr allzu lange aushalten würde, ohne durchzudrehen.

Das Geräusch wurde zunehmend lauter und ließ sich jetzt eindeutig als schlurfende Schritte einordnen. Scheinbar führte ein langer Gang zu diesem Verlies. Jasmin wagte kaum zu atmen, ihre Eingeweide verkrampften sich zu einem Klumpen, und sie biss sich schmerzhaft auf die Unterlippe.

Dann wurde es plötzlich still.

Jasmin meinte die Erde zu hören. Ein feines Rauschen, Glucksen, Flüstern; Geräusche einer fremdartigen Lebendigkeit, die Trost zu spenden versuchte. Es gelang ihr nicht. Die Angst war zu groß, zu fest.

»Fürchte dich nicht«, sagte eine Stimme, die Teil der Dunkelheit zu sein schien. Dann ratschte ein Feuerzeug. Die kleine unscheinbare Flamme blendete Jasmin, ließ sie zusammenzucken und sich mit geschlossenen Augen an die eisige Wand pressen. Ganz dicht zog sie ihre Beine an ihren Körper. Als sie sich traute, ihre Augen wieder zu öffnen, waren bereits einige Kerzen angezündet. Warmes Licht begann den großen Raum zu erobern, dessen Enden und Ecken jedoch im Dunkeln verborgen blieben.

Ihren Entführer entdeckte sie nicht.

»Stell dich hin«, befahl er aus dem Schutz der Dunkelheit.

»Ich …«, nur ein Krächzen war von ihrer Stimme übrig geblieben. »Durst.«

»Du bekommst zu trinken, wenn du tust, was ich dir sage. Also steh auf und stell dich hin.«

Jasmin brauchte für diese simplen Bewegungen so viel Kraft, so unmenschlich viel Kraft, dass sie es beinahe nicht schaffte. Als sie dann aber doch stand, wurde ihr sofort schwindelig. Ein Vorhang fiel vor ihre Augen, erst schwarz, dann weiß, dann violett. Eine verzerrte Stimme, nicht zu verstehen, das Scheppern von Metall, dann wurden ihre Arme plötzlich nach oben gezogen. Blitzschnell wurde sie in eine demütigend offenbarende Position gebracht. Nichts ließ sich so verbergen, sie fühlte sich zur Schau gestellt, entblößt bis tief in ihr Innerstes. Die Ketten bewahrten sie aber auch davor zusammenzubrechen. Ihre Augen, vom Vorhang befreit, suchten hektisch ihren Entführer, doch er stand immer noch irgendwo im Schatten, unsichtbar, bedrohlich.

»Bitte …«, krächzte sie, »lassen Sie mich doch gehen. Ich verrate auch nichts.«

Schritte näherten sich ihr von der Seite. Und plötzlich stand er neben ihr. Nackt, wie sie selbst. Ein großer muskulöser Körper, der …

Nein, das konnte doch nicht sein!

Er hielt eine kleine Flasche und schüttete sich den Inhalt in die hohle rechte Hand. Sofort stieg Jasmin der Geruch von Babyöl in die Nase. Ihr Magen zog sich zusammen.

»Ich werde dich nun einölen«, sagte er sanft.

Schon spürte sie seine Hand auf dem Rücken. Das kalte Öl lief an ihrer Wirbelsäule hinab. Jasmin zuckte zusammen und schrie auf. Sie wand sich in den Ketten, stieß ihn mit ihrem Körper zurück. Sie wollte nicht berührt werden von ihm, alles in ihr sträubte sich dagegen. Die feinen Härchen auf ihren Armen stellten sich auf.

Der Mann verharrte. Sein Blick verdüsterte sich, so als würden seine Augen die Dunkelheit der Höhle aufsaugen.

»Wenn du nicht still hältst, wirst du hier unten sterben.« Seine Stimme klang ungewöhnlich hoch und fistelig und hatte für Jasmin einen unmenschlichen Klang. Sie stellte sich vor, dass der Teufel selbst so sprechen würde. Gepaart mit seinem intensiven Blick aus großer Nähe brach er ihre Gegenwehr.

Er kippte das Öl auf ihre Schultern. Überall lief es an ihrem Körper hinab, der Geruch betäubte sie beinahe, aber nicht genug, um die Hände ignorieren zu können, die plötzlich überall waren. Sie strichen, streichelten, massierten und kneteten. Am Hals, an den Armen, die Brüste, den Bauch – und schließlich auch die Beine. Jedoch verweilten sie auch zwischen ihren Schenkeln nicht länger als an jeder anderen Stelle des Körpers.

Jasmin ertrug es. Sie wehrte sich nicht mehr.

Nach einigen Minuten war er fertig.

Die öligen Hände von sich gestreckt, trat er ein paar Schritte zurück und betrachtete sie eingehend.

»Stell dich aufrecht und straffe deine Schultern«, verlangte er.

Jasmin tat es, so gut sie konnte. Was er sah, schien ihm zu gefallen. In seinem Gesicht regte sich nichts, doch es waren wiederum seine Augen, die seine Gefühle verrieten. Sie wurden heller, größer, das Kerzenlicht spiegelte sich in ihnen. »Bitte ...«, jammerte Jasmin, »ich habe solchen Durst.«

»Bald. Erst musst du mir eine Frage beantworten. Von deiner Antwort hängt alles Weitere ab. Also überlege sie dir gut.«

Er streckte seinen Körper, so als wolle er sich ihr so gut wie möglich präsentieren. Auch seine Haut glänzte von dem Öl.

»Findest du mich schön?«

Die Frage war so abstrus, dass Jasmin sie nicht einmal wahrnahm.

»Ich ... bitte, ich habe solche Angst!« Sie wimmerte.

»Das ist deine Antwort? Ist das wirklich deine Antwort?«

»Lassen Sie mich gehen, bitte, ich habe solche Angst.« Plötzlich waren doch wieder Tränen da. Sie schossen geradezu aus ihren Augen, verschleierten ihren Blick. Nur ungenau sah sie, wie der Mann im Schatten verschwand, plötzlich wieder auftauchte und sie mit seinem nackten Körper bis an die Wand zurückdrängte. Eiskalt spürte sie den Beton im Rücken.

Er setzte etwas Spitzes unterhalb ihrer linken Brust auf ihre Haut. Eine sanfte, kitzelnde Berührung. Jasmin erstarrte und sah hinab. Es war ein Messer. Sie schloss die Augen, biss die Zähne zusammen und wimmerte.

»Sieh mich an.«

Sie schüttelte den Kopf.

»Sieh mich an!« Er schrie.

Jasmin öffnete die Augen. Sein Gesicht war verzerrt vor Wut. Was hatte sie nur falsch gemacht?

»Ich will in deine Augen sehen.«

Mit diesen Worten lehnte er sich gegen das Messer. Jasmins Körper versteifte sich. Sie riss die Augen auf, starrte ihn an, und noch im Sterben konnte sie nicht fassen, was mit ihr geschah.

Als Nele Karminter und Tim Siebert das Haus der Dreyers verließen, klingelte Sieberts Handy. Während er das Gespräch entgegennahm, ging Nele zum Ende der Hofeinfahrt und sah sich um. Mariensee war der Prototyp eines kleinen, verschlafenen Ortes. Um eine ringförmig angelegte Straße versammelten sich die wenigen, gepflegten Häuser und alten Höfe. Im Inneren des Ringes befanden sich große Koppeln, auf denen einige Pferde – Hannoveraner, soweit Nele es beurteilen konnte – grasten. Mehr als hundertfünfzig Einwohner hatte der Ort auf keinen Fall. Ein perfektes Idyll mitten im Wald. Romantisch, viel Platz, viel Grün und eine bemerkenswerte Ruhe.

Allerdings bekam dieses Idyll jetzt störende Risse.

»Ja, sie ist schon da«, hörte Nele ihren Kollegen sagen, der sich ihr von hinten näherte. »Bleib dort, wir kommen vorbei.«

Siebert beendete das Gespräch.

»Das war Eckert. Er ist in der Nachbarschaft unterwegs und meint, auf etwas Interessantes gestoßen zu sein.«

»Gut, fahren wir hin.«

Sie setzten sich ins Auto und rollten vom Hof. Keine zweihundert Meter waren sie gefahren, als Eckert schon winkend am Straßenrand stand.

»Wäre ein schöner Spaziergang gewesen«, meinte Siebert, bevor sie ausstiegen.

Eckert Glanz kam ihnen entgegen. Ein gedrungener

Mann Mitte vierzig mit beginnender Glatze, Bauchansatz und schlecht sitzender Kleidung. Nele hatte sich, als sie vor vier Jahren die leitende Position in ihrer Abteilung übernommen hatte, in Glanz getäuscht. Anfangs hatte sie ihn für unbeweglich – in geistiger wie in körperlicher Hinsicht – gehalten. Körperlich traf das auch zu, aber dafür besaß er einen messerscharfen Verstand und scheute keine noch so unliebsame Arbeit. Er war der Typ fleißiger und korrekter Ermittler, den sie mit nahezu allen Aufgaben betrauen konnte. Leider hatte er keinen Instinkt. Fakten bestimmten sein Leben. Was schwarz auf weiß irgendwo geschrieben stand, machte ihn glücklich. Was nicht zu beweisen war, interessierte ihn kaum. Überraschungen gab es bei ihm nicht, dafür aber auch kaum Fehler oder eigenmächtige Übertritte, wie Tim Siebert sie gern praktizierte. Ihre beiden engsten Mitarbeiter waren wie Feuer und Wasser, trotzdem arbeiteten sie gut zusammen und waren für Nele ein nahezu perfektes Team. Sie wusste nur noch nicht genau, wo und wie sie Anouschka integrieren sollte. Wahrscheinlich würde die Zeit ihr dabei helfen.

Sie begrüßten sich per Handschlag. Noch am Wagen stehend klärte Glanz sie auf.

»Hier wohnt Familie Meyer. Frau Meyer und die 19-jährige Tochter Melanie sind zu Haus. Melanie ist ihrem Ausbildungsplatz ferngeblieben, weil sie sich nicht mehr traut, über den Bahnübergang zu fahren. Ihre Gründe dafür hören sich für meine Begriffe interessant an.«

Sie betraten das Haus. Im Flur war es dunkel, und es roch nach Hund. Glanz führte sie ins Wohnzimmer. Ein Panoramafenster bot freien Blick auf eine großzügige, mit Naturstein gepflasterte Terrasse und einen großen Garten, der auch so früh im Jahr schon perfekt wirkte. Auf der ledernen

Couchgarnitur saß eine etwa 50-jährige, korpulente Frau mit Locken und hielt den Arm um ein Mädchen, dass sich scheinbar in der Couch verkriechen wollte. Sie hatte die Beine untergeschlagen, die Schultern zusammengezogen und hielt den Rücken gekrümmt.

Nele stellte sich vor und setzte sich dem Mädchen gegenüber in einen Sessel.

Melanie Meyer wirkte verstört, war von einem Schock wohl nicht weit entfernt. Ohne den Zuspruch ihrer Mutter wäre sie sicher zusammengebrochen.

»Darf ich dich Melanie nennen?«, fragte Nele.

Das Mädchen – bildhübsch, mit langem brünettem Haar und haselnussbraunen Augen – nickte.

»Gut, Melanie. Würdest du mir bitte noch einmal erzählen, was du meinem Kollegen schon gesagt hast?«

»Möchten Sie etwas trinken?«, fragte die Mutter dazwischen.

Nele verneinte.

Melanie begann stockend. »Der Bahnübergang …«, sie sah in den Garten hinaus, schien etwas zu suchen, »… ich bin gestern Abend auch dort gewesen.«

»Wann?«

»Vorher«, mischte Eckert Glanz sich ein.

»Und du hast etwas bemerkt?«, fragte Nele.

Melanie nickte heftig. »Da war jemand … ein Mann, er kam an meinen Wagen und hat auf die Scheibe geschlagen … ich … ich hatte schreckliche Angst.« Melanie schnäuzte sich in ein zusammengeballtes Taschentuch. Ihre Mutter strich ihr über den Rücken.

»Ist das wirklich notwendig? Sie hat doch Ihrem Kollegen schon alles erzählt. Es ist ja auch gar nichts weiter passiert«, sagte Gudrun Meyer mit zänkischer Stimme.

Nele fixierte sie.

»An dem Bahnübergang ist gestern Nacht ein Mädchen verschwunden. Ich finde also nicht, dass gar nichts weiter passiert ist.«

»Na ja ... ich meine ja auch nur.«

»Hast du den Mann erkannt, Melanie?«

Sie schüttelte den Kopf. »Nein. Es war dunkel und er trug eine Kapuze ... ich konnte das Gesicht nicht sehen.«

Plötzlich sah sie auf. »Haben Sie schon von dem Unfall gehört?«

Die sonst sicherlich hübschen Augen des Mädchens hatten jetzt einen panischen, fast schon wirren Ausdruck. Zuerst wusste Nele nicht, was sie meinte, doch dann fiel ihr das Holzkreuz ein.

»Die vier toten Jugendlichen?«

Melanie nickte und zog die Nase hoch. »Sie waren meine Freunde ... und eigentlich hätte ich auch in dem Wagen sitzen sollen ...«

»Gott sei's gedankt, dass du nicht dabei warst«, sagte Frau Meyer und faltete die Hände wie zum Gebet. »Jeden Abend danke ich ihm dafür, dass er dich hat krank werden lassen.«

»Mama ... bitte!«

»Nein, das muss auch mal gesagt werden. Die haben alle getrunken damals.«

»Mama, das stimmt doch nicht.« Melanie sah Nele direkt an. »Okay, sie waren unterwegs zu einer Party und hatten getrunken. Aber Arno nicht. Arno hat so gut wie nie Alkohol getrunken und schon gar nicht, wenn er fuhr.«

»Arno hat also den Wagen gefahren?«, fragte Nele.

Melanie nickte. »Arno war vernünftig, wirklich, das können Sie glauben. Der war ganz sicher nicht betrunken. Und ich kann mir einfach nicht vorstellen, dass er freiwillig auf die Gleise gefahren ist.«

»Was meinst du damit?«

»Na ja … ich meine … ich weiß auch nicht … vielleicht hatten sie ja Angst. Vor diesem Mann. Vielleicht war er in der Nacht auch dort draußen am Bahnübergang.«

»Was macht dich so sicher, dass es ein Mann war?«, fragte Nele.

»Ich … ich weiß nicht.«

»Was hat die Person denn getan? Hat sie dich bedroht?«

»Er hat … er wollte, das war so unheimlich, er hat auf die Scheibe geschlagen, und als die Schranke hochging, bin ich losgefahren, so schnell ich konnte.«

Mit den letzten Worten brachen die Tränen wieder durch. Die Mutter zog ihre Tochter zu sich heran, strich ihr abermals über den Rücken und warf Nele einen vernichtenden Blick zu. Nele wartete, bis das Mädchen sich etwas beruhigt hatte. Auf die besorgte Mutter konnte sie keine Rücksicht nehmen.

»Und du meinst also, deinen Freunden könnte damals etwas ganz Ähnliches passiert sein«, führte sie den Gedanken des Mädchens zu Ende. »Dass jemand sie auf die Gleise getrieben hat?«

Melanie sah sie aus verquollenen Augen an und nickte. »Ich hab solche Angst«, flüsterte sie.

»Das kann ich gut verstehen, aber jetzt musst du keine Angst mehr haben. Was immer passiert ist – und wir wissen ja noch nicht einmal, ob überhaupt etwas mit Jasmin passiert ist –, wir finden es heraus. Okay?«

Das zaghafte Nicken drückte nicht gerade viel Vertrauen aus.

Nele erhob sich aus dem Sessel. Das Leder knarzte altmodisch. »Frau Meyer, könnten Sie bitte mit zur Tür kommen?«

Glanz und Siebert gingen auf den Hof hinaus, während Nele mit der fülligen Frau Meyer auf der Schwelle zur Haustür stehen blieb.

»Hören Sie«, sagte Gudrun Meyer, »Sie dürfen dem nicht zu viel Gewicht beimessen. Melanie ist seit dem Unfall nicht mehr dieselbe. Sie war auch einige Zeit bei einem Therapeuten in Behandlung. Das hat sie alles sehr mitgenommen.«

Nele sah die Frau an. »Wollen Sie damit sagen, Ihre Tochter habe sich das gestern Abend nur eingebildet?« Sie legte eine gewisse Schärfe in ihre Stimme, denn so langsam wurde sie wirklich sauer. Hätten die Meyers gestern Abend die Polizei informiert, wäre Jasmin vielleicht nicht verschwunden.

Gudrun Meyer zuckte zurück. »Ich weiß nicht ... ich meine ... könnte die kleine Dreyer denn nicht einfach weggelaufen sein? Wie man hört, hat sie schon einen Freund.«

Darauf antwortete Nele nicht.

»Wo steht Melanies Wagen?«, fragte sie stattdessen.

»Eigentlich ist es meiner, aber Melanie darf ihn mitbenutzen. Er steht in der Scheune, warum?«

»Er darf bis auf Weiteres nicht bewegt werden. Ein paar Kollegen werden kommen und ihn sich ansehen.«

Nele ging die drei Stufen zum Hof hinunter.

»Ja, aber ...«, setzte Frau Meyer an.

»Und lassen Sie Melanie ein paar Tage zu Hause. Vielleicht sollten Sie sogar einen Arzt rufen. Es könnte sein, dass sie einen Schock hat.«

Tim und Eckert warteten am Wagen.

»Ruf die Spurensicherung an und sag ihnen, sie sollen die Windschutzscheibe des Wagens untersuchen. Er steht in der Scheune«, wies Nele Eckert an. Dann sah sie sich suchend um. »Ich könnte einen Kaffee brauchen, und außerdem müssen wir uns in Ruhe unterhalten. Gibt es hier eine Kneipe?«

Eckert Glanz nickte. »Die Waldschänke. Keine zwei Minuten mit dem Auto.«

Sie fuhren hin. Nele ärgerte sich, dass sie nicht zu Fuß gingen, denn Bewegung war etwas, was in ihrem Job zu kurz kam, aber wie sah das aus, wenn drei Beamte an einem Morgen kurz vor Frühlingsbeginn durch den Ort flanierten, während sich ein paar Häuser weiter zwei Menschen die Augen aus dem Kopf weinten.

Die Waldschänke war ein Fachwerkgebäude mit imposantem Giebel, eingebettet in einen großen Garten voller Tannen. Rechts plätscherte ein schmaler Bach, über den eine Holzbrücke führte. Ein Hinweisschild verriet, dass es dort zum Friedhof ging. In der Schankstube war es schummrig und still. Sie waren so früh die einzigen Gäste. Ohne auf den Wirt zu warten, der den Geräuschen nach zu urteilen in der Küche hantierte, setzten sie sich an einen Tisch am Fenster. Da ein Aschenbecher darauf stand, zündeten Tim und Eckert ihre Zigaretten an. Nele selbst hatte vor zwei Jahren damit aufgehört, und es gehörte zu ihrer selbst auferlegten Therapie, sich auch durch die Gegenwart anderer Raucher nicht wieder in Versuchung führen zu lassen. Bisher hatte es funktioniert.

Hinter der Theke kam eine füllige Frau mit grauen Locken zum Vorschein. Sie wischte sich die feuchten Hände an einer weißen Schürze ab und lächelte sie freundlich an. Ihr Gesicht war feist und ungesund gerötet.

»Entschuldigen Sie bitte … ich habe gar nicht gehört, dass jemand hereingekommen ist. Warten Sie schon lang?«

»Wir haben uns gerade erst gesetzt«, antwortete Tim. »Könnten wir wohl jeder einen Kaffee bekommen?«

»Natürlich«, sagte die Wirtin, blieb aber stehen. Es war ihr deutlich anzusehen, wie gern sie in Erfahrung gebracht hätte, wer sie waren und was sie zu dieser Zeit hier wollten. Als sie keine weiteren Informationen bekam, verschwanden das Lächeln und sie selbst auch.

»Und?«, fragte Nele, »was geht euch durch den Kopf?«

Glanz zuckte mit den Schultern, zog an seiner Zigarette und sah sie dann an.

»Ein Täter, der seinen Opfern an einem Bahnübergang auflauert? Das wäre ja mal etwas ganz Neues«, sagte er. »Allerdings deutet alles darauf hin. Das Fahrrad im Gebüsch, das weggeworfene Handy ...«

»Richtig«, unterbrach Tim ihn, »aber es kann auch eine zufällige Tat gewesen sein. Ihr wisst schon, zur falschen Zeit am falschen Ort. Es muss ihr nicht zwangsläufig jemand dort aufgelauert haben. Wir sollten uns auch den Freund der Kleinen, diesen Sven Schweers, intensiv vornehmen.«

»Auf jeden Fall!«, stimmte Nele bei, »wir tun all das, was wir in solchen Fällen immer tun. Aber was haltet ihr von dem, was wir eben von Melanie Meyer erfahren haben?«

Eckert zuckte mit den Schultern. »Wenn es stimmt, hat eben doch jemand an dem Bahnübergang gelauert. Melanie hatte Glück, Jasmin nicht. Eine Verbindung zu diesem Unfall von vor einem Jahr sehe ich aber nicht. Das Mädchen steht unter Schock und reimt sich was zusammen.«

»Versuch doch bitte trotzdem alles über diesen ominösen Unfall herauszubekommen«, sagte Nele zu ihm. »Und sprich mit sämtlichen beteiligten Eltern. Ich will wissen, wie sie das sehen. Sollte an der Vermutung des Mädchens etwas dran sein, was ich allerdings auch nicht glaube, bekommt das hier einen anderen Charakter.«

»Und welchen?«, wollte Tim wissen.

»Den einer geplanten und wiederholten Tat. Aber lassen wir das vorerst. Bleiben wir bei dem, was wir haben. Jasmin Dreyer ist beim Warten vor der Schranke vom Fahrrad gerissen und verschleppt worden. Das hört sich zunächst nach Affekt, nach Ausnutzen der Situation an. Ein Einheimischer, vielleicht tatsächlich der verprellte Verehrer. Ihr kennt das. Solche Täter sind schnell ermittelt. Hoffen wir, dass es darauf hinausläuft. Aber Melanie behauptet, sie hätte am selben Abend einen Mann gesehen, der aus dem Wald kam. Was, wenn sie nur durch pures Glück nicht das Opfer geworden ist? Wir sollten alle Optionen im Auge behalten.«

Der Kaffee kam. Heiß, gut duftend, serviert mit einem kleinen Plätzchen. Die Wirtin konnte sich ihre Frage nicht länger verkneifen.

»Sie sind nicht von hier, oder?«

Nele entschied, dass hier ein oder zwei Fragen angebracht waren. Vielleicht konnten sie von dieser neugierigen Frau etwas erfahren. Wer in einem so kleinen Nest in der Kneipe arbeitete, war in der Regel gut informiert. Sie zeigte der Frau ihren Ausweis und stellte die Kollegen vor.

Die Wirtin wirkte erschrocken.

»Polizei? Was ist denn passiert?«

»Sie haben noch nichts gehört?«

Die Wirtin schüttelte den Kopf. »Es war mal wieder spät gestern Abend, und ich bin erst vor einer Stunde aufgestanden. Mein Mann ist schon draußen im Wald, er ist der Revierpächter, müssen Sie wissen.«

Nele bat die Frau, sich zu setzen. Sie informierte sie über das Verschwinden von Jasmin Dreyer. Die Wirtin hielt sich erschrocken die Hand vor den Mund und wurde blass. »Mein Gott, der arme Detlef!«

»Können Sie uns etwas über die Familie Dreyer sagen? Wie ist Jasmin so? Bestand die Gefahr, dass sie von zu Hause weglaufen würde? Sie wissen ja, wie das mit den Jugendlichen manchmal ist.«

Die Wirtin schüttelte so entschieden den Kopf, dass ihr Doppelkinn wackelte.

»Jasmin! Niemals! Seit Anke, das war die Mutter, gestorben ist, sind Detlef und sie ein Herz und eine Seele. Er ist ein guter Vater, auch wenn er nicht viel Zeit hat. Die beiden sind richtig eng zusammengerückt in ihrer Not. Nein, die Jasmin wäre nicht einfach weggelaufen.«

Ob diese Meinung der Wirtin die wirkliche Situation bei den Dreyers wiedergab, war fraglich, aber zumindest hatte Nele einen ersten Eindruck. »Sagen Sie ... hier hat es doch vor einem Jahr einen schweren Unfall gegeben, nicht wahr?«

Im feisten Gesicht der Wirtin zogen sich die Brauen zusammen. »Richtig. Warum?«

Schau an, dachte Nele bei sich, *plötzlich so verschlossen, die Gute.*

»Was können Sie uns darüber sagen?«

»Darüber ist schon alles gesagt worden. Dieser Unfall hat das ganze Dorf ins Unglück gestürzt. Ist besser, wenn nicht mehr darüber gesprochen wird.«

»Warum, es war doch nur ein tragischer Unfall?«, fragte Tim genauer nach.

»Na ja, der Unfall war zwar tragisch, aber nicht unvermeidbar. Es gibt Schuldige, wissen Sie. Es wurde Alkohol getrunken in dem Wagen. Arnos Eltern ... Arno hat den Wagen gefahren ... sind vor vier Monaten weggezogen. Sie konnten mit den Anfeindungen nicht mehr leben. Seitdem ist auch wieder Ruhe im Ort.«

»Und es ist bewiesen, dass der Junge betrunken war?«

»Bewiesen ist nur, dass leere Flaschen in dem Wagen waren. Harter Alkohol und Bier. Wer betrunken war und wer nicht, das weiß ich nicht. Da war ja auch kaum etwas übrig. Alle waren bis zur Unkenntlichkeit verbrannt.«

Damit wusste Nele vorläufig genug. Die Wirtin konnte ihr nicht mehr mitteilen als Mutmaßungen. Wertvoll war dagegen der Hinweis auf die emotionale Spannung im Ort. Sie bedankte sich bei der Frau, bezahlte den Kaffee für alle drei und verabschiedete sich.

Vor der Waldschänke ließ Nele ihren Blick über das beschauliche Örtchen gleiten.

»Könnte es ein Racheakt sein? Von irgendeinem Elternteil der getöteten Kinder?«, überlegte Tim.

Nele zuckte mit den Schultern. »Eben gingen meine Gedanken auch in die Richtung, aber ich kann es mir doch nur schwer vorstellen. Wenn eine Schwester oder ein Bruder dieses Arno, der damals den Wagen fuhr, entführt worden wäre, ja, dann wäre ich alarmiert. Aber warum Jasmin?«

»Weil sie aus dem Ort kommt, ungefähr im selben Alter ist und lebt … hoffentlich!«

»Klingt für mich sehr weit hergeholt«, meinte Eckert.

»Ja, für mich eigentlich auch«, sagte Nele mehr zu sich als zu den beiden Männern. »Aber wir sollten trotzdem Informationen über diesen Unfall einholen, selbst wenn wir damit alte Wunden wieder aufreißen.«

2. Tag, abends

»Der Scheißkerl hat mich gebissen!«

Entrüstet betrachtete Natascha den rötlichen Abdruck eines menschlichen Kiefers in ihrer Schulter. Sie stand in knappen schwarzen Dessous und High Heels vor einem deckenhohen Spiegel, der von zahlreichen kleinen Lampen sanft beleuchtet wurde. Noch um einiges sanfter strich sie mit den Fingerkuppen über das Relief in ihrem Fleisch und spürte die leichten Vertiefungen, welche die alten gelben Zähne hinterlassen hatten.

»Kannste ja Fred nachher sagen. Dann kriegt der Sack Hausverbot.«

»Fred ist das doch scheißegal, solange die Kunden uns nicht umbringen.«

Natascha überlegte, ob sie die Wunde desinfizieren musste, entschied sich aber dagegen, da ihre Haut ja nicht wirklich verletzt war. Stattdessen bestäubte sie den Abdruck sorgsam mit körperfarbenem Puder. Dann betrachtete sie ihren schlanken, gebräunten Körper eingehend auf der Suche nach weiteren Unregelmäßigkeiten. Nicht dass sie welche zu finden erwartete. Es machte sie einfach stolz, mit einem Körper gesegnet zu sein, auf den die Männer abfuhren – allerdings hätte sie auf den Fetten von vorhin gern verzichtet. Schließlich drehte sie sich zu ihrer Kollegin um, die auf einem mit rotem Leder bezogenen Hocker vor der Bar saß und Kaugummi kauend ein Kreuzworträtsel löste. Mit der Spitze des Bleistiftes bohrte sie in ihrer Nase herum.

»Ist Schluss für heute, oder?«, fragte sie.

Irina zuckte mit den Schultern. »Wird wohl keiner mehr kommen.«

Sie grinsten sich an wegen des Wortspiels.

»Gut, dann geh ich nach oben, zieh mich um und mach alles aus. In einer Viertelstunde kommt Fred.«

»Okay«, sagte Irina, in Gedanken längst wieder bei ihrem Rätsel. Die junge Russin trug schon Straßenkleidung, da der letzte Kunde für Natascha gewesen war und sie selbst Zeit genug gehabt hatte, zu duschen und sich umzuziehen.

Natascha ging durch den schmalen Flur und stieg die Stufen ins Obergeschoss hinauf. Das Treppenhaus und der Flur waren schummrig, nur in großen Abständen versuchten kleine Lampen mit roten Glühbirnen die Dunkelheit zu durchdringen. Typisches Pufflicht eben. Natascha hasste es. Es war nicht nur ein billiges Klischee, sondern wirkte zudem noch unheimlich. Sie gruselte sich allein im Obergeschoss, mochte es Irina gegenüber aber nicht zugeben. Außerdem, wer interessierte sich schon für die Ängste einer Nutte!

Oben ging sie den Gang nach rechts hinunter. Ihr Zimmer war ganz am Ende. Es gab hier oben nur vier Zimmer, zwei davon mit Bad, die anderen beiden ausgestattet für etwas ausgefallenere Wünsche. In Nataschas Zimmer brannte noch Licht – ebenfalls rot natürlich. Die Decke war verspiegelt, die Wände mit rotem Teppich beklebt. Ein Blutzimmer.

Natascha ging ins Bad. Geduscht hatte sie bereits, nachdem der Fettsack vor einer halben Stunde gegangen war. Ein Stammkunde, eigentlich auch ganz nett, zumindest behandelte er sie gut, aber manchmal vergaß er sich auch. Heute war er wirklich ein bisschen zu grob gewesen. Aber er kam zweimal die Woche, ließ viel Geld hier, Natascha konnte ihn nicht einfach anmachen wie viele andere.

Sie zog Jeans, T-Shirt und einen kuscheligen Sweater an. Dann ging sie in den größeren Raum zurück, löschte das Licht und trat ans Fenster, um die Vorhänge zuzuziehen. Dabei blieb sie kurz stehen und warf einen Blick hinaus. Es war stockdunkel hinter dem Gebäude. Sie konnte den Sternenhimmel sehen, der heute Nacht wirklich prächtig war. Bestimmt war es kalt draußen. Fröstelnd zog sie die Schultern hoch und griff nach den schweren, samtenen Vorhängen, als sie draußen am Waldrand, auf der anderen Seite der Bahngleise eine Bewegung wahrnahm.

Natascha verharrte. Vielleicht ein Reh? Hier draußen kamen sie manchmal sehr nah ans Haus. Das rote Licht, das aus den Fenstern fiel, schien sie nicht abzuschrecken, sondern sogar anzulocken. Natascha mochte es, diese zarten, scheuen Tiere zu beobachten, deren natürliche Eleganz und Anmut durchaus mit der einer schönen Frau zu vergleichen waren.

Da sich aber draußen nun nichts mehr tat, zog sie die Vorhänge mit einem energischen Ruck zu. Fred wollte nicht, dass sie offen blieben. Und es interessierte ihn einen Scheiß, wenn deswegen die Grünpflanzen eingingen. Der Club wurde um drei Uhr am Nachmittag geöffnet, bis dahin blieben die Vorhänge zu. Wie sollten die Pflanzen da genug Licht bekommen?

Natascha ging in den Flur und schloss die Tür zu ihrem Zimmer. Plötzlich bemerkte sie, wie still es im Haus war. Unten liefen weder der Videorecorder mit den Schundfilmen noch die Stereoanlage, und Irina pfiff auch nicht vor sich hin, wie sie es oft tat, wenn sie sich unbeobachtet glaubte. Natascha hielt die Luft an. Das Haus schien in einem Vakuum gefangen oder durch einen bösen alten Zauber in eine andere Welt versetzt. Sie glaubte an solche Sachen, seit sie ein Kind war. Damals, in der Heimat, als die Welt noch voller Abenteuer gewesen war, hatten alle daran geglaubt.

Abermals fröstelte sie.

Die Arme um den Oberkörper geschlungen, schlich sie bis zum Treppenaufgang. Ihre Schritte waren auf dem dicken Teppich nicht zu hören. Am oberen Ende der Treppe blieb sie stehen und lauschte.

Stille!

Das gedämpfte rote Licht ließ die Treppe wie den direkten Abstieg in die Hölle wirken.

Plötzlich schob sich unten ein Schatten vor. Unnatürlich groß. Nicht von dieser Welt. Natascha erstarrte mit einer Hand vor dem Mund. Nur mit äußerster Willenskraft gelang es ihr, einen Schrei zu unterdrücken.

»Nati!«, schall es vom Treppenaufgang herauf, und Natascha fuhr zusammen. »Fred ist vorgefahren. Kommst du?«

Irina, es war nur Irina!

Vor Erleichterung seufzend sackte sie in sich zusammen. Was hatte sie denn gedacht, wer das sein könnte? Der Satan! Blödes, kindisches Getue.

»Ja, sofort, ich zieh nur rasch die Vorhänge zu.«

Draußen erstarb das Geräusch eines Motors. Fred mit seinem angeberischen Geländewagen, mit dem er sie jeden Abend abholte. Allein da reinzukommen war schon ein Kraftakt. Im Minirock nicht zu schaffen, ohne Aufmerksamkeit zu erregen.

Natascha betrat nacheinander die anderen drei Zimmer, zog die Vorhänge zu und löschte das Licht. Zwischendurch hörte sie draußen eine Autotür zuschlagen. Normalerweise kam Fred nicht herein, es sei denn, er hatte noch Bock. Aber dann rief er eigentlich vorher an und sagte Bescheid, damit eine von ihnen ausgezogen blieb. Meistens Irina. Irgendwie stand er auf sie. Nicht dass es Natascha etwas ausmachte. Sie konnte Fred nicht besonders gut leiden, obwohl er sie noch nie geschlagen hatte. Aber es gab ja auch noch andere Methoden, um eine Frau zu demütigen.

Im letzten Zimmer huschte Natascha noch schnell ins Bad, um die Toilette zu benutzen. Sie entleerte ihre Blase, spülte – was sich in der Stille entsetzlich laut anhörte – und lief zum Treppenaufgang. Sie hatte den Fuß noch nicht auf die oberste Stufe gesetzt, da wusste sie schon, dass etwas nicht stimmte.

Ihr Bauch, ihre Nervenenden, ja ihr ganzer Körper schrie ihr zu, dass sie nicht hinuntergehen, sondern sich hier oben irgendwo verstecken sollte. Das Gefühl war so heftig, dass sie es beinahe wie einen körperlichen Schmerz empfand.

Es war der Satan!

Jetzt hatte er sie doch gefunden!

Natascha begann unkontrolliert zu zittern. Was sollte sie tun? Sie konnte nicht hinuntergehen, ihre Muskeln versagten ihr den Dienst. Aber Fred war doch da! Der große, starke Fred, dem keiner was anhaben konnte. Ihr Bewacher und Beschützer. Er wartete draußen vor dem Haus. Sie musste nur hinuntergehen, nur diese paar Stufen hinuntergehen.

Sie konnte es nicht.

Warum rief Irina nicht nach ihr? Sie war doch längst überfällig, und Fred hasste es, auf sie beide warten zu müssen, wenn keine Kundschaft mehr im Laden war.

Vielleicht hatte Irina keine Lust mehr gehabt zu warten und war schon in den Wagen gestiegen! Daher auch das Zuschlagen der Autotür. Ja, genau, das musste es sein! Irina war manchmal so in sich selbst vertieft, dass sie alles um sich herum vergaß.

Natascha streckte ein Bein aus, berührte mit der Fußspitze die oberste Stufe und verlagerte ihr Gewicht darauf. Der erste Schritt! Wenn der erste Schritt gemacht war, war die Angst besiegt.

Geh nicht!, rief die Stimme in ihrem Inneren. Jene Stimme, die sie damals auch davor gewarnt hatte, dem Jungen zu vertrauen, der ihr vom wunderbaren Leben im goldenen Westen vorgeschwärmt hatte. Sie hatte damals nicht auf die Stimme gehört und tat es auch jetzt nicht. Diese Stimmen waren nur Überreste der Ängste, die ihre Oma ihr als Kind eingepflanzt hatte. So etwas passte nicht mehr in diese Zeit.

Ihr Magen krampfte sich zusammen, während sie die Stufen hinuntertapste. Unten angekommen spähte sie um die Ecke in den großen Raum, der die Bar, die Couchecke und den großen Spiegel mit der Garderobe beherbergte. Die Barbeleuchtung brannte noch. Man konnte sie bei der Eingangstür ein- und ausschalten. Das waren stets der erste und der letzte Handgriff, wenn sie kamen und gingen. Dank der vorgezogenen Vorhänge war es ja immer dunkel im Haus. Wie es sich für einen versifften Puff wie diesen gehörte.

Verflucht!

Warum hatte Irina nicht gewartet.

Natascha löste sich von der Treppe. Bis zur letzten Sekunde hatte ihr der Handlauf so etwas wie Sicherheit vorgegaukelt. Solange sie sich mit einer Hand daran festklammerte, könnte sie immer noch nach oben laufen und sich verstecken.

Als ob das etwas bringen würde!

Natascha wollte zur Bar hinübergehen, denn dahinter

befand sich ihre Handtasche. Sie bemerkte einen eigenartigen Geruch, der nicht hierherpasste. Es roch irgendwie schwer und ... metallisch. Nichts, was sie einordnen konnte. Sie umrundete die Theke und prallte zurück.

Von dem beige gefliesten Fußboden zwischen der Theke und der Wand war nichts mehr zu sehen. Er hatte sich in ein dunkelrotes Meer verwandelt, dessen Ränder noch in Bewegung waren und die jetzt über den Teppich quollen, direkt auf Nataschas Füße zu. In der Mitte dieses roten Meeres lag Irina. Flach auf dem Rücken, das rechte Bein angewinkelt, den Fuß unter der Kniekehle des Linken, einen Arm zur Seite gestreckt, den anderen angewinkelt über dem Kopf. Ihre Augen waren weit geöffnet, aufgerissen geradezu, und starrten zur Decke. Ein schlecht eingestellter Spotstrahler über der Theke strahlte auf ihren Hals, der überstreckt war und in der Mitte tief aufgeschlitzt. Aus der grässlichen Wunde quoll immer mehr Blut; dickflüssig und zäh ergoss es sich über Brustkorb und Schultern und flutete den Boden. Irina schien in ihrem eigenen Blut zu schwimmen.

Natascha stieß einen schrillen Schrei aus, wandte sich auf dem Absatz um und rannte auf den Ausgang zu. Sie stieß gegen einen Hocker, auf dem eine billige große Tonvase stand. Mit Getöse ging die Vase zu Boden und zu Bruch. Natascha bemerkte es nicht; ihr Verstand war ausgeschaltet von nackter Panik und Angst um ihr Leben. Der Satan war hier, wollte sie holen und sie für ihre mannigfachen Sünden bestrafen, genauso wie ihre Großmutter es ihr immer prophezeit hatte, als sie noch ein kleines Mädchen gewesen war.

Die junge Frau hastete auf die Eingangstür zu. Sie musste nur raus hier und den Wagen erreichen. Fred würde sie beschützen! Fred wusste immer, was zu tun war!

Die schwere Holztür war nur angelehnt. Natascha stieß sie auf, stolperte hinaus in die empfindlich kühle Nachtluft, schrie noch einmal laut und torkelte mit letzter Kraft auf den direkt vor der Tür geparkten schwarzen Geländewagen zu. Sie konnte Fred hinter dem Steuer sitzen sehen.

Warum half er ihr nicht?

Der Wagen stand mit der Fahrertür zu ihr. Natascha riss die Tür auf.

»Irina …«. Weiter kam sie nicht.

Fred kippte ihr entgegen. Instinktiv versuchte sie ihn aufzufangen, konnte den schweren Mann aber nicht halten und kippte mit ihm zu Boden. Er kam auf ihr zu liegen, presste ihr die Luft aus den Lungen und nagelte sie praktisch am Boden fest. Sein Kopf kippte direkt neben den ihren. Deutlich konnte Natascha den hölzernen Griff eines großen Schraubenziehers sehen, der aus dem rechten Auge des Mannes ragte.

Noch bevor Natascha ein weiteres Mal gellend schreien konnte, wurde ihr ein Lappen auf Mund und Nase gepresst. Sie atmete tief ein, spürte den ekligen Geschmack und Geruch und verlor binnen weniger Sekunden das Bewusstsein.

Gnädige Schwärze spendete ihr Frieden.

Für den Moment.

Mitternacht war nicht mehr weit entfernt, als Nele Karminter ihren Dienstwagen in die Tiefgarage des Wohnblocks fuhr, in dem sie seit vier Jahren eine Eigentumswohnung im dritten Stock besaß. Das vor zehn Jahren in kühl pragmatischem Billigstil erbaute Haus bot äußerlich keinerlei Reize, hatte aber trotzdem seine Vorteile, die sich dem Bewohner erst nach und nach erschlossen. Es lag am Ende einer Sackgasse in einem ruhigen Wohnviertel im Westen Lüneburgs, und die Sicht aus dem Wohnzimmerfenster auf die vor den Toren der Stadt beginnende Heide war bei passendem Wetter fantastisch. Die Nachbarn waren größtenteils alt und ruhig und heizten ihre Wohnungen das ganze Jahr über derart auf, dass Nele so gut wie gar keine Heizkosten entstanden. Sie war ja kaum da, und wenn doch, dann war ihre Wohnung durch die angrenzenden bereits aufgewärmt. Einzig der pedantische Plan, nach dem das Treppenhaus gereinigt werden musste, nervte.

Das Tor zur Tiefgarage öffnete und schloss sich mittels einer Codekarte automatisch, drinnen sprang ebenso automatisch die Beleuchtungsanlage an. Kaltes Licht, das den betonierten Oberflächen einen harten Glanz verlieh. Nele raffte ihre Sachen zusammen und stieg aus dem Wagen. In der Tiefgarage war es still wie in einer Höhle, das Piepsen der Fahrzeugverriegelung klang laut und außerirdisch und hallte gespenstisch zwischen den Wänden wider. Der Abgasgeruch ihres Autos lag noch in der Luft.

Erschöpft schlich Nele auf die feuerfeste Tür zu, die zu den Fahrstühlen führte. Sie waren mit den Ermittlungen heute nicht wirklich vorangekommen. Niemand in Mariensee ging davon aus, Jasmin Dreyer könnte davongelaufen sein, und die Vernehmung ihres Freundes Sven Schweers in dessen Elternhaus hatte ergeben, dass er nichts mit ihrem Verschwinden zu tun hatte. Seine Eltern hatten ausgesagt, er habe das Haus nicht verlassen, nachdem Jasmin gegangen sei. Das waren einfache, ehrliche Leute, und Nele hatte keinen Grund, ihnen nicht zu glauben. Die Suche der Hundestaffel war ebenfalls erfolglos geblieben. Allerdings war das Waldstück weitläufig und unwegsam, und sie hatten nicht einmal ein Drittel davon abgesucht. Nele hatte deshalb für den nächsten Tag eine zusätzliche Hundertschaft angefordert und auch genehmigt bekommen. Sie würden am frühen Morgen, sobald es Tageslicht gab, mit der Suche im erweiterten Umfeld beginnen. Das war die einzige gute Seite an den vielen Entführungen, Vergewaltigungen und Ermordungen von Mädchen und Frauen in den letzten Jahren: Für die Ermittlungen, die stets ausführlich von der Presse begleitet wurden, bekam sie alles, was sie wollte. Hauptsache, der Fall wurde schnell aufgeklärt und im schlimmsten Fall schnell eine Leiche und ein Mörder gefunden. Deshalb hatte die Landesregierung die Ermittlungsgruppe Vermisste ins Leben gerufen. Nicht das normale Morddezernat sollte sich mit diesen Fällen beschäftigen, sondern speziell geschulte Beamte unter der Leitung einer Frau. Schließlich waren die Opfer meistens Frauen, und in den Medien, deren Bilder heutzutage alles bestimmten, machte es sich besser, eine kompetente, einfühlsame Beamtin als Einsatzleiterin präsentieren zu können. Nele war es egal, welche Politik dahinterstecken mochte, dass sie – noch relativ jung – diese Position bekommen hatte. Sie war gut in dem, was sie tat, und sie fand es wichtig.

Wichtiger denn je!

Von Jasmin Dreyers Verschwinden wusste die Presse noch nichts, dafür lag Mariensee zu weit draußen. Aber schon morgen würde sich das ändern. Sobald eine Hundertschaft anrückte und ein Waldstück auseinandernahm, ließ es sich nicht mehr geheim halten. Also plante Nele im Hinterkopf für den morgigen Nachmittag die erste Pressekonferenz ein. Leeres Geplänkel, denn genau genommen hatte sie nichts zu sagen, aber es konnte auch nicht schaden, die Presse vor ihren Karren zu spannen und landesweit Bilder von Jasmin Dreyer zu verbreiten. Leider trug Neles Bauchgefühl nur noch weiter zu ihrer Niedergeschlagenheit bei.

Wie ein glühender, behäbiger Lavastrom, schwer und zäh, breitete sich die Sorge in ihr aus, bereits nach der Leiche des hübschen Teenagers zu suchen, und so sehr sie auch hoffte, sich zu täuschen, sprachen die Erfahrungen der letzten Jahre eine allzu deutliche Sprache.

An die Wand gelehnt wartete Nele mit geschlossenen Augen auf den Fahrstuhl. Jetzt, wo sie zur Ruhe kam, spürte sie deutlich die Erschöpfung Oberhand gewinnen. Der Beginn einer neuen Ermittlung war immer aufregend, gleichzeitig aber auch aufreibend. Zudem machten ihr die Verzweiflung und Angst der Angehörigen zu schaffen, die sie als leitende Kommissarin so lange abbekam, wie sie keine Leiche fanden.

Trotz alledem freute sie sich auf Anou, die oben in der Wohnung auf sie wartete. Dass sie am Morgen einen Schlüssel mitgenommen hatte – war das der erste Schritt zu etwas Tiefem, Dauerhaftem? Nele war sich nicht sicher. Aber der Gedanke daran ließ ein Lächeln über ihr Gesicht huschen und machte es leichter, mit dem Frust fertigzuwerden. Es half natürlich immer, mit jemandem über die Gefühle und Ängste zu sprechen, die sie tief berührten, nur wartete sie normalerweise leider eine Ewigkeit, bevor sie sich jemandem so weit öffnete. So war sie eben einfach. Bei Anou aber, das fühlte Nele jetzt schon, würde sie nicht so lange brauchen.

Der Fahrstuhl kam, sie stieg ein und fuhr hinauf. Als sie ihre Wohnungstür hinter sich schloss, stiegen ihr angenehme mediterrane Düfte in die Nase. Es roch nach nussigem Olivenöl, Basilikum und einer Spur Lavendel.

»Anou?«

Sie kam ihr aus der Küche entgegen. Barfuß, gekleidet in eine enge schwarze Sporthose und ein kurzes, ebenfalls schwarzes Oberteil, das viel nackte Haut am Bauch sehen ließ. Kleidung, die man zum Aerobic oder Joggen tragen konnte. Sie sah darin sexy aus, athletisch, und das Schwarz harmonierte auf eine schwere, geheimnisvolle Art mit ihrem dunklen lockigen Haar und der zartbraunen Haut, die sie von ihrem französischen Vater hatte, dessen Vorfahren Senegalesen gewesen waren. Anou war eine exotische Schönheit, eine Frau, die im rauen Klima des Nordens unweigerlich auffiel. Neles Müdigkeit war wie weggeblasen.

Sie umarmten sich. Anou küsste sie auf die Lippen. Kurz nur und flüchtig, aber warm und mit einem Geschmack, der die Sinne betörte.

»Du siehst fertig aus«, sagte sie.

Nele nickte. »War ein harter Tag. Sag mal, wonach duftet das hier? Und vor allem, wonach schmecken deine Lippen? Mir zieht sich schon der Magen zusammen, ich hab den ganzen Tag nichts Vernünftiges zu essen bekommen.«

Anou lächelte. »Das habe ich mir gedacht und, obwohl es schon so spät ist, uns noch eine Kleinigkeit zu essen gemacht. Du hast zehn Minuten zum Duschen, dann darfst du dich verwöhnen lassen.«

Mit diesen Worten strich Anou ihr die Haare aus der Stirn, kam ihr dabei ganz nahe, so dass sich ihre Brüste berührten, und hauchte ihr einen Kuss aufs Ohrläppchen. Ein Kribbeln lief Neles Wirbelsäule hinab, zusammen mit einer erregenden Gänsehaut.

»Ich beeile mich«, sagte sie leise und löste sich von Anou, obwohl sie lieber für immer stehen geblieben wäre. Sie spürte noch den warmen Atem ihrer Freundin am Ohr, als sie unter die Dusche stieg. Mit heißem Wasser und viel Duschgel versuchte sie, den langen, harten Tag abzuwaschen. Dabei wünschte sie sich Anou mit unter die Dusche, doch sie kam nicht.

Das kleine Bad war in Dampfschwaden gehüllt, als Nele aus der Dusche trat. Sie rubbelte sich das Wasser aus ihrem halblangen Haar, klebte sorgfältig ein neues Pflaster über den schon verheilenden Schnitt an ihrem Unterarm und hatte plötzlich keine Zeit mehr zum Föhnen. Ein wenig Parfum trug sie noch auf, dann schlüpfte sie in den flauschigen, weißen Bademantel, knotete ihn an der Taille zusammen und tapste ins Wohnzimmer.

Anou hatte alle Lampen gelöscht. Das Zimmer wurde allein von Kerzen in warmes Licht getaucht, dessen Schatten an den Wänden tanzten wie heimliche Beobachter. Auf dem Tisch dampfte ein kross gebackenes Baguette, in zwei Gläsern glitzerte Rotwein, dazu gab es Salat und Oliven in zwei großen Schalen. Intensiv erfüllte der Duft, den Nele vorhin schon an der Tür gerochen hatte, den Raum. Die Illusion einer Nacht am Pool eines Landhauses irgendwo in der Einsamkeit eines Küstenortes am Mittelmeer. Erinnerungen an den letzten, viel zu lang zurückliegenden Urlaub brandeten heran. Anouschkas verführerische Komposition zauberte Entspannung in Neles Körper, wobei die unterschwellige Erregung jedoch erhalten blieb.

Sie kam ihr aus der Küche entgegen. Im Licht der Kerzen sah sie atemberaubend aus. Sie setzten sich nebeneinander auf die Couch, stießen mit dem Rotwein an, tranken und aßen. Obwohl es schon so spät war, entwickelte Nele beim Essen richtigen Appetit.

»Das ist super«, sagte sie mit vollem Mund. »Ich wusste gar nicht, dass du so gut in der Küche bist.«

Anou lächelte. »Wir wissen einiges noch nicht voneinander.«

Nele hielt kurz inne, sah sie an, beugte sich rüber und küsste Anou leidenschaftlich. »Das kann sich ja ändern«, flüsterte sie ihr ins Ohr. »Gestern Nacht war sehr schön.«

Anou nickte mit geschlossenen Augen, tauchte ihr Gesicht in Neles duftendes, feuchtes Haar. »Ja, das fand ich auch.«

Nele widerstand dem Drang, einfach weiterzumachen, ihre Hände auf Wanderschaft zu schicken, und widmete sich wieder dem Salat. Während sie aßen und tranken, berichtete sie Anou vom Tag und den Ermittlungen. Anou selbst hatte nicht viel zu erzählen. Sie hatte im Dezernat Akten aufgearbeitet. Langweilige Routine. Während Anou davon erzählte, hörte Nele zwischen den Worten den Wunsch ihrer Freundin und gleichzeitig auch Untergebenen heraus, an den Ermittlungen in Mariensee beteiligt zu werden.

»Und der Unfall?«, fragte Anou schließlich. »Musst du noch daran denken?«

Nele schlug die Beine unter. »Dafür war heute einfach zu viel los.« Sie ließ sich mit vollem Bauch in die Kissen sinken. Der Bademantel klaffte auseinander und enthüllte ihre nackten Beine. Anou legte sanft ihre Hand auf den blauen Fleck an ihrem Schenkel.

»Ist das nicht abartig?«, fragte Nele. »Da wird man mit dem Tod konfrontiert und macht am nächsten Tag einfach weiter, als wäre nichts gewesen.«

Die warme Hand wanderte zur Innenseite ihres Schenkels.

»Wenn wir diese Fähigkeit nicht hätten, würden wir am Leben zerbrechen«, sagte Anou.

»Ja, wahrscheinlich.« Nele legte den Kopf zurück, schloss die Augen und gab ein leises Seufzen von sich, als Anous Finger sich in Richtung ihres Bauches schoben und sie dort zu streicheln begannen.

»Das ist schön«, hauchte sie.

Anou kam näher, küsste sie zart auf die gespannte Haut an ihrem Hals, ließ ihre Lippen Wärme hauchend hinaufwandern. »Nimmst du mich morgen mit raus?«, flüsterte sie ihr ins Ohr.

Nele zuckte leicht zusammen, als ein Finger sie an ihrer empfindlichsten Stelle berührte. Sofort war sie von Verlangen erfüllt und packte Anous Handgelenk.

»Hörst du damit auf, wenn ich Nein sage?«, fragte sie und sah fordernd in diese dunklen, im Licht der Kerzen glühenden Augen.

Anou schüttelte den Kopf.

Dann fanden sich ihren Lippen für einen leidenschaftlichen Kuss, und für den Rest der Nacht war das Böse aus ihrem Leben verbannt.

3. Tag, morgens

Der Puff war das ehemalige Bahnhofsgebäude eines kleinen Ortes namens Hassfeld. Es war Jahrzehnte her, dass Züge in solchen Nestern gehalten hatten, dementsprechend alt und heruntergekommen sah das Gebäude aus. Die einzigen Investitionen, welche die Betreiber dem langgestreckten Haus von außen hatten angedeihen lassen, waren ein weißer Anstrich und rote Laternen. Außerdem waren die Fenster im Erdgeschoss von innen mit roten Folien beklebt, aus denen Herzen herausgeschnitten worden waren.

Kriminalrat Dag Hendrik stand vor dem schäbigen Gebäude und betrachtete es. In den letzten Jahren waren diese kleinen Bordelle auf dem Lande aus dem Boden geschossen wie die sprichwörtlichen Pilze. Läden wie dieser, in dem in der Regel nicht mehr als zwei oder drei Frauen arbeiteten. Stand mehr Kundschaft vor der Tür, sorgte ein Telefonanruf dafür, dass zusätzliche Mädchen aus anderen Clubs des Betreibers herangekarrt wurden. Ein effektives und kostengünstiges System. Außerdem fiel es den meisten Männern leichter, weit außerhalb der Stadt in einem Ort in den Puff zu gehen, in dem sie niemand kannte, und wo sie wegen der Alleinlage auch niemand sah.

Das Polizeiaufgebot wirkte übertrieben hier draußen. Mehrere Streifenwagen, ein schwarzes Leichenmobil, die beiden weißen VW-Busse der Techniker, drei zivile BMW aus seiner Dienststelle – was eben so aufgefahren wurde, wenn es um Mord ging. Die Leute von der Spurensicherung waren seit zwei Stunden im Einsatz, ebenso wie seine eigenen. Hendrik hatte seinen Ohren nicht getraut, als Basler ihm heute früh mitgeteilt hatte, das zwei Leichen aufgefunden worden waren in einem Club, der Mirkovich gehörte. Er war seit Monaten hinter Krasic und Mirkovich her, ohne den beiden etwas nachweisen zu können, und nun schien ihnen tatsächlich Kommissar Zufall zu helfen. Das war deprimierend, aber irgendwie auch amüsant.

Basler kam auf ihn zu. Hinkend wie immer, seit vor einem halben Jahr sein Knie operiert worden war. Hendrik ging nicht davon aus, dass Basler noch sehr lange diensttauglich sein würde. Schade, er war sein bester Ermittler. Keine Familie, keine Frau, immer zur Stelle, und einen scharfsinnigen Verstand obendrein. Jetzt wirkte er allerdings unausgeschlafen und schlecht gelaunt. Sein Trenchcoat war schmutzig, sein kurzes dunkles Haar stand ab wie bei einer Igelfrisur. Man sah ihm an, dass er nicht lange im Bett gewesen war.

»Hast wenigstens du ausgeschlafen?«, begrüßte Basler seinen Chef.

Hendrik nickte. »Wie schon lange nicht mehr. War nett, dass du mich nicht rausgeholt hast.«

»Musste ja nicht sein. Obwohl es schon interessant ist, oder?«

Hendrik nickte, holte eine Schachtel West aus der Tasche, bot Basler auch eine an und zündete dann beide Zigaretten an.

»Wie sieht es denn aus?«

»Zwei Leichen. Eine Nutte drinnen hinter der Bar. Hals aufgeschnitten, ziemliche Sauerei. Und dann der Kerl hier draußen neben dem Geländewagen. Fred Braumeister.«

Hendrik zog die Augenbrauen hoch. »Es hat den alten Fred erwischt?«

»Ja, und das auf unsanfte Weise. Jemand hat ihm einen Schraubenzieher durch das rechte Auge ins Gehirn gerammt. Zielsicher und eiskalt. Nur kann ich mir auf das alles noch keinen Reim machen.«

»Rivalitäten«, vermutete Hendrik.

Wer Frauen laufen hatte, hatte immer auch Neider und Feinde. Und in dem Gewerbe war man nicht zimperlich. Obwohl sonst eigentlich nur die Frauen darunter zu leiden hatten. Wahrscheinlich war der alte Fred zum falschen Zeitpunkt am falschen Ort aufgetaucht.

»Sicher«, stimmte Basler ihm zu. »Aber das hier ist schon eine Ecke heftiger als sonst. Meinst du, unsere Observation hat was damit zu tun?«

Vor drei Wochen hatte Hendrik die Dauerbeobachtung der beiden Kosovo-Albaner angeordnet. Sie standen in dem Verdacht, drei Mädchen ermordet zu haben und außerdem an vier nachweisbaren schweren Körperverletzungen beteiligt gewesen zu sein. Sie hatten, nach allem was Hendrik herausbekommen hatte, eine Schleuserbande laufen und verdienten viel Geld mit Mädchen aus den ehemaligen Ostblockstaaten, die hier verheizt wurden und anschließend verschwanden.

Letzte Woche hatten sie sechs Mädchen nach einer Razzia ins Präsidium gebracht und einen Tag lang verhört. Die hatten aus Angst um ihr Leben nichts gesagt, waren anschließend aber trotzdem in Abschiebehaft gekommen, da sie sich illegal in Deutschland aufhielten. So etwas kostete die Leute Geld, und wenn sie meinten, jemand habe sie bei den Bullen angeschwärzt, konnte die Reaktion schon heftig ausfallen.

»Tja, schon möglich. War nur ein Mädchen im Haus?«

»Sieht so aus.«

»Damit haben wir mal wieder einen Grund, Herrn Mirkovich zu uns einzuladen. Ich nehme an, er weiß noch nichts davon, oder?«, fragte Hendrik.

Basler verneinte. »Kann er eigentlich nicht. Ein Paketbote hat den alten Fred heute früh kurz nach fünf gefunden, als er hier pinkeln wollte. Seitdem war niemand hier, der zum Personal gehört. Der Laden schließt um ein Uhr nachts und öffnet um fünfzehn Uhr.«

»Okay«. Hendrik warf seine Kippe zu Boden, trat sie aus und steckte sie danach in die Jackentasche. »Dann geh ich mal rein, schau mich um, und danach fahren wir beide zurück und unterhalten uns mit Mirkovich und Krasic.«

»Ich komm aber nicht noch mal mit rein. Mein Bedarf an roter Farbe ist für heute gedeckt.«

Hendrik verstand sofort, was Basler damit meinte, als er das Bordell betrat. Wer auch immer den Laden eingerichtet hatte, hatte sich jede erdenkliche Mühe gegeben, dem Klischee zu entsprechen. Keine Wand, die nicht rot war, kaum eine Glühlampe, die normales, helles Licht spendete. Außer natürlich die Strahler der Spurensicherung, die im Moment jeden Winkel ausleuchteten und eine höllische Hitze verbreiteten.

Das andere Rot war schon braun geworden. Eine unglaublich riesige Lache, in deren Mitte immer noch der Körper des Mädchens lag. Eine junge Osteuropäerin, hübsch zu Lebzeiten und viel zu jung zum Sterben. Aber das waren sie ja alle.

Patrick Kenzel, der Gerichtsmediziner, ging auf Hendrik zu.

»Viel Blut«, sagte Hendrik.

»Ja, ist so gut wie alles rausgelaufen. Ein einziger Schnitt bis durch auf die Wirbelsäule. Scharfes Messer, wahrscheinlich Profiqualität. Jedenfalls nichts Profanes aus dem Haushalt.«

»Keine Spuren einer Prügelei, Vergewaltigung?«

Kenzel schüttelte den Kopf. Sein halblanges Haar schwang locker und frisch gewaschen hin und her. Hendrik fragte sich immer wieder, wie der Kerl es schaffte, stets so gut auszusehen. Sie hatten ihn doch sicher auch aus dem Bett geklingelt. Und warum ging ein junger, smarter, gut aussehender Mediziner überhaupt zur Polizei, um dort Leichen auseinanderzunehmen? Irgendwann würde er Kenzel mal auf ein Bier einladen und diese Fragen stellen. Irgendwann, wenn seine Zeit es zuließ.

»Nein. Nach dem, was ich bisher gesehen habe nicht. Nur dieser eine Schnitt. Muss ein eiskalter, effektiver Typ sein, den ihr sucht. Können wir sie jetzt wegbringen lassen?«

»Ja. Ich komm später noch mal zu dir.«

Er schlug Kenzel auf die Schulter, ließ ihn mit der Leiche allein und machte sich daran, den Rest des Gebäudes zu untersuchen. Dabei hörte er das schmatzende, saugende Geräusch, als die Techniker der Spurensicherung den Leichnam aus seinem geronnenen Blut zogen.

Widerlich!

Er ging ins erste Stockwerk hinauf. Dort oben hielt sich niemand auf. Er schaute in jeden Raum. Alles war genau so, wie man es erwarten durfte. Im letzten Zimmer trat Hendrik ans Fenster und sah hinaus. Hinter dem Haus war nichts als Brachland. Was früher vielleicht ein Garten gewesen war, war nun verkommen. Vielleicht vierzig Meter vom Haus entfernt verlief hinter allerlei Buschwerk eine alte Bahnstrecke.

Hendrik wollte sich gerade abwenden, als er eine Bewegung bemerkte. Er war sich nicht sicher, da er das Gleisbett wegen der Büsche nicht gut sehen konnte, deshalb blieb er stehen und sah genauer hin.

Tatsächlich!

Von rechts kam ein uniformierter Polizist. Er ging mit gesenktem Kopf zwischen den Schienensträngen entlang, und er war nicht der einzige. Ihm folgten in regelmäßigen Abständen zwei weitere, die jedoch nicht auf dem Gleis, sondern in dem lichten Waldstück daneben gingen. Der Uniform nach zu urteilen gehörten sie zu einer Hundertschaft. Anfänger, Auszubildende, die für solche Tätigkeiten wie Geländedurchforstungen eingesetzt wurden. Nur konnte Hendrik sich nicht vorstellen, warum Basler das angeordnet haben sollte.

Er ging hinunter und traf Basler vor der Tür. Sein Partner unterhielt sich mit Kenzel, der gerade seinen Plastikanzug abstreifte.

»Was machen die Jungs auf den Schienen?«, fragte Hendrik.

Basler blickte ihn an, als hätte er sein Gehör oder seinen Verstand verloren. Oder beides.

»Welche Jungs?«

»Na, welche wohl? Die Maskierten, die hinten die Bahnstrecke und den Wald absuchen. Hältst du den Einsatz einer Hundertschaft für notwendig?«

Basler zog die Augenbrauen zusammen. »Ich weiß nichts von einer Hundertschaft, und ich habe auch niemanden aufs Gleis geschickt.«

Ohne noch ein Wort zu verlieren, gingen die beiden ums Haus, durchquerten den verkommenen Garten, stiegen über einen altersschwachen Jägerzaun und kämpften sich durch Brombeerbüsche und Maulwurfskrater, wobei Basler mit seinem kaputten Knie ein Stück zurückfiel.

Hendrik erreichte als Erster das flache Gleisbett, das von Unkraut überwuchert war, in dem aber noch verrostete Schienenstränge lagen. Auf der anderen Seite begann nach wenigen Metern Brachland der Wald. Hendrik blieb auf dem Schotterbett stehen und rief den Beamten an, der sich, den Blick zu Boden geheftet, bereits entfernte. Offenbar hatte er den Auflauf auf der anderen Seite des Puffs nicht bemerkt.

Der Mann drehte sich um, runzelte die Stirn und kam zurück.

Bevor er dazu kam, blöde Fragen zu stellen, fuhr Hendrik ihn an.

»Was machen Sie hier, und wer hat Ihnen den Auftrag erteilt?«

Der junge Beamte blieb stehen und versteifte sich. Hendriks Ton schien ihm nicht zu gefallen.

»Und wer sind Sie?«, schoss er zurück.

Hendrik zeigte seinen Ausweis. »Kriminalrat Dag Hendrik. Soll ich die Frage noch einmal wiederholen?«

Jetzt ließ sich sein Gegenüber doch einschüchtern. In einer Haltung, die dem Strammstehen in der Kaserne gleichkam, erklärte er Hendrik, dass er einer Hundertschaft angehöre, die seit dem frühen Morgen nach einem vermissten Mädchen suche. Geleitet werde ihr Einsatz von Hauptkommissarin Karminter.

Basler hatte inzwischen schwer atmend aufgeholt und die Erklärung des Mannes mitgehört.

»Potzblitz!«, sagte er. »Da soll mich doch der Teufel holen. Was ist denn hier los?«

Hendrik fragte den Polizisten nach dem Einsatzzentrum, bedankte sich bei ihm und entließ ihn in seine Pflicht. Zusammen mit Basler verließ er das Gleisbett. Sie machten sich auf den Rückweg durch den Gartendschungel. Hendrik stellte mit Bedauern fest, wie schwer es seinem Kollegen fiel, über den niedrigen Zaun zu steigen.

»Warum haben wir davon nichts mitbekommen?«, fragte Basler, als sie die Rückseite des Gebäudes erreichten.

Hendrik zuckte mit den Achseln. »Du weißt doch, wie das in der Dienststelle zugeht. Andere Abteilung, kein Informationsfluss. Immer dasselbe.«

»Kennst du die Karminter?«

»Ja. Ist mir schon ein paar Mal über den Weg gelaufen. Nett anzusehen, ziemlich gut in ihrem Job und sehr jung für eine Hauptkommissarin in der Position einer Abteilungsleiterin. Ehrgeizig und klug. Ich glaube, ich sollte mich mit ihr unterhalten.«

»Und was mache ich?«

»Fahr zurück in die Stadt, mach den beschissenen Mirkovich ausfindig, und nimm ihn dir vor. Oder nein, lass ihn vorläufig festnehmen und schmoren, bis ich zurück bin.«

Basler schob die Unterlippe vor. »Was du natürlich auf deine Kappe nimmst.«

Hendrik grinste. »Natürlich.«

Ein Beamter der Spurensicherung, gekleidet in den obligatorischen weißen Plastikanzug, kam ihnen aus dem alten Bahnhofsgebäude entgegen.

»Chef, wir haben etwas gefunden«, rief er.

An der Tür trafen sie sich.

»Und was?«

»In einem Fach hinter der Bar lag eine Damenhandtasche. Kein Ausweis, aber der sonst übliche Inhalt.«

»Na und? Die wird wohl dem Opfer gehören.«

»Nein, deren Tasche lag in ihrem Blut.«

Hendrik stutzte.

»Es gibt also zwei Taschen, aber nur ein Mädchen.«

Der Spurentechniker wusste nicht, ob er darauf etwas antworten sollte, deshalb schwieg er und zuckte nur mit den Schultern.

»Gut, danke«, entließ Hendrik ihn, nahm Basler am Oberarm und führte ihn ein Stück weit weg.

»Wir ändern den Plan. Schnapp dir Mirkovich und verhör ihn sofort. Wir müssen wissen, wie viele Mädchen sich in der letzten Nacht hier aufgehalten haben. Ich kümmere mich um die Karminter.«

»Na, schau einer an, die kleine Schwuchtel sitzt mal wieder in der Badewanne? Hast wohl versucht dir einen runterzuholen, oder was. Und, klappt's nicht so richtig?«

Hohngelächter, lang und hässlich.

Dann nahm der Vater den Becher, in dem die drei Zahnbürsten der Familie steckten, füllte ihn mit eiskaltem Wasser aus dem Hahn über dem Waschbecken und goss es ihm über den Rücken. Die Kälte war wie Schmerz. Er schrie auf, doch sein Schrei glich mehr einem Juchzen.

»Tuntengeschrei ... gleich noch mal!«

Wieder füllte er den Becher, wieder, wieder und wieder. Doch mit jedem kalten Guss verringerte sich der Effekt, weil seine vorher durch das warme Badewasser aufgeheizte Haut sich an die Kälte gewöhnte.

Schließlich warf der Vater den leeren Becher zu ihm in die Wanne. Zusätzlich klatschte seine flache Hand mit Wucht gegen den Hinterkopf des Jungen. Seine Zähne schlugen hart aufeinander, er biss sich auf die Zunge. Sofort spürte er den metallischen Geschmack von Blut in seinem Mund.

»Schwuchtel.«

Es gab nur ein winziges Bad mit WC in ihrer kleinen Ei-

gentumswohnung in der vierten Etage einer Mietskaserne, und der Vater war hereingekommen, um das Klo zu benutzen. Das befand sich eingezwängt zwischen dem Fußende der Badewanne und der Wand.

Er ließ die Hose herunter, holte seinen extrem langen Schwanz heraus und strullte ins Becken. Der Junge sah ihm dabei zu und ahnte schon, was kommen würde. Mitten im Strahl schwenkte der Vater zur Wanne rüber und pisste ins Badewasser. Der Junge wollte aufspringen, doch Worte waren mitunter wie Hände, die einen festhielten.

»Du bleibst da drin sitzen, sonst tauche ich deinen verdammten Kopf unter, bis du das gesamte Wasser ausgesoffen hast.«

Also blieb er sitzen, während der Vater in aller Ruhe zu Ende pisste, schließlich seinen Schwanz abschüttelte, um auch noch den letzten Tropfen ins Badewasser zu bekommen, ihn wegsteckte und wortlos das Bad verließ.

Er blieb sitzen und spürte, wie ihn die Pisse seines eigenen Vaters langsam umhüllte und durch die vom warmen Wasser erweiterten Poren in die Haut und den Körper drang. Der Ekel war überwältigend, bereitete ihm fast schon körperlichen Schmerz, doch er konnte nicht aufstehen, weil er wusste, was noch kam.

Unvermittelt und mit Wucht riss der Vater die Badezimmertür auf.

»Wollte ich dir auch geraten haben.«

Rums, die Tür flog wieder zu.

Nochmals wartete der Junge einige Minuten ab. Erst dann war er in der Lage, sich aus dem ekelhaften Badewasser zu erheben. Er stand in der Wanne, ließ das Wasser abtropfen und sah im Spiegel über dem Waschbecken, dass ein feines Rinnsal Blut aus seinem Mundwinkel lief. Seine

Zunge pochte, doch er spürte es kaum. Apathisch nahm er den Duschkopf aus der Halterung an der Wand und duschte sich das schmutzige Wasser von der Haut. Während er das tat, öffnete sich leise die Badezimmertür und wurde auch ebenso leise wieder geschlossen.

Er bemerkte seine Mutter erst, als sie ihm den Duschkopf aus der Hand nahm.

»Pssst«, machte sie.

Immer nur »Pssst«. Ihr Geheimzeichen.

Sie griff ins Badewasser, zog den Stöpsel, nahm ein Stück Kernseife und machte weiter, wobei sie ihn unterbrochen hatte. Duschte seinen Körper, seifte ihn ein, berührte ihn überall, auch dort, wo er anders war. Sie war die Einzige, die das durfte, und sie tat es oft und ausgiebig, so als wolle sie ihm beweisen, dass es nicht schlimm war und dass sie ihn schön fand.

Er genoss still.

Schließlich stieg er aus der Wanne, stellte sich auf die flauschige Matte zwischen Waschbecken und Wanne und ließ sich von ihr abtrocknen. Sie rubbelte nicht, sie tupfte. Tupfte so lange, bis sein Körper trocken war. Zwischendurch küsste sie ihn auf die Stirn und sagte andauernd: »Pssst.«

Er ertappte sich immer öfter dabei, dass er ihr für jedes »Pssst« am liebsten die Zähne ausschlagen würde. Es war Kapitulation und Verrat gleichzeitig, und jedes einzelne »Pssst« drang wie ein heimtückisches Messer immer wieder in seine Eingeweide. Immer und immer wieder. Wenn sie doch nur aufhören würde damit, endlich aufhören.

Irgendwann nahm sie die kleine blaue Flasche Babyöl, die sie in dem billigen Pressholzschränkchen unter dem Waschbecken zwischen verschiedenen Putzmitteln ver-

*steckt hielt. Dieses verquollene, hässliche Schränkchen,
ein Abbild für die niederen Arbeiten im Haushalt, öffnete
der Vater niemals. Dort waren der Genuss und die Wollust
sicher vor ihm.*

*»Damit deine Haut immer so zart und schön bleibt«,
flüsterte sie ihm ins Ohr und begann, seinen ganzen
Körper mit dem Öl einzureiben. Wieder tat sie es an der
besonderen Stelle lange und ausgiebig. Schließlich glühte
seine Haut, und er war betäubt von dem schweren Duft
des Öls. Beinahe vergessen die Pisse und Schläge seines
Vaters.*

*»Lauf schnell in dein Zimmer«, sagte sie, nachdem sie
fertig war.*

*Sie öffnete die Tür einen Spalt und spähte hinaus. Bei-
de hörten das Dröhnen des Fernsehers. Sie nickte ihm zu,
er spurtete nackt über den kurzen Flur – was absolut verboten war und wofür er die schlimmsten Prügel bekommen
würde, wenn der Vater ihn erwischte – in sein Zimmer und
huschte unter die Bettdecke. Er spürte die Freude darüber,
gegen die Gesetze seines Vaters verstoßen zu haben. Kurze Zeit später folgte Mutter ihm ins Zimmer. Sacht drückte sie die Tür ins Schloss und setzte sich im Dunkeln auf
seine Bettkante.*

*»Du musst dir nichts daraus machen«, flüsterte sie und
strich mit ihrer weichen Hand über seine Wangen. Ihre
Hand roch nach dem Babyöl.*

*»Gott hat dich erschaffen, und er findet dich schön, so
wie du bist. Ich finde dich auch schön ... du bist mein hüb-
scher kleiner Junge. Ich liebe dich.«*

*Sie beugte sich zu ihm hinunter und hauchte einen zärt-
lichen Kuss auf seine Stirn. Er schlang die Arme um seine
Mutter, drückte sie und fühlte doch irgendwie nichts. So als*

sei ein ganz bestimmter Acker in seiner Seele nicht bestellt und werfe deshalb keine Früchte ab. Trotzdem genoss er ihre Zärtlichkeit, ihre Worte und ihren Geruch.

Diesen wunderbaren Geruch des Babyöls.

Betäubend, berauschend ....

Die Erinnerung verblasste, doch der Geruch nach Babyöl lag ihm in der Nase, obwohl er heute noch keines benutzt hatte. Allein den Brief in der Hand zu halten hatte gereicht, diese Bilder wachzurufen, so erstaunlich lebendig wie ein Film, eine Videoaufzeichnung, Kindheitserinnerungen, festgehalten für die Nachwelt. Nur dass in diesem Film auch Gefühle und Gerüche festgehalten waren, und das war mehr, als er ertragen konnte.

Dieser Brief ... warum hatte er ihn gerade jetzt bekommen?

Jetzt, wo er angefangen hatte, mit der Vergangenheit abzurechnen?

Er spürte Wut aufsteigen, jene Wut, die damals, als sein Vater in die Wanne gepisst hatte, auch schon in ihm gewesen war, jedoch nicht herausgekonnt hatte. Heute jedoch konnte sie es, und er konnte tun und lassen, was er wollte.

Du Missgeburt! Du Schwuchtel!

Er sprang vom Stuhl auf. Mit geweiteten Augen starrte er in die ihn umgebende Dunkelheit.

»Was willst du hier? Hau ab, ich hasse dich!«, brüllte er. Speichel spritzte.

Du wirst immer eine Schwuchtel bleiben!

»Nein, nein!«

Er lief umher, seine Hände öffneten und schlossen sich wie im Krampf. Er musste etwas tun, durfte es nicht einfach so über sich ergehen lassen.

Die Frau!

Ja, er würde es ihm beweisen!

Gleich jetzt!

Er lief zu dem niedrigen, langen Tisch, auf dem im Licht der Kerzen sauber aufgereiht seine Werkzeuge auf ihre Benutzung warteten. Monate hatte es gedauert, sie zusammenzutragen. Jedes einzelne war in einem anderen Fachgeschäft gekauft, um keine Aufmerksamkeit zu erregen. Noch waren sie, bis auf das Messer, jungfräulich. Zielsicher griff er nach dem Schlachterbeil und fuhr herum.

Plötzlich erfüllte hässliches Hohngelächter das unterirdische Gewölbe, wurde von den Mauern hin und her geworfen, multiplizierte sich, füllte seine Ohren, seinen Kopf, brachte ihn um den Verstand. Er presste die Handflächen auf die Ohren. Er durfte nicht über ihn lachen. Nicht mehr, nicht hier unten. Doch es hörte nicht auf, verhöhnte ihn nur noch mehr, wurde zu infernalischem Gebrüll, das seinen Kopf zum Platzen brachte.

Mit einem gequälten Schrei stürzte er auf die immer noch schlaff in den Fesseln hängende Frau zu. Sie hatte das Chloroform tief eingeatmet und war deswegen länger ohne Bewusstsein, als er gewollt hatte. Aber das war jetzt egal. Sie musste nicht wach sein, um ihm zu helfen.

Ihr Blut würde das Lachen verstummen lassen.

Er ließ das Schlachterbeil niederfahren, wieder und wieder, badete, tauchte in ihrem warmen Blut, verwandelte ihren Körper mit jedem weiteren wuchtigen Schlag in ein Fleischbündel. Fetzen, Brocken, Blut, flog, spritzte durch den Raum, besudelte Wände und Boden, ließ Kerzen erlöschen und Hoffnung schwinden. Und mit jedem weiteren Hieb wurde das Lachen leiser. Er schlug und schlug und schlug, so lange, bis er den Arm vor Schmerzen nicht mehr heben konnte. Dann entglitt ihm das Beil und fiel scheppernd zu Boden.

Er torkelte zurück, rutschte in dem Blutsee aus, fiel zu Boden, robbte auf dem nassen, glitschigen Boden rückwärts, bis er eine kalte Mauer in seinem Rücken spürte.

In den Fesseln hingen nur noch zerstörte Knochen und zerfetztes Fleisch.

Das Lachen aber war verstummt.

Vorerst.

Nele Karminter und Anouschka Rossberg fuhren in getrennten Wagen um halb acht auf den Parkplatz vorm Dienstgebäude in der Schillerstraße. Beide waren alles andere als ausgeschlafen. Trotzdem fühlte Nele sich gut, spürte eine ungewohnte Leichtigkeit und fragte sich, ob drei Orgasmen in einer Nacht tatsächlich die gleiche Wirkung wie Drogen haben konnten. Ihr Kopf, ihr Körper, ihre Seele, alles fühlte sich wie rundum erneuert an. Dafür war allein Anou verantwortlich, die im Bett ein richtiges Energiebündel war. Nele spürte jetzt noch ihre Wangen erröten, wenn sie daran dachte, was sie miteinander getan hatten.

Auf dem Parkplatz trafen sie sich.

Anouschka lächelte. »Mariensee!«, sagte sie verschwörerisch.

Nele nickte. Sie brauchten sowieso jeden freien Ermittler da draußen. Nele konnte es sich nicht leisten, eine fähige Beamtin wie Anou zwischen den Akten zu lassen, solange sie noch keine Spur von dem Mädchen hatten. Dass sie heute in die Ermittlungen mit eingebunden werden sollte, hatte nichts mit einer Belohnung für die gestrige Nacht zu tun. Obwohl Anou es natürlich fälschlicherweise so auffassen könnte. Aber andererseits, wenn Nele sie hierließ, würde

Anou es genauso falsch verstehen und folgerichtig denken, es geschehe aus Vorsicht vor den Kollegen.

Und schon fangen die Probleme an, seufzte Nele innerlich, schob den Gedanken aber schnell beiseite.

Sie stiegen die Treppe zum Eingang hinauf, zückten ihre Codekarten und öffneten damit die Tür. Die Beamtin am Empfang grüßte sie freundlich.

Bevor sie sich auf den Weg nach Mariensee machten, wollte Nele im Büro die Post und Infos des gestrigen Tages sichten. Außerdem hatte sie mit Tim Siebert abgesprochen, um acht Uhr hier eine informelle Besprechung durchzuführen. Eckert Glanz würde daran nicht teilnehmen. Er war draußen geblieben, um in aller Frühe die Einweisung der Hundertschaft zu übernehmen.

Im Dezernat war es noch ruhig. Sie nahmen den Fahrstuhl in die zweite Etage, zogen sich im Gang einen Kaffee aus dem Automaten und nahmen ihn mit ins Büro. Als sie dort ankamen, duftete es im Teamraum der Abteilung Vermisste bereits nach frischem, echtem Bohnenkaffee. Tim Siebert saß hinter seinem Schreibtisch auf dem Drehstuhl und griente sie an. »Kostverächter, was?«, sagte er und deutete mit dem Kinn auf die beiden Plastikbecher.

Obwohl der Kaffee je einen Euro gekostet hatte, gossen Nele und Anou ihn ins Waschbecken. Tim stand auf, ging zur Kaffeemaschine hinüber und füllte zwei große Tassen.

»Zwei Stück Zucker, richtig?«, fragte er in Anouschkas Richtung.

»Hey, ein aufmerksamer Mann!«

Nele beobachtete Tim. Waren seine Ohren gerade rot angelaufen?

Sie bekam ihren Kaffee schwarz, Anou mit Zucker, beide nippten daran.

»Wie lange bist du schon hier?«, fragte sie Tim und setzte sich auf die Kante seines Schreibtisches. Ihr Kollege sah ausgeruht und frisch geduscht aus. Sein Kinnbart war penibel gestutzt, ein kleines Kunstwerk, dass ihn wahrscheinlich jeden Morgen mindestens eine Viertelstunde an den Spiegel fesselte. Bei vielen anderen Männern hätte so ein Ding einfach nur affig gewirkt, zu Tim passte er hervorragend.

»Seit einer Stunde. Ich konnte nicht mehr schlafen. Mir geht ein Gedanke nicht aus dem Kopf.«

»Und der wäre?«

»Das es Zufälle dieser Art nicht gibt und der Unfall von vor einem Jahr doch etwas mit dem Verschwinden von Jasmin Dreyer zu tun hat.«

Nele nickte und bekam sofort ein schlechtes Gewissen. Sie hatte zwar nur kurz, aber sehr gut geschlafen und überhaupt nicht an den Fall gedacht.

Tim strich nachdenklich mit Zeigefinger und Daumen an seinem Bärtchen entlang. »So abwegig ist es eigentlich nicht. Wenn ich als Triebtäter auf der Suche nach einem Opfer bin, gibt es schlechtere Möglichkeiten, als nachts an einem einsamen beschrankten Bahnübergang zu lauern.«

Er hob die rechte Hand und zählte im Folgenden jeden Punkt an einem Finger ab.

»Die Fahrzeuge halten lange genug. Ich kann sehen, wer drinnen ist. Die Strecke ist schnurgerade. Ich kann sehen, ob noch ein Fahrzeug kommt. Und wenn das Fahrzeug nicht verriegelt ist ...«

Am Ende schnippte er mit Daumen und Mittelfinger.

»... oder wenn ein minderjähriges Mädchen nachts allein mit dem Fahrrad unterwegs ist«, vollendete Anou seinen Satz.

»Ja!« Er schlug mit der flachen Hand auf den Schreibtisch. »Ich könnte kotzen. Was glauben die Menschen eigentlich, in was für einer Welt wir leben? Lesen die da draußen auf dem Land keine Zeitung? Herrgottnochmal, es kann wirklich passieren, was will, der Leichtsinn der Menschen ist nicht totzukriegen.«

»Reg dich nicht auf, du kennst das doch. Was in der Zeitung steht, betrifft immer nur die anderen. Selbst passiert einem so etwas nicht.«

»Bis es dann eben doch passiert.«

»Du meinst also, wir könnten es mit einem Wiederholungstäter zu tun haben?«

Tim zuckte mit den Schultern. »Zumindest glaube ich, dass es einen ersten Versuch gegeben haben könnte, der fehlgeschlagen ist. Ich habe gestern noch mit Eckert gesprochen. Die Eltern sagen alle das Gleiche. In dem Autowrack wurden Bier- und Schnapsflaschen gefunden. Die Leichen konnten nicht mehr obduziert werden, sie waren zu stark verkohlt. Alles deutet aber darauf hin, dass in dem Wagen getrunken wurde. Die Frage ist eben, ob der Fahrer, ein gewisser Arno Streek, auch getrunken hat. Seine Eltern behaupten natürlich, er habe nie etwas getrunken. Das deckt sich zumindest mit dem, was Melanie Meyer sagt. Aber welche Eltern würden schon zugeben, dass ihr Sohn betrunken Auto gefahren ist, wenn er der Fahrer eines Wagens war, in dem vier junge Menschen umgekommen sind? An einem Punkt beißt die Maus nämlich keinen Faden ab.«

»Und der wäre?«

»Der Junge ist auf die Gleise gefahren. Wir kennen nur den Grund nicht.«

Nele trank von dem wirklich guten Kaffee. »Was hat die Untersuchung des Wagens der Meyer ergeben?«

Tim zog einen Zettel aus der Ablage auf seinem Schreibtisch. »Lag schon in der Post. Nichts. Sie konnten keinen Handabdruck finden. Da es aber geregnet hat, wird sie die Scheibenwaschanlage benutzt haben – da bleibt natürlich nicht viel übrig.«

»Ich habe auch nicht mit einem vollwertigen Fingerabdruck gerechnet, aber zumindest mit etwas, das ihre Aussage bestätigen würde.«

Nele starrte nachdenklich in ihre Kaffeetasse. Konnten sie Melanie Meyer glauben? Einem Mädchen, das vor nicht allzu langer Zeit in psychotherapeutischer Behandlung gewesen war und vielleicht immer noch nach einem plausiblen Grund suchte, warum dieser Arno Streek einfach auf die Gleise gefahren war – außer Alkohol. Waren die beiden vielleicht enger befreundet gewesen? Zusammen gegangen, wie man früher so schön gesagt hatte? Wie auch immer, das hatte Zeit. Die Suche nach Jasmin Dreyer war wichtiger.

»Ist die Hundertschaft schon draußen?«

Tim nickte. »Eckert hat in dem Gasthaus in Mariensee übernachtet. Er hat die Leute eingewiesen. Die müssten schon seit einer Stunde unterwegs sein.«

»Gut, ich denke ...«

Das Telefon in Neles Büro, das sich an der rechten Stirnseite des großen Raums befand, klingelte. Tim sah sie an.

»Soll ich?«

Nele nickte und Tim nahm das Gespräch an seinem Platz entgegen. Als er nach kurzer Unterhaltung wieder auflegte, hatte sich sein Gesicht verdüstert.

»Olala«, machte er. »Das war Eckert. Der Herr stellvertretende Polizeichef Hendrik möchte dich ganz dringend sprechen.«

»Und wieso ruft Eckert deswegen an?«

»Weil Hendrik draußen bei ihm ist.«

»Hendrik ist in Mariensee?«, wiederholte Nele.

»Jau«, machte Tim und zog die Augenbrauen hoch.

Nele dachte nach. Das gefiel ihr nicht. Warum mischte sich der stellvertretende Polizeichef so früh in die Ermittlungen ein? Und warum hielt er sich in Mariensee auf, wo er sich doch genauso gut in seinem Büro hätte Bericht erstatten lassen können? Nele wusste, dass der Mann kein Sesselhocker war und immer noch aktiv an Ermittlungen in seinem Ressort teilnahm. Aber sein Ressort war die Abteilung für Prostitution und Menschenhandel. Was sollte das mit ihrem Fall zu tun haben?

Nun, nach dem Gespräch würde sie schlauer sein.

»Okay. Fahren wir.«

»Alle zusammen?«, fragte Tim.

»Ich fahre mit Anou. Nimm du deinen Wagen, dann sind wir später beweglicher.«

Sie trafen Kriminalrat Hendrik am Bahnübergang, direkt am Fundort von Jasmin Dreyers Fahrrad. Er stand mit Eckert Glanz an einem dunklen BMW, als Nele, Anou und Tim Siebert zeitgleich eintrafen.

Dag Hendrik war eine imposante Erscheinung. Er überragte alle Anwesenden um mindestens eine Kopflänge, war nach Neles Schätzung 1,90 groß, schlank, mit athletischen Schultern, silbergrauem Haar und gebräunter Haut, wie man sie nur im Solarium bekam. Nele hatte schon ein paar Mal Kontakt zu ihm gehabt, war aber nicht recht schlau aus ihm geworden. Er schien ein umgänglicher Typ zu sein, mehr Ermittler als Bürohengst, andererseits war er aber auch in die zweithöchste Position aufgestiegen und würde, was man so hörte, den amtierenden Polizeichef beerben, um dessen Gesundheit es nicht zum Besten stand. Niemand stieg so weit auf, wenn er nicht politische Ränkespiele beherrschte und, wenn es sein musste, Kollegen auf der Strecke ließ. Aus Hendriks Gesicht konnte sie auch jetzt nichts ablesen.

Nach der Begrüßung einigte man sich darauf, das Gespräch nicht hier an der Schranke zu führen, wo sie dauernd von dem Zugverkehr gestört werden würden, sondern es in die Waldschänke in Mariensee zu verlegen, in der Eckert Glanz übernachtet hatte.

Nele unterhielt sich noch kurz mit dem Einsatzleiter der Hundertschaft und dem Hundestaffelführer. Sie wies die beiden an, den Aktionsradius zu erweitern, obwohl sie bezweifelte, dass es zu einem Erfolg führen würde. Bisher gab es nicht eine einzige verwertbare Spur. Das Mädchen konnte überall sein, möglicherweise Hunderte von Kilometern entfernt. Aber zumindest bis zum Einbruch der Dunkelheit würden sie die Suche fortsetzen. Schon allein um sich nicht den Vorwurf gefallen lassen zu müssen, nicht alles versucht zu haben.

Eine halbe Stunde später saßen sie abermals in der Waldschänke, diesmal zu fünft, an einem runden Tisch in der hinteren Ecke. Alle hatten Kaffee bestellt, bis auf Eckert Glanz, der diesmal Tee trank. Heute wurden sie von dem Besitzer selbst bedient, der sich eifrig hinter dem Tresen zu schaffen machte. Sie waren die einzigen Gäste im Schankraum, er konnte sich also ganz darauf konzentrieren, sie zu belauschen. Sie sprachen so leise, dass sie sich selbst gerade noch verstehen konnten.

In wenigen Minuten hatte Kriminalrat Hendrik ihnen geschildert, was in der Nacht in dem nur wenige Kilometer entfernten Bordell an der stillgelegten Bahnstrecke geschehen war. Oder besser, was er vermutete, das geschehen war.

Nele war erleichtert. Auf der Fahrt nach Mariensee hatte

sie sich den Kopf zermartert, was sie zu Beginn dieser Ermittlung falsch gemacht haben könnte, dass Dag Hendrik sich so früh einschaltete. Sie hatte das Schlimmste befürchtet. Vielleicht hatte sich einer der Anwohner beschwert, oder der Vater des Freundes von Jasmin Dreyer, den sie in der Befragung etwas härter angepackt hatten. Tatsächlich aber lief es jetzt auf einen Zufall hinaus.

»Das hört sich für mich wie eine Abrechnung im Milieu an«, meinte Nele, nachdem Hendrik seine Ausführungen beendet hatte.

Der nickte. »Ich stimme Ihnen zu. Die Brutalität spricht tatsächlich für eine Abrechnung unter Geschäftspartnern. Allerdings erwarte ich einen Anruf, der klärt, ob noch ein weiteres Mädchen in dem Club gewesen ist.«

»Gibt es denn einen Grund für diese Annahme?«, fragte Tim.

Hendrik erzählte ihnen von der Damenhandtasche und mutmaßte, dass nur ein einziges Mädchen schon ungewöhnlich wäre. Er hatte kaum geendet, da läutete sein Handy. Er nahm das Gespräch entgegen und hörte konzentriert zu. Nachdem Hendrik ein paar Worte gesagt hatte, legte er auf. Langsam und bedächtig steckte er das Handy zurück in die Innentasche seiner schwarzen Lederjacke. Dann sah er Nele an.

»Das war eben mein Kollege Basler. Er hat den Kerl verhört, der an dem Bordell beteiligt ist. Und der hat ausgesagt, dass immer zwei Mädchen dort waren, auch letzte Nacht.«

Nele starrte Hendrik an und drückte den Rücken durch. »Das bedeutet …«

»… dass ein Mädchen vermisst wird … mit ihrem zwei«, beendete Hendrik ihren Satz.

»Scheiße!«, sagte Anou.

»So kann man es auch ausdrücken.«

»Das Mädchen kann auch von Tätern aus dem Milieu mitgenommen worden sein«, überlegte Nele laut.

»Sie kann auch geflüchtet sein, ist alles denkbar. Aber dieser Mirkovich sagt aus, es gebe keinen Streit mit irgendjemandem, und auf diese Art würden sie das auch nicht regeln.«

»Kann man das glauben?«

»Soweit man einem Dealer, Schläger, Mädchenhändler und wahrscheinlich auch Mörder eben glauben kann.«

»Wenn wir diesen Gedanken zu Ende bringen, hieße das, wir sind auf der Suche nach einem Wiederholungs-, wenn nicht sogar Serientäter.«

Daraufhin schwiegen alle.

Es war Anou, die sich als Erste wieder zu Wort meldete. »Das Verhalten entspricht aber keinem gängigen Schema. Sexuell motivierte Serientäter sind nach ihrer ersten Tat zunächst verwirrt und haben Angst, entdeckt zu werden. Sie ziehen sich zurück, warten ab, beobachten oft sogar die Ermittlungen sehr genau, beteiligen sich mitunter sogar daran. Es dauert eine ganze Weile, bis sie ihre nächste Tat begehen. Dieser Abstand zwischen den Entführungen ist einfach zu kurz.«

»Es sei denn, es ist nicht seine erste Tat«, gab Nele zu bedenken.

»Haben Sie Grund zu der Annahme?«, fragte Hendrik.

Nele berichtete ihm von dem Unfall vor einem Jahr. »Es könnte ja sein, dass er es damals schon versucht hat. Die Sache ging aber furchtbar schief, und er zog sich zurück. Jetzt fühlt er sich wieder sicher und versucht es erneut.«

»Oder es gab ein einschneidendes Erlebnis, etwas, das

ihn zum Handeln zwingt«, sagte Anouschka. »Damit hätten wir dann doch den typischen Handlungsablauf bei Serientätern.«

Dag Hendrik sah die beiden abwechselnd an. Nele war sich nicht wirklich sicher, was er dachte, weil sie kaum etwas in seinem Gesicht lesen konnte, aber was er hörte, schien ihm nicht zu gefallen.

»Kann schon sein«, sagte Hendrik schließlich, »doch das ist alles nur reine Spekulation. Wir sollten ab jetzt in dieser Sache zusammenarbeiten. Ich werde das mit Polizeichef Döpner klären. Aber tun Sie mir einen Gefallen, und behalten Sie den Verdacht bezüglich eines Serientäters vorerst für sich, okay!«

Alle Anwesenden nickten. Die Erwähnung des Polizeichefs versetzte Nele einen kleinen Stich. Sie konnte sich vorstellen, dass ein Karrieremensch wie Hendrik, der in der Hierarchie einige Stufen über ihr stand, gute Beziehungen nach ganz oben hatte. Was letztendlich bedeutete, dass Hendrik die Leitung übernehmen würde. Es spielte dann keine Rolle mehr, wer aus welcher Abteilung kam. So wie sich das hier entwickelte, würde eine Sondereinsatzgruppe ins Leben gerufen werden, und die musste von jemandem geführt werden. Nele hatte das schon einige Male gemacht, aber es stand wohl außer Frage, wer hier von Döpner den Zuschlag bekommen würde. Sie begann sich zu ärgern und stellte fest, dass ihre Sympathie für Hendrik schwand.

»Gut, klären Sie das«, sagte sie und kippte ihren Rest Kaffee in einem Zug hinunter. »Wir werden in der Zwischenzeit weiter nach unserem Mädchen suchen.«

Der in Mariensee getrunkene Kaffee drückte auf seine Blase, außerdem wollte Dag Hendrik sich ein wenig frisch machen, bevor er seinen Chef auf den neuesten Stand brachte. Aber erstens kommt es anders und zweitens als man denkt, folglich stand Hans-Georg Döpner vor dem mittleren Spiegel im Waschraum, als Hendrik den Raum betrat.

Er zögerte kurz.

»Oh, zu Ihnen wollte ich gerade.«

Döpner, der eine Zahnbürste zwischen den Lippen hatte, gab einen unverständlichen Laut von sich, beugte sich dann tief über das Waschbecken und spülte sich den Mund aus. Hendrik war schon einige Jahre im Dezernat, sieben davon im neuen Gebäude, die Zähne geputzt hatte er sich hier allerdings noch nie. Aber Döpner war ja auch bekannt dafür, dass er zwischen Zuhause und Dezernat keinen Unterschied machte. Zum Leidwesen seiner Frau und seiner Gesundheit.

»Kommen Sie rein, Hendrik, bin gleich so weit«, sprach Döpner ins Waschbecken, nachdem er den Mund wieder frei hatte.

Hendrik schloss die Tür hinter sich. Er trat ans Waschbecken, ließ kaltes Wasser einlaufen und benetzte sich das Gesicht. Vor seinem Chef das Urinal benutzen mochte er nicht. Musste seine Blase dem Druck eben noch ein Weilchen länger standhalten.

Döpner hob den Kopf, wischte sich den Mund mit einem Handtuch ab und grinste zähnefletschend sein eigenes Spiegelbild an. Seine künstlichen Beißer glänzten im Neonlicht.

»Frau Prollock hat mal wieder Schaumküsse mit ins Büro gebracht, und Sie wissen ja, wie schlecht ich Nein sagen kann. Aber das Zeug klebt so widerlich an den Zähnen, da kann ich nicht lange mit herumlaufen.«

Hendrik tupfte sich mit einem Papiertuch das kalte Wasser aus dem Gesicht und nickte. Er hatte keine Ahnung, was er darauf antworten sollte. Smalltalk war nicht seine Stärke, außerdem war es ihm unangenehm, seinen Chef bei einer so trivialen Sache wie dem Zähneputzen erwischt zu haben. *Hoffentlich benutzt er jetzt nicht auch noch das Klo*, schickte Hendrik ein Stoßgebet gen Himmel.

»Ich hab schon gehört, zwei Tote, aber in dem Milieu wundert uns das ja nicht, oder?«, sagte Döpner, nachdem er sein Grinsen eingestellt hatte.

Hendrik sah ihn über den Umweg seines Spiegelbildes an. »Genau darüber müssen wir sprechen.«

»Gibt es denn Probleme?«

Hendrik nickte. »Sieht ganz danach aus.«

Döpner seufzte und packte seine Sachen in einen braunen Kulturbeutel. »Gut, gehen wir ins Büro. So weit sind wir ja trotz aller Sparmaßnahmen noch nicht, dass wir unsere Besprechungen auf dem Klo abhalten müssen, nicht wahr?« Er schlug Hendrik auf die Schulter und lachte, während er als Erster die Toilette verließ. Hendrik lief ihm hinterher. Seine Blase nervte, obwohl ihm einiges andere durch den Kopf ging.

Polizeipräsident Hans-Georg Döpner war mehr Politiker als Polizist, und Hendrik arbeitete lange genug unter ihm, um zu wissen, was sein Chef von der Theorie eines eventuellen Serientäters halten würde. Nichts! So was brachte nur schreiende Presse und schlecht gelaunte Politiker auf den Plan, und vielleicht war es auch noch zu früh für eine solche Annahme. Allerdings wäre es für die Ermittlungen von großem Nachteil, sollten KHK Karminter und er in zwei verschiedene Richtungen laufen, wenn sie doch ein Ziel hatten. Darüber hinaus gab es noch sein Bauchgefühl, und das gefiel Hendrik gar nicht. Obwohl er sich selbst als nüchternen, an Fakten orientierten Menschen einschätzte, hatte er immer auch auf seine Instinkte gehört. Und die sagten ihm heute, dass an der Sache etwas nicht stimmte. Streitigkeiten unter Bordellbetreibern waren nicht ungewöhnlich. Sie wurden in dem Milieu mit harten Bandagen ausgetragen, und wenn er mit seinem Team nicht seit über vier Monaten an Mirkovich und Krasic dran wäre, hätte er ohne mit der Wimper zu zucken den Verdacht eines Wiederholungstäters abgetan. So aber lag die Sache anders. Die beiden Kosovo-Albaner waren sozusagen die aufgehenden Sterne im Drogen- und Rotlichtmilieu der Stadt. Bevor die Polizei überhaupt auf sie aufmerksam geworden war, waren sie schon seit Monaten aktiv gewesen, hatten Kontakte aufgebaut und unliebsame Mitbewerber aus dem Markt gedrängt. Sie waren gut in dem, was sie taten, wenigstens das musste Hendrik ihnen zugestehen. Wenn sie keinen Fehler machten oder Kommissar Zufall nicht in den Ring stieg, würden die beiden noch eine ganze Weile Geld scheffeln. Dieser Tage waren sie angesehene Geschäftsleute in der Stadt, und nach Hendriks Einschätzung gab es zurzeit niemanden, der ihnen das Wasser reichen konnte oder den Mumm und das Geld aufbrachte, sie aus dem Rennen zu werfen. Hendrik hatte intensiv darüber nachgedacht, ihm war jedoch niemand aus der Szene eingefallen, der den Überfall auf den Puff bei Hassfeld und die Morde durchgeführt haben könnte. Mirkovich und Krasic waren bestimmt genauso überrascht wie er.

Bestand tatsächlich ein Zusammenhang? Hatte derselbe Täter, der das Mädchen an dem Bahnübergang entführt hatte, auch die Nutte aus dem Puff verschleppt und ganz nebenbei deren Beschützer und Kollegin getötet? Das war ziemlich abstrus, und es fiel Hendrik schwer, daran zu glauben. Im Augenblick fehlten ihm aber die Alternativen.

Döpner bestellte im Vorübergehen bei seiner Vorzimmerdame Kaffee, hielt Hendrik die Tür zu seinem Büro auf und lotste ihn herein.

»Sie möchten doch Kaffee?«, fragte er, während sie sich setzten.

Sofort begann Hendriks Blase zu quengeln. »Danke, eigentlich nicht, ich hatte heute schon mehr als genug davon.«

Döpner machte ein enttäuschtes Gesicht. »Recht haben Sie. Meine Frau sagt auch, ich trinke zu viel von dem Zeug. Haben Sie gewusst, dass es einem das Kalzium aus den Knochen zieht und die Nieren ruiniert?«

Hendrik wusste das schon, aber es lag ihm fern, seinen Chef jetzt, wo dessen Gesundheit sowieso schon im Eimer war, in dieser unschönen Vorstellung zu bestätigen. Hans-Georg Döpner war ein intelligenter Mann mit scharfem Verstand und Charisma, was aber seinen eigenen Körper anging, versagten all diese Vorzüge. Er trank nur Kaffee, aß zu fett und zu süß und rauchte wie der oft zitierte Schlot. Der Mann würde seine Pension nicht lange einstreichen können, da war Hendrik sich sicher.

»Nein«, beantwortete Hendrik die Frage, »wusste ich nicht.«

»Tut es aber. Sie sollten vorsichtig sein damit, sonst enden Sie wie ich.« Er bestellte über die Gegensprechanlage bei seiner Sekretärin den Kaffee wieder ab. Dann sah er Hendrik an, und in seinen Augen blitzten Gewitztheit und Intelligenz auf, was man bei dem alten Mann nicht mehr alle Tage sah.

»Und, was gibt es für Probleme? Hoffentlich nichts, was mir den Tag verdirbt!«

»Ich fürchte doch.«

Döpner zog die buschigen, dunklen Augenbrauen zusammen und fixierte Hendrik. »Warum habe ich geahnt, dass Sie das sagen werden?«

»Weil Sie hellsehen können, wahrscheinlich.«

»Wahrscheinlich ... na los, erzählen Sie schon.«

Hendrik klärte seinen Chef auf. Dabei vermied er zwar das Wort Serientäter, ließ aber durchblicken, dass sowohl er als auch Hauptkommissarin Karminter zumindest nicht ausschließen konnten, dass es einen Zusammenhang gab zwischen dem vermissten Mädchen und der entführten Prostituierten. Döpner schaukelte derweil in seinem Chefsessel vor und zurück. Das Leder knarzte leise. Er hielt die Handflächen aneinandergepresst und stützte sein Kinn auf die Fingerspitzen. Mit seinem feisten Gesicht und der hohen Stirn erinnerte er Hendrik in diesem Moment an eine Buddha-Statue. Hoffentlich erwies er sich auch als ähnlich weise!

»Ich weiß nicht ...«, begann er, nachdem Hendrik geendet hatte. »Für mich passt das nicht zusammen. Sie sind doch schon seit einiger Zeit an diesem Mirkovich und seinem Partner dran. Kann es nicht sein, dass irgendein Konkurrent versucht, das auszunutzen?«

»Möglich ist vieles. Ich will das auch nicht ausschließen und werde selbstverständlich in diese Richtung ermitteln. Ich halte es aber aus besagten Gründen für nicht sehr wahrscheinlich. Wir sollten uns in diesem frühen Stadium der Ermittlungen alle Optionen offenhalten ... aber das wissen Sie selbst ja am besten.«

»Diese andere Option, Hendrik, kann es sein, dass sie in Richtung eines Serientäters geht?«

Hendrik stockte kurz. Das Wort war heraus. Döpner überraschte ihn damit.

»So weit würde ich nicht unbedingt gehen«, sagte Hendrik und spürte beinahe, wie er sich selber in den Arsch trat.

»Aber Sie haben daran gedacht, nicht wahr?«

Hendrik zuckte mit den Schultern. »Im Ansatz, ja.«

»Hendrik, Sie sind doch clever. Es ist Ihnen doch klar, dass ich aufgrund der dünnen Beweislage keine Sonderermittlungsgruppe einsetzen kann, die haufenweise Geld verschlingt. Serientäter! Herrgott! Stellen Sie sich die Presse vor. Wir sind hier nicht in Amerika. Hierzulande, gerade in unserer Region, haben die Menschen keine Erfahrung mit Serientätern und wissen auch nicht, wie sie damit umgehen sollen. Und unter uns gesagt, wir haben auch keine Erfahrung damit, nicht wahr.«

»Das nicht, aber ...«

»Nein, Kriminalrat Hendrik, das ist mir zu früh. Wenn Sie mit etwas Stichhaltigem kommen, bin ich der Letzte, der Ihnen Steine in den Weg legt. Aber nicht in diesem Stadium. Arbeiten Sie mit der Karminter zusammen ... eine sehr fähige Frau übrigens ... aber lassen Sie um Himmels willen nicht durchblicken, es könnte sich um einen Serientäter handeln. Schließlich sind erst zwei Mädchen verschwunden. Und die haben nichts, aber auch gar nichts miteinander zu tun. Von diesem ominösen Unfall mal ganz zu schweigen.«

»Also bleibt es bei geteilter Ermittlungsarbeit?«

Döpner nickte. »Offiziell und vorerst ja. Was Sie und KHK Karminter intern machen, bleibt wie immer weitestgehend Ihnen selbst überlassen. Sie kennen mich, ich vertraue Ihnen. Habe ich mich klar ausgedrückt?«

Klar wie ein Politiker, dachte Hendrik, sagte es aber nicht. Vielleicht würde er in ein paar Jahren auf der anderen Seite des Schreibtisches sitzen und Entscheidungen treffen müssen, die seine Untergebenen nicht verstehen konnten. Dann würde er sich über ein wenig Respekt sicher auch freuen.

Vorerst freute Hendrik sich darüber, dass das Gespräch beendet war und er endlich seine Blase erleichtern konnte.

3. Tag, abends

Westliche Winde brachten feuchte Luft vom Atlantik mit, die auf ihrem Weg die Kälte der Nordsee aufsog und tief ins Landesinnere trug. Für Schnee war die Temperatur noch nicht niedrig genug, aber der feine Regen war trotzdem schneidend kalt, peitschte von der Seite und trieb die Menschen zur Eile. In Regenjacken gehüllt liefen sie mit hochgezogenen Schultern durch den Ort, blickten weder auf noch nach rechts oder links, trabten durch die Dunkelheit und waren sich wohl bewusst, dass sie das Böse nicht sehen würden, selbst wenn es neben ihnen herliefe. Aus diesen Gedanken erwuchs eine innere Kälte, die viel schlimmer war als jene vom Seewind herangetragene, aber nur die mutigsten der Marienseer Männer, die hier unterwegs waren, gestanden sich ein, dass es diese Angst war, die ihren Beinen zu schnellerem Schritt verhalf. Angst vor dem Unbekannten, dem Bösen und letztendlich auch davor, dass das Böse gar nicht unbekannt war, dass es vielleicht sogar in diesem Ort sein Zuhause hatte.

Gegen neunzehn Uhr füllte sich die Waldschänke zusehends. Wirt und Ortsvorsteher Ullrich Bockhop, kurz Ulli genannt, begrüßte jeden einzelnen durchgefrorenen Einwohner von Mariensee per Handschlag. Er hatte geladen, und so gut wie alle, die sich auch sonst aktiv für den Ort engagierten, kamen. Darüber hinaus noch einige, die sich kaum einmal in seiner Kneipe sehen ließen. Die Buschtrommel funktionierte noch sehr gut hier in Mariensee.

Ulli hatte die Einladung zur außerordentlichen Bürgerversammlung nur an drei Vertraute ausgeben müssen, der Rest war von allein gelaufen.

Natürlich bestellten die Leute etwas zu trinken, und Ulli erwartete so viel Umsatz wie sonst in einem Monat nicht, aber das war nur Nebensache. Heute Abend ging es um ihren Ort, ihre Kinder, ihre Sicherheit. Und was er seinen Leuten zu sagen hatte, würde für helle Aufregung sorgen, das wusste Ulli. Die Bedenken, er könnte eine Panik auslösen, hatte er nach zähem Ringen mit sich selbst über Bord geworfen. Die Menschen hier gerieten so schnell nicht in Panik. Außerdem hatten sie ein Recht, alles zu wissen, was ihren Ort betraf. Und er als Ortsvorsteher, was einem Bürgermeister gleichkam, hatte natürlich einen Plan.

Um halb acht saßen mehr als vierzig Leute im Schankraum. Während des Wartens hatte sich die Luft in eine blaue Dunstglocke verwandelt, und Ulli konnte längst nicht mehr jeden sehen, vor allem nicht die in den Ecken. Der Geräuschpegel war enorm. Als er aber den Schankraum betrat und sich an der Stirnseite unter den ausgestopften Köpfen der Hirsche, die er selbst geschossen hatte, aufstellte, verstummten die Gespräche schlagartig. Hier noch ein Husten, dort ein Rascheln, ansonsten Konzentration.

Ulli nickte Detlef Dreyer zu, der ihm am nächsten saß. Der Mann sah aus wie eine Leiche. Sein Bier bekam er natürlich umsonst. Ehrensache.

»Leute«, rief Ulli in seinem Bariton und tat so, als müsse er warten, bis sich alle beruhigt hatten.

»Leute … ich finde es ganz toll, dass ihr alle gekommen seid. Ich freue mich immer wieder über unsere starke Gemeinschaft hier in Mariensee.«

Zustimmendes Murmeln aus dem blauen Dunst.

»Ganz besonders freue ich mich, dass Detlef heute unter uns ist. Er hätte allen Grund, sich zu verkriechen. Ich bewundere seine Stärke.«

Ein paar Leute applaudierten, was Detlef Dreyer offensichtlich peinlich war.

»Wir haben es alle schon gehört, ich brauche es eigentlich nicht zu wiederholen. Und Detlef hat mir vorhin noch gesagt, es gibt keine Neuigkeiten. Seine Jasmin ist noch immer verschwunden. Ich hab ihm gesagt, dass das auch ein gutes Zeichen sein kann, und das meine ich auch so.«

Beifälliges Gemurmel.

»Der eine oder andere von euch hatte schon Kontakt zu den Leuten von der Polizei. Die fragen ja jeden nach allem. Gut, das muss wohl so sein. Die haben sich aber auch ganz speziell um den Unfall bemüht.«

Ulli musste nicht erklären, was er mit dem »Unfall« meinte. Alle in Mariensee nannten es so. Etwas Derartiges war vorher noch nie passiert und würde wohl auch nicht wieder passieren.

»Was hat das mit Jasmins Verschwinden zu tun?«, rief jemand.

»Genau das habe ich mich auch gefragt. Und auf eine Antwort musste ich nicht lange warten. Heute Vormittag war diese Hauptkommissarin Karminter mit einem ganzen Tross Beamter hier. Wobei ich glaube, dass einer davon eine höhere Position bei der Polizei bekleidet.«

»Na endlich«, kam es aus der Menge. »Ich hab doch gleich gesagt, die ist zu jung ... und dann auch noch 'ne Frau.«

»Lass mal gut sein, Frieder, die macht ihre Sache schon ordentlich. Ich wollte damit auch nur sagen, dass die Polizei die Sache verdammt ernst nimmt.«

»Und was hat das nun mit dem Unfall zu tun?«

»Wart's doch ab. Ich konnte Bruchteile ihres Gespräches verstehen. Leider nicht alles, aber so wie es sich angehört hat, ist irgendwo noch eine Frau verschwunden. Gar nicht weit von hier.«

»Da war was im Puff«, rief Heinz Ölkers dazwischen. »Da war heute Morgen was los, Polizei und so. Ich hab mir nichts dabei gedacht, da kommt das ja öfter mal vor.«

»Du weißt also nichts Genaues?«

»Meinst du, ich bin hingegangen und hab gefragt?«

»Neugierig genug wärst du ja«, rief ein Scherzbold dazwischen.

»Nun gut, das kann ja viele Gründe haben. Aber wenn es so ist … dann war es ja nur eine Nutte. Ich habe aber noch gehört, dass Melanie Meyer«, hier platzierte Ulli geschickt eine Pause, und alle Blicke wanderten zu Melanies Vater, »die Polizei darauf gebracht hat, der Unfall könnte etwas mit dem Verschwinden von Jasmin zu tun haben. Oder umgekehrt.«

Im Saal machte sich Unruhe breit.

»Hört zu, Leute. Hört doch zu. Wir wissen ja alle, was damals passiert ist, daran ändert Jasmins Verschwinden jetzt auch nichts. Die Streeks sind weggezogen, deshalb sollten wir langsam anfangen, diese Geschichte zu begraben.«

»Richtig! Der Junge war schuld, was gibt's da noch zu reden«, rief jemand in den Raum.

»Eben«, bestätigte Ulli und beendete damit das unsägliche Thema. »Womit wir uns heute beschäftigen müssen, das hat eine ganz andere Qualität. Ich weiß ja nicht, ob da was dran ist, aber …«, erneut eine Kunstpause, diesmal dem Ereignis entsprechend länger, »… ich habe das Wort Serientäter aufgeschnappt.«

Sofort brandete die Unruhe zu einem Sturm der Entrüstung auf, warf Wellen gegen die Wände des Schankraumes, die sich brachen und mit Getöse über die Köpfe der Einwohner stürzten. Ulli schwieg und sah zu. Dieses Wort war zwischen den Polizisten nicht gefallen, zumindest hatte er es nicht gehört, aber er war schließlich nicht dumm und konnte eins und eins zusammenzählen. Und wenn man die Leute auf die Beine bringen wollte, musste man schon schweres Geschütz auffahren. Das hatte er sich von den Profi-Politikern aus Berlin abgeschaut.

Er drehte sich zur Theke um und trank einen langen Zug von seinem Bier. Seine Frau reichte ihm ein Geschirrtuch, womit er sich den Schweiß von der Stirn tupfte. Die Leute im Saal redeten sich derweil in Rage. Im Moment konnte und wollte er nichts dagegen tun. Sollten sie ruhig ihre eigenen Schlüsse ziehen. Nicht dass es nachher hieß, er habe die Bevölkerung aufgewiegelt.

Irgendwann war es aber doch an der Zeit, wieder für Ruhe und Ordnung zu sorgen. Die allgemeine Diskussion führte nämlich zu nichts. Und Ulli wollte ja noch seinen Plan loswerden.

»Leute ... Leute, beruhigt euch doch mal wieder.«

Es dauerte ein paar Minuten, bis es so weit war. Als wieder Ruhe in den Schankraum eingekehrt war, atmete Ulli tief ein und trat erneut vor seine Mitbürger.

»Was haltet ihr von einer Bürgerwehr?«

Schweigen zunächst. Dann erste Zustimmung, allerdings nur zaghaft. Ulli spürte, dass er nachlegen musste.

»Ich hab mir das folgendermaßen vorgestellt. In der Zeit von Sonnenuntergang bis zwei Uhr patrouillieren zwei Männer in ihrem Wagen durchs Dorf, fahren die Strecke nach Friedburg ab und kontrollieren die Zufahrten zu den

Waldwegen. Niemand muss das Auto verlassen. Wenn jemand etwas Verdächtiges bemerkt, greift er eben zum Handy und ruft die Polizei.«

»Warum können das nicht gleich die Bullen machen?«

»Die Frage ist naiv. Du weißt doch selbst, dass der Staat so etwas nicht bezahlen kann. Nein, wenn wir hier in Mariensee Sicherheit haben wollen, müssen wir das schon selbst in die Hand nehmen. Es geht schließlich um unsere Frauen und Kinder.«

Ulli pausierte und trank von seinem Bier. Aber er beeilte sich. Die Leute sollten nicht wieder ins Tratschen verfallen.

»Diese Patrouille kann auch Fahrdienste übernehmen. Wenn jemand nach Sonnenuntergang von oder nach Friedburg will und sich nicht allein traut, wird er gefahren oder begleitet. Auf diese Weise dürfte nichts mehr passieren.«

»Und wie lange sollen wir das durchhalten?«

»Bis der Schweinehund verhaftet ist.«

»Das kann lange dauern. Wenn überhaupt.«

»Genau. Und damit es schneller geht und hier wieder Frieden und Ruhe einkehrt, sollten wir die Polizei unterstützen. Was haltet ihr davon, Leute?«

Das zustimmende Gemurmel wurde lauter. Ulli ließ seinen Blick durch den Schankraum wandern und stellte mit Genugtuung fest, dass die meisten schon jetzt auf seiner Seite waren. Und die anderen, tja, die galt es noch zu überzeugen. Er war zuversichtlich. Ein paar Biere, ein oder zwei Stunden Zeit, dann stand ihre Bürgerwehr.

Ulli war zufrieden.

Frauke Wendtland war genervt.

Genau genommen hätte sie sich über die Extratour freuen sollen, sonst war ja unter der Woche hier nichts los, aber diese Ortsfahrten für fünf Euro waren einfach nur nervig – vor allem, wenn sie besoffene alte Säcke transportieren musste. Viele von denen konnten nicht mal mehr geradeaus laufen und mussten bis an die Haustür gestützt werden, wo sie dann von einer mürrischen Frau im Nachthemd entgegengenommen wurden – eine unangenehme, mitunter peinliche Angelegenheit. Trotzdem kam kaum einer auf die Idee, ihr dafür ein ordentliches Trinkgeld zu geben. Ganz im Gegenteil. So besoffen sie auch waren, achteten die alten Säcke doch genau auf ihr Geld. Vorher war es für Bier mühelos aus ihren Taschen geflossen, aber für die Taxifahrerin, die sich Gegrapsche und anzügliche Sprüche gefallen lassen musste, war nicht mal ein Euro extra drin.

Aus der Waldschänke hatte jemand angerufen. Scheinbar gab es da irgendeine Versammlung … merkwürdig, dass Ulli die nicht vorher angekündigt hatte, das tat er sonst immer! Niemand in Mariensee musste, um nach Hause zu kommen, wirklich weit laufen, aber besoffen war ja bekanntlich auch der kürzeste Weg unendlich. Und für diese blöden Kurztouren musste Frauke jetzt extra die sechs Kilometer von Althausen, wo ihr letzter Fahrgast ausgestiegen war, zurückfahren, dann über die Bahn, zur Kreuzung im Wald, dann vier Kilometer Richtung Mariensee und dabei noch mal über die Bahn. Nervig, aber nicht anders möglich. Na ja, vielleicht verwechselte ja jemand einen Zehner mit einem Fuffziger. So was kam schon mal vor, und Frauke wäre die Letzte, die einen Besoffenen, mit dem sie sich rumplagen musste, darauf aufmerksam machen würde.

Die Digitaluhr im Wagen zeigte 22:45 an. Zwei Stunden noch, dann war auch diese Schicht zu Ende. Hier auf dem Land lohnte es sich unter der Woche nicht, die Zentrale die ganze Nacht über besetzt zu halten. Um eins hielt der letzte Zug in Friedburg, den wartete sie noch ab, danach war Schluss. Frauke spürte schon seit einiger Zeit, wie ihr die Nachtschichten immer mehr zu schaffen machten, und sie trug sich mit dem Gedanken, damit aufzuhören. Aber allein mit dem Vormittagsjob in der Bäckerei kam sie finanziell nicht über die Runden. Sie brauchte die Kohle noch, da biss die Maus keinen Faden ab, zumindest so lange, bis Thorsten einen festen Job bekam. Wenn der endlich regelmäßig Unterhalt für Mandy zahlen würde, könnte sie das Fahren auf ein oder zwei Nächte in der Woche reduzieren. Damit wäre schon viel gewonnen. Dann hätte sie endlich mal wieder Zeit. Zeit zum Durchatmen, zum Nachdenken, Zeit, um ihr Leben wieder in den Griff zu bekommen.

Schon von weitem sah Frauke Wendtland in der dunklen Röhre der Waldstraße die beiden roten Ampeln des Bahnüberganges. Natürlich musste sie an Jasmin Dreyer denken, wer tat das in diesen Tagen nicht, aber Frauke hatte eine andere Meinung zu dem Thema. Selbst Mutter einer pubertierenden Tochter wusste sie nur zu gut, wie anstrengend und unberechenbar Kinder in dem Alter sein konnten.

Im Dorf erzählten sie, Jasmin hätte seit kurzem einen Freund. Das hatte auch Mandy, die zwar nicht mit Jasmin in eine Klasse, aber doch auf dieselbe Schule ging, bestätigt. Angeblich hielten die beiden in den Pausen ständig Händchen. Wenn die Polizei Frauke gefragt hätte, hätte sie denen geraten, sie sollten sich mal näher mit dem Freund befassen. Vielleicht wollten die beiden durchbrennen, und Jasmin hatte schon mal den Anfang gemacht. Aber sie hatte ja keiner gefragt.

Bevor sie den Bahnübergang erreichte, quäkte das Funkgerät und riss Frauke aus ihrem Gedanken. Ihr Chef wollte wissen, wohin sie unterwegs war.

»Nach Mariensee«, gab sie durch. »In der Waldschänke ist was los.«

»Sag Bescheid, wenn du frei bist ... und pass an der Bahnschranke auf.«

»Ja, ja.«

Als sie die Schranke erreichte, teilte gerade der erste Zug die Nacht. Frauke wartete mit laufendem Motor ab. Der letzte Waggon der Regionalbahn verschwand in der Dunkelheit, doch die Schranken blieben unten. Frauke stellte den Motor ab und stieg aus. Gerade nachts reichte die Zeit oft für eine schnelle Zigarettenpause. Im Taxi durfte sie nicht rauchen, weil der Chef Nichtraucher war und es sogar einen Tag später noch roch, wenn sie bei geöffnetem Fenster schnell eine durchzog.

Frauke mochte diese stillen, einsamen Momente dort draußen. Ganz allein, Dunkelheit ringsherum, über sich ein wolkenzerfetzter Himmel, das Rauschen des Windes in den Wipfeln der Kiefern und Fichten. Es war, als würde die Zeit stillstehen. Wenn die Welt, wenn ihr Leben doch immer so ruhig sein könnte. In wenigen Minuten jedoch würde sie einen brabbelnden, besoffenen Opa im Wagen haben, der seine Hände nicht bei sich behalten konnte. Frauke wurde ganz gut mit solchen Typen fertig, sie war nicht auf den Mund gefallen, aber Spaß machte es nicht.

Mit glühender Zigarette, den Rauch tief einatmend, trat sie bis an die Schranke und ließ ihren Blick die Bahngleise entlanggleiten. Noch war nicht dieses feine metallische Singen zu hören, das stets den nächsten Zug ankündigte. Noch war sie allein mit der Stille des Waldes, die nicht wirklich Stille war, sondern ein beständiges Knacken und Knirschen, Flügelschlagen, Scharren und Heulen. Frauke genoss rauchend den Moment, viel zu schnell würde er vorbei sein.

Im Taxi kratzte das Sprechfunkgerät.

Frauke drehte sich um und lauschte. Nervte der Chef schon wieder? Er wusste doch, wohin sie unterwegs war.

Nein. Nur eine Störung.

Sie wollte sich gerade wieder zu den Gleisen umdrehen, als zweierlei geschah. Am Waldrand, hinter ihrem Taxi, bewegte sich etwas im tiefschwarzen Schatten unter den ausladenden Ästen der Fichten. Gleichzeitig begannen die Schienen zu singen, kurz darauf donnerte ein Güterzug vorbei. Der Luftstrom wirbelte Fraukes Haar durcheinander, der Lärm zerstörte die friedliche Stille und machte sie vorübergehend taub. Frauke trat von der Schranke zurück und sah zum Waldrand hinüber.

Sie hatte sich getäuscht, da war nichts. Wahrscheinlich nur ein Ast im Wind.

Der Zug verschwand und nahm seinen Lärm mit. Die Schranke blieb noch geschlossen und verschaffte Frauke somit genug Zeit, ihre Zigarette zu Ende zu rauchen. Während sie das tat, auf halben Weg zwischen der Motorhaube des Taxis und der geschlossenen Bahnschranke, breitete sich plötzlich ein Kribbeln zwischen ihren Schulterblättern aus.

Sie fuhr herum.

Nichts!

Dabei hatte sie etwas gespürt, hatte geradezu erwartet, dass sie etwas aus dem Dunkel heraus anspringen würde. Frauke war alles andere als ängstlich, in diesen Sekunden aber überzog eine Gänsehaut ihren Rücken, und sie spürte Eiseskälte sich in ihre Nieren bohren.

Was, wenn Jasmin doch nicht abgehauen war?

Sie warf die Kippe auf den Asphalt und lief die letzten paar Schritte zum Taxi, sah dabei über ihre Schulter zurück. Woher kam plötzlich diese Angst? Unzählige Male hatte sie nachts an diesem Bahnübergang geraucht, hatte Geräusche gehört, Füchse und Rehe nah am Straßenrand gesehen, und trotzdem nicht auf diese Weise reagiert. Sie ließ sich von dem Gequatsche der Leute verrückt machen, das war es!

Frauke ließ sich in den Sitz fallen, zog die Tür zu und drückte den Knopf für die automatische Verriegelung. Das Geräusch, mit dem die Schlösser zuschnappten, war mehr als beruhigend. Schon war der nächste Zug heran. Er fuhr langsam. Frauke sah auf die Uhr. Das war der 22.48. Der hatte im Bahnhof von Friedburg gehalten und musste nun erst wieder Geschwindigkeit aufnehmen. Sie konnte durch die Fenster in die beleuchteten Abteile sehen. Der Zug war gut besetzt. Menschen starrten sie an, schienen auch sie zu sehen. Fremde Gesichter, fremde Schicksale, die nur für den Bruchteil einer Sekunde eine Schnittmenge bildeten mit ihrem eigenen Leben.

Plötzlich fiel ihr auf, dass die Innenraumbeleuchtung des Taxis brannte. Wieso das? Die Türen waren doch geschlossen. Oder war eine der hinteren Türen nicht richtig zu? Der letzte Fahrgast hatte aber doch vorn gesessen. Hinten hatte heute noch ...

Frauke konnte den Gedanken nicht mehr zu Ende bringen. Sie wollte sich eben umdrehen, um nach den hinteren Türen zu sehen, als eine Hand um die Nackenstütze schnellte, ihre Stirn packte und sie mit Gewalt nach hinten riss. Eine zweite Hand presste ihr einen Lappen auf Mund und Nase.

Frauke wollte schreien, atmete dabei den ekelhaften Gestank des Lappens ein und erschlaffte innerhalb weniger Sekunden hinter dem Steuer.

Mit leisem Bimmeln öffneten sich die Schranken.

»Wir müssen vorsichtiger sein.«

Anouschka Rossberg und Nele Karminter lagen eng nebeneinander in dem schmalen Bett, in dem Nele sonst allein schlief. Beide waren nackt, auf ihrer Haut glänzte ein leichter Schweißfilm. Kaum in der Wohnung, waren sie übereinander hergefallen, wild und erotisch waren sie an die Grenzen dessen gegangen, was zwei Frauen miteinander tun konnten. Nele war wie in Trance gewesen, hatte jeden Kuss, jede Berührung, jeden Zungenschlag genossen, und sich dabei gefragt, warum es mit den anderen nicht so gewesen war. Es gab eindeutig etwas Besonderes zwischen Anou und ihr, ohne dass Nele jetzt schon sagen konnte, worin es begründet lag. Überraschenderweise kannte sie selbst weder Scheu noch Scham, wenn sie mit Anou Sex hatte, was wahrscheinlich schon die Antwort auf die Frage war, warum es früher nicht so intensiv gewesen war. Sie war damals eine andere gewesen. Noch nicht bereit für eine gleichgeschlechtliche Beziehung, vielleicht im Kopf noch blockiert von gesellschaftlichen Normen, obwohl sie schon früh während ihrer Schulzeit gemerkt hatte, dass männliche Körper sie nicht reizten.

Im Alltag benahm sich Anou wie jede andere Frau auch, Nele hatte sie sogar mit dem Kollegen Siebert flirten sehen (was einen merkwürdigen Beigeschmack hinterlassen hatte, den Nele nicht richtig einzuordnen vermochte), doch wenn sie zusammen im Bett waren, entwickelte sich eine wilde, zügellose Freiheit zwischen ihnen, die sie beide in einem erotischen Strudel voller Leidenschaft mit in den Abgrund riss. Und genau hier lauerte die Gefahr.

Jetzt, als ihr Atem sich beruhigte und das Gehirn wieder denken konnte, wurde Nele sich dessen bewusst. Aus diesem Grund hatte sie den Satz gesagt, wohl ahnend, dass er Komplikationen auslösen konnte.

Anou drehte den Kopf und sah sie an. Ihre dunklen Locken klebten verschwitzt an ihrer Stirn. Noch immer hob und senkte sich ihre Brust in schnellem Takt. Zwischen ihren Brüsten funkelte der rote Edelstein, den sie an einem Lederband trug. Er schien zu glühen – wie sie selbst.

»Wie meinst du das?«

Nele suchte bereits nach Worten, die nicht verletzten, aber doch warnen konnten. Das war nicht einfach. Sie brauchte nicht tief in sich zu gehen, um zu wissen, dass sie Liebe empfand für Anou, und Liebe verstecken zu müssen ging niemals gut.

»Wegen der Kollegen«, sagte sie ausweichend.

»Du meinst, weil sie etwas bemerken könnten?«

Nele nickte. »Ich hatte bei Tim heute schon den Eindruck, dass er etwas ahnt. Er ist integer, würde niemals über private Dinge sprechen … aber nicht alle Kollegen sind so.«

Anou drehte sich auf die Seite, so dass sie Nele ansehen konnte, schob einen Arm angewinkelt unter ihren Kopf und ließ einen Zeigefinger über Neles Hüfte wandern. »Über Tim musst du dir keine Sorgen machen. Ich glaube, du täuscht dich in seinem Verhalten. Ich habe eher den Eindruck, er ist an mir interessiert.«

Nele zog die Augenbrauen hoch. Also doch! »Hat er dich angemacht?«

»Noch nicht.«

»Das will ich ihm aber auch geraten haben«, sagte Nele gespielt erbost. Wirklich gespielt? Oder regte sich bereits Eifersucht in einem tiefen dunklen Ort ihrer Seele?

Anouscka strich ihr über die Brustwarze ihrer linken Brust. Die Berührung löste einen innerlichen Schauer bei ihr aus.

»Keine Angst! Wie du durch intensive Ermittlungsarbeit

ja herausgefunden hast, bin ich durch und durch lesbisch. Und die Phase des Ausprobierens habe ich lange hinter mir gelassen.«

»Ich habe auch keine Angst ... nicht deswegen.«

»Du machst dir Gedanken, weil du meine Chefin bist, nicht wahr?«

»Nein, deshalb eigentlich weniger. Ich weiß, dass du es nicht ausnutzen würdest. Aber ich ... wir beide kennen doch die Männerwelt des Dezernats. Meinst du, irgendjemand würde uns noch ernst nehmen, wenn es herauskäme?«

»Kannst du denn unsere Beziehung ernst nehmen, wenn du nicht dazu stehst?«

»Anou ... ich ...«

Anouschka nahm den Finger von ihrer Brust und legte ihn ihr auf die Lippen, ganz zart und sacht. Er schmeckte salzig.

»Manchmal sind Worte überflüssig. Eben habe ich viel mehr gespürt, als du mir mit Worten sagen kannst. Ich liebe dich, Nele, und ich würde nichts tun, was dir schaden könnte. Lass es doch einfach vorerst dabei bewenden. Ich weiß auch nicht, wohin das führt, aber solange es andauert, will ich es mit dir zusammen genießen. Man muss doch nicht für jedes Problem sofort eine Lösung haben.«

Ihr Finger verschwand von Neles Lippen. Sie lagen so nahe beieinander, dass sich ihre Nasenspitzen beinahe berührten. Nele roch Anou, konnte sie noch schmecken, vor allem aber spürte sie sie, an einem Platz in ihrem Inneren, der bis vor kurzem noch leer gewesen war. Wollte sie, dass er wieder verwaiste? Nein, ganz sicher nicht. Hatte Anou dann also recht damit, nichts zu tun und abzuwarten? Sich dem Problem nicht zu stellen?

Nele wusste es nicht.

Sie schwieg.

Manchmal waren Worte überflüssig, damit hatte Anou zweifelsohne recht. Dies war so ein Moment. Sich in ihren dunkelbraunen Augen zu verlieren war so einfach, so verlockend. Mit ihrem Zeigefinger spielte sie mit dem roten Edelstein, der das sanfte Licht des Raums einzufangen schien.

»Was ist das eigentlich?«, fragte sie flüsternd.

»Ein roter Jaspis. Hab ich als kleines Mädchen von meiner Mutter bekommen. Er verleiht Kraft und bringt Glück.«

»Und, wirkt er?«

Anouschka lächelte sanft. »Wir haben uns kennen gelernt, oder?«

Nele genoss diesen zutiefst innigen Moment, als wäre er ein Trunk, den sie in sich aufnehmen konnte, der ihre Kehle hinabfloss und alle Probleme der Welt einfach hinwegspülte. Der Moment ging vorüber, und die Probleme schossen geradezu in ihre Welt zurück. Neles Handy läutete. Es lag neben ihr auf dem Nachttisch und tanzte auf der Glasplatte. Obwohl alles in ihr sich dagegen sträubte, nahm sie das Gespräch entgegen.

Es war der Diensthabende der Alarmzentrale. Ein Taxiunternehmer aus Friedburg hatte vor einer Viertelstunde seine Taxifahrerin als vermisst gemeldet. Das leere Taxi stand an einer Bahnüberführung auf der Strecke zwischen Friedburg und Althausen, einem Nachbarort von Mariensee, der einige Kilometer weiter südlich lag. Nicht an dem Übergang, an dem Jasmin entführt worden war, sondern einem zweiten, kaum zwei Kilometer entfernt.

Neles Herz pochte wild, als sie das Gespräch beendete.

»Das darf nicht wahr sein!« Sie setzte sich auf.

»Was ist?«

Nele berichtete in kurzen Sätzen.

Dabei zogen sie sich rasch an. Zum Duschen war keine Zeit. Zwischendurch informierte Nele über Handy Tim Siebert und Eckert Glanz. Anou forderte den Hubschrauber und die Hundertschaft an, die das Gelände am Vormittag schon einmal abgesucht hatte. Es erging Anweisung, das Areal großräumig abzusperren. Diesmal hatten sie eine Chance, den Täter auf der Flucht mit dem Opfer zu erwischen. Viel Zeit war nicht vergangen.

Kaum zehn Minuten, nachdem Anous Finger auf Neles Lippen gelegen hatte, saßen die beiden in Neles Passat und rasten durch die leeren nächtlichen Straßen der Stadt. Anou fuhr, Nele telefonierte. Sie klingelte Dag Hendrik aus dem Bett. Als er sie vormittags von Döpners Entscheidung, keine gemeinsame Einsatzgruppe zu bilden, sondern separat weiterzuermitteln, unterrichtet hatte, war Nele erleichtert und zufrieden gewesen. Mit diesem Anruf sägte sie jetzt erneut an dem Ast, auf dem sie saß, doch das war ihr egal. Hier spielten sich Dinge ab, die wichtiger waren als karrierepolitische Machtspielchen. Es ging um Menschenleben.

Mit wenigen Worten hatte sie Kriminalrat Hendrik ins Bild gesetzt. Er versprach, sich sofort auf den Weg zu machen.

»Du hättest ihn nicht anrufen müssen, oder«, sagte Anou, ohne sie anzusehen, da sie sich bei dem hohen Tempo auf die Straße konzentrierte. »Morgen früh hätte gereicht.«

»Stimmt schon, aber er ist ja bereits involviert, und ich brauche ihn an meiner Seite. Du weißt doch, wie die Männer sind. Untergrab ihre Autorität, und du hast einen Feind fürs Leben. Außerdem ist er clever, und ich bekomme mehr und mehr den Eindruck, wir können in dieser Sache jeden cleveren Kopf gebrauchen.«

»Wegen der schnellen Folge der Entführungen?«

»Genau. Wenn es sich hier um einen einzigen Täter handelt, warum macht er das? Sexualtäter beschäftigen sich eine Zeit lang mit ihren Opfern, und selbst wenn sie sie getötet haben, dauert es danach Wochen, Monate, wenn nicht sogar Jahre, bis der Druck in ihnen sie erneut zum Handeln zwingt. Zumindest steht das so in den Lehrbüchern.«

»Dann haben wir hier jemanden, der sich nicht an Lehrbücher hält.«

»Oder jemanden, der völlig außer Kontrolle ist.«

Während er die große, schwere Frau auf seiner Schulter durch den nächtlichen Wald schleppte und dabei in der Regenbekleidung ins Schwitzen geriet, versuchte er krampfhaft, das Innere seines Kopfes unter Kontrolle zu bekommen. Noch immer wucherten Angst und Wut gleichzeitig darin, vermischten sich und bildeten eine hoch konzentrierte Säure, die sich von innen durch seinen Körper fraß. Er konnte immer noch nicht verstehen, warum er tief unter dem Waldboden, umgeben von meterdicken Betonwänden, das Lachen gehört hatte, dieses höhnische Lachen, dem er doch längst entkommen war. Das war schlimm, aber er durfte sich davon nicht zu Fehlern verleiten lassen, musste sich beruhigen, musste tief ein- und ausatmen. Doch das Gewicht auf seiner Schulter behinderte ihn dabei.

Nahe der hölzernen Schranke ließ er die Frau zu Boden fallen. Von ihrem Gewicht befreit richtete er sich auf, streckte den Rücken und hob sein Gesicht dem Himmel entgegen. Nur leichte Wolken zogen vorbei. Fahles, silbernes Mondlicht sickerte zwischen ihnen hindurch und ließ den Wald weniger finster erscheinen. Das Licht war sogar ausreichend, um das Gesicht der Frau betrachten zu können.

Sie war nicht nur schwerer als die anderen, sondern auch wesentlich älter. Er wusste schon jetzt, dass sie niemals ein prachtvolles, perfektes Kunstwerk abgeben würde. Vielleicht hätte er die junge Rothaarige länger behalten, sich intensiver mit ihr beschäftigen sollen! Vielleicht hätte sie ihm nach einiger Zeit ja doch noch gesagt, was er hören wollte. Aber das wäre dann falsch gewesen. Unehrlich. Sie hätte es spontan sagen müssen. Spontan und von Herzen musste es kommen. Andererseits, nur weil diese nicht mit Schönheit gesegnet war, musste das noch lange nicht bedeuten, dass sie Schönheit nicht zu erkennen vermochte. Sie war verbraucht, abgehärmt, vom Leben gezeichnet, aber vielleicht waren genau das die Attribute, die der Ersten gefehlt hatten? Nun, er würde es herausfinden.

Unvermittelt gab sie ein leises Stöhnen von sich und bewegte den Kopf. Ihre Lider zuckten. Sie durfte auf keinen Fall zu früh erwachen! Schnell, mit hektischen Bewegungen nestelte er das Tuch und die kleine Plastikflasche aus der Tasche seiner Regenjacke. Er tränkte den Lappen erneut, aber nur wenig diesmal, drückte ihn ihr auf Mund und Nase und ließ sie ein paar Mal einatmen.

Als er sich aufrichtete, hörte er ein Geräusch.

Eines, das nicht hierhergehörte.

Zunächst konnte er es nicht einordnen. Mit hängenden Armen stand er da, konzentrierte sich, lauschte. Das Geräusch näherte sich aus westlicher Richtung und wurde schnell lauter. Dann war es heran. Infernalisches Motorengeräusch, schreiende Turbinen, zerschnittene Luft. Ein Helikopter. Er senkte einfach nur den Kopf, damit sein Gesicht keine vom Mondlicht angestrahlte helle Scheibe ergab, und wurde in seinem schwarzen Ölzeug eins mit Wald und Dunkelheit. Das laute Flappen der Rotorblätter und das Dröhnen der Turbinen wurden leiser, verschwanden alsbald völlig. Er sah dem roten und blauen Blinken nach. Sie flogen Richtung Osten. Diesmal hatten sie schneller reagiert. Trotzdem machte er sich keine Sorgen. Sein Versteck war sicher.

Er nahm die Frau erneut auf seine Schulter, umrundete die alte Schranke und setzte seinen Weg fort. Nicht mehr lange, dann würde er ihren Körper in Öl tauchen.

Das verwaiste Taxi stand auf der schmalen Straße vor dem Bahnübergang im harten Licht der Scheinwerfer, die auf zwei Meter hohen Metallständern thronten und die Szenerie in helles, kaltes Licht tauchten. Der beige Wagen mit dem noch leuchtenden gelb-schwarzen Schild auf dem Dach wirkte erschreckend einsam und verlassen, obwohl drum herum die fieberhafte Hektik des Einsatzes tobte. Er schien sich in einer anderen Wirklichkeit zu befinden, nur scheinbar Mittelpunkt der polizeilichen Ermittlungen, tatsächlich aber davon abgegrenzt und nicht zu erreichen. Wie ein Relikt, das durch ein Zeitfenster geschleudert worden war. Sichtbar zwar, aber doch nicht existent.

Nele Karminter stand mit auf den Hüften gestemmten Armen einige Meter hinter dem Taxi und beobachtete das Gewusel. Techniker, Fotografen, uniformierte Beamte, Beamte in Zivil, Einsatzwagen, Beleuchtung, Stimmengewirr, das Brummen des Generators – das Übliche eben. Es zog ihr den Magen zusammen, wenn sie an die Frau dachte, die vor wenig mehr als zwei Stunden in dem Taxi gesessen und darauf gewartet hatte, dass die Schranken endlich aufgingen. Eine ganz normale Frau, Mutter eines Kindes, wahrscheinlich verängstigt, aber ohne Wahl, weil sie ja ihrem Job nachgehen musste. Allein mit ihrer Angst, ihren Befürchtungen, dem Täter hilflos ausgeliefert an einem Bahnübergang, kaum zwei Kilometer entfernt von jenem, an dem Jasmin Dreyer in der vorvergangenen Nacht verschleppt worden war. Während sie sich mit Anou im Bett vergnügt hatte, statt ihrem Job nachzugehen, hatte der Täter auf dreisteste Art und Weise erneut zugeschlagen. Hätte sie die Bahnübergänge überwachen lassen müssen? Warum, sie waren doch von einer isolierten Tat ausgegangen. Trotzdem, es blieb ein bitterer Beigeschmack. Sie hatte nicht alles bedacht, und deshalb gab es jetzt ein weiteres Opfer.

Lebte sie noch?

Spurentechniker des Dezernats, in weiße Spezialanzüge gehüllt, die im Licht der Scheinwerfer aus sich selbst heraus zu strahlen schienen, krochen in jede Ritze, in jeden Winkel, den es in dem Taxi gab. Was sie fanden – Haare, Fusseln, Kleingeld, Essenreste – wanderte in kleine Plastiktüten und erhielt eine entsprechende Aufschrift. Auch nach Fingerabdrücken wurde gesucht, doch der leitende Techniker, Joseph Sander, hatte Nele gleich jede Hoffnung genommen. In dem Wagen, so waren seine Worte gewesen, seien so viele Fingerabdrücke wie an der Tür eines Autobahnscheißhauses. Sie überlagerten sich derart, dass eine Abnahme und Spezifizierung unmöglich seien.

Uniformierte Beamte suchten im begrenzten Licht ihrer Taschenlampen die Straße, den kleinen unbefestigten Parkplatz, das vordere Stück des Waldweges und das Unterholz neben der Straße ab. Sie wagten sich bis auf zwanzig Meter in den Wald, weiter nicht, es war zu dunkel. Die monströsen Scheinwerfer richteten nichts aus gegen die Finsternis eines nächtlichen Waldes. Alle Spuren, die sich eventuell hinter der natürlichen schwarzen Barriere befanden, würden unweigerlich verloren gehen, wenn es zu regnen begann. Der

Wetterdienst hatte weiteren Regen für die frühen Morgenstunden angekündigt. Es war frustrierend, aber sie konnten nichts dagegen tun. Die Natur setzte den Ermittlungsarbeiten immer wieder Grenzen. Nele Karminter dagegen setzte alle Hoffnung in den angeforderten Hubschrauber, der mit modernster Infrarottechnik ausgestattet war. Er müsste jede Minute eintreffen.

Enttäuscht, weil sie scheinbar wieder nicht schnell genug gewesen waren, wandte Nele sich von dem deprimierenden Bild des verwaisten Taxis ab und ging zu dem erleuchteten Bus hinüber; ein nagelneuer VWT5, für Einsatzbesprechungen und Außenverhöre ausgerüstet. Im Fond gab es einen Tisch und schmale Bänke, Funkgerät, Kaffeemaschine und einen Halogenspot, der sich tief über den Tisch ziehen ließ. In seinem Licht lag ausgebreitet eine Karte der Region. Zwei Köpfe waren darübergebeugt. Tim Siebert und Dag Hendrik.

»Die beiden Ortsausgänge sind dicht«, sagte Tim gerade und deutete mit dem Finger auf Friedburg.

Nele stieg in den Bus, setzte sich neben Hendrik und sah sofort, was Siebert meinte. Aber sie sah auch, dass es mehr als nur diese beiden Möglichkeiten gab, die Gegend auf mehr oder weniger einsamen Straßen zu verlassen. Und wer sich auskannte, konnte sogar noch die Feld- und Waldwege nutzen. Das Areal war alles andere als übersichtlich, und das Personal reichte nur, um die offiziellen Strecken zu kontrollieren.

»Fällt Ihnen etwas auf?«, fragte Hendrik. Nele roch sein zu üppig aufgetragenes Aftershave, wohl ein Ersatz für eine Dusche, für die er keine Zeit gehabt hatte.

»Was meinen Sie?«

Er fuhr mit dem Finger auf der schwarz-weißen Linie der

Bahnstrecke entlang. »Zählen Sie mal. Von diesem Punkt aus. Zwanzig bis dreißig Kilometer in jede Richtung. Da gibt es vierzehn Bahnübergänge. Mindestens die Hälfte davon liegt genauso einsam wie dieser hier.«

Nele war klar, worauf Hendrik hinauswollte. Was sie bis vor ein paar Stunden noch nicht hatte glauben wollen, war nun beklemmende Wahrheit geworden. Allem Anschein nach ... ach, zum Teufel mit den gestelzten Formulierungen, *es gab* einen Serientäter, der Frauen an einsamen Bahnübergängen entführte. Und eventuell, im Falle der Prostituierten, auch aus Häusern entlang der Bahnstrecke. Sie mussten sich natürlich die Frage stellen, warum er es auf diese Art tat, warum er sich an der Bahnstrecke orientierte. Entscheidender war aber, wie sie es verhindern konnten und ob der Täter sich örtlich eingrenzen ließ. Im Moment schien es so. Die beiden Bahnübergänge lagen nahe beieinander. Die von Friedburg kommende Straße gabelte sich und verlief weiter in Y-Form. Auf einer Strecke gelangte man nach Mariensee, auf der anderen nach Altenburg und weiter über mehrere kleine Dörfer bis zur Autobahn.

»Selbst wenn wir die alle kontrollieren – was wir auf Dauer nicht können – gibt es keine Garantie, dass er nicht ausweicht«, sagte Hendrik und zog mit dem Finger einen großen Kreis auf der Karte. »Ein riesiges Waldgebiet, ausgedehnte Heidelandschaft, wenig Ortschaften, und in dieser Jahreszeit kaum Touristen und Wanderer ... geradezu ideal, um spurlos zu verschwinden.«

Nele dachte gerade an etwas anderes. »Die Taxifahrerin kam aus Althausen, nicht wahr. Und wo wollte sie hin?«

»Laut ihrem Chef nach Mariensee. Aus der Waldschänke kam ein Anruf. Da gab es wohl eine Versammlung«, sagte Hendrik.

»Hm«, machte Nele und dachte nach. »Dann wäre sie also über diesen Bahnübergang gefahren, an der Y-Kreuzung abgebogen und kurz darauf über den Bahnübergang, an dem Jasmin verschwunden ist. Der Täter ist also nur geringfügig ausgewichen, gerade zwei Kilometer, und er ist dreist genug, sich dort innerhalb kürzester Zeit ein zweites Opfer zu holen. Das wirkt immer noch zufällig, wahllos, so als wäre es ihm egal, wen er bekommt, Hauptsache, eine Frau. Er scheint unter großem Druck zu stehen.«

»Bekommt man hier einen Kaffee?« Anou war in der geöffneten Schiebetür des Busses aufgetaucht. Sie war schmutzig, ihr Haar feucht und voller Fichtennadeln. Sie sah erschöpft aus. Zusammen mit den Beamten hatte sie die nähere Umgebung im Unterholz nach Spuren abgesucht.

»Klar!« Tim griff hinter sich, nahm die Isolierkanne von der Maschine, goss Kaffee in einen Becher und fügte sogar den Zucker hinzu. Nele nahm es mit einem Gefühl irgendwo zwischen Besorgnis und Rührung zur Kenntnis.

Anouschka drängte sich neben Tim in die Bank. »Danke«, sagte sie, nahm den Becher und wärmte ihre klammen Finger daran. Erdreich klebte unter ihren Nägeln. »Wir haben in einem Waldweg Reifenspuren gefunden. Frisch. Nicht zerstört. Sie nehmen gerade Abdrücke.«

»Keine Fußabdrücke?«, fragte Hendrik.

Anou machte eine abwertende Handbewegung. »Davon gibt es mehr als genug. Wenn wir von denen Abdrücke nehmen wollen, sind wir in drei Monaten noch hier.«

Das Funkgerät gab ein quakendes Geräusch von sich. Dann meldete sich der Pilot des Hubschraubers.

»Lima Alpha an Neun acht.«

Hendrik nahm das Sprechteil und antwortete ihm.

»Kriminalrat Hendrik hier. Schön, dass ihr da seid, Jungs.«

»Klar doch«, quäkte es elektronisch verstärkt aus dem Lautsprecher. »Wo sollen wir beginnen?«

»Wo seid ihr jetzt?«

»Gleich über Ihnen.«

Im selben Moment ertönte draußen das laute Flappen der Rotoren. Am Boden des Hubschraubers flammte ein starker Scheinwerfer auf, tauchte alles in gleißendes Licht und erlosch wieder.

»Alles klar«, sagte Hendrik, »bleiben Sie hoch genug, wir suchen noch nach Spuren hier.«

»Wird gemacht.«

»Fangen Sie bitte auf dieser Seite der Bahngleise an. Ziehen Sie konzentrische Kreise bis zu dreißig Kilometer Durchmesser. Verstanden?«

»Verstanden. Geht sofort los.«

Das Rotorengeräusch wurde leiser, während sich der Helikopter entfernte.

»Hoffentlich haben die Glück«, sagte Anou.

Der Kommandant des Hubschraubers drehte sich in seinem Sitz herum und sah den Luftbeobachter an, der hinter ihm saß. Alle trugen gegen den Lärm Kopfhörer und konnten sich nur über Bordsprechfunk verständigen.

»Sieht nicht gut aus, oder?«

Der Luftbeobachter hatte eben die Infrarotkamera aktiviert, die am Unterboden montiert war. Er schüttelte den Kopf. »Die Luft ist kalt, das hilft natürlich, aber … schauen Sie sich diesen Wald an. Wie sollen wir hier etwas finden?«

»Lasst es uns versuchen«, sagte der Kommandant. Er ahnte, dass es hoffnungslos war. Aber vielleicht hatten sie

Glück. Die Laubbäume hatten noch keine Blätter, und die Fichten und Kiefern waren längst nicht so dicht. Hin und wieder würden die Infrarotstrahlen bis zum Waldboden durchkommen. Das Ganze glich der berühmten Suche nach der Nadel im Heuhaufen.

Der Pilot hielt sich an die Anweisungen, die sie vom Boden bekommen hatten. Er flog zunächst in südlicher Richtung in hundertfünfzig Metern Höhe eine lange Rechtskurve. Gegen den leicht vom Mondlicht erhellten Nachthimmel nahm sich der Wald wie ein schwarzes Meer aus. Er zog sich scheinbar endlos dahin. In vier bis fünf Kilometer Entfernung waren ein paar einsame Lichter der Straßenbeleuchtung von Friedburg zu erkennen.

»Siehst du was?«, fragte der Kommandant den Beobachter.

»Das hat uns noch gefehlt.«

»Was ist?«

»Da unten gibt es jede Menge Wild. Sehen Sie selbst mal rein.«

Der Kommandant drehte sich mit seinem Stuhl, beugte sich hinüber und warf einen Blick auf den Monitor. Das Bild war schwarz, aber in dieser Schwärze bewegten sich mit schneller Geschwindigkeit helle Flecken. Sie stoben davon, verschwanden zwischendurch unter dem Baumdach und kamen wieder hervor.

»Scheiße«, sagte der Kommandant.

»Was ist das?«

Nele beugte sich tiefer über die Karte. Trotz der guten Beleuchtung war es nicht ganz einfach, die kleine Schrift zu lesen. Ihr war ein schraffierter Bereich aufgefallen, weit im Süden, eigentlich schon außerhalb des aktuellen Suchgebietes.

Ein ausgedehntes Waldstück, dass im Osten von der Bahnstrecke scharf beschnitten wurde. *Eibia* stand dort, der Rest ging in einem Kaffeefleck älteren Datums unter.

»Was ist Eibia«, fragte Nele ohne aufzusehen.

»Keine Ahnung«, antworteten Hendrik und Siebert unisono.

»Wie weit ist das entfernt?«

»Ungefähr achtzehn Kilometer Luftlinie.«

»Ist der Chef der Taxifahrerin noch hier?«, fragte Nele.

»Der geht so schnell nicht weg«, antwortete Anou.

»Hol ihn mal her.«

Sie verschwand.

»Was hast du vor?«, fragte Tim.

»Taxifahrer kennen die Gegend meist besser als jeder andere. Der Mann weiß bestimmt, was Eibia ist.«

»Warum sollte das wichtig sein?«, fragte Hendrik.

Nele zuckte mit den Schultern. »Ist nur so ein Gedanke. Es liegt an der Bahnstrecke ... wer weiß!«

Anou erschien in der geöffneten Schiebetür. »Ich habe hier Herrn Malzert für dich.«

Ein dicker Mann mit Vollglatze schob sich in die Tür. Sein gewaltiger Bauch drohte ein Hemd und eine Weste gleichzeitig zu sprengen. Nele nahm die Karte und trat damit aus dem engen Bus. Sie wollte es Herrn Malzert und den anderen nicht zumuten, dass er sich an den Tisch zwängte. Wahrscheinlich wäre das auch gar nicht möglich gewesen.

»Herr Hendrik, wenn Sie mal leuchten könnten.« Sie faltete die Karte, und Hendrik strahlte sie mit einer Taschenlampe an. »Herr Malzert, was ist das hier?«

Der dicke Taxiunternehmer schob sich neben sie. Er stank nach altem Schweiß. Außerdem hatte er Mundgeruch, der tief aus dem Magen zu kommen schien. »Warten Sie ...«, er nahm seinen knubbeligen Zeigefinger zu Hilfe, um sich zu orientieren. »Das ist Eibia.«

»Aha ... und was genau ist Eibia?«

»'ne alte Pulverfabrik von den Nazis. Da haben früher Zwangsarbeiter Munition und Granaten und so 'ne Scheiße hergestellt.«

»Also ist das militärischer Sperrbezirk?«

»Ach was. Da ist ja nichts mehr. In den Siebzigern haben sie bis auf zwei oder drei alle Bunker abgerissen und die Tunnel gesprengt. Das ist nur Wald mit Betonbrocken drin. Ziemlich unwegsam und verwahrlost. Wie'n Dschungel.«

»Keine intakten Gebäude?«

Der Dicke schüttelte den Kopf. »Wie gesagt, nur ein paar Ruinen ... wenn überhaupt noch. Als Kind hab ich da mal gespielt, da war das noch interessant, aber weil es damals einige Unfälle gegeben hat, hat der Bund alles abgerissen. Seitdem geht da auch keiner mehr hin. Warum fragen Sie?«

»Wir haben uns nur gefragt, was dieser schraffierte Bereich zu bedeuten hat«, wich Nele der Frage aus.

Doch der Dicke war nicht auf den Kopf gefallen. »Meinen Sie, dorthin hat er Frauke verschleppt?«

Nele sah Malzert an. »Wie kommen Sie darauf?«

»Na ja, man hat da schon mal eine Leiche gefunden. Vor zwanzig Jahren oder so.«

»Ein Mord?«

»Nee. Ein Penner. Hat sich mit Alkohol den Rest gegeben. Gefunden wurde er nur, weil so ein blöder Köter mit einem abgegammelten Arm in der Schnauze zu seinem Herrchen zurückkam.«

»Gehen dort regelmäßig Leute spazieren?«

»Ich würde mal sagen, nein. Ist wie gesagt sehr unwegsam, liegt abseits ... und eigentlich ist es auch verboten. Das

Gelände gehört ja noch dem Bund, und die haben schon aus versicherungsrechtlichen Gründen überall Verbotsschilder aufgestellt.«

»Gut.« Nele klappte die Karte zusammen. »Danke, Herr Malzert, Sie haben uns sehr geholfen. Ein Kollege wird Sie jetzt nach Hause fahren.«

»Nicht nötig, ich bin mit dem Wagen hier. Und ich fahre auch nicht, bevor ich nicht weiß, was mit Frauke ist.«

Kriminalrat Hendrik legte ihm eine Hand auf die Schulter und führte den dicken Mann mit sanftem Druck von dem Einsatzwagen fort.

»Herr Malzert, wir geben Ihnen natürlich sofort Bescheid, wenn wir wissen, was mit Ihrer Mitarbeiterin …«, redete er auf ihn ein, während sie sich entfernten.

Nele holte tief Luft.

»'ne richtige Stinkbombe«, sagte sie und wedelte mit der Karte vor der Nase herum.

Tim Siebert und Anou verzogen das Gesicht. »War nicht zu überriechen.«

Sie setzten sich wieder in den Bus. Nele breitete die Karte aus.

»Das wird eine harte Nuss!«, meinte Tim. »Und vor der Presse verheimlichen lässt sich das auch nicht mehr.«

»Jetzt brauchen wir die Presse sogar. Die Medien sollen die Menschen hier ruhig aufrütteln. Wenn der Typ so weitermacht und jede Nacht eine Frau entführt, haben wir ein Problem. Wir können nicht sämtliche Bahnübergänge, nicht die ganze Strecke überwachen. Die Leute müssen gewarnt werden.«

»Das ist mal etwas Neues«, meinte Tim. »Drei Entführte in drei Nächten, keine Leichen, keine Spuren, keine Hinweise bis jetzt.«

»Wir dürfen nicht darauf warten, dass er wieder zuschlägt. Wir brauchen eine Spur, irgendwas. Er muss ein Versteck haben, und es kann nicht weit von hier sein«, sagte Nele.

»Diese alte Pulverfabrik wäre also ideal«, kam von Tim.

»Ja, hab ich zuerst auch gedacht. Aber wenn es dort keine Gebäude gibt, sieht es schon wieder anders aus. Wir sollten uns aber auf jeden Fall dort umsehen. Unauffällig zunächst. Sobald es hell wird. Anou und Tim, wollt ihr das machen?«

Anou warf ihr einen Blick zu, den Nele richtig zu interpretieren glaubte. Natürlich würde sie es lieber mit ihr machen, aber in diesem Stadium der Ermittlungen konnte Nele sich nicht mehr um jede Kleinigkeit selbst kümmern. Außerdem war es ganz gut, Anou mit einem Kollegen loszuschicken, der Interesse an ihr hatte. Gut gegen die Gerüchteküche.

»Auf jeden Fall«, sagte Tim, der von den Blicken nichts mitbekommen hatte.

»Aber geht diskret vor. Keine Uniformierten. Macht es erst mal allein. Schaut euch um, verschafft euch einen Eindruck. Vielleicht können wir das Areal danach ja ausschließen.«

Hendrik erschien in der Tür. Er verdrehte die Augen, tat so, als müsste er ersticken.

»Herzlichen Dank«, sagte Nele. »Ich war nicht weit von einer Ohnmacht entfernt.«

»Habe ich bemerkt. Stellen Sie sich der mal im Taxi vor, und Sie sitzen daneben.« Hendrik stieg in den Bus und ließ sich neben Nele auf die Bank fallen. Er rieb sich die Augen und fuhr sich mit den Händen durchs Haar. »Ich brauche ein Bett.«

»Und ich brauche einen Hinweis, eine Spur«, sagte Nele und schlug mit der flachen Hand auf den Tisch.

»Was macht der Helikopter?«

Hendrik ging ans Funkgerät. »Neun acht an Lima Alpha, bitte kommen.«

»Hier Lima Alpha.«

»Seht ihr was?«

»Ja, jede Menge Wild. Ich sage es nicht gern, aber das ist hoffnungslos. Der Wald ist über weite Strecken zu dicht, und das Wild wird durch die Motorengeräusche aufgeschreckt. Wir haben praktisch überall Bewegung.«

»Versucht es weiter.«

»Machen wir.«

Hendrik wandte sich von dem Funkgerät ab. »Hört sich nicht gut an. Ich glaube, das können wir vergessen.«

Nele sah ihn an. »Schöne Scheiße. Und jetzt?«

»Das fragen Sie mich?«

»Ist doch Ihr Fall.«

Hendrik hob abwehrend die Hände. »Ganz bestimmt nicht. Das sieht nicht nach einem Fall aus, mit dem man sich Lorbeeren verdienen kann. Nein, Spaß beiseite, Frau Kollegin. Das ist Ihr Fall, nicht meiner. Und ich habe nicht vor, mit Döpner was anderes zu regeln – falls Sie das gedacht haben.«

»Das schoss mir in der Tat durch den Kopf.«

»Na, wie gut, dass wir darüber geredet haben. Ich werde Sie gern unterstützen wo ich kann, aber es bleibt Ihr Fall. Sie leiten die Ermittlungen.«

»Wie schön. Ich hätte da gleich eine Bitte.«

»Nur raus damit.«

»Würden Sie morgen mit der Presse sprechen?«

Wenn Hendrik sich schon anbot, konnte er diese für Nele unangenehme und lästige Aufgabe gern übernehmen. Er war wesentlich länger dabei, hatte mehr Erfahrung darin und vor allem den höheren Dienstrang. Döpner würde ohnehin darauf bestehen, dass Hendrik vor die Kameras trat. Da war es nicht ungeschickt, wenn Nele ihn darum bat und so alle ihr Gesicht wahren konnten. Außerdem hatte sie wirklich kein Interesse daran, in diesem Stadium der Ermittlungen ihr Konterfei in den Zeitungen oder lokalen Nachrichten zu sehen.

»Natürlich«, sagte Hendrik.

»Gut. Dann schlage ich vor, Sie fahren sofort nach Hause und nehmen eine Mütze Schlaf. So können Sie niemanden beeindrucken.«

Hendrik grinste. »Sie wollen mich loswerden, was?«

»Keineswegs, ich denke nur vorausschauend.« Nele setzte ein honigsüßes Lächeln auf.

»Soll mir recht sein. Im Moment kann ich hier ohnehin nichts tun. Wünsche noch eine Gute Nacht.«

Damit verschwand der Kriminalrat aus dem Bus.

Nele, Anou und Tim sahen ihm nach.

»Aus dem Mann werde ich nicht schlau«, sagte Anou.

»Vielleicht ist er am Ende doch ganz in Ordnung«, meinte Tim.

Nele zuckte mit den Schultern.

»Er hat auf jeden Fall einen guten Draht zu Döpner. Und ich habe so das Gefühl, den können wir noch gebrauchen.«

4. Tag, morgens

Frauke Wendtland lag zitternd auf dem stinkenden Matratzenlager, still rannen Tränen aus ihren Augen. Längst war sie zu erschöpft zum Schluchzen, zu erschöpft sogar zum Atmen. Kalte Lähmung hatte Besitz von ihr ergriffen, und ihr Körper war in jenen Zustand der Apathie abgedriftet, der es ihm gestattete, ohne Kraft und Energie trotzdem zu überleben. Sie war leer, hatte alles gegeben, was in ihr war. Hatte geschrien, gebrüllt, an den Ketten gezerrt. Hatte ihren Peiniger verflucht, sich selbst und die ganze Welt. Aus Angst war Wut geworden, aus Wut wieder Angst. Emotionen hatten sich zu wilden Wogen aufgebauscht, waren aber an den Mauern des Verlieses gebrochen wie die Brandung des Meeres an den Betonpollern der Kaimauer. Nun schien in ihr alles abgestorben zu sein. Wüste, Ödnis, Hoffnungslosigkeit. Genährt noch von der massiven Dunkelheit dieser Gruft, perfekt und undurchdringlich, ohne jedes Anzeichen von Tageslicht. Minuten oder Stunden mochten vergangen sein, seitdem dieses Monstrum sie allein gelassen hatte. Sie hatte ihren einsamen Kampf gefochten und verloren, und nun stand ein Wort wie eine Mauer in ihrem Kopf, blockierte die Logik und Vernunft.

Warum?

Warum war ihr zugestoßen, was niemals hätte passieren dürfen? Den jungen Dingern, die sich aufreizend kleideten und schminkten, die schlank, attraktiv und naiv waren, denen passierte so etwas. Aber doch nicht einer 42-Jährigen, die ein Kind geboren hatte und sich von keinem die Butter vom Brot nehmen ließ.

Warum?

Keine Antwort. Nur immer wieder die gleichen Fragmente der Erinnerung, kleine Teilchen, die in ihrem Kopf herumschwirrten und sich zu vereinigen suchten. Die Bahnschranken im Wald, sie hatte geraucht, der Zug, das Gefühl nicht mehr allein zu sein, eine Hand aus dem Dunkel, die sie ins Dunkel zog, dann nichts ... später vielleicht ein schwarzer Tunnel, an dessen Ende nicht Licht, sondern Leid und Angst warteten. Das Erwachen unter höllischen Kopfschmerzen. Ihre Arme und Schultern überdehnt durch die hängende Haltung in den Ketten, die von der Decke des Verlieses baumelten. Der gallige Geschmack im Hals, der sie sich zu übergeben gezwungen hatte, direkt vor ihre Füße. Dann war ihr bewusst geworden, dass sie nackt war. Sie hing nackt in Ketten, die Handgelenke in Eisenringen, in irgendeinem dunklen Verlies, in dem es muffig roch, feucht war und unendlich still. Nur das leise Tröpfeln von Wasser war zu hören gewesen, weit entfernt jedoch, vom Ton her zu urteilen in einem höhlenartigen Gewölbe.

Plötzlich war in der Finsternis ein Streichholz entzündet worden. Ein winziges Licht, verloren und einsam in der weiten Dunkelheit, und doch kräftig genug, um ihren Augen zu offenbaren, was sie nicht sehen wollten. Stocksteif in den Ketten hängend, hatte sie das flammende Streichholz beobachtet, das durch eine körperlose Hand von Kerze zu Kerze geführt wurde. Sieben Kerzen unterschiedlicher Farbe, deren warmes Licht sich in dem Gewölbe verlor. Ringsherum war die Dunkelheit wie ein zum Sprung bereites Tier hocken geblieben. Die Hand! Zu wem gehörte die Hand? Verschmolzen mit der

Dunkelheit hatte ihr Entführer sich zunächst nicht zu erkennen gegeben, bis seine ersten Worte Frauke bis tief in die Knochen gefahren waren. Eine fremde, eigenartige Stimme, die von überallher zu kommen schien. Von rechts, links, vorn, hinten. Nie zuvor hatte sie eine solche Stimme vernommen. Fistelig und hoch im Klang, mit einer kaum vorhandenen Spur Männlichkeit.

»Wenn du tust, was ich sage, wirst du überleben.«

Dann war er aus der Dunkelheit ins Licht der Kerzen getreten, keine drei Meter von Frauke entfernt. Dieser große muskulöse Mann, mit seinem weichen, welligen Haar, nackt wie sie selbst. Was Frauke aber über den Rand der Panik gestoßen hatte, war der riesige, fleischfarbene Dildo, den er sich um die Lenden geschnallt hatte. Die schwarzen Riemen verliefen über Oberschenkel und Hintern, der Dildo selbst stand steif von seinem Körper ab und war mindestens dreißig Zentimeter lang. Frauke hatte geschrien. Laut und unflätig, wollte den Kerl damit einschüchtern, doch es hatte nicht funktioniert. Er war stehen geblieben, hatte sich ungerührt ihre Tiraden angehört, den Kopf leicht schräg gelegt und zu lächeln begonnen. Schließlich hatte Frauke nicht mehr weitergewusst, außerdem war ihr die Luft ausgegangen. Da war er noch ein Stück näher gekommen, lächelnd, geschmeidig wie eine Raubkatze.

»Hast du Angst?« Aus der Nähe war seine Stimme melodiös, beinahe hypnotisierend. »Du brauchst keine Angst haben. Wenn du tust, was ich sage, wirst du überleben. Aber zunächst …«

Er war ihr ganz nah gekommen, so nah, dass der Riesen-Dildo ihren Bauch gestreift hatte. Dann war ihr ein eigentümlicher Geruch in die Nase gestiegen, den sie sofort erkannt hatte. Babyöl! Damit hatte er dann ihren Körper eingerieben und gedroht, dass er sie sofort töten würde, wenn sie es nicht zuließe. Überall hatte er sie berührt, überall …

Frauke erstarrte.

Hatte sie nicht ein Geräusch gehört? Kam er schon zurück? Sekunden lag sie mit angehaltenem Atem da und lauschte angestrengt.

Nein, da war nichts, sie hatte sich getäuscht.

Vorerst hatte er ihr nichts weiter angetan, als sie mit dem stinkenden Babyöl einzureiben. Ihr Körper roch immer noch danach, und obwohl sie den Geruch nicht leiden konnte, schon damals nicht, als Mandy noch ein Baby gewesen war, trug er jetzt dazu bei, den Gestank der Decken und Matratzen zu lindern. Nur widerwillig hatte Frauke sich darin eingewickelt. Ihre Nacktheit und die feuchte Kälte hatten sie dazu gezwungen. Er hatte sich nicht an ihr vergangen. Noch nicht. Aber er würde zurückkommen. Und was dann? War der große umgeschnallte Dildo nicht ein Versprechen dessen, was kommen würde? Es konnte doch nur einen Grund geben, warum er sie entführt und hierher verschleppt hatte.

Frauke wurde plötzlich schwarz vor Augen und schwindelig. Sie spürte ihren Magen rumoren, säuerlicher Geschmack stieg ihre Kehle empor. Schnell beugte sie sich über den Rand des Matratzenlagers, würgte und keuchte, konnte sich aber nicht übergeben. Als sie sich zurücklehnte, schloss sie einen Pakt mit sich selbst.

Ganz egal, was dieser Mann auch mit ihr anstellen würde, sie würde es überleben. Für Mandy. Sie würde diese Hölle lebendig verlassen. Der Körper konnte so vieles ertragen, wenn der Geist mitspielte.

Plötzlich musste Frauke an Jasmin Dreyer denken.

Das verschwundene Mädchen aus Mariensee, von dem

sie bis vor kurzem noch geglaubt hatte, sie wäre mit ihrem Freund getürmt. Nun sah das anders aus. Jasmin Dreyer war von demselben Mann entführt worden, aber sie war nicht hier.

Auch dafür konnte es nur einen Grund geben.

Anouschka Rossberg und Tim Siebert trafen sich fünf vor neun vor dem Dezernat. Beide trugen Jeans, Stiefel mit groben Stollen und hatten Regenjacken dabei. Noch war es trocken, aber der Wetterdienst hatte Regen angekündigt, und der graue, schwere Himmel schien ein Pfand für diese ungünstige Vorhersage zu sein. Anou hatte ihre dunkle Lockenpracht unter einer Baseballkappe gebändigt, auf deren Vorderseite der Abdruck einer Wolfstatze prangte. Tim beobachtete sie, während sie vor ihm die Treppe hochmarschierte. Sie war heute alles andere als weiblich angezogen, und trotzdem fand er sie sexy. Es gab wahrscheinlich keine Kleidung, in der sie nicht in irgendeiner Form sexy aussah. Sie würden heute viel Zeit zusammen verbringen, vielleicht ergab sich dabei endlich eine Gelegenheit, sie nach einem Date zu fragen. Er nahm es sich fest vor!

Bevor sie sich auf den Weg nach Eibia machten, fand eine Besprechung mit allen an diesem Fall Beteiligten statt. Als Anou vor Tim den schmalen, schlecht gelüfteten Raum betrat, blickte sie in graue, müde Gesichter, denen nur starker Kaffee aus dem Bett geholfen hatte – sofern sie denn überhaupt drin gewesen waren. Anou hatte drei Stunden geschlafen; das war nicht viel, reichte ihr aber vorerst aus. Die Energie, die fehlte, musste mehr starker Kaffee liefern, den ausnahmslos jeder vor sich stehen hatte. Wortlos wurde Milchpulver hin und her gereicht, Zuckerspender schabten über die Tischplatte, Löffel klimperten in Tassen. Schlechte, destruktive Stimmung füllte den Raum beinahe spürbar aus.

Nele Karminter saß am Kopf der zu einer langen Tafel zusammengeschobenen Einzeltische und las in einer losen Blattsammlung. Anou betrachtete sie verstohlen. Im Gegensatz zu ihr war Nele nicht zu Hause gewesen. Sie trug noch die Kleidung, die sie hastig angezogen hatte, als sie in der Nacht vor dem Anruf aus dem Bett gerissen worden waren. Ihr blondes, halblanges Haar war ungewaschen, strähnig fiel es ihr in die Stirn. Tiefe Schatten lungerten unter ihren Augen, sprachen Bände über ihre Müdigkeit, gleichzeitig verriet ihre Körperhaltung aber auch Anspannung. Anou wäre gern zu ihr hinübergegangen, um sie in die Arme zu nehmen, doch das war unmöglich. Die engen Grenzen ihrer Beziehung wurden ihr in diesem Augenblick schmerzlich bewusst. Ein leiser, feiner Schmerz, der winzige Lücken aufzufüllen vermochte, um dort den Nährboden für Zweifel und Furcht zu bilden. Als Nele kurz aufsah, trafen sich ihre Blicke, aber ihre Geliebte und Chefin erlaubte sich nicht einmal ein kleines, verstohlenes Lächeln. Schade!

Nele nahm den Stoß Papiere, klopfte ihn auf der Tischplatte gerade, zog mit diesem mehrfachen Geräusch die Aufmerksamkeit der versammelten Mannschaft auf sich und erhob sich von ihrem Platz.

»Wir sind dann wohl alle da … Tim, machst du bitte die Tür zu?!«

Tim Siebert stand auf und wollte der Bitte nachkommen, als sich im letzten Moment Dag Hendrik in den Raum schob.

»Guten Morgen zusammen.«

Anouschka sah von Nele – die leicht zusammenzuckte – zu Hendrik auf. Auch er war nicht im Bett gewesen, und einen Rasierapparat hatte er wohl nicht im Büro, einen Kamm schon gar nicht. Doch trotz seines nachlässigen Aussehens brachte er etwas mit in das enge Besprechungszimmer, das die Kraft hatte, die schlechte Stimmung aufzulösen – wahrscheinlich sein Charisma.

»Bitte, Hauptkommissarin Karminter, fangen Sie an.« Er lehnte sich an die hintere Wand, da kein Stuhl mehr frei war. Damit hatte Anou ihn im Nacken, ein merkwürdiges Gefühl, wie damals in der Grundschule beim Schreiben eines Tests.

Nele räusperte sich. »Gut ... also, schön, dass alle da sind. Ich weiß, kaum jemand hat richtig geschlafen, aber das können wir nachholen, sobald unser Täter gefasst ist. Leider setzt er uns ganz schön unter Zeitdruck.

Also, was haben wir ...«, sie sah auf ihren Papierstapel und räusperte sich abermals. Anou spürte die Anspannung, die Hendriks Anwesenheit bei ihrer Freundin hervorrief.

»Seit wir vor drei Stunden auseinandergegangen sind, hat sich nicht viel ergeben. Aber ich will den aktuellen Stand noch mal zusammenfassen. Der Hubschrauber hat die Suche nach einer Stunde abgebrochen. Es war sinnlos. Der Wald ist zu dicht, und es läuft da zu viel Wild umher. Unsere Spurentechniker sind noch dabei, die Proben aus dem Taxi zu untersuchen, aber das wird wegen der großen Anzahl noch Stunden dauern. Die Reifenspur ist dagegen schon bekannt. Ein Winterreifen der Marke Semperit, wie sie zu Tausenden in Deutschland verkauft werden.

Im Bordellfall gibt es noch keine neuen Erkenntnisse. Es kann sich hierbei sowohl um einen milieuinternen Mord als auch um eine weitere Entführung in unserem Fall handeln. Letzteres erscheint wahrscheinlicher, da die Bordellbetreiber ein Mädchen vermissen und sich herausgestellt hat, dass der Fahrer, der die Prostituierten jede Nacht abgeholt hat, stets den Weg über den Bahnübergang genommen hat. Der Täter hat sie aller Wahrscheinlichkeit nach also beobachtet.

Kriminalrat Hendrik wird um halb zwölf eine Pressekonferenz abhalten, womit die Schlagzeile für den Abend und den nächsten Tag vorprogrammiert ist. Stellt euch darauf ein.

Ach, übrigens, wir sind jetzt die Soko Schranke. Alle hier am Tisch stehen ausschließlich diesem Fall zu Verfügung. Kollegen aus der Schutztruppe können bei Bedarf angefordert werden. Ich muss wohl kaum erwähnen, dass Hochdruck angesagt ist. Trieb- und Serientäter halten sich normalerweise an ihren einmal gewählten Modus Operandi, dementsprechend müssten wir für die kommende Nacht wieder mit einem Opfer rechnen.«

Gemurmel entstand.

»Ich weiß, ich weiß … das ist mehr als ungewöhnlich, fast schon unglaublich. Aber zum jetzigen Zeitpunkt lassen die Fakten keinen anderen Schluss zu. Also, wir müssen effizient sein, dürfen aber auch nichts übersehen. Meldet mir jede Kleinigkeit, auch wenn sie euch noch so unwichtig vorkommt.«

Nele beendete ihre Ansprache und verteilte die Aufgaben unter den Anwesenden, insofern sie nicht schon wussten, was sie zu tun hatten. Als sie damit fertig war, sah sie Dag Hendrik an.

»Haben Sie noch etwas, Kriminalrat Hendrik?«

Er löste sich schwerfällig von der Wand und ging nach vorn.

»Ja, danke, Frau Karminter. An Fakten habe ich natürlich nichts hinzuzufügen. Ich möchte aber noch einmal vertiefen, was Frau Karminter schon angesprochen hat. Spätestens ab heute Mittag stehen die Ermittlungen im Brennpunkt der Öffentlichkeit. Dieser Schritt bleibt uns nicht erspart, denn die Bevölkerung muss gewarnt werden. Tun Sie also bitte alles in Ihrer Macht Stehende, um eine weitere Entführung zu verhindern. Darum ersucht Sie auch Herr Döpner ... mit der kleinen Anmerkung, dass ihm der Innenminister bereits im Nacken sitzt und er dessen Gewicht nicht lange tragen kann.«

Die Anspielung auf das Übergewicht ihres höchsten Dienstherren entlockte allen einen kleinen Lacher.

»Los geht die Jagd«, sagte Hendrik und klatschte in die Hände.

Wie besprochen machten sich Anou und Tim unmittelbar nach dem Meeting auf den Weg. Leider nieselte es bereits, als sie das Gebäude verließen. Tim setzte sich ohne zu fragen hinters Steuer des Passat. Das ärgerte Anou, und sie nahm sich vor, auf dem Rückweg zu fahren. Der Weg im Berufsverkehr aus der Stadt heraus und dann bis nach Friedburg nahm mehr als eine halbe Stunde Zeit in Anspruch. Von dort aus führten zwei Landstraßen durch das ausgedehnte Waldgebiet, in dem sich die Reste der ehemaligen Eibia-Pulverfabrik befanden. Anou, die mittels einer Karte navigierte, entschied sich für die L33, weil sie näher an dem Gelände vorbeiführte. Bei genauerer Betrachtung der Ausmaße des Geländes wurde Anou ein wenig unwohl. Sie würden sinnlos herumlaufen, wenn sie den Bereich nicht eingrenzen konnten.

»Wie wollen wir überhaupt vorgehen?«, fragte sie Tim.

Der zuckte mit den Schultern. »Das wird wohl ein Glücksspiel. Viel Sinn sehe ich in der Aktion sowieso nicht.

Aber man klammert sich ja an jeden Strohhalm, wenn man sonst nichts in der Hand hat.«

Die Antwort gefiel Anouschka nicht. Tim klang wenig motiviert und stellte zwischen den Zeilen Neles Anweisung in Frage. Und vielleicht hatte er sogar recht? Sie wussten weder, wo sie suchen sollten, noch wonach. Aber es war aufgrund der kurzen Zeitabstände zwischen den Entführungen sehr wahrscheinlich, dass der Täter seine Opfer irgendwo in der Nähe festhielt. Das konnte in der Stadt sein, im Dorf oder in einem alten intakten Bunker. Es konnte aber ebenso gut überall sonst sein.

»Wir hätten jemanden suchen sollen, der sich auf dem Gelände auskennt«, sagte Anou, als sie Friedburg in westlicher Richtung verließen.

»Und wen?«

»Das ist Waldgebiet. Da würde sich doch ein Jäger oder Förster anbieten.«

Tim warf ihr einen schnellen Blick zu. »Keine schlechte Idee. Wo treiben wir jetzt auf die Schnelle einen auf?«

Anou griff nach ihrem Handy und rief Nele an. Von ihr ließ sie sich die Nummer des Taxiunternehmers geben. Sie rief ihn an und bekam die Adresse des Hegeringvorsitzenden von Friedburg.

»Fahr zurück«, wies sie Tim an.

Das Haus war schnell gefunden. Es lag in einem gepflegten Wohngebiet am Ende einer Sackgasse. Der Giebel des Klinkerbaus war mit verschieden großen Geweihen geschmückt, dazwischen hingen Schützenscheiben.

»Gruselig«, sagte Anou beim Aussteigen. »Da kann man genauso gut einen Skalp am Gürtel tragen.«

Auf ihr Klingeln öffnete die Ehefrau des Herrn Kropke. Ihr Mann, so erfuhren sie, befinde sich auf seiner regulären

Arbeit beim Landkreis, werde aber gegen sechzehn Uhr zurück sein. Während Anou überlegte, ob sie den Mann herzitieren sollten, empfahl ihr Frau Kropke, es einmal bei Peter Schröder zu versuchen. Der Mann sei sein Leben lang Forstarbeiter gewesen, wenn sich hier einer auskenne, dann er. Peter Schröder lebte auf einem alten Gutshof außerhalb von Friedburg. Wie sich herausstellte, führte ihr Weg sie ohnehin daran vorbei.

Zwanzig Minuten später klingelte Anou an dessen Tür. Sie wurde geöffnet von einem hageren, hochgewachsenen Mann mit hängenden Schultern, aber außerordentlich kräftigem Händedruck. Peter Schröders Hände fühlten sich wie Sandpapier an, seine Stimme klang, als würde er seine Kehle damit pflegen, und sein Gesicht war eine Ansammlung von Furchen und Rinnen mit eingelagerten Schatten. Dass dieser Mann sein Leben draußen verbracht hatte, stand außer Frage.

Er war natürlich längst telefonisch von Frau Kropke informiert worden und erklärte sich sofort bereit, sie auf dem Eibia-Gelände herumzuführen. Er fuhr bei ihnen mit und war sichtlich aufgeregt.

»Erzählen Sie doch mal was über diese Fabrik«, bat Anouschka ihn während der Fahrt.

Schröder lehnte sich zwischen den Sitzen vor und holte tief Luft. Anou registrierte es mit einem versteckten Lächeln. Der alte Mann lief zu Hochform auf. Endlich wurde er mal wieder gebraucht, endlich konnte er sein Wissen weitergeben.

»Wo soll ich denn anfangen? Die Eibia-Pulverfabrik hat eine bewegte Geschichte. Gibt es irgendwas, das Sie besonders interessiert?«

»Erzählen Sie einfach ein bisschen.«

»Die Nazis haben sie gebaut, ich glaube 1938 haben sie damit begonnen. Eine gigantische, im Wald versteckte Anlage zur Herstellung von Nitrocellulosepulver. Mehr als zweihundertfünfzig Gebäude verteilten sich damals auf einer Fläche von vierhundert Hektar. In den besten Zeiten, als der Krieg begann, schufteten dort eintausendachthundert Menschen. Männer und Frauen, die allermeisten Zwangsarbeiter und Kriegsgefangene. Das war eine gefährliche Arbeit, und die Menschen wurden regelrecht verheizt.«

»Und bis wann existierte die Fabrik?«

»Na ja, nach Ende des Krieges gingen natürlich die Plündereien los, und die Engländer haben sich geholt, was sie brauchen konnten. Angeblich wurde da auch ein chemischer Kampfstoff hergestellt, A-Pulver hieß das Zeug. Beim Abtransport sind beschädigte Kisten einfach im Wald liegen geblieben. Die hat man nie gefunden. Liegen da heute noch. Kaum zu glauben, was? Aber richtig gesprengt wurde die Fabrik erst um 1950.«

»Gibt es noch Bunker oder Gebäude, die man betreten kann?«, fragte Tim.

Der alte Schröder zuckte mit den Schultern. »Drei erhaltene Gebäude werden von der Forstwirtschaft genutzt, als Lagerräume. Aber die sind abgeschlossen. Es gibt überall Trümmer, Reste, Teile von Gebäuden, Schächte ... sicherlich auch unterirdische Bunker, nur dass die keiner mehr findet.«

»Unterirdische Bunker?« Anou wurde hellhörig.

Peter Schröder nickte. »Angeblich sollen etliche der Gebäude unterirdisch miteinander verbunden gewesen sein. Bei den Sprengungen ist aber vieles verschüttet worden. Dann hat es in den sechziger Jahren ein paar Unfälle gege-

155

ben. Spielende Kinder und Spaziergänger sind in Schächte eingebrochen. Da hat der Staat noch mal nachgelegt und alle Zugänge, die zu finden waren, zugeschüttet.«

»Also kommt da heute keiner mehr rein?«

Schröder zuckte mit den Schultern.

»Würde mich wundern. Ein paar Gänge gibt es sicher noch, aber denen dürfte der Zahn der Zeit mittlerweile auch arg zugesetzt haben. Ich bin einige Male dort im Einsatz gewesen, hab aber keinen Zugang mehr gefunden – allerdings habe ich auch nicht danach gesucht.«

Sie erreichten den Waldrand, und Peter Schröder dirigierte sie zu einem kleinen, unbefestigten Parkplatz.

»Mit dem Wagen kommen sie hier nicht weiter. Die Waldwege sind durch Holzschranken abgesperrt und teilweise auch zugewuchert. Da kommt nur ein Trecker durch«, klärte er sie auf.

Der feine, eklige Nieselregen hatte zwar aufgehört, doch in dem dichten Mischwald triefte es vor Feuchtigkeit. Tim und Anou zogen ihre Regenjacken an. Der alte Schröder war mit einem ausgeblichenen Bundeswehrparka ebenfalls wetterfest gekleidet.

»Was wollen Sie überhaupt sehen?«, fragte er. »Für einen Rundgang ist das Gelände zu groß.«

Anou überlegte einen Moment.

»Diese Gebäudereste, von denen Sie sprachen, sind darunter welche, in denen man Unterschlupf finden könnte?«

Der alte Mann nickte. »Da stehen noch drei oder vier. Riesige Kästen mit bewachsenen Dächern. Ehemalige Pumpwerke und Reste eines Kraftwerkes. Dieser dicke Beton ist widerstandsfähig. Sind aber schwer zu finden.«

»Wenn Sie hier etwas verstecken wollten, wo würden Sie das tun?«, fragte Tim den alten Schröder.

Der dachte einen Augenblick nach, wobei er die Unterlippe überstülpte. »Verstecken. Was denn?«

»Waffen, Diebesgut, so ein Zeug«, schob Anou vor, bevor Tim etwas anderes sagen konnte.

»In den Forstbunkern nicht, die sind verriegelt.«

»Also die anderen.«

»Kann ich mir auch nicht vorstellen. Ich als Gauner würde doch nicht einen so langen und mühsamen Weg auf mich nehmen, um meine Beute in einem feuchten Betonbunker unterzubringen, der für jeden anderen offen steht.«

Schröder glaubte ihnen nicht, und das konnte Anou ihm nicht mal übel nehmen. Die Ausrede war auch einfach zu blöd. Trotzdem wollte sie ihm nichts über ihren Verdacht sagen. Dafür war er einfach zu vage.

»Macht nichts, wir wollen uns die Bunker trotzdem ansehen«, sagte sie, vermied es dabei aber, ihn anzuschauen.

»Ich kann Ihnen nicht versprechen, dass ich sie auf Anhieb finde.«

»Ohne Sie würden wir sie gar nicht finden, oder?«

»Ohne mich würdet ihr euch hier hoffnungslos verlaufen, Mädchen«, sagte der alte Schröder nicht ohne Stolz und marschierte los.

Tim und Anou folgten ihm.

Bevor er die Stadt verließ, um zu seinem Versteck unter der Erde zurückzukehren, hielt er an der Ausfallstraße bei einem der großen Supermärkte. Er ärgerte sich über den Zwischenstopp, war er doch der festen Überzeugung, beim letzten Einkauf zwei Flaschen mitgenommen zu haben. Trotzdem brauchte er schon wieder Nachschub. Entweder irrte er sich, oder er hatte eine an der Kasse liegen gelassen oder sie irgendwo verloren, vielleicht im Wald. Gestern

Nacht hatte er eine ganze Flasche gebraucht. Ihr Körper war üppiger, ihre Haut älter, sie saugte das Öl auf wie ein trockener Schwamm Wasser ... außerdem hatte es ihm aus einem nicht nachvollziehbaren Grund bei ihr mehr Freude bereitet und er war großzügiger mit dem Öl umgegangen, als es notwendig gewesen wäre.

Vor dem Regal mit den Körperpflegeartikeln überlegte er kurz, ließ dann aber seinen Grundsatz, nicht mehr als zwei Flaschen zugleich zu kaufen, außer Acht, ergriff vier Flaschen und ging damit zur Kasse. Die Kassiererin sah nicht einmal zu ihm hoch, während sie die Barcodes über den Scanner zog. Eine entsetzlich fette, hässliche Kuh, auf der sein Blick nicht länger als eine Sekunde ruhte. Wortlos bezahlte er und hastete zu seinem Wagen zurück.

Kaum saß er darin, war die Versuchung doch größer als die Eile. Er nahm eine der blauen Flaschen in die Hand, öffnete den Verschluss und roch daran. Sofort stieg ihm der unvergleichliche Duft in die Nase, arbeitete sich von dort aufwärts ins Gehirn, verteilte sich bis in die kleinsten Windungen und aktivierte jene Erinnerungen, die untrennbar mit diesem Duft verbunden waren. Sein Blick wurde glasig, die Augen nutzlos, denn sie sahen nichts anderes mehr als den alten Film, den sein Gehirn nun abspulte. Eine Sonne, die es an diesem Morgen nicht gab, brach durch die Wolkendecke, ihre Strahlen fielen auf die Windschutzscheibe des Wagens, erwärmten sich wie durch Zauberhand, streichelten sein Gesicht und zauberten ein Gefühl von Sommer herbei.

Sommer ...

Wärme ...

... das angenehme Gefühl, der ganze Körper sei eingehüllt in Wärme, Zufriedenheit und Glück. Einfach dazuliegen,

sich auszustrecken, die geschlossenen Augen dem Himmel zugewandt, so dass selbst hinter den Lidern noch Helligkeit war, und einfach alles vergessen können, was sein Leben so schwer erträglich erscheinen ließ.

Es gab ja auch schöne Zeiten! Zeiten, in denen sie eine richtige Familie waren, auf sich aufpassten, Spaß hatten, Eis essen gingen. Oder ins Schwimmbad, so wie heute.

Seit zwei Wochen war der Sommer da, und irgendwie hatte die Sonne es geschafft, den Vater zu verwandeln. Er war geradezu sanftmütig, und in dem Jungen wuchs die Hoffnung, dass nun alles anders werden würde. Besser. Er hörte einfach nicht auf die lästige kleine Schranze, die in seinem Hinterkopf ständig bissige Kommentare von sich gab. Ja, er wusste, dass diese Hoffnung schon so oft kaputt gemacht worden war, dass Enttäuschungen an der Tagesordnung waren, aber was würde aus ihm werden, wenn er die Hoffnung ganz aufgab? Was würde dann passieren? Würden sich dann diese Regungen, die bislang noch tief in seinem Inneren gefangen waren, befreien?

Sie waren nach dem Mittag aufgebrochen. Mit dem Auto des Vaters zum Schwimmbad war es eine Fahrt von mehr als einer halben Stunde. Er war guter Laune, hatte ihn sogar hinten die Fenster aufdrehen lassen und das Radio ganz laut gestellt. Sie hatten mitgesungen, Sommerlieder, »Summer of 69«, und Mutter hatte den Kopf aus dem Fenster gehalten, und der Wind hatte ihr wunderschönes goldenes Haar zerzaust.

So ein glücklicher Moment!

Im Schwimmbad war es voll.

Seine Schüchternheit kehrte zurück. Dagegen konnte er nichts tun, dagegen konnte auch gute Laune nichts tun. So viele Menschen auf engem Raum, alle fast nackt, überall

Haut, braun, weiß, rot, verschwitzt, eingeölt, alle Variationen waren vorhanden.

Und alle waren normal!

Gern hätte er seine Decke an einem geschützten Platz hinter einer Hecke ausgebreitet, doch der Vater wollte in die Sonne, nahe ans Becken, wo das Leben tobte, wo er die jungen Mädchen in den knappen Bikinis beobachten konnte. Und wie er sich wieder in Szene setzte, als er sich seiner Kleidung entledigte. Im Stehen natürlich, alle sollten ihn sehen, seine sehnigen, dicken Muskeln, entstanden durch hartes Bodybuilding. Er war ein Angeber, und sein Ego nährte sich von den Blicken anderer. Leider fanden sich immer welche, die glotzten, die mit dem Finger zeigten, Frauen, die ihre Blicke länger als notwendig auf seinem Körper ruhen ließen.

Er genoss, Mutter ignorierte es, und der Junge ... spürte Hass und Neid und hasste sich selbst dafür, dass der Neid überwog.

Würde es etwas ändern, wenn er sich auch solche Muskeln antrainierte? Würde seine Schüchternheit verschwinden oder nur eingesperrt werden hinter einem dicken Panzer aus hartem Fleisch, an dem Blicke und Gefühle abprallten?

Der Junge wollte sich an einem solchen Tag nicht damit beschäftigen, wollte sich einfach nur freuen, genießen, glücklich sein. Er setzte sich auf das große Handtuch und zog sich aus. Natürlich hatte er die Badehose schon zu Hause untergezogen. Sein Körper war lang und sehnig, der Ansatz zu guter Muskulatur war vorhanden. Seine Haut war weiß, er setzte sich kaum einmal der Sonne aus. Er blickte an sich hinunter und fühlte sich wie ein Außerirdischer. War er ein Mensch?

»Kommt, wir gehen ins Wasser!«

Der Vater zog Mutter hinter sich her.

Sie sah atemberaubend aus in ihrem Bikini, ihre schlanken Fesseln, die wohlgeformten Muskeln ihrer Oberschenkel, die goldenen Haare. Nur wenige blaue Flecken waren an den Beinen zu sehen. Während seine Eltern zum Becken liefen, ausgelassen wie Kinder, ging er langsam hinterher. Die Hände verschränkt vor dem Körper, den Kopf gesenkt.

Blicke, er spürte Blicke!

Alle starrten ihn an!

Nein, das stimmt nicht, das bildest du dir ein. Sie wissen gar nichts davon, sie können es nicht sehen. Jetzt und hier bist du so normal wie alle anderen auch.

Ja, aber wenn er aus dem Wasser stieg, wenn der Stoff der Badehose schwer und nass an seiner Haut klebte ...

Er verdrängte den Gedanken.

Die Sonne war da, heiß und freundlich, das Geschrei der spielenden Kinder, das Plätschern des Wassers, leichter Geruch von Chlor, vom Holzhäuschen her der Duft von Pommes und Bratwurst. Sommer!

Sein Vater stand schon auf dem Ein-Meter-Brett und machte es zu seiner Bühne. Streckte die Arme weit über den Körper, ließ die Bauchmuskeln spielen, die sich als erstaunliches Relief abzeichneten. Es dauerte eine peinlich lange Zeit, bis er endlich sprang. Formvollendet tauchte er ins Blau ein, erzeugte kaum Spritzer und zog natürlich viele Blicke auf sich. Keiner der Badegäste wäre wohl auf die Idee gekommen, dass es sich bei dem schüchternen, langen Schlaks mit der hellen Haut um seinen Sohn handelte.

Mutter stieg über die Leiter ins Wasser, verzog ob der Temperatur das Gesicht und tauchte dann ein. Er tat es ihr gleich. Vom Brett zu springen traute er sich nicht. Obwohl *er seinem Vater nur unauffällig zugesehen hatte, hatte er dennoch genau registriert, was dort oben zu sehen war und was nicht.*

Das Wasser war kalt. Er fror, seine Haut zog sich zusammen, sah plötzlich aus wie die eines gerupften Huhns. Schnell ließ er sich ins Wasser gleiten, stieß sich von der Treppe ab und schwamm. Mit seinen langen Armen kam er gut voran, und die Anstrengung spürte er kaum. Er schwamm seiner Mutter hinterher, überholte sie und schlug am Beckenrand an.

Plötzlich legte sich eine starke Hand auf seinen Kopf und tauchte ihn unter, hielt ihn unter Wasser, wollte ihn nicht entkommen lassen. Der Junge riss die Augen auf, sah vor sich die durchs Wasser verzerrte Silhouette seines Vaters, die gut gefüllte Badehose, die kräftigen Beine.

Er ließ ihn nicht wieder hochkommen!

Der Junge begann zu strampeln. Ob es mit Absicht geschah oder doch nur aus Zufall, konnte er später selbst nicht sagen, doch er redete sich gern ein, dass er in diesem Moment mutig gewesen war und seinen Fuß wohlgezielt in die Genitalien seines Vaters schnellen ließ. Jedenfalls verschwand die Hand von seinem Kopf. Er tauchte prustend auf, wischte sich das Wasser aus den Augen und sah seinen Vater, der mit hochrotem Kopf am Beckenrand geklammert hing und starr nach vorn auf die Fliesen schaute. Die Knie waren unter Wasser angewinkelt. Er hätte sich entschuldigen können, tat es aber nicht. Stattdessen genoss er es, den Vater leiden zu sehen.

Seine Mutter drückte sich von hinten an ihn. Deutlich spürte er ihre festen Brüste an seinem Rücken.

»Was ist passiert?«

Er zuckte nur mit den Schultern. Im selben Augenblick

drehte der Vater den Kopf und sah sie an. Den Sohn, der lässig mit den Schultern zuckte, vielleicht ein kleines Lächeln in den Mundwinkeln, die Mutter, die sich von hinten an ihn drückte, einen Arm um seinen Brustkorb gelegt.

In dieser Sekunde wusste der Junge, dass die schöne Zeit vorbei war. Hass lag in den Augen seines Vaters, und wenn er ihn auch nicht sofort ausleben konnte, so würde dieser Hass dennoch eine lange Zeit überstehen und irgendwann umso heftiger ausbrechen.

Der Vater stieß sich vom Beckenrand ab und schwamm mit kräftigen Zügen davon.

Seine Mutter küsste ihn auf den Hinterkopf und schwamm ebenfalls davon. Er folgte ihr. In seinen Gedanken bekam er einen Steifen, wenn er an die Schmerzen dachte, die der Vater erlitten hatte.

Als seine Eltern das Becken längst verlassen hatten und sich auf der Decke in der Sonne aalten, schwamm er noch immer seine Bahnen. Eine nach der anderen, hin und her, Brust, Kraulen, Brust, Kraulen. Er spürte keine Ermüdung, war wie in Trance und versuchte den Moment so lange wie möglich hinauszuzögern, in dem er das Becken verlassen musste. Natürlich kam er trotzdem irgendwann. Nach fast einer Stunde war er am Ende.

Ausgekühlt und ausgelaugt griff er mit zittrigen Händen nach der Leiter und zog sich daran hoch, so weit, bis seine Hüften aus dem Wasser waren. Dann zog er mit der rechten Hand den schweren Stoff der Badehose von seinem Körper weg. Darunter bildete sich eine Luftblase, die eine Zeit halten würde. Er stieg aus dem Wasser, sah sich um.

Alle anderen Badegäste waren in dem verharrt, was sie gerade getan hatten. An der Bude stand einer, dem guckte die halbe Bratwurst aus dem Mund. Der Bademeister saß auf seinem Turm und schien die Pfeife verschlucken zu wollen, ein paar Mädchen in seinem Alter, die am Beckenrand saßen und die Beine ins Wasser hielten, glotzten mit riesigen Augen, in denen sich Abscheu und Entsetzen spiegelten.

Der Junge blinzelte gegen die Sonne, und der Spuk verschwand. Keiner, nicht ein Mädchen oder Junge, schenkte ihm Beachtung. Alle waren mit sich selbst beschäftigt.

Bis auf einen.

Der Vater.

Während der Junge auf den Liegeplatz zuging, spürte er wie flüssiges Feuer die Blicke des Vaters auf seinem Körper. Sie waren viel heißer als die Strahlen der Sommersonne. Er lag auf dem Bauch, hatte das Kinn auf die überkreuzten Arme gestützt und schien zu dösen. Doch durch einen Spalt zwischen den Lidern, das wusste der Junge genau, beobachtete er ihn.

Die Luftblase in seiner Hose verschwand, noch ehe er die Decke erreichte. Die letzten Schritte lief er, sprang förmlich auf die Decke und ließ sich auf den Bauch fallen. Seine Mutter, die jetzt zwischen ihm und dem Vater lag, blinzelte ihn träge an.

»Trockne dich ab«, nuschelte sie. »Du hast ja ganz blaue Lippen.«

Er nahm ein Handtuch und begann im Liegen damit, sich trocken zu rubbeln.

»Stell dich hin, und dann wechselst du die Badehose, so wie wir alle.«

Da war er, der Dolchstoß!

Die Stimme des Vaters. Hart, fest, unnachgiebig.

»Schatz …«. Seine Mutter wollte ihm helfen, doch ein einziger eisiger Blick brachte sie zum Schweigen.

»Er tut jetzt, was ich gesagt habe, oder ihr erlebt heute beide noch euer blaues Wunder.«

Der Junge nahm das Badehandtuch, eine trockene Badehose und stand auf. »Ich gehe zu den Kabinen. Ich muss sowieso auf die Toilette.«

»Nein. Du machst es hier. Vor meinen Augen.«

Vor den Augen aller anderen, das war es, was der Vater eigentlich meinte. Er sollte sich hier in der Öffentlichkeit ausziehen, sich blamieren, demütigen lassen. Da war sie, die Rache für den Fußtritt im Schwimmbecken.

Der Junge blieb stehen. Sah auf seinen Vater hinab, der unverändert dalag und die Augen geschlossen hielt. Ein Vulkan kurz vor dem Ausbruch. Daneben seine Mutter, den Oberkörper halb aufgerichtet, ein flehender Blick in seine Richtung, die Situation nicht eskalieren zu lassen.

In dem Gefängnis in seinem Inneren begann etwas an den Stäben zu rütteln. Sie knirschten in ihren Verankerungen im Beton, Staub und Steine fielen herab, bald würden sie sich ganz lösen.

Der Junge stand da.

Die heiße Sonne auf den Schultern, Handtuch und Hose vor den Schritt haltend, den Blick gesenkt. Um ihn herum war die Welt so normal wie eh und je, spielten die Kinder, kreischten die Mädchen, küssten sich die Teenager und Erwachsenen. Aber innerhalb dieser vier Quadratmeter, die ihr Liegeplatz einnahm, war die Luft gefroren und heiß zugleich und bildete eine in sich geschlossene Einheit, in der es sich kaum atmen ließ.

Mit einer schnellen Bewegung schlug der Vater seiner Mutter den Arm weg, auf dem sie ihren Oberkörper aufgestützt hatte. Sie fiel auf die Decke zurück. Ihr Blick wurde panisch.

*Er konnte sich widersetzen, würde später die Prügel er-
tragen, konnte sie ertragen, wenn er dadurch dieser Blama-
ge und Demütigung entging. Aber es ging nicht nur um ihn.
Dieser schnelle Schlag war nur dazu gedacht, ihm zu zeigen, wer später die meisten Schläge kassieren würde. Der
Junge wusste, er würde es nicht ertragen können, in seinem
Zimmer eingesperrt zu sein, die gedämpften Schmerzensschreie seiner Mutter zu hören und nichts tun zu können.*

Also zog er die nasse Badehose aus.

Hielt den Blick gesenkt, wagte es nicht hochzusehen.

Das Gekicher der Mädchen bekam er trotzdem mit.

Sein Kopf lief knallrot an.

Tief in seinem Inneren brachen die Gitterstäbe.

An dem Tag hatte die Befreiung begonnen.

Letztlich hatte es sich nicht als so entsetzlich herausgestellt, wie er befürchtet hatte. Ganz im Gegenteil. Vorher hatte er vegetiert, seitdem lebte er. Hinter diesen Gitterstäben war nämlich kein Monster eingesperrt, sondern
seine wahre Persönlichkeit. Sie war an diesem Nachmittag
im Schwimmbad entkommen, hatte aber noch Wochen gebraucht, um die Stärke zu entwickeln, die für den wichtigsten Schritt notwendig gewesen war.

Er saß immer noch hinter dem Steuer seines Wagens, das
Fläschchen mit dem Babyöl in den Händen. Der intensive
Duft hatte die Nase betäubt, die wärmende Sonne war mit
der Erinnerung verschwunden, die Realität, grau und alt,
starrte ihn an.

Vor dem Wagen stand eine alte Frau und glotzte. Ein zer-
furchtes Gesicht, eingerahmt von grauen Locken, auf denen
ein altmodischer Hut thronte. Die Frau schob einen Geh-
wagen vor sich her, in dessen Korb ihre Einkäufe lagen.

Warum war sie stehen geblieben und starrte ihn an?

Ihr Blick hatte etwas ... Erschrockenes.

Kannte er sie?

Vielleicht lag es einfach nur daran, wie er hinter dem Steuer hockte. Apathisch, weggetreten, mit weit aufgerissenen Augen und einer Flasche Babyöl in der Hand.

Er klappte den Verschluss zu und legte sie weg. Als die alte Frau sah, dass er sich bewegte, packte sie die Griffe ihres Gehwagens fester und zog von dannen. Sie blickte sich noch zweimal um, was er sehr wohl bemerkte. Er war ihr aufgefallen, das war nicht gut und durfte sich nicht wiederholen. Solange er niemandem auffiel, solange er ein blasses, graues Gesicht in der großen Masse blieb, vergessen im Moment des Erblickens, kam er unbehelligt und unerkannt durchs Leben, konnte tun, was er tun musste, ohne Konsequenzen fürchten zu müssen. Ein Fisch im gewaltigen Schwarm, und doch anders als alle anderen, dies zu verbergen und zu wahren war eine Kunst, die er zur Perfektion gebracht hatte.

Er startete den Wagen und verließ den Parkplatz des Supermarktes. Es begann wieder zu regnen. Zunächst nur leicht, dann steigerte es sich zu einem Wolkenbruch, der aber rasch wieder versiegte und einem zerrissenen Himmel Platz machte. Als er nach einer halben Stunde Fahrt in die ländlichen Gebiete gelangte, verhielt er sich wie immer, fuhr ein wenig in der Gegend umher, nahm Abzweigungen und Straßen, die nichts mit seinem Ziel zu tun hatten, und beobachtete genau, ob ihm jemand folgte. Und wie immer war das auch heute nicht der Fall.

Schließlich steuerte er den kleinen einsamen Parkplatz am Rande des Waldgebietes an. Und war erstaunt, einen Wagen darauf stehen zu sehen. *Das* passierte zum ersten Mal.

Langsam rollte er vorbei. Der Wagen war leer.

Sollte er sich einen anderen Platz suchen? Es gab viele Möglichkeiten, und er hatte sie alle ausgekundschaftet. Das wäre die sicherste Alternative. Aber vorher musste er etwas herausfinden. Er parkte seinen Wagen ein gutes Stück entfernt, stellte den Motor ab, stieg aus und lauschte. Ein paar Minuten blieb er so stehen.

Stille.

Keine Stimmen.

Wer auch immer mit dem anderen Wagen, einem dunklen VW-Passat, gekommen war, hielt sich ganz sicher nicht in der Nähe auf. Er schlenderte hinüber und sah sich dabei immer wieder um. Dann warf er einen Blick in das Innere des Wagens – und erstarrte!

Im Fußraum des Beifahrers lag eines dieser Einsatzlichter, die sich auf das Wagendach heften ließen.

Ein ziviles Polizeifahrzeug!

Es gab Tage, da machte es ihm Spaß, vorn zu stehen, das Wort zu führen, den Ton anzugeben. Jemand, der führen konnte und von dem andere sich gern führen ließen. Das war zugegebenermaßen ein gutes Gefühl. Aber es gab auch andere Tage, an denen er gern darauf verzichtete, und heute war einer davon.

Für Dag Hendrik war es nicht die erste Pressekonferenz, und so wie sich seine Karriere bei der Polizei gestaltete, würden noch viele weitere folgen. Ein Aspekt der Polizeiarbeit, der in den letzten Jahren immer stärkere Bedeutung bekommen hatte, war eben die Öffentlichkeitsarbeit. Und ob es einem gefiel oder nicht, es wurde eingefordert, geschürt durch die Regenbogenpresse, genährt durch die privaten Sender, die jede Menge Sendezeit zu füllen hatten.

Das bedeutete, er musste sich mit den Terriern der Boulevardpresse ebenso gut verstehen wie mit den sachlichen Typen der seriösen Zeitungen und Sender. Ein Balanceakt, gerade für ihn, denn es gab da ein paar Gesichter in der Meute, die er auf den Tod nicht ausstehen konnte. Natürlich würden die heute auch wieder dabei sein.

In ein paar Minuten ging es los. Hendrik ahnte, dass es nicht leicht werden würde. Höchste Konzentration war gefordert. Er durfte nichts Falsches sagen, nichts, was unter der Bevölkerung Panik entfachen konnte oder der Regenbogenpresse allzu viel spekulativen Freiraum ließ. Das Wort Serientäter durfte er nicht einmal ansatzweise in den Mund nehmen. Döpner hatte ihm das unmissverständlich mit auf den Weg gegeben. Leider wusste Hendrik, dass die Pressegeier ihn genau darauf festnageln würden.

Er stand in seinem Büro vor dem Spiegel und überprüfte noch einmal sein Aussehen. Hemd, Krawatte, Sakko, alles passte, alles saß. Kleidung, die er sonst nicht trug und in der er sich nicht wohl fühlte. Sollte er tatsächlich eines Tages Polizeichef werden, wäre das der schlimmste Part für ihn. Offizielle Anlässe mit Garderobenzwang.

Hendrik seufzte.

Eigentlich hatte er der Meute da draußen nicht viel zu sagen. Es gab zwei, eventuell sogar drei verschwundene Frauen, einen ermordeten Zuhälter und eine ermordete Nutte. Da mochte es einen Zusammenhang geben oder auch nicht, da mochte ein perverser Serientäter sein Werk begonnen haben oder auch nicht. Spielte keine Rolle. Wenn die Presse ihren Hannibal Lecter wollte, würde sie ihn sich erschaffen. Und nach dem jetzigen Stand der Ermittlungen konnte Hendrik ihnen das nicht mal ausreden. Schließlich deutete alles darauf hin.

Wieso fanden sie keine Spuren?

So gut konnte der Typ doch gar nicht sein, dass er nicht eine einzige Spur hinterließ!

Ein Blick auf die Uhr. Noch drei Minuten. Er nahm den Ordner vom Schreibtisch, trank rasch einen Schluck Wasser und verließ das Büro. Auf dem Gang traf er Eckert Glanz, der ihn begleitete. Dazu kam noch ein Beamter in Uniform. Das machte sich gut auf den Fernsehbildern, strahlte Autorität und Engagement aus. Sie nickten sich zu. Absprache war nicht nötig, der Einzige, der sprechen sollte, war Hendrik.

Aus dem Presseraum drang eifriges Stimmengemurmel. Als sie die Tür öffneten und eintraten, verstummte es, dafür nahmen jetzt technische Geräusche dessen Stelle ein. Klicken und Klacken, Surren und Ratschen, darunter Hüsteln, Stühlescharren, Schnäuzen.

Dreißig Medienleute waren gekommen. Die meisten von den Printmedien, aber auch vier Fernsehteams. Viele kannte Hendrik von ähnlichen Veranstaltungen. Auch Matschureidt, sein meistgehasster Liebling, war da. Außerdem die Blondine. Von wo war die noch? Ach ja, Abendblatt. Die sah wirklich klasse aus, hatte eine atemberaubende Figur. Hendrik schenkte ihr ein Lächeln und fragte sich nicht zum ersten Mal, ob es für ihn in Frage käme, sie zum Essen einzuladen.

Wahrscheinlich nicht. Schade drum.

Er setzte sich mit seinen Begleitern an den Tisch, nahm selbst dabei die Position in der Mitte ein. Dort klappte er den Ordner auf, schlug eine Seite um, noch eine, blätterte zurück, tat, als ob er gerade etwas Neues entdeckt hätte, und ignorierte dabei die gierige Bande vor sich. Sie warteten schön brav. Wie Schulkinder. Keiner sprach dazwischen. Noch nicht. Schließlich blickte Hendrik auf.

»Also schön, fangen wir an. Sie haben das Memo ja alle bekommen. Sie wissen, wie weit Sie mit Ihren Fragen gehen können. Zum Stand der Ermittlungen kann ich Ihnen Folgendes sagen: Im Bereich des Staatsforstes Mariensee werden zwei Frauen vermisst. Eine 19-Jährige und eine 42-Jährige. Sie wurden jeweils vor einer geschlossenen Bahnschranke in besagtem Waldgebiet entführt. Von den Opfern und dem Täter fehlt jede Spur. Weiter wurden in einem Bordell an der Bundesstraße 211, ganz in der Nähe von Mariensee, eine Prostituierte und ein Zuhälter ermordet. Eine weitere Prostituierte wird vermisst.

Das war's. Ihre Fragen bitte.«

Es war nicht so, wie man es in diversen Filmen gesehen hatte, es quasselten nicht plötzlich alle auf einmal los. So viel Disziplin hatten sie dann doch. Die Ersten meldeten sich zu Wort, und Hendrik rief einen nach dem anderen auf.

»Gibt es einen Zusammenhang zwischen dem Bordell und den beiden anderen Frauen?«

»Sehen Sie einen?«

Gelächter.

»Natürlich. Insgesamt sind in drei Nächten drei Frauen entführt worden«, sagte der Journalist.

Hendrik nickte. »Falls Sie bei Ihrer Zeitung mal arbeitslos werden, kommen Sie zu uns. Wir suchen immer Menschen, die kombinieren können.«

Abermals Gelächter.

Die Blondine war dran. »Was meinen Sie, gibt es einen Serientäter?«

Da war sie, die Frage. Sie hatte nicht lange auf sich warten lassen. »Das kann ich nach dem derzeitigen Stand der Ermittlungen nicht bestätigen.«

»Aber es sieht doch ganz danach aus, oder?« Die Blonde lächelte wirklich verführerisch.

Hendrik hielt sich an den eisernen Grundsatz für solche Konferenzen. Such dir eine Antwort und bleibe dabei, egal was kommt. »Dazu kann ich nach dem derzeitigen Stand der Ermittlungen nichts sagen.«

»Handelt es sich bei den Morden im Bordell um Milieustreitigkeiten?«

»Dazu kann ich nach ....«

Matschureidt, den Hendrik bislang ignoriert hatte, stand auf. Natürlich achteten die anderen Kollegen auf ihn, er kam schließlich von der auflagenstärksten Zeitung des Landes.

»Darf ich auch mal was fragen?« Er hatte die Stimme eines heiseren Pavians.

Hendrik nickte. »Wenn's was Gescheites ist.«

»Wer führt die Ermittlungen?«

»Wie Sie dem Memo hätten entnehmen können, Kriminalhauptkommissarin Karminter mit ihrem Team.«

»Auch in der Bordellsache?«

»Nein, aus ermittlungstaktischen Gründen leite ich dort die Fahndung.«

»Aber Sie halten die Pressekonferenz trotzdem für beide Fälle ab.«

Hendrik ließ sich nicht aus der Ruhe bringen, obwohl er ahnte, worauf Matschureidt hinauswollte. »Frau Karminter ist, wie Sie sich vorstellen können, sehr beschäftigt. Ich habe diese Aufgabe für sie übernommen.«

»Also gehen Sie doch davon aus ...«

»Hören Sie«, fiel Hendrik ihm ins Wort, »das führt doch zu nichts. Was wir wissen, habe ich Ihnen gesagt, was ich Ihnen nicht gesagt habe, wissen wir nicht, oder Sie sollen es noch nicht wissen. Ich würde es aber begrüßen, wenn Sie die Öffentlichkeit mit ihrer Berichterstattung nicht in Schrecken versetzen – Kollege Matschureidt mal ausgenommen, bei dem geht es ja nicht anders –, sondern die Ermittlungen dahingehend unterstützen, dass Sie die nächtliche Entführung vor geschlossenen Bahnschranken im Wald besonders betonen. Wir erhoffen uns davon mehr Sensibilität bei der Bevölkerung. Außerdem soll jede verdächtige Beobachtung bei der Polizei gemeldet werden.«

Matschureidt wäre nicht Matschureidt, wenn er sich schon geschlagen gegeben hätte. Er stand immer noch.

»Stimmt es, dass es an dem besagten Bahnübergang vor knapp einem Jahr einen schweren Unfall mit vier toten Jugendlichen gegeben hat?«

Die anderen horchten auf.

Hendrik wunderte sich. Der Kerl war nicht schlecht. Diese Information zu bekommen war zwar nicht schwer, die Zusammenhänge herzustellen aber schon. »Das ist richtig.«

»Und das macht Sie nicht stutzig?«

»Sollte es das? Es handelte sich damals um einen tragischen Unfall unter Alkoholeinfluss.«

Matschureidt grinste.

»Aha«, sagte er, setzte sich und kritzelte etwas auf seinen Stenoblock. »Da habe ich was anderes gehört«, schob er nach, gerade laut genug, dass es alle hören konnten.

Hendrik fiel nicht darauf herein. Er wusste genau, was Matschureidt von ihm wollte. Er sollte ihn fragen, was er gehört habe, doch den Gefallen tat er dem Angeber nicht.

»Das wär's dann wohl«, sagte Hendrik, schlug lautstark den Ordner zu und stand auf.

Niemand schenkte ihm noch Beachtung. Alles drängte sich um Matschureidt, der sein Ziel damit doch erreicht hatte.

Das Gerücht wurde soeben in Umlauf gebracht.

4. Tag, mittags

Der Bunker war gigantisch!

Anouschka Rossberg hatte dergleichen noch nie gesehen und war beeindruckt. Staunend stand sie mit in den Nacken gelegtem Kopf vor dem Bauwerk aus der Zeit des Zweiten Weltkrieges und versuchte, die Größe zu begreifen. Die Länge betrug sicher nicht unter fünfzig Meter, die Höhe bis zur Kante des Flachdaches nicht weniger als fünfzehn Meter. Die Breite konnte Anouschka von ihrer Position aus nicht einschätzen. Obwohl zu einer Zeit entstanden, als noch nicht einmal ihre Mutter auf der Welt gewesen war, machte der Bunker einen festen, unzerstörbaren Eindruck. Ein Bauwerk, das die Zeit überdauern würde.

Allerdings ein hässliches! Nicht nur weil Anou wusste, zu welchem Zweck es gebaut worden war und dass darin die Schicksale vieler Zwangsarbeiter besiegelt worden waren, sondern weil die Wände und das Dach monströs dick waren, aus grauem, verwittertem Beton, an dem noch das Relief der Schalung zu erkennen war.

Was Anou jedoch am nachhaltigsten beeindruckte, war das Dach. Denn darauf wuchsen Bäume und Büsche in derselben Höhe und Ausdehnung wie auf dem Waldboden.

»Unglaublich«, sagte sie.

Peter Schröder, der neben ihr stand, nickte.

»Der Größenwahn einer vergangenen Epoche. Das Ding wird in hundert Jahren noch hier stehen. Die Bepflanzung diente als Schutz vor Luftaufklärung.«

»Wozu hat es gedient?«, fragte Anou.

»Das war nur ein Pumpwerk, eins von zwei. Der Wasserbedarf hier war gigantisch. Die Brunnen, aus denen das Grundwasser abgeschöpft wurde, sind heute noch über das ganze Gelände verteilt. Als es benutzt wurde, war darin alles voller Rohre und Pumpen, aber die hat man natürlich ausgebaut. Metall war damals was wert.«

Tim Siebert tauchte an der östlichen Ecke des Bunkers auf. Er war einmal drum herumgegangen.

»Ist kaum zu fassen, was?«, rief er.

»Kommt man da hinein?«, fragte Anou den alten Schröder.

»Die Eingänge sind alle zugemauert. Aber es gibt einen Zugang zum Dach.«

»Wie? Man kann auf das Dach gehen?«

Peter Schröder nickte. »Über eine ehemalige Außentreppe. Jemand hat sich mal die Mühe gemacht und die ausgebrochenen Stücke durch Holz ersetzt. Im Sommer kommen hier manchmal Liebespärchen her. Man ist dort oben ungestört und hört und sieht rechtzeitig, wenn sich jemand nähert. Der Aufstieg ist aber nicht ganz ungefährlich.«

Tim kam zu ihnen. »Hier ist lange niemand mehr gewesen«, sagte er. »Nirgendwo Spuren zu entdecken.«

»Hab ich doch gesagt«, meinte Peter Schröder. »In dieser Jahreszeit kommt hier keiner her.«

»Wir können aufs Dach gehen«, sagte Anou.

Tim legte ebenfalls den Kopf in den Nacken und blickte in die Höhe. »Da rauf?«

»Hast du Höhenangst?«

»Nee. Aber was sollen wir dort?«

»Uns vergewissern. Außerdem interessiert es mich. Ich hab noch nie ein Dach gesehen, auf dem Bäume wachsen.«

»Na gut, warum nicht.«

»Ich komme aber nicht mit«, sagte der alte Forstwirt. »Ist nichts mehr in meinem Alter.«

Er zeigte ihnen die Außentreppe auf der rückwärtigen Seite des Bunkers. Sie bestand ebenfalls aus nacktem Beton, begann aber erst in vier Metern Höhe. Der untere Teil war entfernt worden, doch wie von Schröder angekündigt, hatte jemand eine wackelige Konstruktion aus Holz angebaut. Eine Art Leiter. Nicht sehr vertrauenerweckend und zudem morsch.

Anou machte den Anfang.

Das Holz hielt. Trotzdem fühlte sie sich besser, als sie die Betontreppe erreichte. Allerdings nur für einen kurzen Moment, denn die Treppe stand völlig frei, es gab kein Geländer, keinen Handlauf, nichts, was einen vor dem Sturz in die Tiefe schützte. Je höher Anou stieg, desto mulmiger wurde ihr. Als sie das Dach erreichte, zitterten ihre Knie.

Tim war direkt hinter ihr.

Oben angekommen verharrten sie und betrachteten den Wald oberhalb des Waldes. Der Erdboden hier oben war drei bis vier Meter dick, trotzdem fragte sich Anou, wie die Bäume sich im Sturm hier hielten.

»Unglaublich«, sagte sie.

Tim nickte nur.

Sie überquerten das Dach. Zur Mitte hin stieg der Boden an. Dort entdeckten sie eine alte Feuerstelle. Bierdosen lagen herum. Auch ein weißer Damenslip, zerrissen. Nichts deutete jedoch darauf hin, dass kürzlich jemand hier gewesen war.

»Im Sommer bestimmt ein richtiges Liebesnest«, meinte Anouschka.

Tim sah sie von der Seite an.

»Vielleicht sollten wir beide im Sommer noch mal wiederkommen.«

Anou hörte die Andeutung sehr wohl, hatte aber keine Lust, darauf einzugehen. »Vielleicht«, sagte sie, »aber im Moment sind wir hier wohl auf der falschen Fährte.«

Sie waren eine ganze Stunde lang durch dichten, teilweise dschungelartigen Wald gelaufen, bevor sie den Bunker gefunden hatten. Anou konnte sich nicht vorstellen, dass jemand, der einen vermutlich leblosen oder bewusstlosen Körper zu transportieren hatte, sich dieser Tortour aussetzte. Leichen ließen sich an tausend anderen Plätzen leichter ablegen. Wollte man sich allerdings mit seinen Opfern beschäftigen, sah die Sache schon anders aus. Aber auch in dem Fall war der Weg hierher ein Hindernis und machte die Theorie unwahrscheinlich.

Sie folgte Tim zur Dachkante.

Der Blick darüber hinweg ließ ihren Magen sich zusammenziehen. Schnell trat sie einen Schritt zurück. Für den Bruchteil einer Sekunde hatte sie das Gefühl gehabt, die Tiefe würde an ihr ziehen.

Tim griente. »Höhenangst?«

»Eigentlich nicht.«

Unten stand Peter Schröder und rauchte eine Zigarette. Er winkte kurz zu ihnen rauf.

Anou ließ den Blick schweifen. Sie befanden sich auf einer Höhe mit den Baumkronen des unteren Waldes, konnten aber nicht drüber hinwegschauen. Um sie herum war alles dicht und dunkel. Nadelwald mit viel Unterholz, ungepflegt, verwildert. Anou wollte sich gerade von der Dachkante abwenden – auch wenn sie es nicht zugab, so hatte sie doch sehr wohl Angst vor der Höhe –, als sie im Unterholz etwas sah. Eine Farbe, die nicht dorthin gehörte.

»Was ist denn das dort?«, fragte sie und streckte den Arm aus.

»Wo?«

»Da hinten. Da liegt doch was Blaues.«

Es dauerte einen Moment, bis Tim es sah.

»Müll wahrscheinlich.«

»Wenn man unten steht, sieht man es sicher gar nicht«, überlegte Anou. »Bleib du hier stehen, ja. Ich gehe runter und du dirigierst mich hin.«

»Wie du willst.«

Anou stieg ohne Hast die Treppe hinab und war froh, endlich wieder den wirklichen Waldboden unter ihren Füßen zu spüren. Das da oben war ein unnatürliches, seltsam verwirrendes Gefühl. Sie lief um das Gebäude zu der Stelle, an der Peter Schröder stand und sah hinauf.

»Alles klar«, rief sie. »Welche Richtung?«

»Elf Uhr«, schrie Tim zurück und wies mit dem Arm dorthin.

Anou kämpfte sich durch das anfangs noch lichte Unterholz. Der Waldboden war weich und voller Stolperfallen, von Moos überwachsene Wurzeln und Äste, mitunter Löcher, von Hasen oder Füchsen gebuddelt.

»Gleich hast du es!«, schrie Tim von oben.

Anou sah den blauen Fleck. Sie bückte sich unter den tief hängenden Zweigen einer Fichte hindurch, stieg über einen umgestürzten Baumstamm, ging auf die Knie und betrachtete den Gegenstand, ohne ihn anzufassen. Es war eine kleine Flasche. Anou kannte die Form und auch das Markenemblem. Bei dem blauen Gegenstand handelte es sich um eine Flasche Penaten-Babyöl.

Merkwürdig!

Anou nestelte die durchsichtigen Handschuhe aus ihrer

Jackentasche und zog sie an. Erst dann nahm sie die Flasche auf.

Noch merkwürdiger. Sie war voll. Unbenutzt. Der Deckel war noch original verschlossen, und das Etikett sah nicht so aus, als würde es schon lange hier im Wald liegen. Ganz sicher nicht seit dem letzten Sommer. Anou konnte sich gut vorstellen, wozu Liebespaare Babyöl brauchten, auch sie hatte für erotische Massagen schon welches benutzt, doch die Flasche lag erst seit kurzem hier. Und im Winter kamen hier sicher keine Pärchen her, viel zu ungemütlich. Sie nahm die Flasche auf und ging zum Bunker zurück.

Tim war vom Dach heruntergestiegen und wartete schon auf sie. Anou zeigte ihm die Flasche, die er jedoch nicht berührte.

»Hm«, machte er und rieb sich den Bart. »Das ist schon seltsam. Immerhin bedeutet es, dass in den letzten Tagen jemand hier gewesen sein muss.«

»Werden hier keine Forstarbeiten durchgeführt?«, fragte Anou Peter Schröder.

»Kaum. Dafür ist das Gelände einfach zu groß, und das Personal wird immer weniger. Für mich ist auch kein Neuer eingestellt worden. Schauen Sie sich den Wald doch mal an. Total verwildert. Heutzutage kümmert sich die staatliche Forstaufsicht nur noch um wenige Bereiche, meist solche, die als Naherholungsgebiete genutzt werden. Das alte Eibia-Gelände soll ja möglichst niemand betreten, deshalb findet hier auch keine Aufforstung mehr statt. Die letzte ist, glaube ich, vor zehn Jahren gewesen. Und auch nicht überall.«

»Also kann die Flasche auch nicht von einem ihrer ehemaligen Kollegen stammen?«

Peter Schröder zuckte mit den Schultern. »Keine Ahnung. Aber wozu sollten die Babyöl brauchen? Bei der Arbeit bestimmt nicht.«

Anouschka und Tim sahen sich noch eine Weile in der Nähe des Bunkers um, schenkten dem Waldboden dabei besondere Beachtung, entdeckten aber nichts mehr, was ihre Aufmerksamkeit erregt hätte. Den Bunker konnte man nicht betreten, da alle Eingänge zugemauert waren, und Eingänge in das unterirdische Labyrinth, das es hier früher einmal gegeben haben sollte, fanden sie auch nicht. Es gab auch keine Spuren, die darauf hindeuteten, dass kürzlich jemand hier gewesen war. Bis auf die Flasche Babyöl.

Während ihrer Suche hatte es wieder zu regnen begonnen. Dem schlimmsten Platzregen waren sie unter dem Überdach des Bunkers entgangen, trotzdem fühlte sich ihre Kleidung bald klamm an, und sie kühlten mehr und mehr aus. Nach einer weiteren Stunde entschlossen sie sich, den Rückweg anzutreten. Sie würden ihren Fund mit Nele Karminter besprechen und ihn im Labor abgeben. Man konnte das nicht als Spur bezeichnen, höchstens als Fund, und aus der Sicht der beiden rechtfertigte es sicherlich keine großartige Durchsuchung des Geländes.

Sie folgten Peter Schröder, der sie auf demselben Weg aus dem Wald herausführte, auf dem sie hergekommen waren. Es war ein Trampelpfad, mehr nicht, teilweise überwachsen, von umgestürzten Bäumen versperrt, aber, wenn man einmal ein Auge dafür entwickelt hatte, doch zu erkennen. Anou, die sich nie viel in der freien Natur aufhielt, gefiel der Wald nicht. Er war ihr zu dicht, zu unübersichtlich, eine Welt, die fremd und vielleicht sogar gefährlich war. Objektiv wusste sie, dass es in Deutschlands Wäldern nichts gab, wovor sie sich fürchten musste – von ihrer eigenen Spezies mal abgesehen –, und trotzdem war da so ein Gefühl in ihr, das sich rational nicht erklären ließ.

Schwer prasselte der Regen hernieder, fette Tropfen schlugen gegen die Kapuze, lullten ihn mit ihrem Stakkato ein, liefen in Sturzbächen an dem glänzenden Plastik hinab und versickerten im Boden. Mit dem Regen war die Dunkelheit in den Wald zurückgekehrt, ein diffuses, graues Drecklicht, verwaschen und unecht, das sich in Flüssigkeit zu verwandeln schien, eine zähe, giftige Substanz, die an den Blättern herabperlte, sich in Pfützen sammelte und den Erdboden zu verseuchen trachtete. Auch drang es durch das wasserundurchlässige Plastik seiner Kleidung und durch seine Haut in seinen Körper ein, vermischte sich mit seinem Blut zu einer wässrigen Nährlösung des Hasses und der Wut, füllte noch die feinsten Kapillaren und schien seinen Körper bersten lassen zu wollen.

Seit zwei Stunden wartete er, und in jeder Minute, die verstrich, wuchs der Hass in ihm, ohne dass ihm die Möglichkeit gegeben war, ein Ventil dafür zu öffnen. Er würde daran ersticken wenn nicht bald etwas geschah. Noch hatte er sich unter Kontrolle, noch wartete er auf die Rückkehr jener, die mit dem zivilen Polizeifahrzeug gekommen waren.

In sein schwarzes Ölzeug gekleidet lehnte er sitzend an einem Baumstamm, verborgen im Unterholz, eins geworden mit der Umgebung. Seinen Wagen hatte er anderthalb Kilometer entfernt in einem schmalen Waldweg geparkt. Er wusste, dass er damit ein Risiko einging. Schlauer wäre es gewesen, wieder nach Haus zu fahren und die Sache für heute abzubrechen. Doch das konnte er nicht. Viel zu sehr verlangte es ihn danach, sich mit der Neuen zu beschäftigen. Außerdem wollte er herausfinden, wer zu dem Zivilwagen der Polizei gehörte.

Also wartete er und litt.

Geräusche!

Stimmen!

Frauke Wendtland setzte sich aufrecht hin, starrte in die perfekte Dunkelheit, konzentrierte sich aber nur auf ihr Gehör. So sehr, dass sie das Blut in den Ohrmuscheln rauschen hören konnte. Hatte sie sich getäuscht? Hatte ihr Wunschdenken ihr einen grausamen Streich gespielt? Nein, es musste so sein! Denn ganz bestimmt suchten sie längst nach ihr, vielleicht liefen gerade jetzt irgendwo da draußen Polizisten herum und riefen ihren Namen.

Frauke schrie, schrie, schrie.

Lauter als sie jemals in ihrem Leben geschrien hatte.

Zwischendurch fiel ihr ein, dass es ja auch ihr Entführer sein könnte, den sie gehört hatte, aber es war ihr egal. Sie schrie weiter. Bald schmerzte ihr Hals, ihr Herz begann zu rasen und ihre Stimme wurde leiser. Irgendwann gab sie es auf. Niemand konnte unablässig mit solcher Kraft schreien. Sie hörte auf und lauschte wieder. Lange. Konzentriert. Schließlich verlor sie die Hoffnung. Wer auch immer dort gewesen war, er war fort, hatte sie nicht gehört oder nicht hören wollen.

Die einsame Stille kehrte zurück, eroberte das finstre Gewölbe, und mit ihr kam auch die Angst. Frauke hatte sich immer für eine starke, furchtlose Frau gehalten, hatte sich nie irgendwas gefallen lassen, und über Frauen, die sich nachts nicht mehr hinaustrauten, hatte sie nur gelacht. Damit war jetzt Schluss. In diesem Verlies lernte sie die Angst kennen.

Zunächst war sie nur aus der Dunkelheit geboren und aus den Geräuschen, die fremd und eigenartig klangen. Doch daran hatte sie sich schnell gewöhnt, und die Angst, die nun vorherrschte, war sogar noch schlimmer. Denn sie befasste sich mit dem, was passieren würde, wenn er zurückkam.

Frauke sank auf das stinkende Lager, schloss die Augen, versuchte ruhig zu atmen.

Sie wünschte sich an einen anderen Ort, in ihre kleine Wohnung, in die Küche, streitend mit Mandy, weil der Abwasch mal wieder nicht erledigt war. Mit Mandy hatte sie in den letzten Wochen viel gestritten. Die Pubertät, das war normal. Wie gern würde sie jetzt mit ihrer Tochter streiten!

Was sollte sie tun, wenn er zurückkam?

Was konnte sie tun?

Frauke wusste, dass sie die Zeit, die ihr noch blieb, nutzen musste. Einen Plan machen, sich zumindest in Gedanken etwas zurechtlegen. Ob es dann später funktionierte oder nicht, spielte keine Rolle. Hauptsache, sie bekam ihre Gedanken und ihre Angst unter Kontrolle. Nur durch Kontrolle würde sie es schaffen, mit dem Perversen fertig zu werden.

Bilde dir doch nichts ein, sagte die kleine Stimme im Hinterkopf. *Was glaubst du eigentlich? Du wirst hier unten sterben, oder hast du schon mal von einer Frau gehört, die so etwas überlebt hat?*

Nein, nein, nein! Sie würde nicht hier unten sterben! Frauke wollte ihr Kind wiedersehen, wollte leben, wollte alles nachholen, was sie wegen der vielen Arbeit schon seit Jahren vor sich herschob.

Ja, genau!

O bitte, lieber Gott, wenn du mich das hier überstehen

lässt, werde ich ein neues Leben beginnen. Dann werde ich eine bessere Mutter, eine erträglichere Partnerin, ich werde die Welt genießen lernen und nicht immer nur ans Geld denken. Bitte, lieber Gott, hör mich doch an!

Zuletzt war sie als Konfirmandin in der Kirche gewesen, und schon damals waren ihre Gebete nur Gewäsch gewesen, nur Schein und Trug. Seit damals hatte sie sich nicht mehr an Gott gewandt, nicht einmal bei Mandys Geburt, als es auf der Kippe gestanden hatte und sie fast gestorben wäre.

Doch jetzt musste Gott helfen! Er konnte doch nicht einfach die Augen verschließen vor ihrem Leid!

Frauke begann zu zittern. Sie rollte sich wie ein Fötus zusammen und raffte die unangenehmen Decken um ihren schutzlosen, nackten Körper. So daliegend und lauschend betete sie weiter und legte sich ein Mantra zurecht.

Hilf mir Gott, und ich werde ein besserer Mensch ...

Hilf mir Gott, und ich werde ein besserer Mensch ...

Hilf mir Gott ...

Ihre Lider wurden schwerer und schwerer.

Hilf mir Gott ...

Immer schwerer.

Das riesige Gelände der Eibia-Pulverfabrik glich einem verwunschenen Land, an dem jeder Regisseur für gruselige Kindermärchen seine Freude gehabt hätte. Es gab ausgedehnte Sandhügel, den Dünen Dänemarks gleich, dazwischen tiefe Einschnitte, immer wieder morastige Bäche, und über allem das wie eine bleierne Glocke wirkende Dach der Nadelbäume, die im Wind zu singen schienen. Hin und wieder fanden sie Überreste alter Bunker, zumeist nur vermooste Betonbrocken, versteckt unter Laub und Unterholz, aber es waren auch größere Abschnitte dabei, ganze Wände, die nach den Sprengungen einfach liegen geblieben waren. Aufgehäufte Betonteile, aus denen verrostete Stahlbewehrung herausstach, Zwischenräume wie Höhlen, in denen man sich oder andere verstecken konnte.

Ein gutes Stück gingen sie neben einem ehemaligen Zaun entlang, der nach Peter Schröders Auskunft früher das ganze Areal eingefriedet hatte. Vier Meter hohe Pfeiler aus grauem Beton, ehemals verbunden durch Maschenzaun und Stacheldraht. Jetzt lagen die Pfeiler zumeist zerstört am Boden, der Stacheldraht war lange entfernt.

Als sie den Rückweg hinter sich gebracht hatten, waren Tim und Anou nass und müde. Nur der alte Schröder machte einen fitten Eindruck. Eigentlich sah er noch genauso aus wie vor dem Marsch, was speziell Tim deprimierte.

Anou warf einen Blick auf ihre Armbanduhr, als sie den Parkplatz erreichten. Beinahe fünfzehn Uhr. Sie musste Nele anrufen. Aber zuvor musste sie etwas anderes furchtbar dringend. Was nicht ganz einfach war mit zwei Männern.

Tim und Peter Schröder standen schon beim Wagen und klopften sich die vor Dreck starrenden Stiefel ab, während Anou auf halbem Weg stehen blieb und sich nach einer geschützten Stelle umsah.

»Was ist?«, rief Tim auf einem Bein hüpfend.

»Ich muss für kleine Mädchen«, antwortete Anou und deutete auf den Waldrand.

Sie ging rasch darauf zu, tauchte unter einem Baum hinweg und drückte zwei Büsche auseinander. Ein paar Meter lief sie ins Unterholz, ehe sie sich umdrehte und davon überzeugte, dass die Männer sie nicht sehen konnten. Dann zog sie die Hose runter und hockte sich hin.

Sie war zum Greifen nah!

Keine fünf Meter von ihm entfernt pinkelte die Frau in den Wald. Nach wie vor saß er an seinem Baumstamm gelehnt und rührte sich nicht. Einzig seine Hand hatte das Messer ergriffen und hielt es fest umklammert.

Er hatte sie genau beobachtet, während sie durch das Unterholz auf ihn zugekommen war. Fünf Schritte noch, und sie wäre ihm direkt in die Arme gelaufen. Eine dunkelhaarige, braune Schönheit. Schlank, sportlich, mit langen Armen und Beinen. Schon stellte er sich vor, wie sie nackt und mit Öl eingerieben in seinen Ketten aussehen würde. Das perfekte Gemälde! Haut wie Kakao!

Er musste sie haben!

Sie war etwas Besonderes, nicht zu vergleichen mit denen, die er bisher in sein Versteck gebracht hatte. Außerdem wirkte sie stark und selbstbewusst, auch aus der Entfernung. Plötzlich schwitzte er stark und spürte ein Ziehen im Unterbauch. Der Schaft des Messers wurde rutschig in seiner Hand. Wie einfach wäre es, sie zu greifen.

Aber zweierlei sprach dagegen.

Er hatte kein Chloroform dabei.

Die beiden Begleiter auf dem Parkplatz.

Nein, er musste warten. In seinem Versteck befand sich außerdem die Neue. Zunächst musste er sich mit ihr beschäftigen. Doch er spürte schon, dass es nicht von Dauer sein würde. Nicht nachdem er diese dunkle Schönheit erblickt hatte.

Er musste sie haben!

4. Tag, abends

Noch immer fiel es Nele Karminter schwer, einen Punkt zu finden, an dem sie die Ermittlungen bis zum nächsten Morgen ruhen lassen konnte. Vor drei Jahren hatte sie diesen Punkt überhaupt nicht gekannt und bis weit über den Grad der Erschöpfung hinaus gearbeitet. Jeder machte Fehler, wenn er übermüdet war. Sie hatte Fehler gemacht damals, war bei einer Überwachung eingeschlafen und hatte dadurch einem Mann ermöglicht, eine Wohnung zu betreten, in der eine Frau schlief, die sich durch die Polizei bewacht fühlte. Es war allein Neles Schuld gewesen. Sie hätte sich auch ablösen lassen können. Aber damals war der Mörder auf der Flucht gewesen, und eine innere Stimme hatte ihr gesagt, sie könne nicht einfach Feierabend machen, solange ein Mörder auf der Flucht war. Wenn sie den Gedanken damals schon konsequent zu Ende gedacht hätte, wäre ihr aufgefallen, dass sie mit einer solchen Einstellung niemals wieder hätte Feierabend machen können.

Trotzdem fiel es ihr auch heute schwer.

Sie war ausgelaugt, die Müdigkeit lastete bleischwer auf ihren Lidern. In ihrem Kopf schien alles taub zu sein, ihre Ohren summten ununterbrochen. Wie sollte sie die Besprechung um acht mit Döpner und Hendrik durchstehen?

Ein Blick auf die Uhr.

Noch keine sieben. Vielleicht würde die Rückfahrt reichen, um ein bisschen Energie zu tanken und den Kopf frei zu bekommen. Sie verabschiedete sich von dem Kollegen der Nachtschicht, sagte ihm, er solle auf ihrem Handy anrufen, wenn sich etwas tat, stieg dann in ihren Wagen und verließ Friedburg.

Kaum hatte sie das Ortsschild hinter sich gelassen, da merkte sie schon, dass sie den Kampf gegen die Müdigkeit während der Fahrt verlieren würde, wenn sie nicht etwas unternahm. Also öffnete sie das Fenster und drehte die Musik laut. Von draußen schwappte kühle Luft gegen ihre Wangen, aus dem Radio einschläfernde Musik an ihre Ohren. Temperatur gegen Berieselung, was würde wohl gewinnen? Sie fand es nicht heraus, da sie ein paar Kilometer außerhalb des Ortes an einer geschlossenen Bahnschranke halten musste.

Nele stellte den Motor ab und stieg aus. Sie war allein. Alle vierzehn Übergänge in der näheren Umgebung wurden durch Streifen überwacht, aber eben nur sporadisch, da es anders nicht möglich war. Nele öffnete den Verschluss des Achselholsters, in dem sie ihre Dienstwaffe trug. Sicher war sicher. Dann trat sie vor bis an die Schranke und legte ihre Hände darauf.

Es war sehr still hier draußen.

Was mochte in dem Mann vorgehen? Warum lauerte er ausgerechnet an Bahnübergängen? Es musste irgendwo eine Verbindung geben, doch noch hatte sie niemand gefunden. Es gab immer eine Verbindung. Später würden sie sich wahrscheinlich vor den Kopf schlagen und sich fragen, warum sie nicht gleich darauf gekommen waren.

Die Schienen begannen zu singen. Schnell schwoll das metallene Geräusch an, dann war der Zug da. Ein mächtiger eiserner Körper, angetrieben von einem Dieselmotor, dessen Dröhnen den Boden erzittern ließ, dessen Kraft die Luft teilte und Neles Haar verwirbelte. Nach wenigen Sekunden war der Güterzug in der Dunkelheit verschwunden mit seiner Ladung nagelneuer Autos.

Die Schranken blieben geschlossen.

Nele drehte sich um, beobachtete den Waldrand. Das rote Licht der Ampeln beleuchtete zwar ein Stück der Straße, machte den Wald aber nur noch undurchdringlicher. War es bei Jasmin und Frauke ebenso gewesen? Hatten sie diese Einsamkeit gespürt und sich unwohl gefühlt? War ihnen eine Gänsehaut den Rücken hinuntergelaufen? So wie bei Nele jetzt – trotz der geladenen Waffe.

Mit dem Rücken zur Schranke blieb Nele stehen und behielt den Waldrand im Auge. Nichts geschah. Wäre ja auch zu schön gewesen. Würde er sich in dieser Gegend überhaupt noch eine holen, jetzt, wo alles voller Polizei war? Dann müsste der Typ schon ziemlich übergeschnappt sein. Und dumm. Oder ihm war alles egal. Wer konnte auch nur im Ansatz erahnen, wie solche Menschen dachten?

Nele drehte sich zu den Schienen um, lehnte sich über die Schranke und warf einen Blick in jede Richtung. Von links näherten sich langsam Lichter in der typischen Anordnung von Lokomotiven. Bald waren sie heran. Es handelte sich um einen Nahverkehrszug, der wohl im letzten Bahnhof haltgemacht hatte, und nur langsam wieder Fahrt aufnahm. Er war durchgängig beleuchtet. Nur wenige Fahrgäste saßen darin. Nele stand direkt an der Schranke und konnte daher die Gesichter hinter den großen Scheiben erkennen. Ein grauhaariger Mann sah sie direkt an. Er hob fragend die Augenbrauen.

Nele sah dem Waggon nach. War das die Verbindung?

Der Blick aus dem Waggon auf die Menschen, die an Bahnübergängen warteten? War der Täter ein Reisender oder ein Angestellter der Bahn?

Im ersten Fall würden sie ihn auf diesem Wege nicht ermitteln können. Im zweiten aber, wenn er tatsächlich Mitarbeiter der Bahn war und häufig diese Strecke befuhr, sollte es möglich sein. Nicht einfach, aber möglich. Leider würde es Zeit kosten – und Zeit hatten sie nicht.

Der Zug verschwand in der Nacht, und endlich öffneten sich die Schranken. Nele wollte sich schon abwenden und zum Wagen zurückgehen, da bemerkte sie aus den Augenwinkeln einen Lichtschimmer auf der anderen Seite des Gleisbettes.

Der ganze verdammte Tag lag in ihrem Nacken. Hart und verspannt wie Beton, bei jeder Bewegung unerträglich der daraus resultierende Kopfschmerz.

Anouschka Rossberg knallte die Wohnungstür hinter sich zu, feuerte ihre Schuhe achtlos in die Ecke, die schmutzige Jacke landete auf dem Boden, die Dienstwaffe samt Holster auf der blauen Couch. Ebenso lieblos ließ sie sich in den Schwingsessel fallen, der in Ausrichtung zum Fernseher stand. Sie war gefrustet, und das nicht zu knapp.

So ein verdammter Scheißtag!

Laufen! Ja, das würde helfen. Sie musste dringend mal wieder laufen, sonst würde sie den Frust, die Kopfschmerzen und den verspannten Nacken mit ins Bett nehmen und aller Wahrscheinlichkeit nach morgen früh auch wieder damit aufstehen. Ein paar Minuten ausspannen, einfach sitzen bleiben, versuchen, die Muskeln und Gedanken zu lockern und den Tag noch einmal Revue passieren lassen, danach die Laufschuhe schnüren und den Frust auf dem Asphalt der Straßen abarbeiten.

Sie legte die rechte Hand in den Nacken und massierte ihn leicht. Wünschte sich dabei, dass jemand da wäre, der das tun könnte. Nicht irgendjemand, sondern Nele. Nele mit ihren schönen weichen Händen, den geschickten Fingern, die scheinbar immer genau wussten, wo sie zu sein hatten.

Nele!

Daher rührte eigentlich der Frust. Nicht von dem anstrengenden Tag im Wald oder der fruchtlosen Suche nach einem Entführer, dem sie noch nicht einmal ansatzweise auf die Spur gekommen waren. So war eben der Job. Nicht bei jedem Fall gab es von Anfang an eine heiße Spur oder den Täter auf dem Silbertablett präsentiert. Anouschkas Studium war noch nicht allzu lange her, sie war alles andere als erfahren, aber zumindest das wusste sie, und es machte ihr nicht viel aus.

Nichtbeachtung aber schon!

Damit konnte sie nicht gut umgehen. Warum auch immer, es war eben so, und in diesem Augenblick hasste sie sich dafür, weil es ihre Gedanken und Gefühle für Nele trübte. Sie war ihre Liebhaberin, gleichzeitig aber auch ihre Vorgesetzte, hatte sie wirklich geglaubt, diese Konstellation würde keine Probleme aufwerfen?

Konnte eine solche Beziehung überhaupt bestehen? Nein, falsche Frage. Sollte sie sich um des Jobs willen gegen diese Beziehung wehren?

Ein eindeutiges Nein.

Von Beginn an, seit sie in Neles Abteilung versetzt worden war und beide ihre erste Unterredung geführt hatten, war klar gewesen, was kommen würde. Anou hatte einige Frauen im Bett gehabt, aber bei keiner von denen waren so viele Emotionen im Spiel gewesen, bei keiner hatte sie je das Gefühl gehabt, hier könnte es auf etwas Beständiges hinauslaufen.

Fühlte Nele auch so?

Noch gestern war Anou sich dessen absolut sicher gewesen, doch der heutige Tag – alles in allem eine einzige Katastrophe (einschließlich der Erkenntnis, dass Tim Siebert sie anzubaggern versuchte) – hatte erste Zweifel gesät. Schon allein die Tatsache, dass Nele sie dazu abkommandiert hatte, ausgerechnet mit Tim diesen beschissenen Urwald zu durchsuchen. Warum sie? Warum hatte sie nicht bei Nele bleiben und mit ihr arbeiten können? Jeder andere hätte ebenso gut mit Siebert durchs Geäst robben können.

Scheiße!

Anou sprang auf und lief ins Schlafzimmer.

Sie hatte es geahnt. Hinsetzen und die Seele baumeln lassen lief nicht. Ihr Kopf war zu voll, zu durcheinander. Sie musste laufen, jetzt sofort! Sie zog sich aus, den Laufanzug an, band sich die Schuhe, knotete die Haare zu einem Pferdeschwanz und verließ eilig die Wohnung.

Es war sieben Uhr vorbei, viel Tageslicht gab es nicht mehr, aber da sie ohnehin in der Stadt bleiben und auf beleuchteten Bürgersteigen laufen würde, war es ihr egal. Von der Eingangsstufe der Haustür an spurtete sie los. Vergaß völlig die Aufwärmphase, legte gleich volles Tempo vor. Das würde helfen. Den Körper spüren und darüber den Kopf vergessen.

In der Straße war es wie gewohnt ruhig. Anou war bewusst hierhergezogen. Sie mochte zwar nicht auf dem Land leben, wollte in der Stadt aber so ruhig wohnen, wie es eben ging. Irgendwo musste es in jedem Leben einen friedlichen Ort geben, und gerade wenn man sich im Tagesgeschäft mit Mördern und Vergewaltigern beschäftigte, sollte die eigene Wohnung eine Oase sein.

Sie lief links den Bürgersteig hinunter. Die Luft war kühl, aber nicht kalt. Eine Ahnung von Frühling war darin enthalten. Anou atmete gleichmäßig ein und aus, ihr Atem kondensierte und zeigte sich als dunstig weiße Fahne vor ihren Lippen. Die Laufschuhe platschten in ruhigem Tempo aufs Pflaster, die Muskeln ihrer Beine arbeiteten wie Kolben eines gut geschmierten Motors, ihr Pferdeschwanz wippte lebendig von einer Seite auf die andere.

Ein gutes, ein befreiendes Gefühl.

Eine Viertelstunde schaffte sie es, die Gedanken ruhen zu lassen, dann war Nele wieder da.

Anou hatte sie am späten Nachmittag noch getroffen, aber nur kurz. Ebenso kurz angebunden war sie gewesen, hatte zwar Interesse gezeigt für die Flasche Babyöl, aber sonst nichts. Kein persönliches Wort, keine leichte Berührung der Finger, kein liebevoller Blick. Ganz Arbeit war sie gewesen, ganz Hauptkommissarin und Chefin. Hatte den Plan für den nächsten Tag ausgegeben, allen ihre Aufgaben zugewiesen und einigen gesagt, sie sollten Feierabend machen, da es nicht für alle etwas zu tun gab und sie morgen ausgeruhtes Personal benötigte. Es gehörte zu den Aufgaben einer Einsatzleiterin, die menschlichen Ressourcen so einzuteilen, dass eine langwierige Ermittlung durchgestanden werden konnte. Aber warum musste sie Feierabend machen und Nele nicht?

Und warum die harte Abfuhr?

Anou lief auf eine Kreuzung zu, die Fußgängerampel stand auf Rot. Keine Lust zu stoppen. Kein Auto in Sicht, sie lief einfach hinüber. Steigerte sogar die Geschwindigkeit noch und spürte schon die leichten Stiche in der Seite. Überhastete Atmung, sie lief zu schnell. Langsamer wollte sie aber nicht, die Schmerzen waren genau das, was sie jetzt brauchte.

Ein Radfahrer kam ihr entgegen, sie wich aus. Ein Pärchen, Arm in Arm, eng umschlungen, beanspruchte fast den gesamten Gehsteig. Sie wich wieder aus, überholte, spürte ihren Bauch sich zusammenziehen beim Anblick der Verliebten. Mann und Frau. Ganz normal. Nicht Frau und Frau, die sich immer noch verstecken mussten, auch in der heutigen Zeit, in der die Medien vorgaukelten, dass es normal sei, sogar chic, gleichgeschlechtlichen Sex und ebensolche Beziehungen zu haben. Blödsinn! Das galt vielleicht für New York und London, aber nicht für Lüneburg. Und schon gar nicht für Frauen, die in einer Männerdomäne arbeiteten.

Das Schicksal war grausam. Warum musste sie sich ausgerechnet in ihre Chefin verlieben?

Quietschen.

Gummi auf Asphalt.

Ein Schrei. »Vorsicht!«

Haarscharf schoss der Fahrradfahrer an ihr vorbei. Anou spürte den Windzug, spürte die Gefahr, der sie gerade noch entgangen war.

»Blöde Schnalle!« Der Junge zeigte ihr den Stinkefinger.

Schluss jetzt, befahl sie sich selbst. *Nele macht nur ihren Job, und wenn du damit nicht klarkommst, dann such dir lieber schnell eine andere.*

Nein. Sie würde lernen, damit klarzukommen. Diese Frau war ihr zu wichtig geworden in der kurzen Zeit, die sie sich jetzt kannten. Es gab eine Zukunft, und die wollte Anou sich nicht selbst zerstören durch Eifersucht und verletzte Eitelkeit.

Die nächsten Schritte waren leichter, beschwingter, der Lauf nicht mehr so verbissen. Die Sohlen platschten, der Pferdeschwanz wippte, die Muskeln wurden warm und arbeiteten schmerzfrei.

Sie lief, lief, lief.

Nele war wie elektrisiert! Aus dem bereits geöffneten Holster zog sie mit einer geübten Bewegung ihre Dienstwaffe hervor und entsicherte sie. Langsam, die Waffe in die Richtung haltend, in der sie den Lichtschein gesehen hatte, überquerte sie die Schienen. Jetzt war es wieder stockdunkel im Wald, so als sei nichts gewesen, aber Nele war überzeugt, sich nicht getäuscht zu haben. So müde konnte sie gar nicht sein!

Ungefähr zehn Meter hinter der Schranke zweigte ein unbefestigter Forstweg von der Landstraße ab. Nachts würde man daran vorbeifahren, ohne ihn zu bemerken. Dieser Weg war eine durch Laubbäume geschaffene dunkle Röhre. Nele hielt sich im Schutz einiger Büsche am rechten Rand und spähte in den Hohlweg hinein. Jetzt ärgerte sie sich, die Taschenlampe aus dem Handschuhfach nicht mitgenommen zu haben.

Sie atmete flach, während sie versuchte, etwas zu erkennen, doch es war einfach zu dunkel. Schon hatte sie sich entschieden, den Weg nicht zu betreten, lieber zum Wagen zurückzugehen, um mit dessen Scheinwerfern für Licht zu sorgen, als abermals und wie auf Bestellung einige Meter vor ihr eine winzige Glühbirne aufleuchtete.

Die Innenraumbeleuchtung eines Fahrzeugs!

Auf dem Weg wartete jemand in seinem Wagen.

Natürlich schoss Nele die Möglichkeit durch den Kopf, Verstärkung zu rufen, aber sie entschied sich dagegen, weil es viel zu lange gedauert hätte. Hier war ihre Chance! Wer sonst außer ihrem Täter würde um diese Zeit in einem dunklen Weg in der Nähe der Bahnschranke lauern? Vielleicht konnte sie hier und jetzt dafür sorgen, dass der Spuk ein Ende hatte.

Nele schlich in den Weg hinein. Sie hatte sich gemerkt,

dass der Wagen nicht mehr als zwanzig Meter tief in dem Hohlweg parkte. Sehen konnte sie ihn jetzt, da die Innenraumbeleuchtung aus war, nicht mehr. Sie spürte Schweiß von ihrer Stirn perlen, spürte ihr Herz rasen. Auch ihre Hände zitterten leicht vor lauter Nervosität.

Sie hatte den Wagen fast erreicht, als die Innenraumbeleuchtung erneut aufflammte. So weit oben, dass Nele sich sicher war, es mit einem Geländewagen zu tun zu haben. Er stand mit dem Heck zu ihr, sie konnte den Hinterkopf des Fahrers sehen.

Zwischen dem Wagen und dem dichten Waldrand waren höchstens zwei Meter Platz. Diese nutzte Nele aus, hielt sich soweit es ging vom Wagen entfernt und schlich seitwärts gehend auf die Fahrertür zu. Als sie sie erreicht hatte, zielte sie mit ihrer Waffe auf den Schädel des Fahrers, der sie noch nicht bemerkt hatte.

»Polizei!«, rief Nele so laut, dass es im Inneren des Wagens gehört werden musste. »Ich habe eine Waffe auf Sie gerichtet. Legen Sie Ihre Hände aufs Lenkrad, sofort!«

In dem schwachen Licht wandten sich ihr ruckartig zwei Gesichter zu. Eines davon erkannte Nele auf Anhieb, und die gewaltige Anspannung ließ ein wenig nach, obwohl sie immer noch auf der Hut war.

»Öffnen Sie die Tür, aber langsam!«, rief sie.

Der Fahrer tat wie ihm geheißen. Seine Augen waren dabei völlig starr auf die Waffe in Neles Händen gerichtet »Frau Kommissarin!«, sagte er zaghaft.

»Was machen Sie hier, verdammt noch mal?«

Ullrich Bockhop, der Wirt der Waldschänke, hob ohne Aufforderung die Hände neben seinen feisten Kopf. Der unbekannte Mann auf dem Beifahrersitz tat es ihm gleich.

»Ich … wir, ähm, na ja, wir passen ein bisschen auf.«

»*Was* tun Sie? Sie passen auf? Worauf passen Sie auf?«
Nele war immer noch nicht bereit, die Waffe herunterzunehmen.

»Worauf? Na ja, ein paar von uns … ich meine, Sie müssen das verstehen, wir machen uns Sorgen um unsere Kinder … deswegen fahren wir hier nachts Patrouille …«

Und dann berichtete Bockhop Nele von der Marienseer Bürgerwehr. Während er mit zittriger Stimme und den Händen immer noch neben dem Kopf sprach, löste sich bei Nele die Anspannung zur Gänze, und sie ließ die Waffe langsam sinken. Für einen Moment wusste sie nicht, ob sie sauer oder erleichtert sein sollte. Sie trat näher an den Wagen heran und sah die Schrotflinte, deren Lauf zwischen den beiden Vordersitzen hindurch in den Fond ragte.

»Ich hoffe für Sie, dass Sie die mitführen dürfen«, sagte Nele scharf.

»Ja, natürlich, ich bin hier Jagdpächter«, beeilte sich Bockhop zu sagen.

»Nehmen Sie endlich die Hände runter«, schnauzte Nele ihn an. Mittlerweile hatte sie auch die drei leeren Bierflaschen auf dem Rücksitz entdeckt. »Ich sage Ihnen jetzt etwas, und Sie würden gut daran tun zuzuhören. Sie fahren mit Ihrem Kumpan da sofort nach Hause, und morgen sorgen Sie dafür, dass dieser Schwachsinn aufhört. Ansonsten sorge *ich* dafür, dass ganz Mariensee erfährt, dass ihr Ortsvorsteher sich zuknallt, während er eigentlich aufpassen sollte.«

Das »Aufpassen« dehnte Nele bis zur Lächerlichkeit.

»Und seien Sie froh, dass ich heute zu müde bin, um auf einen Kollegen zu warten, der Sie ins Röhrchen pusten lässt. Ich kann aber immer noch Anzeige wegen Trunkenheit am Steuer gegen Sie erstatten, auch nachträglich noch«, schüchterte Nele den Kneipenwirt ein. »Und jetzt hauen Sie endlich ab!«

Sie lief wie eine Göttin! Ihre Füße in den weiß-blauen Sportschuhen berührten den Boden nicht, schwebten wenige Millimeter darüber hinweg, als existiere für sie kein Widerstand, keine Gravitation. Auch in dem schlechten Licht der Straßenlaternen konnte er unter der eng anliegenden Laufhose die Muskeln ihrer Beine spielen sehen, Spannung und Entspannung bei jedem weit ausholenden Schritt, im perfekten Einklang mit ihrer Gesäßmuskulatur, auf der kein Gramm Fett lag. Sie zeigte der Welt die Leichtigkeit und Freiheit einer Göttin, den Anmut einer Fee, die Schönheit eines einzigartigen Körpers. Schon kribbelte es in seinen Fingerspitzen, wenn er sich nur vorstellte, wie sie in seinem Versteck in den Ketten hing und er duftendes Öl auf ihrer Haut verteilte, es einrieb, über diese sehnigen, schlanken Muskeln strich, sie dabei spüren ließ, wer die Macht besaß.

Während er in langsamem Tempo durch die fast leeren nächtlichen Straßen hinter ihr herrollte, achtete er nicht mehr auf den Verkehr, fokussierte nur noch das Spiel ihrer Muskeln und das einladende Wippen des dunklen Pferdeschwanzes unter der weißen Schirmmütze.

Er musste sie haben! Er musste sie unbedingt haben! Nur jemand wie sie würde wahre Schönheit erfassen und beurteilen können.

Den ganzen Nachmittag war er ihr gefolgt, hatte sie aber nicht wirklich beobachten können, da stets dieser Polizist mit dem affigen Kinnbart dabei gewesen war. Oft hatte er sich in weiter Entfernung aufhalten müssen, hatte sie zwischendurch auch verloren, später aber wiedergefunden, weil sie in dem Passat an ihm vorbeigefahren waren. Erst jetzt, nachdem er sie zu ihrer Wohnung begleitet hatte, in diesem intimen Moment auf den leeren Straßen, kam er ihr wirklich nahe. Aber natürlich nicht nahe genug! Nicht so wie –

Ein Fahrradfahrer schoss auf die Kreuzung, konnte ihr gerade noch ausweichen, drehte sich um, rief irgendetwas und machte dabei eine obszöne Geste. Dadurch sah er seinen Wagen nicht und musste unmittelbar vor der Motorhaube erneut scharf bremsen. Über die kurze Distanz starrten sie sich durch die Windschutzscheibe an. Die Augen des Jungen erschrocken und verärgert zugleich. Es drängte ihn, auszusteigen und dem frechen Kerl den Hals aufzuschlitzen, gleich hier auf der Straße. Er tat es nur nicht, weil er dann die Frau nicht bekommen würde. Außerdem verschwand der Fahrradrüpel so rasant in der Nacht, wie er aufgetaucht war.

Schnell hatte er sie wieder eingeholt, hielt nun aber einen größeren Abstand. Fast eine Stunde lief sie, glitt dahin, ohne sichtlich zu ermüden. Als sie in ihrem Wohnblock verschwand, parkte er seinen Wagen zwischen zwei anderen, stellte den Motor ab und starrte durch die Windschutzscheibe hinauf. In ihrer Wohnung ging das Licht an. Er merkte sich genau, wo.

Trotz ihres Berufes war sie so unaufmerksam, so naiv. Er würde sie zu sich holen, ohne dass es jemand merkte.

Der verdammte Kaffeeautomat war kaputt!

Ein Pappschild hing daran, kaum leserlich bekritzelt: »Out of order«.

»Witzbolde«, sagte Nele und wandte sich ab. Sie hätte den Kaffee dringend gebraucht, auch wenn er beschissen schmeckte. Jetzt musste sie die Besprechung ohne durchstehen. Es ließ sich nicht ändern. Sie lief den menschenleeren Gang hinunter, blieb vor Döpners Tür stehen, zog ihre Kleidung zurecht, fuhr einmal mit den Finger durch ihr kurzes Haar und klopfte.

Hendrik öffnete die Tür und ließ sie eintreten. Döpners Vorzimmerdame hatte längst Feierabend gemacht. Nele versuchte, in Hendriks Lächeln eine Botschaft zu erkennen, doch da war nichts zu finden. Der Mann hatte seine Mimik wirklich unter Kontrolle, nur wenn er es wollte, ließ er andere darin lesen.

Der übergewichtige und in den letzten Monaten zusehends gealterte Döpner stand auf, kam um den Schreibtisch herum und reichte ihr die Hand. Er sah so müde aus, wie Nele sich fühlte.

»Hauptkommissarin Karminter ... ich danke Ihnen, dass Sie zu dieser Stunde noch gekommen sind.«

»Ist doch selbstverständlich.«

»Nein nein, das ist es ganz und gar nicht. Ich kann mir vorstellen, dass Sie einen harten Tag hatten, schließlich war ich früher auch mal an der Front. Da will man abends nur nach Haus, die Füße hochlegen und ein Bier trinken. Vor allem, wenn man Führungsaufgaben innehat. Setzen Sie sich doch bitte. Kann ich Ihnen etwas anbieten? Wir haben gerade frischen Kaffee aufgebrüht. Das hat Herr Hendrik übernommen, ich kann also für nichts garantieren.« Er lachte freundlich.

Nele entspannte sich etwas und ließ sich in den Besuchersessel fallen. »Ein Kaffee wäre toll.«

Dag Hendrik goss ihr ein und stellte die Tasse vor sie hin. »Schwarz, richtig?«

Nele nickte. »Gute Beobachtungsgabe.«

Er zuckte mit den Schultern. »Man tut, was man kann.«

Döpner und Hendrik setzten sich zu ihr in die Besuchergruppe. Döpner bat sie um den Stand der Ermittlungen. Es dauerte nur ein paar Minuten, ihn darzulegen. Die neueste Entwicklung hinsichtlich der Marienseer Bürgerwehr baute sie gleich mit ein. Jetzt, in dem sicheren Büro sitzend, konnte sie fast schon darüber lachen, aber vorhin war ihr überhaupt nicht danach gewesen. Hätte jemand anderer als Bockhop in dem Wagen gesessen, irgendein ihr nicht bekannter Einwohner des Ortes, und hätte der eine falsche Bewegung gemacht ...! Nele mochte es sich gar nicht ausmalen.

Als sie fertig war, legte Döpner die Handflächen gegeneinander und stützte sein faltiges Kinn auf die Fingerspitzen. Seine wässrigen Augen blickten sie an. Nele erkannte die noch immer wache Intelligenz dahinter.

»Hört sich nach Stillstand an, nicht wahr?«, sagte er.

»Zumindest haben wir aktuell keine Richtung, in die wir besonders nachdrücklich ermitteln könnten.«

»Brauchen Sie irgendwas? Was könnte helfen?«

»Zu diesem Zeitpunkt ... mir fällt nichts ein. Kommissar Zufall könnte helfen, aber der hat sich noch nicht blicken lassen.«

Diesmal fiel Döpners Lächeln sparsamer aus.

»Sie können sich vorstellen, dass nach der Pressekonferenz der Druck gewachsen ist. Niemand will einen Serienmörder. Selbst kommunale Politiker mischen sich jetzt schon in laufende Ermittlungen ein.« Döpner machte eine Pause und trank langsam von seinem Kaffee. Dann sah er sie wieder an.

»Ich sage Ihnen etwas, Frau Karminter. Ich schätze Ihre Art und Ihre Arbeit, habe ich von Anfang an getan. Herr

Hendrik und ich halten Ihnen weiterhin den Rücken frei, aber wir brauchen irgendwas Greifbares innerhalb der nächsten drei Tage. Ansonsten müssen wir uns eine neue Strategie einfallen lassen.«

»Und wie sollte die aussehen?«

Döpner zuckte mit den Schultern. »Vielleicht ein Köder.«

»Daran habe ich natürlich auch schon gedacht. Aber das ist gefährlich, Sie wissen das, und ich würde wirklich nur als allerletztes Mittel dazu greifen. Und auch nur, wenn sich jemand Freiwilliges findet.«

»Natürlich, das versteht sich von selbst. Aber denken Sie noch mal darüber nach, ob Sie damit noch die drei Tage abwarten wollen oder nicht. Von uns haben Sie grünes Licht für eine solche Aktion.«

Nele nickte nur und nippte an ihrem Kaffee. Er war nicht mehr ganz heiß, schmeckte aber gut. Ziemlich stark. Es folgten noch ein paar Floskeln, aber eigentlich war das Gespräch beendet. Die beiden Herren hatten Nele gezeigt, in welche Richtung es ging. Sie hatte noch genau drei Tage, um Resultate auf den Tisch zu legen. Danach würden sie die Strategie ändern, und ganz sicher hätte das nicht nur etwas mit dem Einsatz eines Köders zu tun. Nele war nicht naiv. Sie wusste, wie es in dieser Welt lief.

Döpner verabschiedete sie freundlich in den Feierabend und wünschte ihr viel Erfolg. Hendrik begleitete sie auf den Flur hinaus. Sie gingen ein paar Schritte nebeneinander her. Sein Aftershave roch ausnehmend gut.

»Er mag Sie«, sagte Hendrik schließlich.

»Ja, für noch genau drei Tage.«

»Nehmen Sie es ihm nicht übel, er steht auch unter Druck. Seine Zeit hier ist bald um, und er möchte nicht mit einem unerledigten Serientäter im Nacken in Pension gehen. Da können sie vorher jahrelang alles Mögliche geleistet haben, am Ende bleibt nur diese eine Sache, an die sich alle erinnern werden.«

Nele blieb stehen und sah Hendrik an. »Können Sie sich vorstellen, wie egal mir das ist, Kriminalrat Hendrik? Derlei politisches Hintergrundgeplänkel mag für Sie und Herrn Döpner wichtig sein, für mich ist es das nicht. Ich sehe vor mir drei vermisste Frauen, die wahrscheinlich längst tot sind. Und wenn sie es nicht sind, leiden sie irgendwo Höllenqualen.« Nele zögerte und sah kurz zu Boden. »Wie auch immer, ich will diesen Täter, bevor er noch mehr Schaden anrichtet.«

Hendrik nickte. Sein Gesicht war jetzt ernst. »Das kann ich verstehen, glauben Sie mir. Und um den Rest brauchen Sie sich auch nicht zu kümmern. Döpner hat es ja gesagt, wir halten Ihnen den Rücken und damit auch den Kopf frei. Machen Sie das Beste daraus.«

Sie verabschiedeten sich voneinander.

Als Nele vor dem Gebäude in ihren Wagen stieg, befand sie sich in einem merkwürdigen Zustand zwischen totaler Erschöpfung und mittels Koffein und Adrenalin herbeigeführter Wachsamkeit. Eine ungesunde Mischung, die zu Wut und Aggressivität führte und, wenn sie irgendwann zusammenbrach, dann doch hoffentlich in tiefen Schlaf münden würde. Vielleicht konnten ein paar Worte am Telefon mit Anou diesen Prozess beschleunigen. Sie würde von zu Hause aus anrufen, wenn sie im Bett lag und danach nur noch die Augen schließen musste. Nele startete den Wagen, lenkte ihn in Richtung Ausfahrt und fädelte sich zügig in den Verkehr ein.

Zu Hause angekommen duschte Nele schnell, kochte

sich einen Pfefferminztee, schlüpfte nackt und mit noch leicht feuchtem Haar unter die Bettdecke und nahm das Telefon zur Hand. Ein leichtes Kribbeln breitete sich in ihrem Bauch aus – die berühmten Schmetterlinge, es gab sie also doch noch. Sie wollte nur telefonieren, und doch war sie aufgeregt wie eine Schülerin.

Es läutete. Sechs, sieben, acht Mal.

War Anouschka noch unterwegs um diese Zeit?

Als sie bereits auflegen wollte, wurde am anderen Ende abgenommen. Eine matte, schläfrige Stimme meldete sich.

»Ja?«

»Ich bin's … tut mir leid, jetzt hab ich dich aus dem Schlaf gerissen.«

»Nein, nein … schon gut, das macht nichts, warte …«

Nele hörte leises Rascheln, dann den Schalter einer Nachttischlampe.

»So, jetzt bin ich wach.«

»Tut mir wirklich leid.«

»Quatsch, lass das, du kannst mich zu jeder Zeit anrufen … ich freue mich, dass du dich überhaupt noch meldest.«

Der leise Vorwurf darin entging Nele nicht. Sie fuhr sich mit den Fingern durchs feuchte Haar, lockerte es auf, suchte nach den richtigen Worten.

»Ja, ich weiß, entschuldige bitte, war ein stressiger Tag, und ich hatte bis neun noch eine Besprechung mit Döpner und Hendrik.«

»Und wo bist du jetzt?«

»Ich liege im Bett mit einer Tasse Pfefferminztee … statt mit dir.«

»Kein guter Ersatz, oder?«

»Überhaupt nicht. Aber ich bin so hundemüde, heute

Abend wäre ich keine gute Gesellschafterin mehr gewesen.«

»Vielleicht hätte ich dich aufmuntern können.«

Nele wartete einen Moment. »Morgen, okay?« Sie konnte beinahe sehen, wie Anou nickte.

»Ich vermisse dich.«

»Ja, ich dich auch. Schlaf gut.«

»Du auch.«

Damit beendeten sie das Gespräch.

Nele behielt das Telefon in der Hand und starrte es an. Das war ein merkwürdiges Gefühl, diese Worte zu hören und sie auch selbst auszusprechen. Es war lange, viel zu lange her, mit der Gewissheit leben zu dürfen, dass es einen Menschen gab, der auf sie wartete, der sie brauchte, der sie vermisste. Gegenüber ihren Eltern war dieses Gefühl, gebraucht und vermisst zu werden, verloren gegangen, nachdem sie den beiden unmissverständlich klargemacht hatte, dass es niemals eine Hochzeit wie aus dem Märchen geben würde. Nele konnte nicht einmal sagen, wer von den beiden schockierter gewesen war, denn der Ausdruck im Blick beider war nahezu gleich gewesen. Entsetzen, gefolgt von Unverständnis, und schließlich, was am schlimmsten war, abgelöst durch Vorwürfe, die ein Leben lang anhalten würden. Wie kannst du uns das antun? Wie kannst du so egoistisch sein? Was haben wir nur falsch gemacht? Wir, wir, wir! Nicht für eine Sekunde hatten sie sich dabei für ihre Tochter interessiert, für deren Wünsche, Gefühle, Träume. Seitdem beschränkte sich ihre Beziehung auf den Austausch von Höflichkeiten zu Geburtstagen und zu Weihnachten.

Und ihre letzte feste Beziehung, die zu Mara, die immerhin ein halbes Jahr Bestand gehabt hatte, war völlig anderer Natur gewesen. Es war nett gewesen, schön, auch leidenschaftlich, aber das Gefühl, gebraucht und geliebt zu werden, hatte Mara ihr nie gegeben.

Nele trank einen letzten Schluck von dem Tee, dann kuschelte sie sich in die Bettdecke ein. Als gäbe es keinen aktuellen, mysteriösen, grausamen Fall, schlief sie mit schönen Gedanken und einer wohligen Wärme im Körper ein.

5. Tag, morgens

Eingeschlafen, o Gott, sie war eingeschlafen. Wie lange? Es fühlte sich an, als hätte sie Jahre geschlafen. Sie zuckte hoch, rieb sich die Augen, versuchte einen klaren Gedanken zu fassen und wusste sogleich, was sie geweckt hatte. Schritte. Schritte in einer langen Röhre, die widerhallten, tausendfach, millionenfach, und sich schmerzhaft in ihren Kopf bohrten.

Er kam zurück!

Großer Gott, er kam zurück!

Frauke drängte sich in die hinterste Ecke und zog die Knie eng an den Körper. Versuchte auf diese Weise, ihre Blöße zu verdecken. Ihre Augen huschten hin und her, suchten nach Licht in der undurchdringlichen Dunkelheit. Dann waren die Schritte ganz nah, verstummten aber plötzlich. Noch immer kein Licht. Frauke hörte ihr Herz wummern, hielt den Atem an, lauschte.

Er stand in der Dunkelheit, ganz nah, beobachtete sie.

Plötzlich wieder Schritte. Im Raum, mitten im Raum, vor dem Lager, auf dem sie lag. Frauke zitterte unkontrolliert, presste sich die zur Faust geballte Hand in den Mund, um nicht laut zu wimmern.

Ein Streichholz wurde angerissen.

Darauf folgte der Ablauf, den sie schon kannte. Eine Kerze nach der anderen wurde angezündet, immer heller wurde es in der großen Höhle, ohne dass das Licht aber die Dunkelheit wirklich vertreiben konnte.

Diesmal legte er es nicht darauf an, versteckt zu bleiben. Er lief von Kerze zu Kerze, hatte ihr dabei den Rücken zugedreht, so dass sie seine nackten Arschbacken bei jedem Schritt wackeln sehen konnte. Die Riemen, die diesen abscheulichen Dildo hielten, waren auch wieder da. Würde er das Ding gleich gebrauchen? Warum sonst lief er damit herum? Warum hatte er es nicht schon beim letzten Mal gemacht? Es würde weh tun, ganz bestimmt, wäre aber besser, als wenn er seinen eigenen Schwanz benutzte.

Großer Gott, worüber dachte sie da nach!

Als er genug Kerzen entzündet hatte, drehte er sich zu ihr um. Riesig stach der Dildo in den Raum. Frauke zwang sich, den Blick davon zu lösen und ihm ins Gesicht zu schauen. Ein Gesicht, das nicht einmal hässlich war. Feminin geschnitten, hohe Wangenknochen zu einem länglichen Kinn, schmale Augen mit dunklen Brauen, langes, welliges Haar, das bis auf die Schultern fiel. Sympathisch, auf den ersten Blick.

»Wie geht es dir?«, fragte er.

Seine Worte hallten wieder zwischen den Betonwänden, somit bekam der fistelige Klang doch noch etwas Unheilvolles, etwas Machtvolles.

Frauke konnte es nicht fassen, dass er es wagte, diese Frage zu stellen. Neben der Angst war noch ein wenig Platz für Wut, und diese breitete sich jetzt aus wie Unkraut im Garten. In ihrem Kopf rasten die Gedanken.

Was soll ich tun?

Komm Mädchen, lass dir etwas einfallen, du bist doch sonst nicht auf den Kopf gefallen.

Tu einfach so, als müsstest du mit einem aufdringlichen Verehrer fertig werden.

»Ich habe Hunger und Durst. Und es geht mir nicht gut.«

Die Worte kamen wie von selbst. Und das mit dem Hunger und Durst stimmte sogar. Warum sollte sie nicht einfach bei der Wahrheit bleiben? Der Typ schien nicht dumm zu sein, er würde ohnehin merken, wenn sie log.

»Tut mir leid, aber das lässt sich nicht vermeiden. Als Wiedergutmachung habe ich dir aber Essen und Trinken mitgebracht.«

Er wandte sich ab, ging mit seinem wippenden Dildo in eine der dunklen Ecken und hantierte dort. Frauke konnte es knistern hören. Schließlich kam er zurück, hielt ihr in einer blauen, zerkratzten Tupperwareschale Brot und Apfelstücke hin. In der anderen Hand trug er eine Flasche Mineralwasser.

»Wird das reichen?«

Frauke nickte. Sie saß immer noch auf dem Bett, beide Hände in Fesseln, und ihr schoss der Gedanke durch den Kopf, dass sich hier eine Chance bot.

»Kannst du ... mich losmachen ... damit ich essen kann?«

Ihn zu duzen war ihr erstaunlich leichtgefallen. Auch ihr netter, bittender Ton klang echt. Trotzdem erreichte sie nicht die erhoffte Wirkung.

»Tut mir leid, das wird nicht möglich sein. Es geht auch ganz gut mit den Ringen.«

Er stellte die Schale auf das Matratzenlager.

Frauke wartete ab, beobachtete ihn. Er stand einfach da, mit dem entsetzlichen Ding vor seiner Hüfte und lächelte sie an, als wolle er sie zum Kaffee einladen.

»Iss schon«, sagte er schließlich und deutete auf die Schale.

Durch den Geruch des frischen Brotes wurde der Hunger plötzlich übermächtig. Frauke griff in die Schale, nahm ein belegtes Brot und aß, nein fraß es wie ein Tier. Schmatzend, schnaufend und ohne ihn anzusehen, stopfte sie es in sich hinein. Trotzdem nutzte sie die Zeit, um nachzudenken.

Wenn sie hier lebend rauskommen wollte, musste sie schlauer sein als er. Besser, schneller, cleverer. Er hatte alle Trümpfe auf seiner Seite, das war Frauke klar. Aber jeder machte doch mal einen Fehler!

Sie aß noch ein zweites Brot und zwei große Apfelstücke, dann passte nichts mehr hinein. Er reichte ihr die Wasserflasche, aus der sie in kleinen Schlucken trank. Sie wusste, dass es irgendwie weitergehen würde, wenn sie auch ihren Durst gestillt hatte.

»Geht es dir jetzt besser?«, fragte er.

Jetzt sah Frauke ihn an. Sein Gesicht war ganz nah. Die Farbe seiner Augen war von verwaschenem Blau, sein Blick jedoch von fesselnder Intensität.

Frauke ging aufs Ganze. »Wirst du mich umbringen?«

Darauf herrschte ein kurzes Schweigen.

Ein leichtes Lächeln zierte seine Mundwinkel, erreichte die Augen jedoch nicht. Er schüttelte den Kopf. »Ich habe dir doch bereits gesagt, dass es allein von dir abhängt. Wenn du tust, was ich will, wirst du weiterleben.«

»Und was soll das sein?«

Das Lächeln verschwand. Das Gesicht wurde hart. Unsanft entriss er ihr die Wasserflasche und erhob sich von der Matratzenkante.

»Steh auf.«

Während er die Tupperschale und das Wasser fortbrachte, stand Frauke auf. Sie hörte ein leises Klirren, dann zog er von irgendwo die Kette stramm, so dass ihr nichts anderes übrig blieb, als dem Zug zu folgen. Mit nach oben gestreckten Armen stand sie schließlich wieder an dem Platz, an dem sie nach der Entführung aufgewacht war.

Er kam zurück. Sein Dildo stand stramm. In der Hand die Flasche mit Babyöl.

»Ich werde dich jetzt einreiben. Deine Haut ist ja schon wieder ganz trocken.«

Als er die erste Handvoll Öl auf ihrem Rücken verteilte, zuckte Frauke noch zusammen. Dann aber sammelte sie ihre ganze Kraft und ihren Mut und ließ es geschehen, machte sogar mit, spreizte die Beine, als er dort angekommen war und legte den Kopf in den Nacken, damit er ihren Hals und die Brüste einreiben konnte. Dort hielt er sich besonders lang auf. Frauke sah ihn dabei an, mit festem Blick, und merkte, dass er schüchtern wurde, während er mit seinen weichen Händen ihre Brüste einrieb.

War das ihre Chance?

Es kostete sie mehr Kraft als sonst irgendetwas in ihrem bisherigen Leben, und obwohl sie sich ekelte, gab sie ein leises Schnurren von sich und streckte die Brust etwas vor.

»Das machst du schön«, flüsterte sie.

Er sah sie kurz an; ein schneller, verstohlener Blick, wie der eines Schuljungen, der seine erste sexuelle Erfahrung macht.

Jetzt!

Frag ihn!

Jetzt oder nie!

»Darf ich dich auch einreiben?«

Seine Hand erstarrte, fiel dann hinab. Er hob den Kopf, zog die Brauen zusammen und schaute sie an. Die Intensität in seinem Blick hatte nachgelassen. Unsicherheit war nun darin zu erkennen.

Ein falsches Wort jetzt und sie war verloren.

»Warum willst du das?«, fragte er.

Bleib ehrlich, bleib ehrlich, er erkennt die Lüge sowieso.

»Ich kann mir vorstellen, dass es dir gefällt, und ich würde es gern für dich tun, wenn du mich dafür weiterleben lässt. Ich will noch nicht sterben.«

Ehrlicher war Frauke wohl in ihrem ganzen Leben noch nicht gewesen. Erstaunlich, wozu man in der Lage war, wenn das Leben davon abhing.

Seine Augen hatten ihre im Fokus, lange, intensiv, ohne zu blinzeln. Keine Regung in seinem Gesicht. Dafür konnte Frauke praktisch hören, wie seine Gedanken rasten.

»Und du verarschst mich nicht?«

Frauke schüttelte den Kopf.

Er kam noch näher, brachte seine Lippen ganz nah an ihr rechtes Ohr. Sie konnte seinen Atem auf ihrer Haut spüren. »Wenn du mich aber doch verarschst, wenn du zu fliehen versuchst, wirst du es bereuen. Dann werde ich dir die Zunge herausschneiden, deine Brüste mit meinem Messer abschneiden, danach die Ohren, und ich werde dich skalpieren. Du wirst unglaubliche Schmerzen erleiden, bevor du an deinem eigenen Blut erstickst. Hast du das verstanden?«

Frauke nickte. »Versprichst du mir, mich gehen zu lassen, wenn ich das für dich tue.«

»Du wirst weiterleben, das verspreche ich dir.«

»Gut, dann ... musst du mich nur losmachen.«

Er drehte sich um und verschwand in der Dunkelheit. Frauke konnte ihn weder sehen noch hören und fragte sich schon, ob ihr Plan fehlgeschlagen war, da kam er zurück und öffnete die Verschlüsse der Metallringe an ihren Handgelenken. Als der rechte Arm frei war, fiel er taub herunter und begann sofort zu prickeln.

Sie hatte nur diese eine Chance!

Alles, was sie sonst noch hatte, war das Überraschungsmoment. Keine Sekunde durfte sie vergeuden, waren die

Fesseln erst einmal gelöst. Nicht im Traum hatte sie daran gedacht, diesen Perversen mit seinem Öl einzureiben. Niemals! Sie würde fliehen und irgendwie aus diesem Verlies entkommen. Sollte das nicht klappen … nein, daran wollte sie nicht denken.

Denk an Mandy, nur an Mandy, sie braucht dich noch …

Dann fiel auch der linke Arm herunter.

Er trat einen Schritt zurück.

Frauke hatte einen älteren Bruder, Jan, der damals, als sie sich noch regelmäßig gesehen hatten, Kampfsport betrieben hatte. Ob er es heute noch tat, wusste sie nicht, aber damals war er recht gut gewesen und hatte ihr, mehr aus Spaß und Angeberei, im Wohnzimmer ein paar Tricks gezeigt. Unter anderem auch den Handkantenschlag auf den Kehlkopf eines Angreifers. Das sollte angeblich jeden stoppen und konnte schnell zum Tod führen.

Ihr rechter Arm war wieder halbwegs fit.

Frauke holte aus und schlug zu.

Er sah den Schlag nicht mal kommen. Ihre Handkante erreichte ihr Ziel, traf halb von vorn gegen seinen Hals. Nicht wirklich stark, dafür war ihr Arm noch zu taub, aber offensichtlich doch wirkungsvoll.

Er packte sich mit beiden Händen an den Hals, seine Augen quollen hervor, dann fiel er auf die Knie, röchelte hässlich und kippte schließlich vornüber.

Frauke kümmerte sich nicht weiter um ihn. Sie verschwendete nicht mal Zeit damit, nach ihrer Kleidung zu suchen. Nackt wie sie war lief sie durch den Raum, schnappte sich vom Tisch die Taschenlampe, schaltete sie ein und lief dorthin, von wo er vorhin gekommen war. Das Licht der Lampe verlor sich in einem langen, schmalen Tunnel. Ohne zu stoppen lief Frauke hinein.

Nur nicht stehen bleiben, nicht zurücksehen, irgendwo musste es einen Ausgang geben!

Wegen der niedrigen Decke lief sie leicht gebückt, ihre nackten Schultern schabten an dem harten, scharfen Beton, sie taumelte, stieß sich ab, lief immer weiter, leuchtete in den Gang hinein und wurde trotzdem überrascht von einer rechtwinkligen Kehre. Frauke konnte nicht mehr stoppen, prallte gegen die Wand und stürzte nach hinten.

Sie schrie auf.

Überall Schmerzen!

Reiß dich zusammen! Steh auf! Renn um dein Leben!

Das tat sie. So lange, bis der Gang in zwei Richtungen weiterführte. Wohin jetzt? Rechts oder links? Frauke schaltete die Taschenlampe aus. Sofort wurde es finster, absolut finster. Sie hatte gehofft, den Schimmer von Tageslicht in der einen oder anderen Richtung erkennen zu können, doch da war nichts als Schwärze. Schnell schaltete sie die Lampe wieder ein.

Rechts, sie lief rechts.

Kaum ein paar Meter weit gekommen, tauchte linker Hand ein Durchbruch in der Wand auf, an dem sie fast vorbeigerannt wäre. Frauke, schon außer Atem, blieb stehen und leuchtete hinein.

Ein kleiner quadratischer Raum ohne Ausgang, in dem ...

Sie schrie gellend, taumelte zurück in den Gang und wäre gestürzt, hätte die Wand sie nicht aufgehalten. Heiß schoss es in ihrem Hals empor. Sie übergab sich vor dem Mauerdurchbruch. Kaum verdautes Brot platschte mit Wasser vermischt auf den staubigen Boden, besudelte ihre nackten Füße.

Das war ein Alptraum, ein furchtbarer Alptraum!

Mehr taumelnd als laufend, sich mit den Händen an den

rauen Wänden abstützend, überwand Frauke ein paar Meter, bevor der nächste Durchbruch auftauchte. Nein, in diesen würde sie nicht hineinleuchten! Noch einmal konnte sie einen solchen Anblick nicht ertragen. Sie taumelte weiter, spürte ihre Kraft nachlassen. Erneut erreichte sie eine Abzweigung, schaltete die Lampe aus und ließ ihre Augen sich an die Finsternis gewöhnen. Immer noch kein Tageslicht, keine Treppe, kein Aufgang, nichts. Was war das hier? Es war keine Höhle, sondern von Menschenhand geschaffen. Deutlich war die Verschalung im Beton zu erkennen. Aber wenn Menschen diese Anlage gebaut hatten, musste es doch auch Ausgänge geben, und irgendwie waren sie und er ja auch hereingekommen.

Weiter, sie musste weiter! Sie konnte nicht sicher sein, dass ihr Schlag tödlich gewesen war, und wenn sie Zeit verlor und er sie fand …

Nein, daran wollte Frauke nicht denken. Seine Drohung, was er mit seinem Messer bei ihr anstellen würde, geisterte noch allzu deutlich durch ihren Kopf.

Also schaltete sie die Lampe wieder ein und lief weiter. Diesmal nach links, einfach so, ohne einen besonderen Grund. In diesem Gang, so schien es Frauke bald, wurde die Dunkelheit immer intensiver, die Luft schlechter, muffiger, so als führe er tiefer unter die Erde. Frauke ahnte, dass sie eine falsche Abzweigung genommen hatte und sich immer weiter verlor in diesem Labyrinth aus Gängen und Räumen.

Hatte sie damit ihre Chance vertan? Panik stieg in ihr auf. Gleichzeitig spürte sie, dass ihre Kraft sie verließ. Die Beine zitterten, so wie auch der Rest ihres Körpers, ihr war schlecht, und sie konnte den Anblick in diesem kleinen Raum nicht vergessen. Obwohl er Antrieb sein sollte, lähmte er sie zusätzlich.

Würde sie jemals hier rausfinden?

Vielleicht war es besser, sich zu verstecken? Irgendwo hinhocken, Kraft tanken und warten, statt sinnlos herumzulaufen? Wenn sie einige Zeit verstreichen ließ, und er sich nicht bemerkbar machte, konnte sie sicher sein, dass er tot war. Dann brauchte sie nicht mehr zu hetzen und konnte systematisch nach einem Ausgang suchen. Aber wo sollte sie sich verstecken? Wo würde er nicht nach ihr suchen? Dies hier war sein Territorium, hier kannte er sich aus.

Frauke lief zurück.

In der Hoffnung, in einem der anderen kleinen quadratischen Räume, an denen sie eben vorbeigelaufen war, ein Versteck zu finden, leuchtete sie nun hinein. Der erste war absolut leer, keine Chance, sich darin zu verbergen. Der zweite lehrte sie erneut das Grauen, zeigte ihr, dass es weitaus Schlimmeres gab als tote Augen. Voller Entsetzen prallte sie zurück.

War das einmal ein Mensch gewesen? Sie wusste, dass es so war, hatte in diesem kurzen Moment schließlich deutlich den schmalen Fuß im Licht der Taschenlampe daliegen sehen. Ein Fuß ohne Bein, fransig und blutig der Stumpf. Trotzdem wollte sich ihr Verstand diese eine Hintertür offen halten, dass es sich eventuell auch um Wild handeln könnte.

Aber der Fuß! Der Fuß!

Wäre ihr Magen nicht schon leer gewesen, sie hätte sich ein zweites Mal übergeben.

Schnell fand sie den anderen Raum wieder, vor dem sie sich vorhin erbrochen hatte, betrat ihn zögernd und leuchtete mit der Taschenlampe hinein. Sie war noch dort! Das Mädchen. Jasmin Dreyer. Nackt lag sie in der Ecke, der Oberkörper an die Wand gelehnt, die weit geöffneten Augen schienen sie anzustarren. Unterhalb der linken Brust befand sich ein Wunde, der Körper darunter war mit getrocknetem Blut besudelt.

Frauke brach in Tränen aus. Leise wimmernd ging sie auf den Leichnam des jungen Mädchens zu. Welches Grauen hatte sie hier unten in ihren letzten Stunden erleben müssen? Von der Welt getrennt, ohne Hoffnung, ohne Mutter und Vater. Niemand sollte so sterben müssen.

Vor dem geschundenen Körper ging Frauke in die Knie. Alles in ihr sträubte sich dagegen, das kalte Fleisch zu berühren. Aber sie hatte nur diese Chance, ein anderes Versteck gab es nicht. Wenn er nicht tot war, wenn er sich von dem Schlag erholte, würde er sie suchen. Und ihre Chance lag darin, dass er in diesen Raum nur flüchtig hineinsehen würde, dass er es vielleicht sogar vermied, mit den toten Augen seines Opfers konfrontiert zu werden.

Frauke heulte und schluchzte leise, während sie den schlaffen Arm der Toten am Handgelenk packte. Sie zog den Körper aus der Ecke heraus. Er war erstaunlich schwer, wollte sich zunächst nicht bewegen lassen. Schließlich schaffte sie es aber doch und kroch selbst in die Ecke. Ganz dicht presste Frauke sich gegen die Wände, spürte deren Kälte und schürfte sich die Haut an dem rauen Beton auf.

Dann packte sie die Leiche erneut und zog sie zu sich heran. Lehnte den schlaffen Oberkörper gegen sich selbst. Er war genauso kalt wie die Wand. Dies war kein Mensch mehr, es war wie ein Stück Fleisch aus der Kühltruhe im Supermarkt. Leise wimmernd bat Frauke immer wieder um Verzeihung, während sie mühsam den Körper so platzierte, dass er sie so gut wie nur möglich verdeckte. Es gab kein Licht in dem Raum, und wenn er nur kurz mit der Taschenlampe hineinleuchtete, würde er sie hinter der Leiche übersehen.

Hoffentlich!

Nele Karminter, Anouschka Rossberg, Tim Siebert und Eckert Glanz standen an der Bahnschranke, an der das erste Opfer, Jasmin Dreyer, entführt worden war. Ein böig kühler Wind wehte, trieb leichte graue Wolken unter einem bleiernen Himmel her, die Straße war vom letzten Schauer noch nass. Es roch modrig und vom Gleiskörper her irgendwie nach Urin; eine Mischung, die Nele gehörig auf den Magen schlug.

Sie alle waren gleichermaßen froh, dass die Nacht ruhig verlaufen war, ohne eine weitere Entführung. Somit hatten alle ausreichend Schlaf bekommen – und das war im Nachhinein ein großes Glück. Denn in der Kommandozentrale der Soko Schranke in Friedburg glühten an diesem ersten Tag nach der Pressekonferenz die Telefondrähte. Plötzlich hatte jeder irgendwas gesehen. Die ersten zwei Stunden des Vormittags hatten die vier noch dabei geholfen, die Flut an Anrufen entgegenzunehmen, doch Nele hatte erkannt, dass sie ihre besten Ermittler anders einsetzen musste. Effizienter. Vor allem aber plagte sie noch immer ihr Verdacht von gestern Nacht, der ein wenig untergegangen war in dem Ärger über die Bürgerwehr und dem Gespräch bei ihren Vorgesetzten. Also waren sie hier rausgefahren, sobald es zu schauern aufgehört hatte, denn Nele wollten ihnen sozusagen live zeigen, was sie meinte.

Ein Blick auf die Uhr. Der Nahverkehrszug, der den Bahnhof in Friedburg um acht nach zehn verließ, würde gleich durchfahren.

»Passt auf, jetzt ist es gleich so weit«, sagte Nele.

Sie standen an der Halbschranke aufgereiht, blickten alle nach links, erwarteten den Zug. So langsam, wie Nele es in der Nacht erlebt hatte, kam er auch diesmal wieder heran. Der Effekt verpuffte allerdings ein wenig, da es taghell und die Abteile nicht beleuchtet waren. Nachdem der Zug durch war, traten sie von der Schranke zurück.

»Habt ihr gesehen, was ich meine? Und jetzt stellt euch vor, ihr befindet euch in einem der Waggons, beispielsweise als Fahrkartenkontrolleur. Seht vielleicht jeden Tag Menschen an Bahnschranken stehen und warten. Seht sie tags genauso wie nachts. Gelangweilte, arglose, einsame Menschen. Versteht ihr?«

Sie nickten alle. Hinter ihnen rumpelte ein langer Güterzug durch, so dass niemand sprechen konnte, bis er verschwunden war und die Schranken sich öffneten.

»Möglich wäre es«, sagte Tim Siebert schließlich. »Aber wie soll uns das helfen?«

»Erstmal nur als Idee, als Ansatzpunkt. Wir haben nichts, wir müssen irgendwo anfangen zu ermitteln. Also geht ein Team zur Bahn nach Lüneburg und fragt sich zur Personalabteilung durch. Keine Ahnung, wie die da strukturiert sind, aber das lässt sich ja herausfinden. Und dann sehen wir weiter.«

»Das wird Zeit kosten und –«

»Hör auf!«, unterbrach Nele Tim. »Ist mir alles klar, auch dass wir keine Zeit haben, aber solange du nicht mit einer besseren Idee kommst, wird es so gemacht. Döpner und Hendrik haben mir gestern Abend durch die Blume ein Ultimatum gestellt. Wir haben drei Tage. In drei Tagen brauchen wir irgendwas. Sonst übernimmt Hendrik und setzt einen Köder ein.«

»Uff«, machte Eckert, »das ging ja schnell.«

»Einen Köder ...«, Anou legte die Stirn in Falten. »Das klingt nicht verkehrt.«

»Es wäre das letzte Mittel, und vor Ablauf der drei Tage denke ich überhaupt nicht darüber nach. Wir sollten jetzt –«

Neles Handy läutete. Sie wandte sich ab und nahm das Gespräch entgegen. Ein paar Worte nur, Worte wie kleine Elektroschocks, vielleicht genau das, worauf sie gewartet hatten, vielleicht aber auch nichts.

Sie drehte sich zu ihren Leuten um. Binnen Sekunden hatte sie eine Entscheidung getroffen. »Auf der Wache in Friedburg ist ein Paketfahrer aufgetaucht, dem was aufgefallen ist. Anouschka und ich reden mit ihm. Ihr beiden erledigt das mit der Bahn. Ruft mich an, wenn ihr was habt.«

Sie ließ die beiden Männer stehen, wohl wissend, dass zumindest Tim Siebert kein Interesse an dem Job hatte. Gerade deshalb hatte sie ihn damit beauftragt. Allzu selbstständige Mitarbeiter brauchten hin und wieder eine Erinnerung daran, wie wichtig Teamwork in diesem Beruf war.

»Was ist dem Mann denn aufgefallen?«, fragte Anou, nachdem sie losgefahren waren.

»Ein PKW, mehr weiß ich auch noch nicht. Aber wir werden es ja gleich erfahren.« Nele hörte, wie zickig und angespannt sie klang, konnte es aber nicht verhindern. Sie *war* zickig und angespannt an diesem Morgen, und Kopfschmerzen hatte sie auch. Fiese kleine Stiche irgendwo hinter dem rechten Auge. Zu wenig Schlaf, zu viel Koffein. Sie würde zwei Aspirin nehmen müssen, wenn sie den Tag überstehen wollte.

»Stimmt was nicht?«, fragte Anou vorsichtig.

Nele vermied es, sie anzusehen. »Ja und nein. Ist einfach nicht mein Tag heute. Ich hab beschissen geschlafen, die beiden Chefs sitzen mir im Nacken, und die Ermittlungen stecken fest, bevor sie überhaupt angefangen haben. Ich sehe nicht mal eine klare Linie vor mir. Da ist eine Wand aus Nebel, mehr nicht. Ich verstehe diesen Täter einfach nicht. Im Moment verstehe ich eigentlich gar nichts.«

Anou strich ihr über den Unterarm. »Aber es liegt nicht an mir, oder? Denn wenn es so ist, musst du es mir sagen. Ich will auf keinen Fall deiner Arbeit im Wege stehen. Gestern Abend habe ich darüber nachgedacht, ob es nicht besser wäre, mich versetzen –«

»Red keinen Unsinn. Daran liegt es nicht. Das ist nur dieser Fall. Wir kriegen das schon hin.«

»Wirklich?«

»Wirklich.«

»Sehen wir uns dann heute Abend?«

»Wenn nichts dazwischenkommt, auf jeden Fall. Ich komm dann zu dir, ja. Ich brauche sowieso mal einen Tapetenwechsel.«

»Geht klar, ich freu mich.« Anou beugte sich rasch zu ihr rüber und hauchte ihr einen Kuss auf die Wange. Eine Berührung wie der Flügelschlag eines Schmetterlings, kaum spürbar und doch intensiv genug, um sofort ein wenig Last von ihren Schultern zu nehmen. Die Kopfschmerzen vermochte dieser Kuss nicht zu vertreiben, aber als Versprechen und Verlockung für den nahenden Abend war er trotzdem so etwas wie Medizin für ihre Seele. Nele wünschte sich, ihr Täter möge auch an diesem Abend still verharren, allerdings wünschte sie es sich für sich selbst und nicht um etwaiger Opfer willen. Das war egoistisch, natürlich, aber schließlich war sie auch nur ein Mensch.

Der Paketfahrer entpuppte sich als braun gekleideter Angestellter von UPS. Jung, mit kräftigen Kiefern, die einen Kaugummi zermalmten, als gelte es, einen darin befindlichen Gegner zu töten. Passend zu seiner Kleidung war er braun gebrannt, trug sein Haar extrem kurz und verhielt sich auffallend nervös.

Nach eigener Aussage kam er in diesem Gebiet viel herum, weil es eben sein Auslieferungsgebiet war, und auch wenn er nicht von hier, sondern aus Lüneburg kam, würde ihm doch ein Wagen auffallen, der sonst nicht hier herumfuhr. Und eben solch ein Wagen war ihm in den letzten Wochen aufgefallen, richtig bewusst war ihm das aber erst geworden, nachdem er heute in der Früh die Zeitung mit dem Aufruf und der Warnung gelesen hatte. An die Marke könne er sich genau erinnern, ein dunkelgrüner älterer Ford Mondeo Turnier, nicht sehr gepflegt, mit abgebrochener Radioantenne. Wegen der Antenne sei er ihm eigentlich nur aufgefallen. Und weil er immer sehr früh unterwegs war. Nein, von dem Kennzeichen wisse er nur, dass es aus Lüneburg stamme und ansonsten, dass auf jeden Fall ein Mann mit blondem Haar hinter dem Steuer gesessen sei. Blond, auf jeden Fall blond, dass wisse er genau. Und die abgebrochene Radioantenne, das wisse er auch genau. Und ob es vielleicht eine Belohnung gäbe, wenn aufgrund seiner Hinweise der Gesuchte verhaftet würde, das würde ihn natürlich interessieren.

Die gab es natürlich noch nicht, was Nele ihm auch sagte, sich bedankte und den Wiederkäuer einem Kollegen überließ, der die Personalien aufnahm.

Anouschka und Nele besorgten sich lauwarmen Kaffee und zogen sich in die hinterste Ecke des großen Raums zurück, in dem sonst Trauungen und Ratsversammlungen abgehalten wurden. Durch Stellwände, die gleichzeitig als Pinnwände fungierten, war dort hinten ein kleiner Bereich abgetrennt, gerade genug Platz für einen Tisch mit sechs Stühlen. Auf dem Tisch standen noch schmutzige Tassen, Löffel klebten in ihrem Sud aus Kaffee und Zucker auf der furnierten Platte. Gegenüber, so dass sie sich anschauen konnten, ließen die beiden sich auf zwei Stühle fallen. Einen Moment schwiegen sie und tranken. Im Hintergrund klingelten Telefone, wurden Gespräche geführt und beendet.

Nele rieb sich das rechte Auge. Der Kopfschmerz wollte nicht nachlassen. Aus ihrer Tasche holte sie eine angebrochene Schachtel Aspirin, drückte zwei Tabletten heraus und spülte sie mit dem fast kalten Kaffee hinunter.

»Geht es?«, fragte Anou.

Nele nickte. »Ja, geht schon. Ich kann nur nicht klar denken, wenn ich Kopfschmerzen habe.«

»Das kenne ich. Was hältst du von dem Typ eben?«

»Den Typ selbst finde ich abstoßend, aber was er gesagt hat, klingt interessant. Diese Jungs kommen ganz schön herum, ich kann mir gut vorstellen, dass der einen auffälligen Wagen bemerkt.«

»Leider hat er sich das Kennzeichen nicht gemerkt ... manchmal frage ich mich, wofür es die Dinger überhaupt gibt, schaut ja doch kaum einer hin. Grüner Ford Mondeo Kombi ... davon dürfte es eine ganze Menge im Bezirk Lüneburg geben.«

»Richtig, deshalb müssen wir anders vorgehen. Sobald meine Kopfschmerzen weg sind, machen wir beide uns auf den Weg. Fragen den Metzger, den Bäcker, den Pfarrer, die Lehrer, die Tratschtante des Ortes, einfach jeden nach diesem Wagen. Vielleicht ist er noch jemandem aufgefallen, jemandem, der sich ein Kennzeichen merken kann.«

»Das kann dauern.«

»Sag du mir jetzt bitte nicht auch noch, dass wir keine Zeit haben.«

»Wollte ich ja gar nicht. Ich hab mich nur gefragt, ob wir nicht zusätzlich noch ein paar Kollegen in Uniform damit losschicken sollten?«

»Du weißt ja selbst, wie beliebt solche Arbeiten sind und wie sie deshalb durchgeführt werden. Nein, lass es uns selbst machen, dann haben wir wenigstens Gewissheit. Etwas anderes können wir im Augenblick sowieso nicht tun.«

»Zusammen oder getrennt?«, fragte Anou.

»Getrennt schaffen wir das Doppelte.«

»Okay. Aber wir sehen uns dann heute Abend, ja!«

»Genau, heute Abend.«

Er lag zusammengekrümmt auf dem kalten, feuchten Boden und wartete. Anfangs auf den Tod, und als der nicht kam, darauf, dass er sich erholen würde. Nur ganz wenig Atemluft floss durch seine geschwollene Kehle, gerade genug, dass er nicht erstickte. In den ersten Sekunden nach dem heimtückischen Schlag hatte er überhaupt keine Luft bekommen, und in dieser Zeit war er sich sicher gewesen, hier unten zu sterben. Ein friedliches Gefühl hatte ihn dabei erfüllt. Einzig von dem Bedauern darum getrübt, dass er die dunkle Schönheit nun nicht mehr bekommen würde. Insofern war sein Plan, sie sich nicht zu holen, bevor er mit der anderen nicht fertig war, falsch gewesen. Aber die Minuten verrannen, und er starb nicht. Das friedliche Gefühl verschwand, machte Schmerz und Wut Platz.

Diese Schlampe, diese gottverdammte Schlampe!

Er hätte es doch besser wissen müssen. Niemals durfte er einer Frau trauen. Wieso war er wieder auf ihre Beteuerung hereingefallen, wo das Leben ihn doch bereits gelehrt hatte, wie heimtückisch sie waren. Für seine Dummheit hätte er es verdient gehabt, durch diesen Schlag zu sterben.

Aber sie war schwach gewesen, hatte nicht weit ausholen können und seinen Kehlkopf zudem nicht richtig getroffen. Er hatte den Schlag nicht kommen sehen, aber im letzten

Moment etwas geahnt und es gerade noch geschafft, den Kopf ein wenig zu drehen. Möglich, dass ihm dieser Zentimeter das Leben gerettet hatte.

Es spielte keine Rolle. Nicht mehr lange, dann würde er sich so weit erholt haben, dass er sie verfolgen konnte. Er hatte keine Eile, denn es bestand nicht die Gefahr, dass sie hier herausfand. Sie hatte ihre Chance nicht genutzt, nicht kräftig genug zugeschlagen, war danach weggelaufen, statt sich eines seiner Werkzeuge zu nehmen und zu Ende zu bringen, was sie begonnen hatte. Er würde keine Gnade kennen, würde ihr genau das antun, was er ihr prophezeit hatte.

Sein Hals schmerzte entsetzlich, vielleicht würde er nie wieder richtig sprechen können, vielleicht würde er sich die nächste Zeit von Flüssigkeiten ernähren müssen. All das war aber nichts im Vergleich zu dem, was er in seinem Leben bereits durchgestanden hatte. Schmerz war immer ein Bestandteil seines Lebens gewesen. Er würde dies hier überstehen, würde die Schlampe finden und sie vernichten. Und dann würde er sich die dunkle Schönheit holen, die ihn wie keine andere Frau zuvor in ihren Bann gezogen hatte.

Seine Fantasie half ihm, die Zeit zu überbrücken, bis sein Körper wieder einsatzbereit war. Die Minuten verstrichen, während er auf dem kalten Boden lag, flach atmete und sich abermals die dunkle Polizistin in seinen Ketten vorstellte. In Öl getränkt, duftend, voller Angst um ihr Leben …

Irgendwann konnte er wieder normal atmen. Er stand auf, legte den Dildo ab und zog sich an. Die Kehle schmerzte zwar noch, und sprechen würde er nicht können, aber das war auch nicht nötig, um sich die alte Hexe zu holen, die sicher völlig verängstigt durch sein unterirdisches Labyrinth irrte. Ein Lächeln umspielte seine vollen Lippen, als er sich seinem Werkzeugtisch näherte und die längste aller Klingen nahm. Alle Schneiden waren von ihm selbst geschärft worden, sie schnitten ebenso mühelos durch festes Muskelfleisch wie durch ein Blatt Papier.

Mit diesem Schlachterwerkzeug in der rechten Hand und einer um den Kopf geschnallten Stirnlampe ging er los. Er hätte den Weg ohne weiteres auch im Dunkeln gefunden, wollte es aber so schnell wie möglich hinter sich bringen. Für die Suche benutzte er seine Nase. Er hatte sie mit seinem Öl eingerieben, und den Duft, den sie verströmte, würde er jederzeit und überall herausfiltern können. Schnuppernd wie ein Hund schlich er den Gang hinunter und blieb an der ersten Abzweigung stehen. Dort legte er den Kopf in den Nacken, schloss die Augen und blähte die Nasenflügel. O ja, der Geruch war allgegenwärtig! Er erregte seine Sinne, ließ seine Muskeln vibrieren und steigerte sein Verlangen, ihr Blut zu vergießen.

Er lächelte, ahnte er doch, wo sie sich verborgen hielt. Sie war nicht dumm, und das Versteck hätte bei jemandem, der weniger olfaktorisch begabt war, funktionieren können. Nur eben nicht bei ihm.

Nach wenigen Minuten hatte er den Raum erreicht, in dem er das erste Mädchen abgelegt hatte. Hier war der Geruch am intensivsten. Ein schneller Schritt, und das Licht seiner Stirnlampe erhellte den kleinen Raum ausreichend. Deutlich war ihr Gesicht hinter der toten Fratze des Mädchens zu erkennen.

Die Augen weit aufgerissen, starrte sie ihn an.

Er ging zwei Schritte auf sie zu, und sie begann zu wimmern wie ein Hund, der Schläge kassierte.

»Du kannst dich nicht vor mir verstecken.«

»Komm, lass uns da drüben reingehen. Ich brauche jetzt unbedingt einen starken Kaffee und was zwischen die Zähne.«

Tim ging einfach voraus, ohne eine Reaktion seines Kollegen abzuwarten. Eckert Glanz starrte ihm einen Moment nach, grunzte dann missmutig und folgte ihm schließlich. Während er hinter Siebert das Cafe einer Bäckerei betrat, dachte er darüber nach, warum frustrierende und erfolglose Ermittlungsarbeit hungriger machte als erfolgreiche. Musste wohl daran liegen, dass man sich bei der ersten Variante zu viele Gedanken machte.

Sie bestellten beide einen großen Becher Kaffee und ein Stück Kuchen. In den ersten zwei Minuten am Tisch sprach keiner. Sie aßen, tranken, dachten nicht. Tim hatte sein Stück als Erster aufgegessen. Er rülpste verhalten, schob den Teller ein Stück weg und lehnte sich mit dem Kaffeebecher in der Hand nach hinten.

»Verfahrene Kiste«, sagte er.

Eckert sah ihn kauend an. Da er prinzipiell nicht mit vollem Mund sprach – er ekelte sich bei dem Gedanken, wie er mit zerkautem Speisebrei im Mund aussah –, musste Tim warten, bis er alles heruntergeschluckt hatte. »Was meinst du genau?«

Tim zuckte mit den Schultern. »Eigentlich den ganzen Fall, aber speziell die Bahn. Die Idee der Chefin ist nicht von der Hand zu weisen, aber du hast es ja eben selbst mitbekommen. Alle Zugbegleiter, Lokführer, Gleisarbeiter und sonstiges Personal zu überprüfen, das regelmäßig diese Strecke befährt oder befahren hat, dauert ewig. Und Zeit haben wir nun mal nicht, bei dem Tempo, das der Kerl vorlegt.«

»Immerhin hat es gestern Abend keine weitere Entführung gegeben. Ich glaube sowieso nicht daran, dass er in dem Tempo weitermacht. Jeden Abend eine Frau, so etwas hat es doch noch nie gegeben. Vielleicht ist jetzt auch Schluss. Dann hätten wir nicht solchen Druck und könnten besser arbeiten.«

»Willst du es darauf ankommen lassen? Ich weiß nicht … wenn jemand erst einmal so abdreht, hört der nicht wieder auf. Aber das mit der Bahn können wir uns sparen, dass sag ich der Chefin nachher auch. Wenn es ein Ehemaliger ist, was ja naheliegt – denn wie soll er nebenbei noch arbeiten gehen –, finden wir den nie.«

»Gute Ermittlungsarbeit war schon immer Zeit raubend.«

»Mag sein, aber darauf hab ich keinen Bock.«

»Und was schlägst du stattdessen vor?«

»Da gehe ich mit Döpner und Hendrik konform. Wir brauchen einen Köder.«

Eckert wedelte mit der Hand. »Viel zu gefährlich in dem Gelände. Ich würde mich nicht freiwillig dafür melden, und eine Frau, die das tut, musst du erst mal finden.«

»Ist nicht meine Aufgabe. Ich sag ja auch nur, dass mir die Idee gefällt.«

»Ja, schon klar, weil du dann nicht herumlaufen und Fragen stellen musst. Vergiss es! Ich hol mir noch ein Stück von dem Kuchen. Der ist wirklich klasse. Soll ich dir eins mitbringen?«

»Nein, danke«, sagte Tim Siebert in Gedanken versunken.

5. Tag, abends

Diese Ungeduld!

Ob sie irgendwann in ihrem Leben die Ungeduld in den Griff bekommen würde? Vielleicht als Rentnerin, mit all den Erlebnissen im Gepäck, welche diese Welt ihr zu bieten hatte, und dem sicheren Wissen, dass nichts Bedeutendes mehr kommen würde. Jetzt aber ganz sicher nicht, schon gar nicht, wenn sie auf Nele wartete. Jetzt war die Ungeduld quälend, ließ ihren Körper vibrieren, ließ sie ruhelos in ihrer Wohnung hin und her flitzen und jedes Detail zum dritten und vierten Mal überprüfen. Überall war es warm, überall leuchteten Kerzen, stimmungsvolle Musik lief im Hintergrund, der Salat und die Baguettes waren zubereitet, der Rotwein bekam langsam die richtige Temperatur. Kurz, es war alles fertig!

Nur Nele fehlte noch.

Vor einer Stunde hatte sie angerufen und ihr mitgeteilt, dass Kriminalrat Hendrik sie noch kurz sehen wollte. Wie lange war bei Hendrik kurz? Hatte der Mann kein Privatleben? Gut, der Fall war wichtig, sie standen enorm unter Zeitdruck, mussten jeden Abend mit einer weiteren Entführung rechnen und hatten bisher nichts. Den Nachmittag hatten sie mit der Befragung in Friedburg verbracht – ohne Erfolg. Auch Tim und Eckert waren mit leeren Händen zurückgekommen. Und trotzdem, sie waren Menschen, brauchten Freizeit und Entspannung, ausgebrannte Ermittler waren nutzlos.

Nicht zuletzt deshalb hatte Anou sich vorgenommen, ihnen beiden einen unvergesslichen Abend zu bereiten. Einen Abend, der ihre Beziehung festigen sollte und jede Überlegung, ob sie sie wegen der zu erwartenden Probleme aufrechterhalten konnten, im Keim ersticken würde.

Ein Blick auf die Uhr. Kurz vor neun.

Anou schaute aus dem Fenster. Draußen war es längst dunkel. Leichter Nieselregen hatte eingesetzt. Ein ungemütliches Wetter, aber bestens dazu geeignet, es sich daheim so richtig kuschelig zu machen. Sie suchte unter den Straßenlaternen nach Neles Wagen, doch er war noch nicht da.

Mein Gott, wie kann man nur so ungeduldig sein!

Das war der Lieblingsspruch ihrer Mutter gewesen für eine Tochter, die immer alles sofort haben musste, die nicht warten wollte und mit der das Leben manchmal ganz schön strapaziös sein konnte. Auf der anderen Seite war sie aber auch wissbegierig, lebenshungrig, unersättlich und ein freier Geist. Eine Mischung, die Abenteuer und ein aufregendes Leben garantierte. Anou mochte ihre Eigenschaften, auch wenn sie für ihre Umwelt mitunter anstrengend waren.

Plötzlich das Läuten an der Tür.

Anou erschrak, sah noch einmal aus dem Fenster.

Nein, Neles Wagen war nicht zu sehen. Wahrscheinlich hatte sie woanders geparkt. Aber warum? Direkt vor dem Haus war ein freier Platz unter einer Laterne! Wollte sie nicht, dass der Wagen dort gesehen wurde?

Anou fegte alle Gedanken hinfort und eilte zur Tür. Sie trug eine hautenge Jeans und ein bauchfreies Shirt. Und sie war nervös wie ein Teenager vor dem Abschlussball. Ohne durch den Spion zu sehen riss sie die Tür auf. Nele sollte ruhig merken, wie sehr sie erwartet wurde.

Doch vor der Tür stand nicht Nele!

Anou hatte gerade noch Zeit, das zu registrieren. Sie wunderte sich, dachte an den Hausmeister und wurde im nächsten Augenblick schon von einem harten Schlag in den Bauch getroffen.

Von einer Sekunde auf die andere änderte sich alles.

Wo eben noch verliebtes Flattern gewesen war, brannten plötzlich helle Schmerzen. Die Luft wurde ihr aus dem Körper gedrückt. Sie stolperte nach hinten, rang nach Atem, presste die Hände in die Leibesmitte und sank auf die Knie. Sie bekam nicht mit, dass ihr ungebetener Gast ihre Wohnung betrat und die Tür hinter sich schloss. Nur langsam gelang es ihr, wieder einen Gedanken zu fassen.

Was geschah hier? Sie wurde überfallen! Aber wer? Und warum? Warum war es nicht Nele?

Anou stöhnte, versuchte den Kopf zu heben. Vor ihr stand ein Paar Beine in dunkler Ölkleidung, mehr sah sie zunächst nicht. Ölkleidung und feste Outdoorschuhe. Es roch nach Moos und Wald.

Überrasche ihn!

Tu so, als hätte der Schlag dich sehr hart getroffen, stöhne ein bisschen, und dann überrasche ihn.

Doch noch bevor Anou dazu kam, bewegte sich ein Bein. Schnell. Präzise. Der Tritt traf sie in die Seite. Ein wenig fester, und die Rippen wären gebrochen. Anou schrie auf, kippte auf die Seite und blieb röchelnd und zitternd dort liegen. Langsam begriff sie, dass sie keine Chance hatte. Sie hatte sich in ihrer Verliebtheit überrumpeln lassen wie eine Anfängerin, und was immer der Typ mit ihr vorhatte, er konnte es jetzt tun.

Anou blieb auf dem Teppich liegen und versuchte zu atmen. Ihre ganze Leibesmitte stand in Feuer. Tränen liefen ihr aus den Augenwinkeln. Ein kleiner Bereich in ihrem Gehirn versuchte ihr mitzuteilen, wo sie die Dienstwaffe hingelegt hatte. Die Ablage im Regal, unerreichbar fern, keine Chance.

Ihr Peiniger bewegte sich. Anou sah ihn nicht, doch sie konnte spüren, wie er sie umschlich. Er schaute in die Zimmer, schien sich sicher zu sein, genug Zeit dafür zu haben.

Plötzlich ein Gedanke, scharf und prägnant. Er war es! Ihr Täter!

Bevor sie noch weiter darüber nachdenken konnte, wurde ihr Kopf an den Haaren nach hinten gerissen und ein stinkender Lappen auf Mund und Nase gepresst. Anou packte das Handgelenk, wollte es fortreißen, doch der Gestank ... stechend ... bitter ... ihre Gedanken ... die Sinne ... alles entschwand ihr, wurde gleichgültig ... nur noch Dunkelheit, schlafen, schlafen ...

Nele ... hilf mir ...

Ekliger kalter Nieselregen begleitete die Dunkelheit wie so oft in den letzten Tagen. Er verschmierte die Windschutzscheibe, und im rötlichen Streulicht der Bogenlampen verschwamm alles zu einer schmutzigen Suppe. Halb zehn vorbei, nur noch wenige Autos waren unterwegs, trotzdem musste Nele sich beim Fahren konzentrieren. Wenn es ein Wetter gab, das sie wirklich hasste, dann dieses! Depressives Mistwetter! Allerdings wie geschaffen für einen gemütlichen Abend auf der Couch vor dem Fernseher – oder im Bett!

Bei dem Gedanken huschte ihr ein Lächeln übers Gesicht, das gar nicht wieder verschwinden wollte. Wenn guter Sex zumindest vorübergehend einen Fall wie diesen vergessen machen konnte, wenn er den Kopf freipusten und die Seele erleichtern konnte, war Nele klar, warum sie in den letzten Monaten, bevor Anou in ihr Leben getreten war, so oft schlechte Laune gehabt hatte. Etwas Essentielles hatte gefehlt.

Plötzlich konnte sie nicht schnell genug bei Anou sein.

Nele gab Gas.

Die Gibraltarstraße, in der Anouschka wohnte, lag ruhig da. Kein Mensch war bei dem Sauwetter draußen, nicht einmal die üblichen Hundebesitzer. Nur ein einziger Wagen kam Nele entgegen, der dafür aber mit überhöhter Geschwindigkeit, so dass Nele ihren Passat zwischen zwei geparkte Fahrzeuge quetschen musste, um einem Zusammenstoß zu entgehen. Der Wagen schoss vorbei. Ein Mann, den sie durch die feuchten Scheiben nur verschwommen sehen konnte, saß verkrampft hinter dem Steuer. Warum trug er eine schwarze Kapuze?

Nele schüttelte den Kopf und fuhr weiter. Sie parkte ihren Dienstwagen in einer freien Nische direkt unter einer Straßenlaterne, schloss ab und lief mit eingezogenem Kopf durch den feinen Nieselregen.

Die Eingangstür des Wohnblocks war geöffnet, eine kleine ältere Frau stand im Licht der Flurlampe. Nele erkannte sofort, dass irgendwas nicht stimmte. Die Frau wirkte verängstigt, ratlos, wusste offenbar nicht, was sie tun sollte.

»Kann ich Ihnen helfen?«, sprach sie die Dame an. Sie trug einen Bademantel und Hauspantoffeln und war offensichtlich nicht darauf vorbereitet gewesen, die Wohnung an diesem Abend noch mal zu verlassen. Ihre Augen waren geweitet. Schreckgeweitet!

»Die Polizei …«, stammelte sie, »ich glaube, ich muss die Polizei rufen.«

Nele drückte sie in den schützenden Hausflur zurück und nahm ihre Hand. Sie war eiskalt.

»Was ist denn passiert? Ich bin von der Polizei.«

Erst jetzt schien die Dame sie wirklich zu bemerken. Ihre Lider flatterten, als müsse sie sich aus einer anderen Bewusstseinssphäre zurückkämpfen. »Haben Sie den gesehen? Der hatte doch jemanden auf dem Rücken.«

»Wie bitte?«

»Doch, bestimmt! Der kam von oben und hatte jemanden auf dem Rücken!«

Daraus wurde Nele nicht schlau. Die Frau faselte, schien aber nicht betrunken zu sein.

»Wie heißen Sie?«, fragte sie.

»Ich ... Gerda, Gerda Langerbein.«

»Und Sie wohnen hier im Haus?«

Heftiges Nicken. »Ja, hier im Parterre.«

»Hören Sie, Frau Langerbein. Mein Name ist Nele Karminter, ich bin Hauptkommissarin bei der Polizei. Sie können mir erzählen, was Sie gesehen haben.«

Die alte Dame packte Neles Unterarm. »Ich hab Sie doch schon hier gesehen, oder? Sie besuchen immer die nette junge Frau aus dem dritten Stock. Die mit der schönen dunklen Haut.«

Innerlich musste Nele lächeln. »Frau Rossberg, ja. Sie ist eine Kollegin.«

Ganz nah brachte die Dame ihr Gesicht an Neles. Sie konnte die dick aufgetragene Nachtcreme riechen.

»Der Mann ... er hatte eine Frau auf dem Rücken, und ich glaube, es war Frau Rossberg.«

Nele starrte die Dame an. Zunächst sickerte nicht wirklich zu ihr durch, was sie gerade gehört hatte, dann aber machte es irgendwo Klick, und Neles Hand ging zum Achselholster, in dem die Waffe steckte.

»Gehen Sie bitte zurück in Ihre Wohnung«, wies sie Frau Langerbein an.

Die gehorchte natürlich nicht, aber das war Nele egal. In halsbrecherischem Tempo lief sie die Stufen in die dritte Etage hoch, zog oben auf dem Absatz die Waffe und erstarrte.

Die Tür zu Anous Wohnung stand offen.

Vielleicht hat sie mich unten parken sehen und die Tür für eine besondere Begrüßung geöffnet, überlegte Nele.

Trotzdem stellten sich die Haare auf ihren Unterarmen auf, und ihre Kopfhaut zog sich zusammen. Ein dunkler, unaussprechlicher Verdacht manifestierte sich in ihr. Nein, das durfte einfach nicht sein!

Leise schob sie die Tür weiter auf und schlich zwei Schritte in die Wohnung. Sie stand auf dem Flur. Er war beleuchtet, aus dem Wohnzimmer flackerte Kerzenlicht, im Hintergrund lief seichte Musik, köstliche Düfte erfüllten die Räume. Aber da war auch noch ein anderer Geruch. Einer, der nicht hierher passte.

»Anou«, rief Nele verhalten.

Keine Antwort.

Mit einem Schritt war sie im Wohnzimmer, durchsuchte mit schnellem Blick den Raum, nahm sich dann Schlafzimmer und Bad und zum Schluss die Küche vor. Als sie wieder auf dem kurzen Flur stand, fiel ihr erneut der Geruch auf. Ein bitterer, chemischer Geruch.

Chloroform!

Wogegen ihr Verstand sich bis jetzt gesträubt hatte, wurde zur Gewissheit. Der Wagen, der durch die enge Straße gerast war, der vermummte Mann am Steuer, ein dunkler Kombi, vielleicht dunkelgrün, vielleicht ein Ford Mondeo …

Bevor Panik sie übermannen und ihr Denken blockieren konnte, griff Nele zum Handy und alarmierte die Kollegen.

Er war in Trance, nahm seine Umgebung kaum noch wahr und fuhr das Auto instinktiv und viel zu schnell. Er wusste, dass er vorsichtiger sein sollte, konnte aber gegen den Drang, sein Versteck so schnell wie möglich zu erreichen, nichts ausrichten.

Er hatte sie!

Und es war so verdammt einfach gewesen, dass es beinahe keinen Spaß gemacht hatte. Sie war eine Polizistin, ausgebildet, trainiert, jung und schnell. Trotzdem hatte sie gegen ihn nicht die geringste Chance gehabt, war ihm so hilflos ins Netz gegangen wie eine Fliege der Spinne. Er fühlte sich großartig, berauscht, fühlte sich dazu in der Lage, die Welt zu beherrschen.

Der Vater hatte unrecht. Er war doch zu etwas zu gebrauchen! Mehr noch! Er konnte tun und lassen, was er wollte, brauchte sich nicht um Gesetze scheren, denn er war allen anderen immer einen Schritt voraus. Das Stadium des gemeinen Menschen hatte er hinter sich gelassen. Schon damals, als dieses ungestüme, kraftvolle Etwas in seinem Inneren den Käfig zerstört und von ihm Besitz ergriffen hatte. Seit damals war er kein Mensch mehr. Er war zu etwas Höherem berufen.

Die dunkle Schönheit lag im Kofferraum des Wagens, versteckt unter einer Decke und einem Haufen Altpapier. Alles in ihm kribbelte, wenn er nur daran dachte, wie sie in seinem Versteck in den Ketten hängen würde, wie ihre sehnigen Muskeln im Licht der Kerzen glänzen würden, wenn er sie erst einmal eingerieben hatte.

O ja! Mit ihr würde er sich Zeit lassen. Sie war die Erfüllung seiner geheimsten Wünsche. Mit ihr würde er den alten Dämon endlich besiegen, daran bestand kein Zweifel.

In dieser Vorfreude drückte er noch ein wenig mehr aufs

Gaspedal. Plötzlich blitzte es aus einem grauen Kasten, der am Straßenrand auf einem Metallmasten befestigt war.

Er wusste genau, dass er in eine Radarfalle geraten war, ärgerte sich auch ein wenig darüber, maß dem aber keine große Bedeutung bei. Sollten sie doch sein Kennzeichen fotografieren. Den Wagen konnte er loswerden. Und sein Versteck, tief im Wald und unter der Erde, würden sie nie finden.

Vielleicht, so träumte er mit einem Lächeln auf den sanft geschwungenen Lippen, würde er es niemals wieder verlassen. Vielleicht würde er mit der dunklen Schönen dort unten die Ewigkeit verbringen.

Fünfzehn Minuten, nachdem Nele Karminter die Kollegen alarmiert hatte, trafen als Erste Tim Siebert und Eckert Glanz ein. Sie fanden ihre Chefin in Anouschka Rossbergs Wohnung. Tim bemerkte sofort, dass Nele sich nur noch mühsam aufrecht hielt. Sie stand kurz vor einem Zusammenbruch und vermied ihn nur durch hektische Aktivität.

»Er war es, das war unser Mann, das kann nur unser Mann gewesen sein ...«, wiederholte Nele einige Male, nachdem sie ihre Kollegen ins Bild gesetzt hatte. Während Eckert sich um sie kümmerte, klemmte Tim sich ans Telefon und setzte den Polizeiapparat in Gang.

In aller Eile wurde eine Ringfahndung organisiert, Straßensperren an den wichtigsten Routen postiert, jeder Beamte, der gerade verfügbar war, machte sich auf die Suche nach einem dunklen Kombi, wahrscheinlich der Marke Ford, mit einem Mann am Steuer und einer dunkelhäutigen bewusstlosen Frau im Kofferraum oder auf dem Rücksitz. Zusätzliche Beamte wurden aus dem Feierabend geholt. Binnen einer halben Stunde würde es in der Stadt vor Poli-

zisten nur so wimmeln. Wer bei klarem Verstand war, entführte keine Beamtin der Kripo, denn er musste wissen,
was er damit lostrat und dass er nicht davonkommen würde. Und es war gerade dieser Gedanke, der Tim, Nele und
Eckert am meisten Angst einjagte. Dieser Mann war nicht
bei klarem Verstand. Er war unberechenbar, zielstrebig und
hielt sich an kein Muster. Er war das nackte Grauen für jeden Ermittler.

Nachdem Tim die notwendigen Telefonate geführt hatte,
ging er ins Parterre hinunter. Er fand Frau Langerbein in ihrem Wohnzimmer. Sie war aufgelöst und fahrig, alles andere als eine gute Zeugin. Ihre Herztabletten hatte sie schon
genommen und wiederholte immer wieder, wie sehr sie
jetzt ihren Herbert vermisse. Herbert war vor acht Monaten gestorben. Herbert hätte sie niemals nach Einbruch der
Dunkelheit vor die Tür gelassen. Tim versuchte so etwas wie
eine Vernehmung bei der alten Frau, merkte aber schnell,
dass sie eigentlich nicht viel gesehen hatte und sich in ihrem
jetzigen Zustand nicht mal an das Wenige korrekt erinnerte.

»Ein Unhold ... ein Unhold kam die Treppe herunter und
er trug etwas auf der Schulter ... einen Menschen ... die
arme Frau Rossberg ...«

Viel mehr bekam Tim nicht aus ihr heraus. Er überließ
sie einem jungen Kollegen mit der Aufforderung, sie zum
Arzt zu bringen.

Es ist zum Verrücktwerden!, dachte Tim. *Da spaziert der
Typ in ein Mehrfamilienhaus mitten in der Stadt, entführt
eine Beamtin und verschwindet einfach so. Eine Minute!
Nele hätte nur eine Minute früher ...*

Nein, diese Gedanken brachten nichts. Tim lief die Treppe hoch. In Anouschkas Wohnung hatten mittlerweile die
Techniker der Spurensicherung ihre Arbeit aufgenommen.

»Bislang nichts in der Ringfahndung«, sagte Eckert, der auf dem Treppenabsatz stand und uniformierte Kollegen einteilte, die sich in der Straße und unter den anderen Nachbarn umhören sollten.

Tim schlug mit der flachen Hand gegen die Wand. »Der Typ verhöhnt uns! Das kann doch alles nicht wahr sein, verdammte Scheiße! Wir lassen uns vorführen wie blutige Anfänger.« Er sah Eckert scharf an. »Irgendwann und irgendwo in den letzten Tagen ist er uns über den Weg gelaufen, hat uns beobachtet, wahrscheinlich über uns gelacht.«

Tim war so frustriert, dass ihm die Galle überkochte. Er mochte sich gar nicht vorstellen, was Anouschka jetzt durchmachen musste. Es berührte ihn, mehr als er es von sich gewohnt war. Daran änderte auch die Tatsache nichts, dass sie heute Abend Besuch erwartet hatte. Als er vorhin die Wohnung betreten hatte, war es ihm sofort aufgefallen – das vorbereitete Essen, die vielen Kerzen, die Düfte; hier sollte jemand romantisch eingestimmt werden.

Irgendwie machte sie dieser Umstand sogar noch interessanter. Er war ein Mann, und es war nicht einfach mit einer derart attraktiven Kollegin eng zusammenzuarbeiten, ohne dabei etwas zu empfinden. Sie hatte ihn nicht spüren lassen, dass er einen Schritt weitergehen sollte, und doch machte es ihn fertig, dass er ihr nicht helfen konnte. Was sollte er tun? Sie hatten keine Spur, noch immer keine Spur.

»Wir müssen ihm irgendwo über den Weg gelaufen sein«, sagte jetzt auch Nele und trat auf den Flur hinaus. Tim sah, dass sie geweint hatte. »Er kann in Mariensee leben, in Friedburg, überall ...«, sie schüttelte in einer verzweifelt anmutenden Geste den Kopf. »Wenn die Ringfahndung nicht greift ... ich weiß auch nicht ...«

Sie ließ den Satz und die Befürchtung, die darin enthalten war, unvollendet. Was passieren würde, wenn der Täter es tatsächlich schaffen sollte zu entkommen, daran wollte jetzt keiner denken.

»Er kann sein Versteck in der Stadt haben«, sagte Eckert. »Wir können nicht die ganze Stadt durchsuchen. Wir haben ja nicht einmal den kleinsten Anhaltspunkt, wo wir mit der Suche beginnen sollen. Vielleicht ist das mit der Bahnschranke da draußen nur ein Zufall, vielleicht hat er sie nur ausgewählt, um uns auf eine falsche Spur zu locken.«

Tim Siebert war von der Diskussion genervt. Zu viele Fragen ohne Antworten. Er ging in die Wohnung zu den Technikern der Spurensicherung. Die hatten bisher nichts gefunden außer feuchten Trittspuren auf dem Teppich, anhand derer sich das Profil eines bestimmten Schuhes würde feststellen lassen. Das war aufwändig, dauerte und konnte am Ende zu dem Ergebnis führen, dass es Anouschkas Schuhe waren, die sie jetzt gerade trug.

Sie mussten handeln! Jede Minute, die sie hier tatenlos verbrachten, war ein Martyrium für Anouschka Rossberg. Tim ging ins Bad und schloss die Tür hinter sich. Augenblicklich wurde es etwas ruhiger. Er stützte sich auf den Rand des Waschbeckens und sah sich selbst im Spiegel an. Müde sah er aus, dunkle Bartstoppeln wucherten, wo sie nicht hingehörten, sein sonst stets perfekt getrimmter Bart lief aus dem Ruder, doch er sah sein Spiegelbild kaum, denn ein Gedanke spukte in seinem Kopf herum, ließ ihn nicht mehr los.

Er übersah etwas! Sie alle übersahen etwas. Etwas Naheliegendes! Aber was nur?

Um sich abzulenken drehte er den Wasserhahn auf, ließ das Wasser laufen, bis es richtig kalt war, und schöpfte es sich ins Gesicht. Das tat gut. Er fühlte sich sofort wacher.

Er trocknete sich ab und ließ seinen Blick durchs Bad wandern. Ein Badezimmer ist immer ein intimer Ort, in dem man viel über den Menschen erfahren kann, der ihn benützt. All die Utensilien, die Schminke, Cremes, Lotions, vielleicht Zeitschriften in der Nähe der Toilette, Medikamente …

Tim verharrte. Irgendwas in seinem Gedankengang ließ ihn aufhorchen. Als würde er einen Film rückwärtslaufen lassen, betrachtete er nochmals die Ablage über der Badewanne, über die sein Blick eben schon geglitten war. Mit dem geschulten Auge eines Ermittlers taxierte er jeden Gegenstand, bewertete ihn, entschied im Bruchteil einer Sekunde, ob er eine Rolle spielte oder nicht. Als er bei der blauen Flasche anlangte, wurde ihm heiß und kalt gleichzeitig. Er ging hin und nahm die Flasche in die Hand.

Babyöl!

Die gleiche Marke, die sie gestern in der Nähe des Bunkers im Wald gefunden hatten. Tim hatte es fast vergessen, weil sich sonst niemand im Team dafür interessierte. Was aber, wenn es doch eine Bedeutung hatte? Was, wenn es wirklich ihre einzige Spur war, und sie erkannten sie nicht, weil sie zu banal war. Dort im Wald hätte der Täter jede Möglichkeit gehabt, ihn und Anouschka zu beobachten, ihnen zu folgen, ihr womöglich bis nach Haus zu folgen.

Eine neue, ungeöffnete Flasche Babyöl gelangte nicht einfach so in den Wald, und jetzt war der falsche Zeitpunkt, um an Zufälle zu glauben. Jetzt war der Zeitpunkt, um an das Unmögliche zu glauben!

In der weiten, stillen Halle brannte nur eine einzige Kerze. Ein winziges Lichtlein, das tapfer die Dunkelheit fraß, sie aber doch nicht besiegen konnte und am Ende verlieren würde, so wie alles Licht am Ende gegen die absolute Finsternis verlieren musste.

Er selbst saß im Dunkeln.

Die Kerze hatte er so neben sie gestellt, dass ihr Licht sie in einen schützenden Kokon hüllte. Er hatte sie entkleidet und eingerieben, jetzt hing sie schlaff in den Ketten, wurde gestreichelt von dem warmen Licht, das wie flüssige Bronze über ihre dunkle, schokoladenfarbene Haut floss. Den kleinen Anhänger mit dem roten Stein, den sie trug, hatte er ihr gelassen, denn damit wirkte sie noch perfekter, und je länger er sie betrachtete, umso sicherer wurde er, dass sie das absolute Bildnis war. Nichts danach würde dies hier übertreffen.

Sie hatte die Figur einer Gazelle. Schlank, mit sehnigen, trainierten, aber nicht zu kräftigen Muskeln. Die Hüfte eines Knaben, mit einem dunklen Büschel zwischen den Beinen, einem langgezogenen Bauchnabel und festen, nicht zu großen Brüsten. Die Oberschenkel geformt wie der Trichter eines Gefäßes, die Waden wie schlanke Tropfen, die daraus hervorquollen. Ihr Gesicht wirkte entspannt, fast friedlich.

Genussvoll hatte er ihren Körper mit dem Öl eingerieben. Nichts würde die Erregung je steigern können, die er dabei empfunden hatte. Einzig sein körperliches Unvermögen, auf diese Erregung zu reagieren, hatte ihn etwas verstimmt. Aber das machte nichts. Wenn sie erst einmal erwacht war, würde sie ihm dabei helfen, alles nachzuholen.

Mit ihr würde er sich Zeit lassen.

Sie war perfekt.

6. Tag, morgens

Keiner hatte geschlafen, allerhöchstens im Sitzen mal ein paar Minuten gedöst. Nele und ihre Mannschaft waren unzufrieden und gereizt, alle hofften auf ein Wunder. Im Laufe der Nacht hatte sich an der Situation nichts geändert. Anou blieb verschwunden. Der Ringfahndung gingen zwei schon länger gesuchte Betrüger, achtzehn Betrunkene und vier Fahrer ohne Führerschein ins Netz – aber niemand, der Anou entführt hatte.

Verzweiflung machte sich breit.

Nele hatte es geschafft, die Fäden die ganze Nacht über in der Hand zu halten und nicht zusammenzuklappen. Nur dank des Kaffees und Adrenalins war ihr das gelungen, doch jetzt, wo das erste Tageslicht sich durch einen grau verhangenen Wolkenhimmel kämpfte, spürte sie, wie ihre Kräfte schlagartig nachließen. Sie brauchte unbedingt eine Stunde Schlaf, eine Dusche und ein gutes Frühstück.

Dag Hendrik, der in der Nacht noch eingetroffen war, nahm sie zur Seite.

»Sie sollten eine Pause einlegen«, sagte er. Es war wohl offensichtlich, wie Nele sich fühlte.

Sie schüttelte den Kopf. »Kann ich nicht. Nicht, solange meine Kollegin verschwunden ist.«

Hendrik ließ ihren Oberarm nicht los. Sein Griff war sanft, aber fordernd.

»Und wenn sie Tage verschwunden bleibt? Hören Sie, Frau Karminter, Sie können Frau Rossberg jetzt am besten helfen, wenn Sie sich ein wenig ausruhen und neue Energie tanken. Wenn es hart auf hart kommt, brauche ich Sie topfit.«

Nele wusste, dass er recht hatte. Trotzdem fühlte sie sich wie eine Verräterin, so als ob sie Anouschka im Stich ließ, als sie schließlich zustimmend nickte.

»In Ordnung. Ich fahre für zwei Stunden nach Hause.«

»Das ist vernünftig. Ich halte hier für Sie die Stellung. Sie können sich auf mich verlassen.«

Hendrik lächelte sie an. In diesem Augenblick fand sie ihn richtig sympathisch. Er war ein wenig zerzaust, ebenfalls nicht ausgeschlafen und unrasiert. Genau wie alle anderen aus ihrem Team steckte er richtig tief mit drin und betrachtete den Fall nicht nur vom Schreibtisch aus. Das gefiel ihr. Hendrik würde einen guten Chef abgeben.

Sie verabschiedete sich und verließ das Haus. Auf dem Weg zum Wagen hielt sie nach Tim Siebert Ausschau, fand ihn aber nicht. Eckert Glanz sprach vor dem Haus mit einem uniformierten Beamten. Nele nahm ihn kurz beiseite.

»Ich fahre für zwei Stunden nach Hause«, informierte sie ihn. »Ruf mich auf jeden Fall an, wenn sich etwas tut. Hast du Tim gesehen?«

Eckert nickte. »Der ist vor einer Stunde weggefahren. Hat gesagt, er müsste im Büro was überprüfen.«

Nele wunderte sich darüber, dass Tim sich nicht bei ihr abgemeldet hatte, aber sie war viel zu müde, um sich darüber länger als ein paar Sekunden Gedanken zu machen. Sie verabredete mit Eckert, dass er eine Pause einlegen würde, sobald sie wieder vor Ort war, setzte sich dann in ihren Wagen, der noch immer an dem Platz unter der Laterne stand, wo sie ihn vor einigen Stunden voller Vorfreude auf einen Abend mit Anouschka abgestellt hatte.

Tränen rannen ihr aus den Augen, als sie die Straße hinunterfuhr.

Im Dezernat hatte Tim Siebert sich nicht lange aufgehalten. Aus dem Stahlschrank im Flur hatte er eine starke Taschenlampe mit neuen Batterien geholt und auch die Karte mitgenommen, die noch immer auf Anouschkas Schreibtisch lag. Regenjacke und schwere Stiefel befanden sich vom letzten Ausflug noch im Kofferraum seines Wagens. Bevor die ersten Beamten im Präsidium eintrafen, machte er sich auf den Weg.

Er würde den gigantischen Bunker suchen und sich eingehender damit beschäftigen. Vielleicht gab es einen Zugang, eventuell unter der Erde, den sie beim ersten Mal nicht gesehen hatten, weil er nicht gesehen werden sollte.

Während der Fahrt versuchte er, sich Gründe für sein eigenmächtiges Handeln zurechtzulegen. Er verstieß gegen Dienstvorschriften, ganz klar, er brachte sich selbst in Gefahr, keine Frage, und doch konnte er nicht anders handeln. Er redete sich ein, es würde zu lange dauern, seine Chefin davon zu überzeugen, wegen der Ölflasche das Gelände durchsuchen zu lassen. Zu lange für Anouschka. Außerdem würde ein großer Auflauf den Täter erschrecken und zu ungewollten Handlungen zwingen.

Alles tolle Argumente, die sich nach außen hin gut anhörten und zum Teil auch richtig waren, aber letztlich war es nur ein einziger Grund, eine einzige Wahrheit, die ihn so handeln ließ. Anouschka Rossberg! Er war ein Mann, er war in sie verschossen und wollte für sie den Helden spielen. So einfach war das Ganze.

Nach knapp einer Stunde und ohne sich in dem Waldgebiet zu verfahren, erreichte er den Schotterparkplatz, auf dem er schon beim letzten Mal geparkt hatte. Er schrieb auf einen Zettel die Uhrzeit seiner Ankunft und wo er zu finden sein würde, und legte ihn so auf den Fahrersitz, dass Kollegen, die nach ihm suchten, ihn sehen mussten. Wenigstens diese kleine Sicherheitsmaßnahme musste er treffen – falls sein eigenmächtiges Einzelspiel in die Hose ging. Dann stieg er aus, verharrte einen Moment und beobachtete den Waldrand. Heute kam es ihm hier stiller vor, unheilvoller. Der graue Himmel lastete schwer über ihm, böiger Wind rauschte durch die farblosen Nadelbäume.

Plötzlich fühlte er sich allein. Nach dem Trubel in Anouschkas Wohnung war sein Adrenalinspiegel hoch gewesen, hatte ihn aufgeputscht und mit zu seinem Handeln gedrängt. Hier draußen am Waldrand gab es weder Trubel noch die Nähe seiner Kolleginnen und Kollegen, auf die er sich im Notfall verlassen konnte. Wenn er diesen Schritt wagte, war er auf sich allein gestellt.

Tim überprüfte seine Waffe, wechselte dann die Schuhe und zog die Regenjacke an. Die Taschenlampe klemmte er sich in den Hosengürtel. Vor der Schranke zum Waldweg blieb er stehen, atmete tief ein und las das verwitterte weiße Schild.

»Betreten verboten. Eltern haften für ihre Kinder.«

Nele Karminter fuhr auf direktem Weg zu ihrer Wohnung. Am frühen Morgen dort anzukommen war ungewohnt. Menschen auf dem Weg zur Arbeit kamen ihr entgegen, Busse luden Schulkinder ein, beim Bäcker wurden Brötchen verkauft. Alles lief wie immer, nur bei ihr nicht. Sie fühlte sich aus der Welt gerissen. So wie vor fünf Tagen nach dem schrecklichen Unfall auf dem Heimweg.

Sie hatte kaum mehr daran gedacht. War das wirklich

erst fünf Tage her? Wie konnte sich in so kurzer Zeit alles so dramatisch verändern? Allein die letzten Stunden waren die Hölle gewesen. Schon jetzt erschienen sie ihr surreal, so, als hätte sie sie gar nicht oder im Drogenrausch erlebt.

Das war zu viel, einfach zu viel!

Durch die Müdigkeit und den Schock war ihr Kopf blockiert, ließ keine Gedanken zu, die sich damit beschäftigten, was sein würde, wenn der schlimmste Fall eintrat. Nele wollte überhaupt nichts mehr denken. Ihr Körper funktionierte wie eine altersschwache Maschine, als sie die Treppenstufen zu ihrer Wohnung hochstieg, die Tür aufschloss und fest hinter sich verriegelte. Drinnen ließ sie ihre Kleidung fallen, wo sie gerade stand, ging unter die Dusche und duschte fast zehn Minuten unter zu heißem Wasser. Ihre Haut war gerötet und der kleine Raum vernebelt, als sie fertig war. Ohne sich abzutrocknen, ging sie ins Bett, schaffte es gerade noch, den Wecker auf elf Uhr zu stellen, und fiel sofort in unruhigen Schlaf.

Sie träumte schlecht, aber Anou kam nicht darin vor.

Es war ihr nicht vergönnt, bis zum Läuten des Weckers zu schlafen. Nach anderthalb Stunden klingelte das Telefon auf dem Nachtschrank und riss sie unsanft hoch.

Völlig neben der Spur nahm Nele den Hörer ab und meldete sich.

Es war Eckert Glanz.

»Wir haben was. Ich habe alle Radarfallen überprüfen lassen. Ein Starenkasten hat gestern Abend einen Wagen fotografiert, der mit überhöhter Geschwindigkeit aus der Stadt gefahren ist. Einzelner Mann, dunkler Kombi. Ist gerade reingekommen. Ich überprüfe sofort das Kennzeichen. Kommst du?«

»Gib mir eine halbe Stunde.«

Nele sprang aus dem Bett und lief ins Bad. Ihr Anblick im Spiegel ließ sie an der halben Stunde zweifeln. Ihr Haar war im Schlaf getrocknet und sah dementsprechend aus. Sie hielt den Kopf ins Waschbecken, wusch sich ihr Haar noch einmal und föhnte es halb trocken. Dann zog sie frische Kleidung an, nahm einen Apfel aus dem Obstkorb in der Küche und verließ fluchtartig das Haus. Als sie während der Fahrt den Apfel aß, spürte sie erst, wie hungrig sie war. Sie würde im Dezernat jemanden losschicken, um etwas vom Bäcker zu holen.

Im Büro herrschte Hektik.

Eckert, Hendrik und drei weitere Beamte, deren Namen Nele nicht einfielen, standen um Eckerts Schreibtisch.

»Da bist du ja!«, wurde sie von Eckert begrüßt. Hendrik nickte ihr zu und musterte sie eindringlich. Wie sah sie aus? Erholt? Noch schlechter als vorhin? Im Moment fühlte Nele sich gut, aber das lag an dem Adrenalin und daran, dass es endlich eine Spur gab.

»Schneller ging nicht. Habt ihr was?«

Eckert nickte und deutete auf einen Computerausdruck. »Karel Murow. Achtundzwanzig. Wohnhaft hier in Lüneburg. Adalbert-Stifter-Str. 17. Nicht vorbestraft.«

»Wir fahren sofort los. Hast du ein SEK-Team?«

Hendrik nickte. »Ist in zwanzig Minuten einsatzbereit bei der Adresse. So lange brauchen wir auch bis dorthin. Das Haus liegt im Randbezirk.«

Nele nickte. »Gibt es sonst noch etwas über den Mann?«

»Nicht in der Verkehrsdatei und bei uns auch nicht. Ich lasse aber gerade die Familie überprüfen.«

»Gut. Die Radarfalle, die ihn aufgenommen hat, liegt die auf der Strecke zu seiner Wohnung?«

Eckert wog den Kopf von einer Seite auf die andere.

»Nicht zwangsläufig. Jedenfalls nicht von Anous Wohnung aus. Aber theoretisch könnte er so gefahren sein, auch wenn es nicht die kürzeste Strecke ist.«

»Okay, dann los!«

Auf dem Weg nach draußen lief Hendrik an ihrer Seite. »Haben Sie wenigstens was gegessen?«, fragte er.

Nele nickte. Hunger verspürte sie jetzt keinen mehr. Jede Faser ihres Körper schien unter Spannung zu stehen. Fitter und aufgedrehter hatte sie sich noch nie gefühlt.

»Sie müssen nicht unbedingt in der Wohnung sein«, sagte Hendrik, der zu spüren schien, wie aufgekratzt seine Hauptkommissarin war.

»Ich weiß. Aber wenn sie nicht dort sind, werden wir irgendeine Spur finden, die uns zu ihnen führt.«

Mit Einsatzlicht auf den zivilen Polizeifahrzeugen rasten sie durch die Stadt. Das SEK-Team war schon dort, als sie eintrafen. Sie hielten einen Block vor der Adresse, damit die Zielperson sie nicht zu früh bemerkte.

»Ist die Gegend weiträumig abgesperrt?«, fragte Nele den Einsatzleiter der Schutzpolizei.

»Ja, alles abgesperrt. Hier kommt keiner mehr rein oder raus.«

Der Leiter der SEK-Gruppe kam auf sie zu. Ein schlanker, fast zwei Meter großer Hüne, mit dem Nele schon einmal zusammengearbeitet hatte. Edgar Borrmann. Sie hatte ihn in guter Erinnerung. Er trug die übliche Schutzkleidung und wirkte bedrohlich darin. Sie schüttelten sich die Hände.

»Sie wissen, um wen es geht?«

Borrmann nickte und zog die Augenbrauen zusammen. »Ich kenne die Kollegin aber nicht.«

»Sie ist noch neu. Sagen Sie Ihren Leuten, sie sollen ihr Bestes geben, um sie da rauszuholen.«

»Das machen wir immer. Was ist von der Zielperson zu halten?«

Nele zuckte mit den Schultern. »Wir wissen noch nichts über ihn. Rechnen Sie also mit allem.«

Die Wohnung von Karel Murow lag in einem Mehrfamilienhaus am Ende einer Sackgasse. Der Einsatz würde schwierig werden, da sie die anderen Bewohner des Hauses nicht evakuieren konnten, ohne dass Murow etwas davon mitbekam. Mehrere Beamte beobachteten die Wohnung seit ein paar Minuten mit Ferngläsern und einer Wärmebildkamera. Sie konnten jedoch nicht mit Sicherheit sagen, ob sich jemand darin befand. Die Räume mit Außenwänden waren anscheinend leer, die anderen jedoch, die im Inneren des Gebäudes lagen und an andere Wohnungen grenzten, waren für die Wärmebildkamera nicht einsehbar. Der Einsatz eines Richtmikrophons hatte nichts gebracht, da es aus den anderen Wohnungen zu viele Störgeräusche gab.

Der Grundriss des Gebäudes war einfach, machte es dem Einsatzteam aber nicht leichter. Es gab ein Treppenhaus, keinen Fahrstuhl, die Wohnung der Zielperson lag im vierten Obergeschoss. Kein zweiter Eingang, keine Fluchtmöglichkeit durch die Fenster, aber auch kein anderer Zutritt als durch die Wohnungstür.

Nele, Eckert und Hendrik liehen sich Schutzwesten und folgten vier dick eingepackten und vermummten Beamten des SEK die Straße hinunter. Als sie in die Nähe des Wohnblocks kamen, verließen sie den Bürgersteig und gingen durch die Vorgärten der anderen Häuser. Bewohner, die sich beschweren wollten, wurden von weiteren Beamten in Uniform in ihre Häuser zurückgedrängt.

Über der Straße lag eine bedrückende Stille, die fast

greifbar war. Sie erreichten die Ecke des letzten Hauses und verharrten dort. Borrmann sprach leise in sein Headset. Nele blickte sich um. Hinter ihr warteten Hendrik und Eckert Glanz. Erst jetzt merkte sie, dass jemand fehlte.

»Wo ist Tim?«, fragte sie leise.

Eckert kam ein Stück vor. »Ich bin davon ausgegangen, dass du ihn nach Haus geschickt hast.«

Nele schüttelte den Kopf. »Nein, hab ich nicht.«

Borrmann drehte sich zu ihnen um. »Okay, los geht's. Wenn ich das Zeichen gebe, können Sie folgen.«

Für die nächsten Minuten war Nele mit ihrem Team zu Statisten degradiert. Die gut ausgebildeten Profis erledigten das Stürmen der Wohnung, und sie hatten es nicht gern, wenn jemand vom Ermittlerteam dabei war.

Sechs SEK-Beamte liefen ins Haus, dahinter folgten weitere in Uniform, die sich um die Bewohner kümmerten. Die Ermittler warteten im Treppenhaus, während die Spezialkräfte oben die Tür zur Wohnung der Zielperson aufbrachen und nacheinander sämtliche Räume sicherten. Das Ganze dauerte nicht länger als drei Minuten. Dann kam Borrmann auf den Treppenabsatz und gab ihnen ein Zeichen.

Nele lief mit Hendrik und Eckert die Treppen hinauf. Borrmann, der in der Tür auf sie wartete, schüttelte den Kopf.

»Niemand da.«

Die Dunkelheit war allgegenwärtig und verschluckte die Zeit. Hier unten tickten keine Uhren, hier ging die Sonne weder auf noch unter, und die Tage endeten niemals. Einzig das Hungergefühl ließ ihn erahnen, dass in der Welt über der Erde die Zeit weitergerast war.

Er hatte nicht an Nahrung gedacht. In seinem Eifer und seiner Vorfreude hatte er es schlicht vergessen, und während ihrer Bewusstlosigkeit hatte er sich nicht getraut, sein Versteck zu verlassen. Nein, das war nicht ganz richtig, getraut hätte er sich schon, doch hatte er nicht die Kraft besessen, seinen Blick von diesem wunderschönen Körper zu nehmen, so unschuldig und verwundbar, solange sie in den Fesseln hing.

Bis heute hatte er seine Mutter für die schönste Frau der Welt gehalten, trotz ihres Verrates, trotz dessen, dass sie ihn alleingelassen hatte, doch seine neueste Errungenschaft stellte alles in Frage. War sie es, nach der er gesucht hatte? Oder würde alles in sich zusammenfallen, wenn sie erwachte und ihre Persönlichkeit offenbarte? Und wenn dem so sein würde, wäre es dann für die Zukunft nicht besser, sie zu töten, solange sie noch perfekt war? Nackt und eingeölt in Ketten hängend?

Diese Gedanken verwirrten ihn.

Noch immer brannte nur die eine Kerze, die er in ihrer Nähe positioniert hatte. Er selbst saß im Dunkel, nackt so wie sie, und beobachtete. Jede noch so kleine Veränderung bemerkte er sofort, und in seinen Lenden begann es zu brennen, als ihre Lider erst zaghaft und dann hektisch flatterten. Er beugte sich auf seinem Stuhl vor und fixierte ihre Augen. Sie war die Schönste von allen, die Perfekteste, doch dieser Moment, in dem sie erwachten und sich Angst und Entsetzen in die Augen schlichen, war bei allen gleich interessant. Vielleicht war dies sogar der beeindruckendste Moment, intensiver noch als das Sterben.

Langsam, schwerfällig, als kämpfe sie dagegen an, öffnete sie ihre Lider. Große, dunkle Augen lagen dahinter, das Licht der Kerze schien sich in ihnen zu verlieren, reichte gerade noch aus, um erkennen zu können, wie sie sich veränderten. Zunächst war nichts weiter darin als Unverständnis, und er konnte beinahe ihre Gedanken hören:

Wo bin ich? Wie bin ich hierhergekommen?

Es dauerte nach seiner Erfahrung ein paar Sekunden, ehe das Chloroform ihr Gehirn vollends freigab und die Erkenntnis mit der Wucht eines Schlages eintrat. Das war auch bei dieser Schönheit nicht anders. Ihre dunklen Augen weiteten sich vor Entsetzen. Wie bei einem ängstlichen Tier hetzten die Pupillen von einer Seite zur anderen, hektisch, einer Panik nahe. Vor Schmerzen stöhnend drückte sie ihre Beine durch, um die Schultern und Arme zu entlasten. Ihre Silhouette änderte sich dabei, blieb aber immer noch grazienhaft schön. Sie testete die Ketten, rüttelte daran, erkannte aber schnell, dass da nichts zu machen war. Schließlich sah sie nach vorn. Direkt zu ihm.

Hatte sie ihn entdeckt? Nein. Das konnte nicht sein, er war eins mit der Dunkelheit.

»Wer ist da?«, rief sie, erstaunlich laut und kräftig, nicht so verängstigt, wie die anderen es getan hatten.

»Ich bin Polizistin, machen Sie mich sofort los.«

Das amüsierte ihn. Sie war nackt und gefesselt, versuchte aber trotzdem, ihre Autorität auszuspielen. Hier unten aber gab es keine Autorität außer der seinen, niemand erteilte ihm hier Befehle. Hier herrschte er, und das würde sie noch lernen. Er bewegte sich leicht auf seinem Stuhl, so dass sie das Knarren des Holzes hören musste. Sofort zuckte sie zusammen und versuchte durch Drehen des Kopfes herauszufinden, von wo genau das Geräusch gekommen war.

»Zeigen Sie sich. Ich will Sie sehen!«

Zumindest diesen Wunsch wollte er ihr erfüllen.

Langsam stand er auf, nahm die Schachtel mit den

Streichhölzern, riss eines an und entzündete eine Kerze nach der anderen. Er hätte auch ein Feuerzeug benutzen können, doch liebte er den schwefeligen Geruch von Streichhölzern und fand den Akt an sich romantischer, als er mit einem Feuerzeug je hätte sein können. Während es in der unterirdischen Halle immer heller wurde, vermied er bewusst, ihr sein Gesicht zu zeigen. Erst als genug Kerzen brannten, holte er einmal tief Luft und drehte sich um.

Es war wie bei den anderen auch. Sie zuckte erschrocken zusammen, sofort fixierte ihr Blick den großen Dildo, als sei sein Gesicht überhaupt nicht von Bedeutung. Reduzierte sich die männliche Erscheinung im Wesentlichen denn nur auf dieses hässliche Anhängsel? War der Trieb stärker als jede andere Kraft im Menschen?

»Willkommen in meinem Reich, meine Schöne«, sagte er mit sanfter Stimme. Seine Worte hallten leise flüsternd wieder.

Sie straffte sich. Ihre Nacktheit schien sie nicht zu stören. »Was wollen Sie von mir?«

Welch wunderschöne Stimme. Exotisch und zugleich verlockend, quasi das Sahnehäubchen auf dem perfekten Körper.

»Was glaubst du denn?«

Er ging auf sie zu, blieb aber in respektvollem Abstand stehen. Diesen Zeitpunkt des Sich-Kennenlernens wollte er so lange wie möglich ausdehnen. Es würde niemals wieder so werden wie jetzt. Später, wenn er sich mit ihr eingehend beschäftigte, wäre alles anders.

»Haben Sie die beiden Frauen an der Schranke entführt?«

Das war eine dumme Frage. Die Antwort darauf kannte sie. Aber vielleicht wollte sie auch nur die Führende bleiben, indem sie die Fragen stellte.

»Würde es dich stören, wenn es so wäre?«

»Wo sind die Frauen?«

Jetzt hatte er genug. Sie benahm sich ungehörig, als hätte sie hier was zu sagen. Warum war eigentlich keine Angst in ihrer Stimme? Warum zitterte sie nicht und überschlug sich bei den letzten Worten? Vielleicht musste er ein wenig nachhelfen!

Mit zwei Schritten war er bei ihr, packte mit der rechten Hand ihren Hals und bog den Kopf nach hinten. Sie schrie auf, wehrte sich aber nicht. Ganz dicht befanden sich ihre Gesichter beieinander. Er roch ihren Atem, spürte ihre Haut und blickte tief in ihre Augen.

Ja, jetzt war Angst darin!

»Hier stelle ich die Fragen, meine Schönheit, und du würdest gut daran tun, mich nicht zu verärgern.«

Er drückte ihre Kehle zusammen.

»Hast du mich verstanden?«

Sie nickte.

Er ließ sie los und trat zurück. Sie beugte sich vor, hustete, schnappte nach Luft und sah ihn schließlich wieder an. Nun war ihr Blick nicht mehr so fest wie vorher.

»Was ... was haben Sie mit mir vor?«

Sie stellte tatsächlich wieder eine Frage. Nun gut, dieses eine Mal wollte er ihr noch verzeihen. Immerhin klang es bittend und bettelnd.

»Gefalle ich dir?«

Ihre Augen wurden groß. »Was?«

Er trat vor und schlug ihr mit der flachen Hand kräftig ins Gesicht. Ihr Kopf schleuderte nach hinten, aber sie nahm es hin, ohne einen Ton von sich zu geben. Schon fixierte sie ihn wieder. Ein wenig Blut lief aus ihrem Mundwinkel.

Er wiederholte seine Frage.

»Gefalle ich dir?«

»Nein.«

Eine schnelle, entschiedene Antwort. Nun, immerhin war sie ehrlich. Langsam begann das Spiel Spaß zu machen und versprach interessant zu werden.

»Warum nicht?«

Sie schüttelte den Kopf. »Ich bin nicht freiwillig hier … ich bin angekettet, und es geht mir nicht gut. Versetzen Sie sich doch in meine Situation.«

Ihre Situation!

Sie konnte ja nicht wissen, dass er über Jahre hinweg in einer viel schlimmeren Situation gewesen war. Damals hatte ihn niemand gefragt, wie es ihm gehe oder ob er glücklich sei. Er hatte sich selbst geholfen. Er hatte die Regeln geändert. Ob sie dazu auch in der Lage sein würde?

»Bedeutet das, du würdest mich schön finden, wenn du dich in einer anderen Situation befändest?«

Sie ließ sich Zeit mit der Antwort und fixierte ihn dabei. Stundenlang könnte er in diese Augen blicken. Was mochte gerade in dem hübschen Köpfchen vorgehen? Sie legte sich eine Antwort zurecht, so viel stand fest, aber was sie nicht sicher wusste, war, ob sie ihn anlügen, ob sie Psychospielchen mit ihm treiben konnte oder nicht. Gespannt wartete er auf ihre Antwort.

Sie senkte kurz den Blick, bevor sie zu sprechen begann. »Ich weiß nicht … ich … ich bin etwas verwirrt, mein Kopf tut furchtbar weh, und meine Arme … wenn Sie vielleicht die Ketten abmachen könnten …«

Aha! Also doch Psycho-Spielchen.

Na gut. Er war bereit herauszufinden, wohin das führte. »Damit du flüchten kannst?«

Sie schüttelte den Kopf, stöhnte einmal auf und sah ihn

wieder an. Ihre Augen waren feucht. Gespielte Tränen oder echte?

»Wenn ich verspreche, nicht abzuhauen, machen Sie mich dann los?«

Er lächelte. »Findest du es deiner Situation angemessen, zu verhandeln?« Wie lange konnten sie dieses Spiel aus Frage und Gegenfragen noch aufrechterhalten?

»Nein ... nein, verstehen Sie mich nicht falsch. Sie machen hier die Regeln, ganz bestimmt. Mir ... mir geht es nur so schlecht ... und, und ich möchte hoffen können. Vielleicht kann ich Ihnen ja helfen.«

Jetzt musste er laut lachen. »Helfen! Mir! Ja, das kannst du in der Tat. Das tust du schon, ohne dass du dir dessen bewusst bist.«

»Dann können Sie mich ja auch losmachen, oder?«

Er streckte seine Hand aus, griff nach ihrem Kinn und streichelte ihre Wange. »Was sollte dir das nützen?«

Ohne zu blinzeln, sah sie ihn an. Fest. Eindringlich. »Vielleicht könnte ich Sie dann schön finden.«

Einen Moment noch starrte er sie an, ließ dann ihr Kinn los und wandte sich ab. Er befürchtete, dass sie in seinen Augen lesen könnte. Er wollte nicht, dass irgendjemand darin las, sie schon gar nicht. Nie hatte ihm jemand gesagt, er sei schön, außer seiner Mutter – und auch die hatte ihn letztendlich enttäuscht. Sollte er jetzt darauf eingehen? Seine immer noch schmerzende Kehle erinnerte ihn nur zu gut daran, was passieren konnte, wenn er einer Frau vertraute. Aber diese Schönheit war doch anders! Er spürte es ganz deutlich. Na gut. Was sollte schon passieren.

Er drehte sich um.

Das Spiel konnte beginnen.

Die Wohnung von Karel Murow war unauffällig. Eindeutig lebte hier ein Single, der zwar pedantisch Ordnung hielt, es aber nicht verstand, sich gemütlich einzurichten. Die Möbel waren alt, sehr alt, nach Neles Einschätzung stammten sie noch aus der Zeit, als Murow ein kleiner Junge gewesen war. Trotzdem waren sie gut gepflegt, auch lag kein Staub darauf. Diese Wohnung war bewohnt, aber nicht lebendig. Es gab nichts, was auf ein Hobby oder eine besondere Leidenschaft des Bewohners schließen ließ. Eines stand schnell fest: Die entführten Frauen waren niemals in dieser Wohnung gewesen, folglich hatte Murow ein anderes Versteck, in dem er ungestört tun konnte, was er wollte. Auch gab es hier nichts, was darauf schließen ließ, dass er überhaupt etwas mit dem Fall zu tun hatte. Keine Fotos, keine Kleidungsstücke, keine Souvenirs, die er von seinen Opfern behalten hatte.

Das Team stellte alles auf den Kopf. Jede Schublade wurde herausgerissen, jede Schranktür geöffnet, jedes mögliche Versteck durchwühlt. Sie gingen nicht zimperlich vor, und sollte Murow wider Erwarten unschuldig sein, stünde ihnen eine saftige Klage ins Haus. Doch Nele war sich sicher, den Richtigen gefunden zu haben. Es war mehr ein Bauchgefühl als eine auf Fakten beruhende Sicherheit, denn die gab es bisher nicht. In diesen vier Wänden lebte Murow das Leben eines anständigen Bürgers, eines unauffälligen Menschen, wie es alle Serien- und Triebtäter auf den ersten Blick waren. In einer Welt hinter diesem ersten Blick lauerte jedoch etwas ganz Anderes, Furchtbares, das konnte Nele förmlich spüren.

Noch sicherer wurde sie, als ein Beamter in einem Wandschrank die Arbeitskleidung Murows fand. Die gereinigte und ordentlich gebügelte Uniform eines Zugbegleiters der Deutschen Bahn.

Da war sie, die Verbindung.

Murow war tatsächlich Zugbegleiter. Die korrekte Uniform betrachtend stellte Nele sich vor, wie er tagtäglich in Zügen unterwegs war, wie er aus Waggonfenstern heraus Menschen beobachtete, die vor einsamen Bahnschranken warteten. Hatte er dabei seine grausamen Pläne geschmiedet? Hatte er vielleicht irgendwo anders früher schon zugeschlagen? Das mussten sie in Erfahrung bringen. Sie mussten so vieles in Erfahrung bringen, aber zuallererst mussten sie Anou finden.

Neles Handy klingelte, als sie sich gerade bei Borrmann bedankt und sein Team vorläufig entlassen hatte. Sie wies ihn noch an, in Bereitschaft zu bleiben, allein aus der Hoffnung heraus, Murows anderes Versteck heute noch zu finden, dann nahm sie das Gespräch entgegen. Es war Larissa Ernst, die Kollegin, die im Innendienst mit der PC-Recherche beschäftigt war. Nele hörte gebannt zu.

Eckert starrte sie an, als sie auflegte. »Nicht Anouschka, oder?«, sagte er mit tonloser Stimme.

Nele schüttelte den Kopf. »Nein. Keine Spur von ihr. Aber du wirst kaum glauben, was die Ernst am Computer herausgefunden hat.«

»Machs nicht so spannend. Hat Murow schon mal gesessen?«

»Nein, das hätten wir dann ja auch früher erfahren. Aber seine Mutter sitzt ein. Sie ist vor zwölf Jahren wegen Mordes an ihrem Ehemann, also Murows Vater, verurteilt worden.«

»Na toll! Also hat unser Verdächtiger eine verkorkste Kindheit.«

»Scheint so. Wir fahren sofort hin und unterhalten uns mit der Mutter. Vielleicht hat sie einen Tipp für uns, wo wir ihren sauberen Sohnemann finden können.«

Im Treppenhaus blieb Nele plötzlich stehen, drehte sich um und sah Eckert an. »Das hatte ich ja ganz vergessen. Wo steckt eigentlich Tim?«

Eckert Glanz zuckte mit den Schultern.

»Ruf mal auf seinem Handy an«, befahl Nele, »wir brauchen ihn jetzt hier. Ich verstehe sowieso nicht, warum er sich nicht meldet.«

6. Tag, mittags

Beim ersten Mal waren sie zu dritt gewesen, hatten Lärm gemacht, sich unterhalten und die Umgebung gar nicht richtig wahrgenommen. Jetzt war er allein – und alles sah ganz anders aus. Tim Siebert hielt sich nicht für einen ängstlichen Menschen. Schon als Schüler war er immer derjenige gewesen, der Risiken einging, wenn es brenzlig wurde, der den ersten Schritt machte, wo andere sich nicht trauten. Während seiner Bundeswehrzeit hatte er viele Nächte im Wald verbracht, mit einer Waffe, in der nur Platzpatronen steckten. Dunkelheit, Einsamkeit oder ein tiefer, undurchdringlicher Wald machten ihm normalerweise keine Angst. Heute war das anders.

Der Wald hatte eine einschüchternde Wirkung auf ihn, und jeder Schritt schien dieses Gefühl zu verstärken. Lag es daran, dass er sich wie abgeschnitten fühlte von der Zivilisation? Versetzt in eine Welt, die nichts gemein hatte mit der alltäglichen? Schon nach einer halben Stunde Marsch meinte er, sich in dem Dschungel verlaufen zu haben. Vor zwei Tagen, mit dem Forstwirt Schröder an ihrer Seite, war es einfach gewesen. Sie hatten einfach nur mitlaufen müssen, ohne auf den Weg zu achten. Heute hatte er zwar eine Karte, aber die Pfade, auf denen er sich vorwärtskämpfte, waren darauf nicht eingezeichnet. Die Karte war für ihn wertlos.

Hatte er sich schon verlaufen?

Tim blieb stehen und drehte sich einmal im Kreis. Nichts

hier kam ihm bekannt vor, aber sah nicht sowieso ein Baum aus wie der andere?! Er erinnerte sich noch gut an den sandigen Hang, den sie beim letzten Mal erklommen hatten. Wenn er den erst mal gefunden hatte, würde er auch den Bunker wieder finden.

Also weiter!

Er folgte einem Pfad durchs Unterholz, der früher ein Weg gewesen sein mochte, jetzt aber wohl nur noch vom Wild benutzt wurde. Es gab keine Spuren, demnach war in den letzten Stunden hier niemand entlanggekommen. Wahrscheinlich benutzte der Täter einen anderen Weg. Wenn er nicht völlig verkehrt lag!

Tim geriet ins Grübeln. War das nicht Schwachsinn, was er hier tat? Er hätte sich zumindest von Nele die Erlaubnis holen müssen und nicht eigenmächtig und allein losziehen dürfen. Wenn die Sache schlecht ausging und er hier kostbare Zeit vertrödelte, würde es für ihn nicht ohne Konsequenzen bleiben. Tim wusste das, und trotzdem konnte er nicht anders handeln. Zwar schwanden seine Selbstsicherheit und sein Mut mit jedem Meter, der ihn weiter in den tiefen Wald führte, ans Umkehren dachte er aber nicht. Er würde Anouschka hier finden, er würde sie retten und als Held dastehen. Und vielleicht würde sie sich danach für ihn interessieren. Viele Beziehungen entstanden aus Extremsituationen.

Du bist ein Idiot!, sagte eine Stimme in seinem Hinterkopf.

Er achtete nicht darauf und ging weiter.

Nach zehn Minuten fand er den Sandhügel, stieg hinauf und sah sich um.

Ja, hier hatten sie gestanden!

Zwischen diesem und dem nächsten Hügel verlief ein tiefer Graben, an dessen Grund sich Betontrümmer stapelten. Sie stammten von ausgegrabenen und gesprengten Tunneln. Eisenbewehrung ragte aus dicken Brocken, die kreuz und quer übereinanderlagen und Hohlräume bildeten, in denen Menschen sich verstecken konnten. Dass das seit Jahren keiner mehr getan hatte, dafür sprachen die flauschigen Flechten aus Moos und Pilzen, die überall wucherten und unversehrt waren.

Tim suchte den Weg um den Graben herum. Da unten durchzugehen war zu gefährlich. Er fand ihn und kämpfte sich durch Dornengestrüpp und niedrig hängende Äste zur anderen Seite. Als er wenig später auf der Kuppe des gegenüberliegenden Hügels stand, fiel ihm etwas auf. Er hatte einen anderen Weg genommen als der alte Schröder und war dadurch an die höchste Stelle des Hügels gelangt. Von dort aus erkannte Tim zwei Wege durchs Unterholz. Der erste, etwas breiter, führte in westliche Richtung, der andere, schmal und kaum zu erkennen, nach Südwesten. Er schlängelte sich von der Kuppe in den nächsten Graben und war nur deshalb so gut zu erkennen, weil er vor nicht allzu langer Zeit begangen worden war.

Eine Schleifspur zeichnete sich deutlich ab.

Tims Herz schlug ein paar Takte schneller.

Gewinne Zeit und du gewinnst Möglichkeiten! ·

An diesen einen Satz klammerte sich Anouschka Rossberg, seitdem sie aus der Betäubung erwacht war und wieder halbwegs klar denken konnte.

Gewinne Zeit und du gewinnst Möglichkeiten!

Als sie die Kraft gefunden hatte, die Augen zu öffnen, und damit den Kampf gegen die immer wiederkehrende, neblig-feuchte Dunkelheit in ihrem Kopf gewann, war sie vom Begreifen zunächst noch weit entfernt gewesen. Übelkeit und hämmernde Kopfschmerzen waren nicht die besten Begleiter für logisches Denken. Und dennoch, der Kopf wollte begreifen, und als es so weit war, wäre sie am liebsten wieder in die Dunkelheit abgetaucht.

Die Erkenntnis, nackt und hilflos in einer finstren Höhle angekettet zu sein, nur erhellt von einer einsamen Kerze, war schon schlimm genug. Als sich dann aber die logische Schlussfolgerung dazugesellte, dass sie sich in den Händen des Täters befinden musste, nach dem sie suchten, war sie beinahe in Panik ausgebrochen. Nur mühsam hatte sie ihre Tränen unterdrücken können.

Für alles im Leben aber gab es eine Steigerung, und in ihrem Fall war es der Moment, in dem der fremde Mann die Kerzen entzündete und sich ihr zeigte. Nackt, muskulös, glänzend, einen unnatürlich großen Dildo mittels eines Ledergeschirrs um seine Hüften geschnallt. Und sie selbst hing in Ketten, schmerzhaft gedehnt die Arm- und Schultermuskulatur, keine Möglichkeit zur Flucht oder zur Gegenwehr. Sie war nackt, fühlte sich schmierig, roch den merkwürdigen Geruch auf ihrer Haut und wusste, dass sie ihn kennen sollte. Aber da war der Mann, er kam auf sie zu, der Dildo ausgestreckt wie eine Machete, und Anouschka konnte an nichts anderes mehr denken als die bevorstehende Vergewaltigung. Sie war ein praktisch orientierter Mensch, hatte schon immer im selben Moment, in dem Probleme entstanden, nach Lösungen gesucht.

Für ihre Situation gab es keine, und so machte sie blitzschnell einen Plan, wie sie mit dem umgehen sollte, was ihr bevorstand. Sie würde alles mitmachen, würde so tun, als sei es nicht ihr Körper. Eine Puppe, ja, eine Puppe, die könnte er schänden ohne Folgen für Körper und Geist. Es war eine reine Willensfrage, den Geist vom Körper zu trennen. Irgendwo hatte sie das mal gelesen. Darauf musste sie sich jetzt konzentrieren, den Geist vom Körper zu trennen und sich damit unverwundbar zu machen. Wenigstens für eine Zeit lang, für die Dauer der Vergewaltigung. Was danach passieren würde … darum konnte sie sich später kümmern.

Doch es kam zu keiner Vergewaltigung. Anouschka war sich sicher, dass er sich während ihrer Betäubung nicht an ihr vergangen hatte, und auch jetzt schien er es nicht eilig zu haben damit. Er begann ein Gespräch mit ihr, und sie schöpfte neue Hoffnung.

Psychologie! Jetzt musste sie anwenden, was sie während ihres Studiums gelernt hatte. Und da war der eine Satz haften geblieben.

Gewinne Zeit und du gewinnst Möglichkeiten!

Sie war seine Gefangene, nicht die erste, und da er nicht bereit war, über die anderen Frauen zu sprechen, ging Anou davon aus, dass sie tot waren. Ihr drohte dasselbe Schicksal, es sei denn, sie war cleverer und geschickter. Sie hatte eine Ausbildung, das war doch ein Vorteil. Das musste einfach ein Vorteil sein!

Ohne wirklich darüber nachzudenken, versuchte sie die harte, autoritäre Tour. Nur nicht einschüchtern lassen, Stärke zeigen, vielleicht schreckte ihn das ab. Erst als sie seine Hand an ihrem Hals spürte, nach Atem rang und trotzdem merkte, wie der Dildo an ihrem Bauch entlangstrich, entschied Anou sich, diesen Weg nicht weiterzuverfolgen. Dieser Mann reagierte auf ihre Stärke nicht so, wie sie es erwartet hatte. Er wurde schnell wütend.

Sie stellte auf die Verständnisvolle um, verlegte sich aufs Bitten, versuchte, ihm ihre Situation klarzumachen und sich selbst als ein menschliches, Schmerz empfindendes Wesen darzustellen, damit er sie nicht weiterhin nur als Stück Fleisch sehen konnte. Und scheinbar funktionierte es! Er ließ von ihr ab. Er lächelte, sprach mit ihr. Schnell merkte sie, dass er leider auch clever war und sie höllisch aufpassen musste! Sie brauchte eine Strategie, irgendwas, an dem sie sich orientieren konnte. Sie brauchte mehr Zeit zum Nachdenken!

Überraschenderweise bekam sie die.

Er löste ihre Ketten gerade so weit, dass Anou auf dem stinkenden Matratzenlager Platz nehmen konnte, zog sich an und sagte, er würde Lebensmittel kaufen gehen. Das interpretierte Anou als gutes Zeichen. Wofür sollte er Lebensmittel kaufen gehen, wenn er sie bald umbringen wollte?

Bevor er ging, löschte er alle Kerzen. Anou konnte nicht mehr sehen, wohin er verschwand, wo sich der Ausgang dieser Höhle befand. Sie konzentrierte sich auf die Geräusche. Seine Schritte entfernten sich nur langsam, und es klang, als führe ein langer unterirdischer Gang von hier fort.

Schließlich wurde es sehr, sehr still.

Nur widerwillig ließ Anou sich auf den Matratzen nieder. Die Decken kratzten auf ihrer nackten Haut, ihr Gestank verursachte Übelkeit. Aber sie hatte keine Wahl; sie konnte nicht die ganze Zeit stehen bleiben, ihre Beine begannen zu zittern, ihre Kraft ließ nach. Die Knie ganz nah an die Brust gezogen und mit den Armen umschlungen hockte sie dort und lauschte. Lauschte in die nahezu perfekte Stille, in der nichts weiter zu hören war als stetig tropfendes Wasser. Anouschka ahnte, wo sie sich befand. Den Wänden nach zu urteilen konnte es sich nur um einen Bunker handeln, und wenn sie dazu noch den Geruch an ihrem Körper addierte –

eindeutig Babyöl –, verfluchte sie sich nachträglich selbst dafür, dass sie ihrem Fund an dem alten Bunker nicht mehr Bedeutung beigemessen hatte.

Andererseits war dieser Fund jetzt ihre einzige Hoffnung! Nele würde nach ihr suchen, schon längst, und vielleicht stellte ja irgendjemand eine Verbindung her! Darauf allein wollte sie aber nicht vertrauen, und deshalb war es wichtig, Zeit und damit Möglichkeiten zu gewinnen. Anou hatte in den wenigen Minuten den Eindruck erlangt, diesen Mann beeinflussen zu können. Immerhin musste es ja einen Grund dafür geben, warum er ausgerechnet sie aus ihrer Wohnung entführt hatte. Das war mit hohen Risiken verbunden gewesen.

Warum hatte er das getan?

Vielleicht war das die erste Frage, die sie ihm stellen sollte, wenn er wieder da war!

Tim Siebert war der Spur in den Graben gefolgt. Zwischen den Betonbrocken gab es einen Weg, auf dem Fußspuren zu erkennen waren. Auf der anderen Seite des Grabens, wo es steil bergan ging, zeichnete sich eine deutliche Schleifspur im Gras ab, ganz so, als habe jemand etwas Schweres den Hang hinaufgezogen. Außerdem war an einem umgestürzten Baumstamm der Bewuchs aus Moos beschädigt, große Placken hingen herab.

Mit ungesund hohem Puls kroch Tim den Hang hinauf, ließ sich oben auf alle viere hinab und verharrte. Jenseits der Kuppe setzte sich der undurchdringliche Wald fort. Der Boden war dicht überwuchert von Dornengestrüpp und Brennnesseln, dazwischen konnte Tim kantige Betonbrocken sehen, fast eingewachsen ragten sie wie Eisberge aus dem Wasser. An einem Hang rechts von ihm wuchs hoher

Farn. Alles war grün, feucht, modrig und fremdartig. Dies war eindeutig kein Wald, in dem man seinen Sonntagsspaziergang absolvierte. Dieses war eine andere Welt, hier war man fernab der Zivilisation, auch wenn der nächste Ort keine zwanzig Kilometer entfernt lag.

Tim wartete, bis sein Atem sich beruhigt und sein Puls sich normalisiert hatte. Währenddessen beobachtete er den Wald. Bewegungen waren nirgendwo auszumachen. Aber die Spur ging weiter. Er folgte ihr. Der Weg war beschwerlich. Es musste sich um einen außergewöhnlich kräftigen Mann handeln, wenn er durch diesen Urwald einen bewusstlosen menschlichen Körper schleppen konnte.

Plötzlich war der Boden weg!

Wäre Tim nicht vorsichtig und langsam gegangen, er wäre zu Tode gestürzt. Sechs Meter tief fiel es vor seinen Füßen ab. Unten lagen verstreut Betonbrocken mit Eisenbewehrung, ideal, um einen fallenden Körper aufzuspießen. Ihn schauderte bei dem Gedanken, und für den Bruchteil einer Sekunde sah er sich wirklich dort unten liegen. Blutüberströmt, mit gebrochenem Blick und Hals.

Er befand sich auf einer Mauer, vielleicht auch auf dem ehemaligen Dach eines Bunkers, so genau ließ sich das nicht feststellen. Hier brach die Spur plötzlich ab.

Suchend sah Tim sich um.

Rechts von ihm schien es weiterzugehen. Dort lagen die Betonbrocken zu einer riesigen Treppe aufgetürmt. Als er auf dem ersten Brocken stand, konnte er wieder deutlich die beschädigte Moosdecke sehen. Wer hier entlanggekommen war, hatte sich nicht viel Mühe gegeben, seine Spur zu verwischen. Wozu auch! Niemand verirrte sich in diesen Teil des Waldes, schon gar nicht so weit abseits aller Wege. Ein ideales Versteck.

Auf dem dritten Brocken rutschte Tim aus, schlug auf den Hosenboden und schrie auf vor Schmerz. Der Stoß ging durch die Wirbelsäule bis hinauf in den Kopf, und er biss sich heftig auf die Zunge. Metallischer Geschmack breitete sich in seinem Mund aus. Erneut fragte er sich, ob es nicht besser wäre, die Kollegen zu informieren. Jetzt, mit dem Blut im Mund, den Schmerzen im Rücken und der deutlichen Spur vor Augen, erschien es ihm als der allerbeste Einfall.

Aber was sollte er Nele sagen?

Dass er sich tief im Wald befand, dass hier und dort Moos von Steinen und Bäumen gekratzt war und er meinte, eine Schleifspur gefunden zu haben? Sie würde ihm nicht glauben. Sie würde ihm seine Eigenmächtigkeit vorwerfen und ihn sofort zurückbeordern. Zu recht!

Nein, er brauchte erst einen Beweis.

Also weiter!

Menschen bewegten sich auf verschiedene Arten durch den Wald. Die, die es nicht gewohnt waren, verursachten dabei Geräusche, die sämtliche Tiere im Umkreis von einigen hundert Metern das Weite suchen ließen, und derjenige, der sich hier herumtrieb, gehörte zu dieser Gattung. Karel Murow hörte und spürte den Eindringling sofort, nachdem er sein Versteck verlassen hatte.

Die Lebensmitteleinkäufe mussten warten.

Jemand trieb sich in der Nähe seines Verstecks herum. Das konnte er nicht zulassen. Er war in den letzten Tagen zu häufig hier unterwegs gewesen, so dass seine Spuren mittlerweile gut zu sehen waren. Wer sich einigermaßen in der freien Natur zurechtfand, würde sie entdecken. Sie unterschieden sich deutlich von denen des Damwildes.

Schnell und leise bewegte er sich durch das Unterholz. In seiner schwarzen Regenbekleidung war er so gut wie nicht zu erkennen. Zwischendurch blieb er stehen und lauschte.

Ja, eindeutig!

Eine einzelne Person.

Also konnte es sich nicht um die Polizei handeln. Kurz hatte er gefürchtet, sie hätten sein Versteck doch gefunden, auch wenn er sich überhaupt nicht vorstellen konnte, wie. Aber nein, die Polizei schickte niemanden allein los. Die kamen immer in Gruppen, vielleicht mit Hubschrauber, ganz sicher aber mit viel Lärm und Trara. Wer auch immer sich seinem Versteck näherte, war allein und konnte somit nicht zur Polizei gehören. Vielleicht ein Jäger! Aber um diese Zeit, und hier! Das war ebenso unwahrscheinlich. Es war müßig, sich darüber den Kopf zu zerbrechen. Er würde ohnehin gleich sehen, um wen es sich handelte.

Karel Murow wählte seinen Weg so, dass er ihn in den Rücken des Eindringlings brachte. Leise näherte er sich ihm von hinten, huschte von Baum zu Baum, verbarg sich hinter den Betonbrocken, die hier überall verstreut lagen, und wurde so fast eins mit der Umgebung. Dabei fühlte er sich als Teil des Waldes, weniger Mensch als Tier, übermächtig, wie eine Raubkatze, die in ihrer natürlichen Umgebung nichts und niemanden fürchten musste. Dies hier war sein Revier, und wer hier eindrang, riskierte sein Leben.

Vom bewachsenen, eingestürzten Dach eines alten Bunkers aus sah er den Fremden. Offensichtlich war er gerade gestürzt. Er hockte auf der steinernen Treppe und rieb sich den Hintern. Er war allein, so wie Murow es erwartet hatte. Was für ein blöder Kerl.

Murow erkannte ihn.

Er war vor ein paar Tagen zusammen mit seiner Schönheit aus dem Wald gekommen. Also doch ein Bulle! Aber warum allein? War er ihr Freund? Wollte er den einsamen Helden spielen? Es konnte ihm egal sein. Dieser Mann hatte einen Fehler gemacht und würde diesen Fehler mit seinem Leben bezahlen!

Murow schlich weiter, leiser noch, als es ein Rehkitz gekonnt hätte. Kaum zehn Meter trennten ihn noch von seinem Opfer, als plötzlich dessen Handy klingelte. Das Geräusch klang laut und merkwürdig fremdartig hier im tiefen Wald.

Murow schüttelte den Kopf.

Wie dumm konnten Menschen sein?

Dann packte ihn plötzlich eine Vorahnung.

Dieser Mann war allein unterwegs, vielleicht wussten seine Kollegen nichts davon. Wenn er aber jetzt ans Handy ging und ihnen mitteilte, wo er sich befand, würde sein Versteck auffliegen. Das durfte er nicht zulassen!

Murow begann zu laufen, während der Bulle hektisch im Inneren seiner Jacke herumkramte, um an sein Handy zu gelangen. Schließlich holte er es heraus, drückte eine Taste und presste es sich ans Ohr. Im selben Augenblick erreichte Murow ihn und sprang ihm von hinten in den Rücken. Das Handy flog weg. Der Bulle gab einen erschrockenen Laut von sich, stürzte nach vorn und rutschte auf dem Bauch zum nächsten Brocken. Murow selbst konnte sich an einer rostigen Eisenstange festhalten. Sofort setzte er nach. Der große, schlanke Bulle hatte sich von seiner Überraschung noch nicht erholt. Murow erreichte ihn und trat ihm wuchtig in die Seite. Rutschte dabei aber auf dem Moos aus, kam ins Trudeln und schlug hart auf die Knie.

Der Polizist röchelte, hielt sich die Seite, versuchte, mit der freien rechten Hand etwas aus seiner Jacke zu ziehen. Murow sprang ihn abermals an. Dabei knurrte er und fletschte die Zähne, ganz so, wie es eine Raubkatze getan hätte. Eine Waffe tauchte in der Hand des Bullen auf. Er packte dessen Handgelenk. Ineinander verschlungen rutschten beide die schräge Betonplatte runter und stürzten den letzten Meter in freiem Fall.

Der Waldboden in der Senke war weich – zumindest dort, wo Murow aufschlug. Der Bulle hatte nicht so viel Glück, er stürzte mit der rechten Schulter auf ein ausgebrochenes Betonstück und schrie laut auf. Die Waffe fiel aus seiner kraftlos gewordenen Hand zu Boden.

Murow machte sich nicht die Mühe, danach zu suchen. Er hasste Schusswaffen, konnte mit ihnen auch gar nicht umgehen. Stattdessen zog er das scharfe Pfadfindermesser aus der Scheide am Gürtel. Er ging niemals ohne dieses Messer durch den Wald. Schneller als der Bulle rappelte er sich auf, kam auf die Knie, riss die Klinge hoch und stach zu. Der Polizist trat nach ihm, verfehlte aber seinen Arm, und die fünfzehn Zentimeter lange Klinge bohrte sich durch seinen Unterschenkel.

Blut spritzte, und der Mann schrie lauthals.

Murow wurde die Klinge aus der Hand gerissen, denn sie blieb zwischen den beiden Knochen im Unterschenkel stecken. Jetzt traf ihn doch noch der andere Fuß vor die Brust. Nicht allzu stark, aber es verschaffte dem Bullen einen gewissen Spielraum.

Trotz der Schmerzen, die er ohne Frage litt, kam der Mann auf alle viere und suchte nach seiner Waffe. Er fand sie, konnte sie aber nicht erreichen, so dass er darauf zukrabbeln musste.

Murow sprang ihm hinterher, bekam den Griff seines noch immer im Bein des anderen steckenden Messers zu fassen und riss es mit einer schnellen Drehbewegung heraus. Dabei spürte er, wie die Klinge mit beiden Schneiden am Knochen entlangschnitt. Der Schmerz musste höllisch sein.

Der Bulle schrie, brach zusammen und blieb auf dem Bauch liegen. Sofort sprang Murow auf seinen Rücken und drückte ihn mit seinem Gewicht zu Boden. Sein Opfer schlug um sich, doch seine Hände erreichten ihn nicht. Murow packte das lange, kräftige Haar und riss den Kopf nach hinten. Mit einer genüsslichen, fast anmutigen Bewegung zog er die Klinge über die Kehle des Mannes, durchschnitt dabei sowohl die Halsschlagader als auch die Luftröhre.

Die herausströmende Blutmenge war enorm.

Der Bulle gab röchelnde und pfeifende Geräusche von sich, der Körper unter Murow vibrierte einige Male, zuckte heftig und lag schließlich still.

Blut tränkte den Waldboden.

Eckert Glanz hielt sein Handy ein Stück vom Kopf weg und starrte es mit gerunzelter Stirn an.

»Was ist?«, fragte Nele Karminter.

Eckert schüttelte den Kopf. »Ich weiß nicht.«

»Ist er drangegangen?«

»Nein … aber ich hatte den Eindruck, jemand hat abgenommen, sich aber nicht gemeldet. Warte, ich versuch es noch mal.« Oberkommissar Eckert betätigte die Wahlwiederholung, hielt sich das Handy ans Ohr und wartete.

»Besetzt.«

»Das gibt's doch gar nicht. Wo steckt denn der Kerl?«

Nele war drauf und dran, sauer zu werden. Sie brauchten hier wirklich jeden Mann, und ausgerechnet jetzt glänzte Tim Siebert durch Abwesenheit.

»Und er hat dir wirklich nicht gesagt, was er vorhat?«

Eckert schüttelte den Kopf. »Er wollte ins Präsidium, was nachschauen.«

»Merkwürdig, findest du nicht auch?«

»Du kennst doch Tim«, sagte Eckert.

Nele traf rasch eine Entscheidung.

»Okay, fahr du ins Präsidium und such nach ihm. Ich will so schnell wie möglich wissen, wo er steckt.«

»Und die Mutter von Murow?«

»Da fahre ich hin.«

Nele konnte Eckert ansehen, dass es ihm nicht passte, in einem solch entscheidenden Moment der Ermittlung den Babysitter für einen jüngeren Kollegen zu spielen. Nele passte es selbst nicht, sie hielt es aber für dringend notwendig, Eckert auf die Suche nach Tim zu schicken. Ein leiser, böser Verdacht keimte in ihr auf. Sie wollte ihn nicht formulieren, es war auch zu abwegig. Der Täter würde doch nicht in so kurzer Zeit zwei Beamte ...

Nein. Unmöglich.

Eckert Glanz machte sich auf den Weg.

Nele stieg kurz nach ihm die Treppe hinunter und traf unten vorm Haus auf Dag Hendrik, der eben ein Gespräch mit zwei uniformierten Beamten beendete. Er wirkte verzweifelt.

»Überall das Gleiche. Ein unauffälliger, freundlicher Mann, etwas zurückhaltend, keiner weiß mehr über ihn.«

Nele setzte den stellvertretenden Polizeichef über die Neuigkeiten ins Bild und bat ihn, sie zum Gefängnis zu begleiten. Seine Autorität würde vielleicht reichen, die Formalitäten zu beschleunigen.

Sie nahmen seinen Wagen, einen dunklen BMW.

»Was versprechen Sie sich von dem Besuch dort?«, fragte Hendrik während der Fahrt.

»Informationen darüber, wo Karel Murow sich versteckt halten könnte. Vielleicht gibt es ein Haus, von dem wir nichts wissen. Oder irgendeinen Platz aus seiner Kindheit.«

Hendrik sah sie kurz von der Seite an.

»Wir werden sie finden. Lebend!«, sagte er mit fester Stimme.

Nele mied den Blickkontakt. »Ja«, sagte sie leise.

Als der Verkehr in der Stadt zu dicht wurde, pflanzte Hendrik sein Einsatzlicht aufs Dach, schaltete die Sirene ein und gab Gas. Er fuhr waghalsig, aber sicher, gefährdete niemanden und kam zügig voran. Nach vierzig Minuten erreichten sie die Justizvollzugsanstalt. Hendrik machte sich nicht die Mühe, einen Parkplatz zu suchen. Er ließ seinen Wagen einfach vor dem Besuchertor stehen, trotz des Halteverbotes.

Er griente, als er den Schlüssel abzog.

»Wollte ich schon immer mal machen.«

Der Pförtner wies ihn darauf hin, dass er seinen Wagen dort nicht stehen lassen könne, doch Hendrik zeigte ihm seinen Ausweis, nannte seinen Dienstgrad und verlangte, umgehend zum Leiter der Anstalt gebracht zu werden.

Drei Minuten später kam ihnen auf dem langen, weiß getünchten Gang zwischen Warteraum und erster Schleuse ein leicht hinkender, übergewichtiger Mittfünfziger entgegen, der einen gut sitzenden Anzug trug. Allerdings hing die rote Krawatte auf halb acht.

»Kriminalrat Hendrik!«, rief er schon von weitem und streckte die Hand aus. »Wo brennt es denn?«

Hendrik stellte Nele vor und informierte Bernd Holzkamp in knappen, präzisen Sätzen.

Der stellte keine langwierigen Fragen, nickte nur und ging voraus. Während sie verschiedene Schleusen und Stahlgittertüren passierten, erzählte er.

»Sie wissen, weshalb Frau Murow einsitzt?«

»Wegen Mordes an ihrem Ehemann«, antwortete Nele.

»Richtig, aber Details kennen Sie nicht, oder täusche ich mich da.«

»Dafür reichte die Zeit nicht.«

»Natürlich.« Er räusperte sich. Sie erreichten eine abgeschlossene Tür. Zwei dunkle Videoaugen beobachteten sie. Auf ein Klingeln des Anstaltsleiters hin wurde geöffnet. Holzkamp sah Nele an. Er hatte freundliche, braune Knopfaugen.

»Ich war damals noch nicht hier, kenne die Akte aber gut genug. Sie hat ihrem Mann, der sie und den Sohn über Jahre gequält und geschlagen haben soll, im betrunkenen Zustand überwältigt, ihn an den Sessel gefesselt und die … na ja, die Genitalien abgeschnitten.«

Bei den letzten Worten wandte Holzkamp den Blick ab.

»Hört sich nach einer erfrischenden Beziehung an«, sagte Hendrik mit zynischem Unterton.

»War der Junge damals dabei?«, wollte Nele wissen.

»Wie bitte?«

»Ob der Junge damals bei der Tat zugeschaut hat?«

Holzkamp verzog das Gesicht. »Ja, hat er.«

»Was ist danach mit ihm geschehen?«

»Das entzieht sich meiner Kenntnis. Da müssten Sie beim Jugendamt nachfragen. So, da sind wir.«

Ohne irgendein Formular ausgefüllt zu haben, durchsucht oder abgetastet worden zu sein, ließ man sie in den Besucherraum, der völlig leer war. Acht Tische standen in dem großen hellen Raum verteilt, jeweils vier Stühle an jedem Tisch. Auf den Fensterbänken wucherten einige Grünpflanzen. Sie gaben sich redlich Mühe, vermochten diesen kargen, sachlichen Raum aber nicht aufzuheitern.

»Noch etwas«, sagte Holzkamp, bevor er sich umwandte. »Frau Murow wird demnächst entlassen. Die Entscheidung ist in der letzten Konferenz gefallen. Sie hat fast zwölf Jahre rum.«

Nele sah den Leiter der Anstalt an.

»Sie wird entlassen, und ausgerechnet jetzt fängt ihr Sohn damit an, Frauen zu entführen«, sagte sie mehr zu sich selbst als zu Holzkamp. »Weiß der Sohn von der Entlassung?«

Holzkamp zuckte mit den Schultern. »Ich denke nicht. Auf Wunsch informieren wir zwar die Angehörigen, ich weiß allerdings nicht, ob Frau Murow darum gebeten hat. Sie könnte ihm aber auch selbst geschrieben haben.«

»Wird die Post nicht kontrolliert?«

»Ausgehende Briefe nur in besonderen Fällen. Bei Frau Murow besteht dazu allerdings kein Anlass.«

Nele nickte. In ihrem Kopf fanden verschiedene Teile eines Puzzles zusammen. »Okay ... danke«, sagte sie zu Holzkamp, der sich entschuldigte und den Raum verließ. Es hallte, als er die Tür hinter sich zuzog.

Nele sah Dag Hendrik an. »Macht Sie das genauso hellhörig wie mich?«

Er nickte. »Es könnte der Auslöser für sein Handeln sein. Allerdings mache ich mir darüber im Moment weniger Gedanken als über seinen Aufenthaltsort.«

Mit einem leisen Quietschen schwang auf der entgegengesetzten Seite des Raums eine Tür auf. Eine junge Beamtin führte Magdalene Murow herein.

Die Frau trug den üblichen blauen Anstaltsanzug, bestehend aus Hose, T-Shirt und dünner Stoffjacke. An den Füßen trug sie moderne, billige Turnschuhe. Ihr Haar war stahlgrau und fiel bis auf die runden Schultern, die tief nach vorn hingen und den Rücken beugten. Sie war ohnehin nicht groß, durch ihren gebeugten Gang wirkte sie noch kleiner. Nervöse blaue Augen huschten hin und her, wussten nicht, wo sie sich verstecken sollten. Die Beamtin führte sie zu einem Tisch, rückte den Stuhl ab und half ihr beim Setzen. Dann verschwand sie mit einem Nicken.

Nele Karminter und Dag Hendrik ließen sich Magdalene Murow gegenüber nieder. Das Scharren der Stühle auf dem gekachelten Boden war entsetzlich laut.

Die gebeugte Frau ließ den Kopf hängen und starrte die Tischplatte an. An ihrem Hinterkopf zeichnete sich eine beginnende Glatze ab. Sie roch unangenehm. Nach was, konnte Nele nicht identifizieren.

»Frau Murow?«, sprach Nele sie an.

Die Frau sah nicht hoch, nickte aber.

»Ich bin Hauptkommissarin Nele Karminter, dies ist mein Kollege, Kriminalrat Hendrik. Wir möchten Ihnen gern ein paar Fragen stellen. Zu Ihrem Sohn Karel.«

Wieder nickte sie nur, ohne den Kopf zu heben.

»Sie haben doch einen Sohn, der Karel heißt, nicht wahr?«

Ihre Antwort ließ lange auf sich warten.

»Ja.«

»Wann haben Sie ihn zuletzt gesehen?«

Nele spürte, dass sie mit dieser Frau sensibel umgehen musste, trotz des Zeitdrucks, unter dem sie standen.

»Vor zwölf Jahren.«

»Sie hatten also keinen Kontakt mehr, seitdem Sie hier sind?«

Sie schüttelte den Kopf.

»Frau Murow«, begann Nele und beugte sich näher zu der Frau hinüber. »Ich habe wenig Zeit, es geht um Leben und Tod. Wir sind auf der Suche nach Ihrem Sohn, weil er dringend tatverdächtig im Entführungsfall einer Kollegin ist. Wir müssen wissen, wohin er diese Kollegin gebracht haben könnte. Die Wohnung ihres Sohnes in der Adalbert-Stifter-Straße haben wir bereits durchsucht, dort ist er nicht. Können Sie uns sagen, wo wir nach ihm suchen sollen? Gibt es einen Ort, an dem er sich als Kind gern aufgehalten hat?«

»Er wird Ihre Kollegin töten.«

»Wie bitte?«

»Das müssen Sie wissen. Er wird Ihre Kollegin töten.«

»Wieso sagen Sie das?«

Jetzt hob die alte Frau den Kopf und sah sie an. Ihre Augen waren durchsichtig und feucht. »Weil er seines Vaters Teufel in sich trägt.«

»Frau Murow ... gerade deswegen müssen wir Ihren Sohn so schnell wie möglich finden. Bevor er eine Dummheit begeht, die nicht wieder rückgängig gemacht werden kann.«

Nele vermied es absichtlich, von den anderen entführten Frauen zu berichten. Zum einen ging es die Frau nichts an, vor allem aber wollte sie die labile Person vor sich nicht verschrecken.

»An allem ist nur sein Vater schuld.«

Nele hätte aus der Haut fahren können. Mit einem Seufzer ließ sie sich zurückfallen. Die Zeit brannte ihr unter den Nägeln, und diese Frau wollte über ihre Vergangenheit reden. Am liebsten hätte sie sie gepackt, geschüttelt und sie angeschrien: »Du blöde Kuh, sag mir endlich, wo dein missratener Sohn steckt!«

Hendrik schien zu spüren, was in ihr vorging. Ohne dass Frau Murow es sehen konnte, berührte er Nele kurz am Oberschenkel, warf ihr einen vielsagenden Blick zu und beugte sich nach vorn, um das Gespräch zu übernehmen.

»Woran ist sein Vater schuld, Frau Murow?«

Sie sah ihn an, als bemerke sie erst jetzt, dass er auch mit am Tisch saß.

»An allem. Er war ein Ungeheuer.«

»Das Sie getötet haben.«

Darauf antwortete sie nicht. Sie knetete ihre wurstigen Finger. In den Handinnenflächen hatte sie dicke Schwielen.

»Oder nicht?«

Ruckartig sah sie Hendrik an. Plötzlich wirkte sie gehetzt.

»Haben Sie ihren Mann wirklich getötet, Frau Murow, oder war es vielleicht Ihr Sohn, Karel?«

»Was sagen Sie da! Ich habe es getan, ich ganz allein. Und er hatte es verdient.«

»Und Ihr Sohn hat dabei zugesehen?«

Sie nickte.

»Deshalb trauen Sie ihm zu, dass er unsere Kollegin tötet? Nur weil er zugesehen hat? Das glaube ich Ihnen nicht, Frau Murow, aber es ist mir im Moment auch egal. Ich will von Ihnen wissen, wo Ihr Sohn sich aufhält.«

Sie schien froh zu sein, dass er auf dem anderen Thema nicht länger herumritt. Man konnte ihre Erleichterung förmlich riechen.

»Wir ... wir hatten damals einen Schrebergarten ... draußen bei Lahhausen. Mit einer kleinen Hütte. Da ist Karel im Sommer immer gern gewesen, weil es so schön einsam ist und er die Züge beobachten konnte.«

»Sagen Sie uns die genaue Adresse.«

Das konnte Magdalene Murow nicht, aber sie beschrieb die Lage des Schrebergartens so genau, wie es ihr möglich war.

»Gibt es sonst noch etwas, das Sie uns sagen wollen?«

Sie schüttelte den Kopf, knetete verbissen ihre Finger.

Die schwere graue Stahltür der Justizvollzugsanstalt war gerade mit Getöse hinter ihnen zugefallen, da läutete Neles Handy. Hastig nestelte sie es aus der Innentasche der gefütterten Jacke.

Eckert Glanz war dran. Er klang aufgeregt. »Tim ist früh am Morgen tatsächlich im Büro gewesen. David Odenthal von der Nachtschicht hat ihn gesehen, aber nicht mit ihm gesprochen. Zu Hause ist er nicht, das hab ich überprüft. Ich sag es nicht gern, aber er ist wie vom Erdboden verschluckt.«

»Und sein Handy?«

»Immer noch besetzt.«

»Scheiße«, sagte Nele laut. Sie überlegte fieberhaft, während sie ihren Blick über den weitläufigen Parkplatz gleiten ließ.

»Pass auf«, sagte sie nach zwei Sekunden, »ruf im Dezernat an, die Ernst soll unseren Mobilfunkanbieter kontaktieren, die hat das schon öfter gemacht. Die sollen feststellen, wo sich das Handy zur Zeit befindet.«

»Mach ich.«

Nele legte auf, starrte ihr Handy aber noch einen Moment lang an, als hätte es Antworten parat.

Hendrik beobachtete sie mit fragend zusammengezogenen Augenbrauen.

»Tim Siebert scheint verschwunden zu sein«, sagte sie mit belegter Stimme.

»Wie bitte? Das darf doch nicht wahr sein!«

»Ich verstehe es auch nicht.«

»Er wird doch nicht vom selben Täter entführt worden sein wie Frau Rossberg?!«

»Nein, das glaube ich nicht. Tim ist kein leichter Gegner, und unser Täter hat es bisher nur auf Frauen abgesehen. Ich vermute eher etwas anderes.«

Hendriks Augen verengten sich. »Und das wäre?«

Nele sagte es nicht gern, denn die Konsequenzen waren ihr durchaus bewusst. Es ging jedoch nicht anders.

»Wahrscheinlich verfolgt er auf eigene Faust eine Spur.«

Hendrik schüttelte den Kopf. »Hat er das früher schon mal gemacht?«

Nele seufzte schwer. »Leider ja. Tim ist intelligent und zielstrebig … und manchmal auch eigensinnig.«

Hendrik nahm es kommentarlos hin. Nele konnte in seinem verschlossenen, angespannten Gesicht nicht lesen, aber sie vermutete, dass er selbst als junger Beamter auch das eine oder andere Mal eigenmächtig gehandelt hatte und deshalb nicht wirklich sauer auf Tim war. Letztendlich würde das die Konsequenzen aber nicht mildern.

»Was war das mit dem Handy?«, fragte Hendrik, während sie zum Wagen liefen.

»Ich lasse es orten.«

»Geht das?«

Nele war erstaunt. Die Technik war nicht mehr so neu. Kaum zu glauben, dass Hendrik sie nicht kannte. Andererseits war er fünfzehn Jahre älter als sie und kaum mehr mit solchen Detailermittlungen betraut. Vielleicht hatte er diesen Schritt nicht mitbekommen.

Sie erklärte es ihm.

»Mobilfunkunternehmen nutzen ein weit verzweigtes Netz von Sendemasten, die sogenannte Beacon-Signale empfangen. Handys sind so konzipiert, dass sie ständig, egal ob sie sich im Stand-by oder Sprechmodus befinden, Signale an den nächsten Mast senden. In Städten kann man auf diese Art leicht die Bewegungen von Handynutzern verfolgen. Auf dem Land ist es nicht mehr so einfach. Dort ist die Entfernung zwischen den Masten groß, meist mehrere Kilometer.«

»Und in den Städten?«

»Kaum mehr als fünfhundert Meter. Allerdings werden bei Überlastung eines Netzes die Signale automatisch an den nächsten verfügbaren Masten weitergeleitet.«

Sie stiegen in den Wagen.

»Was heißt das?«

Nele zuckte mit den Schultern.

»Sollte er sich außerhalb der Stadt befinden, müssen wir mit einem Radius von mehr als zwanzig Kilometer rechnen. Aber es ist einen Versuch wert, denke ich.«

Hendrik sah sie an, bevor er den Motor startete.

»Haben Sie das mit Frau Rossbergs Handy auch versucht?«

»Es lag in ihrer Wohnung.«

»Schade.«

Die Schrebergartenkolonie lag am westlichen Stadtrand von Lüneburg, eingezwängt zwischen der Eisenbahnlinie und der Autobahn. Das Areal war nicht besonders groß, aber wie alle diese Anlagen unübersichtlich. Zudem konnte nur der Mittelweg, der gerade hindurchführte, mit dem Wagen befahren werden. Alle anderen davon abzweigenden Stichwege waren zu schmal, reichten gerade für die Breite einer Schubkarre aus.

Dag Hendrik und Nele Karminter ließen den Wagen vor einer rot-weißen Metallschranke stehen und stiegen aus.

Von der Autobahn war dank der Lärmschutzwand nicht viel mehr zu hören als ein beständiges Rauschen. Ganz anders die Bahnlinie, an deren Damm die Kolonie unmittelbar grenzte. Gerade fuhr ein Zug vorbei, der Lärm war ohrenbetäubend. Nele fragte sich, wie man vor dem Getöse der Stadt ausgerechnet hier Erholung finden sollte.

Ihre Eltern hatten während Neles Kindheit auch einen Schrebergarten gepachtet, doch der war ruhig am Ufer eines Sees gelegen und hatte für die Wochenenden im Sommer immer eine perfekte Idylle geboten. Sie erinnerte sich gern an die langen Abende um den dreibeinigen Grill über offenem Feuer, die Stille, die leise Musik der Nachbarn und den Geruch des braunen Wassers.

Ein älterer Mann in grünem Overall kam ihnen entgegen. Sein Bauch spannte den Reisverschluss bis an die Schmerzgrenze. Auf dem Kopf trug er eine Baseballkappe mit einem »Fendt«-Aufdruck.

»Kann ich Ihnen helfen?«, fragte er.

»Wir suchen eine bestimmte Parzelle.«

»Ich bin hier der Hausmeister, sozusagen. Wen suchen Sie denn?«

Nele sagte es ihm, trat vor und ließ den Mann einen Blick auf ihren Dienstausweis werfen. Das schüchterte ihn nicht ein, schien aber seine ohnehin ausgeprägte Neugier anzustacheln.

»Na endlich kommt mal jemand, aber gleich von der Kripo, das finde ich jetzt doch ein bisschen übertrieben.«

»Ich verstehe nicht.«

»Na, ich hab doch schon vor Jahren das erste Mal beim Ordnungsamt angerufen. Eben wegen dieser Parzelle. Das geht doch nicht! Stellen Sie sich mal vor, jeder würde sein Grundstück so verkommen lassen. Wie würde das hier aussehen.«

»War jemand vom Amt hier?«

Der Mann, der sich als Kurt Siebenschlag vorstellte, winkte ab. »Ach wo, das interessiert die doch gar nicht. Ich bin ja hartnäckig und hab die jedes Jahr viermal genervt damit. Zum letzten Mal allerdings vor einem Jahr, da hat mir der

Fachbereichsleiter deutlich zu verstehen gegeben, dass sie nichts tun können. Die Besitzerin lebt noch, ist aber nicht auffindbar. Unser Problem, meinte der. Aber wir haben hier auch eine Satzung, und in der steht klipp und klar –«

»Herr Siebenschlag«, unterbrach Nele den Redefluss des Mannes. »Können Sie uns sagen, ob in der letzten Zeit jemand auf der Parzelle gewesen ist?«

»Ach was, schon seit Jahren nicht mehr. Deswegen ja die Aufregung. Ich kann Ihnen sagen –«

»Vorerst würde es uns reichen, wenn Sie uns zu dieser Parzelle führen könnten.«

Siebenschlag warf ihr einen pikierten Blick zu, ging dann aber voraus. Er redete ununterbrochen, doch weder Nele noch Hendrik hörten zu. Nele war enttäuscht. Wenn seit Jahren niemand mehr hier gewesen war, kam das Gartenhäuschen als Spur auf der Suche nach Karel Murow nicht in Frage. Nele hatte nicht vermutet, Anou oder eines der anderen Opfer hier zu finden, dafür war eine Kleingartenkolonie zu eng, zu viele neugierige Menschen, aber auf eine Spur zu Murow hatte sie doch gehofft.

Die Parzelle der Murows lag am Ende des Stichweges.

»Der einzige Grund, warum ich nicht selbst Hand angelegt hab, ist die Lage«, sagte Siebenschlag. »Hier hinten an den Gleisen stört es kaum jemanden. Diese Grundstücke will ja heute auch keiner mehr.«

Hendrik bedankte sich bei dem Mann und bat ihn, auf dem Weg zu bleiben. Siebenschlag schaute erneut pikiert, blieb aber vor dem Zaun stehen, während Nele und Hendrik die Parzelle betraten.

Der Garten war verwildert. Das Gras, zu dieser Jahreszeit noch längst nicht grün, war kniehoch, Büsche wucherten ungehemmt, Brennnesseln verschafften sich ihren Platz, wilde Brombeeren vom letzten Jahr streckten ihre blattlosen Triebe in alle Richtungen. Die billigen Betonplatten auf dem Weg zum Häuschen waren aufgeworfen von Wurzeln und Löwenzahn. An der linken Flanke der Parzelle stieg der Bahndamm in die Höhe.

Nele erschrak, als mit hoher Geschwindigkeit ein ICE vorbeiraste. Er machte weniger Lärm als die Güterzüge, hinterließ aber einen kräftigen Sog, der geisterhaft durch den wilden Garten fuhr.

Der Bahndamm! Schon wieder eine Verbindung. Scheinbar hatte die Kindheit hier Karel Murow geprägt.

Die Hütte bestand aus groben Holzbrettern, die schon vor Jahren hätten gestrichen werden müssen. Nun waren sie verquollen, aufgeworfen und mit silbriger Patina überzogen. Dort, wo sie ständig mit Regenwasser in Berührung kamen, waren sie grün und von Moos bewachsen. Das Dach, mit Teerpappe belegt, war wellig, an manchen Stellen tief eingebogen, und der Zustand der Pappe ließ erahnen, dass es durchregnete.

An der Tür hing ein altes Vorhängeschloss. Derart verrostet, das kein Schlüssel es jemals wieder öffnen würde. Das war aber auch nicht nötig. Den ans Holz geschraubten Riegel konnte Hendrik ohne große Kraftanstrengung abnehmen. Was er auch tat.

»Kein Einbruch«, sagte er zu Nele, »Sie haben selbst gesehen, dass es schon kaputt war, nicht wahr?«

Nele nickte. »Unbedingt.«

Die Scharniere quietschten jämmerlich. Das Geräusch war unweigerlich in der gesamten Kolonie zu hören. Schon streckte Siebenschlag seinen Kopf über den Zaun, um zu sehen, was sie da taten. Er sagte aber nichts.

Muffige, feuchte Luft schlug ihnen entgegen.

»Puh«, machte Hendrik und wedelte mit der Hand.

Er trat als Erster über die Schwelle, Nele folgte ihm.

Die Hütte bestand aus einem einzigen großen Raum, mit einem einzigen großen Fenster, das nach vorn rausging. Es war durch eine vergilbte Gardine verhängt, die nur diffuses Licht in den Raum ließ. An der hinteren Wand gab es einen Verschlag, das Zeichen auf der Tür deutete auf den Abort hin. In der Mitte stand ein großer Tisch, drum herum vier Stühle mit Stoffauflagen, die von Motten zerfressen waren. Im Licht über dem Tisch tanzten Milliarden Staubflocken, die sie beim Hereinkommen aufgewirbelt hatten. Überhaupt war alles von einer dicken Staubschicht bedeckt – bis auf eine Stelle am Tisch.

Dort hatte vor kurzem jemand gesessen. Zweifelsohne!

Hendrik und Nele sahen sich nur an. Worte waren nicht nötig.

Die Klappcouch, die an der hinteren Wand stand, war ebenfalls benutzt worden. Die Decken darauf waren nicht annähernd so alt wie die Stuhlauflagen – und sie waren zerwühlt. Eine Kuhle zeichnete sich in der tief durchhängenden Matratze ab.

»Da«, sagte Hendrik und wies auf eine Holztür in der linken hinteren Ecke.

Nele stand am nächsten, drückte die Klinke nieder und öffnete die Tür. Plötzlich stand sie hinter der Hütte vor einem riesigen Vogelbeerbusch. Keinen Meter entfernt umgab die Parzelle ein Maschendrahtzaun, der keine Farbe mehr hatte und auch nicht sonderlich stramm gespannt war. An einer Stelle, nah am Pfosten, war er sogar bis auf den Boden heruntergedrückt. In dem hohen trockenen Gras dahinter führte eine deutliche Spur direkt auf den circa vier Meter hohen Bahndamm.

»Jemand war hier«, sagte Nele zu Hendrik, der hinter sie getreten war, »und der neugierige Herr Siebenschlag hat es nicht bemerkt, weil die Person über den Bahndamm gekommen ist.«

Hendrik nickte. »Kann aber auch ein Obdachloser gewesen sein.«

»Möglich, ja, wäre aber sehr zielstrebig für einen Obdachlosen.«

Sie wendeten sich wieder der Hütte zu.

Das gesamte Mobiliar bestand aus dem Tisch, den Stühlen, dem Klappbett, einem zerfransten Sessel und einer ausrangierten Wohnwand aus furniertem Holz. Genau über dieser Wohnwand war das Dach undicht. Wasser war hereingelaufen und hatte seine Spuren hinterlassen. Das billige Pressholz war an einigen Stellen dick aufgequollen. Diese Stellen wirkten wie bösartige Tumore.

Nele betrachtet die Wohnwand.

In dem Regal in der Mitte stand eine Anzahl Bücher, augenscheinlich alle aus der Zeit, als diese Parzelle noch genutzt worden war. In der dicken Staubschicht vor den Büchern gab es eine Schleifspur. Sie war bereits wieder eingestaubt, jedoch nicht so dick wie rechts und links daneben. Dort war vor einiger Zeit ein Buch herausgezogen worden. Nele streckte die Hand nach einem schmalen Werk aus, das dem Papierumschlag zur Folge genauso alt war wie die anderen. Sie zog es vorsichtig heraus und hielt es ins Licht.

Eibia – Geschichte einer Nazi-Munitionsfabrik, stand auf dem alten, bleichen Schutzumschlag zu lesen.

Neles Magen drehte sich um, und ihr wurde schlecht.

Die Übelkeit hatte sich in kleinen Wogen zu einer Welle emporgeschaukelt und war nun nicht mehr aufzuhalten.

Ihre Gedanken darauf fokussiert, es zu unterdrücken, spürte Anou, dass sie den Kampf gerade verlor. Der Gestank der Matratzen, die Nachwirkungen des Betäubungsmittels, vor allem aber die zunehmende Angst waren als Konglomerat einfach zu viel. Das bisschen, was sich in ihrem Magen befand, ergoss sich als heiße Flüssigkeit auf den Betonboden vor dem Matratzenlager. Damit wurde der Gestank noch intensiver.

Zitternd und weinend saß Anouschka Rossberg mit untergeschlagenen Beinen in der Dunkelheit. Panik machte sich zunehmend in ihr breit. Ein neues Gefühl, das sie bisher noch nicht kennen gelernt hatte. Sie war eine Kämpferin, schon immer, aber hier war niemand, gegen den sie kämpfen konnte. Zur Untätigkeit verdammt grübelte und lauschte sie, wartete auf seine Rückkehr und fragte sich, was sie tun würde, wenn es so weit war. Nach und nach setzte sich aber ein anderer, viel hässlicherer Gedanke durch.

Was, wenn er nicht zurückkehren würde?!

Was, wenn sie ihn schnappten und er nicht verriet, wo er sie versteckt hielt?

Dieser Gedanke machte sie wahnsinnig. Lieber hätte sie den Kerl hier bei sich gehabt, hätte ihn machen lassen, auf ihre Chance gewartet und gegen ihn gekämpft. Das Warten war schier unerträglich für Anou.

Nachdem ihr Magen sich beruhigt hatte, tastete sie abermals ihre Handgelenke ab – wie so oft, seit er weg war. Sie hätte es noch tausend Mal tun können, nichts änderte sich dadurch. Die Eisenringe saßen eng um ihre Handgelenke und waren mit einem kleinen Bügelschloss gesichert. Selbst wenn sie – wie es in Hollywoodfilmen gern gezeigt wurde – ihren Daumen ausrenken oder abreißen würde, würde sie die Fesseln nicht abstreifen können, derart eng angepasst waren sie. Die stabilen schweren Ketten führten zur Decke, ohne dass Anou sehen konnte, wo genau sie endeten. Es spielte aber auch keine Rolle. Vorhin, als er die Kerzen angezündet hatte, war ihr aufgefallen, dass die Decke dieses merkwürdigen, hallenartigen Raums mehr als zwei Meter hoch war. Zu hoch für sie.

Anou begann zu frieren.

Widerwillig rollte sie sich auf der Matratze zusammen und zog die kratzige Decke über ihren nackten Körper.

Warum war ihr das passiert? Ausgerechnet ihr, wo sie sich doch immer für so stark gehalten hatte? Was hatte sie verkehrt gemacht?

Die Antwort war nicht so schwer zu finden.

Sie war in einer Art Liebesrausch gewesen, hatte an nichts anderes mehr denken können als an Sex mit Nele. Sie war zur Tür gelaufen und hatte sie aufgerissen, ohne vorher durch den Spion zu schauen, wie sie es sonst immer tat. Es war also die Liebe, welche sie in diese Lage gebracht hatte.

Nele!

Sie suchte ganz sicher fieberhaft nach ihr. Das ganze Präsidium war auf der Suche, und Tim würde bestimmt eine Verbindung zu diesem Ort herstellen. Sie waren zusammen hier gewesen, hatten die Ölflasche gefunden, er musste einfach eine Verbindung herstellen!

Warum sollte er, fragte eine fiese kleine Stimme.

Anou dachte darüber nach, doch es fiel ihr keine zwingend logische Antwort ein.

Wieder rannen Tränen über ihre erhitzten Wangen.

Sie fror und schwitzte gleichzeitig. Bekam sie jetzt auch noch Fieber? In ihrem Mund und Rachen machte sich ein pelziger Geschmack breit. Sie brauchte dringend Wasser.

Essen war nicht so wichtig, aber sie würde etwas trinken müssen, wenn sie eine Flucht oder einen Kampf überstehen wollte. Schon jetzt waren ihre Muskeln wie Pudding. Weiterhin unter den schmutzigen Decken liegend spannte sie die Oberschenkel an, entspannte, spannte an und entspannte. Müdigkeit überkam sie, doch sie kämpfte dagegen an. Nicht einschlafen, nur nicht einschlafen.

Denk nach! Beschäftige dich mit irgendwas!
Überlege dir eine Strategie!
Lass dich nicht von deinen Ängsten beherrschen.

Wie auf ein geheimes Zeichen hin spulte vor ihrem geistigen Auge die Sequenz eines Filmes ab, eine bestimmte Szene, die sich ihr eingeprägt hatte, in der es darum ging, warum Menschen starben, die plötzlich der Wildnis ausgesetzt wurden. *Auf Messers Schneide*, mit Anthony Hopkins und Alec Baldwin, so hieß der alte Streifen.

Sie sterben aus Scham! Fragen sich immer wieder: Wie bin ich hier reingeraten? Was habe ich falsch gemacht? Sie sitzen da und sterben, weil sie das Einzige, was sie hätte retten können, nicht taten. Denken!

Diesen Satz von Anthony Hopkins hatte Anou sich gemerkt – warum auch immer. Wahrscheinlich, weil es stimmte. Angst lähmt die Gedanken, Panik setzt die wichtigsten Schaltzentren des Gehirns außer Gefecht. Binnen Sekunden entwickelt man sich zurück zu einer früheren Evolutionsstufe.

Das durfte ihr nicht passieren! Sie musste ihren Kopf unter Kontrolle behalten, sonst war ihr Leben verwirkt. Gegen diesen Kerl hatte sie nur eine Chance, wenn sie bei klarem Verstand war. Der Mann war krank. Das war kein üblicher Vergewaltiger, der seine sexuelle Lust stillen musste. Ihn trieb etwas anderes. Wenn er sie hätte vergewaltigen wollen, wäre es längst geschehen. Doch er hatte nichts anderes getan, als sie nackt auszuziehen und mit Babyöl einzureiben.

Sie musste herausfinden, was ihn antrieb.

Das ging nur mit Worten. Ein Gespräch. Vertrauen aufbauen. Ihn dazu bringen, die Ketten zu lösen – und dann zuschlagen. Anou traute sich zu – wenn sie fit war –, ihn in einem Zweikampf zu besiegen. Schon seit Jahren trainierte sie Selbstverteidigung. Das musste reichen.

Ihre Kraft und das Überraschungsmoment!

6. Tag, abends

Eine große Landkarte hing an der Pinnwand im Besprechungsraum der Soko Schranke. Davor standen Dag Hendrik, Eckert Glanz, SEK-Leiter Borrmann sowie Polizeichef Döpner.

Hauptkommissarin Nele Karminter hatte mit einem roten Edding soeben einen Kreis um ein Fähnchen gezogen, das in einem ausgedehnten grünen Bereich rechts oben in der Karte steckte.

»Das ist unser Zielbereich!«, sagte sie und tippte mit dem Stift darauf.

»Ein Radius von zwanzig Kilometer, enger kann die Telefongesellschaft das Gebiet nicht eingrenzen. Tim Sieberts Handy ist immer noch in Betrieb und besetzt, es sendet dauernd Signale an diesen Masten.«

Nele zeigte auf eine Stelle im grünen Bereich innerhalb der Umkreisung.

»Damit haben wir noch Glück. Ein ehemaliger Antennenmast der Bundeswehr dient verschiedenen Telefongesellschaften jetzt als Träger für ihre Basisstationen. Er liegt zentral in dem alten Eibia-Gelände.«

»Zwanzig Kilometer Radius in unwegsamem Waldgelände, noch dazu durchsetzt von alten Bunkern und wahrscheinlich unterirdischen Anlagen ... das wird schwierig«, sagte Borrmann und kratzte sich am Hinterkopf.

»Ich weiß. Aber es gibt jemanden, der uns helfen kann. Als Tim und Anou sich das Gelände angeschaut haben, haben sie sich von einem ehemaligen Forstwirt führen lassen. Peter Schröder. Ich bin erst vor einer halben Stunde darauf gestoßen, als ich den Bericht noch einmal gelesen habe. Zwei Beamte sind unterwegs, um den Mann herzubringen. Er wird wissen, an welcher Stelle sie die Flasche mit dem Babyöl gefunden haben.«

»Halten Sie das für ausschlaggebend?«, fragte Döpner.

Nele nickte.

»Zuerst habe ich dem keine Bedeutung beigemessen. Eine Flasche Babyöl im Wald, noch dazu an einer Stelle, an der sich gern verliebte Pärchen treffen. Jetzt sieht die Sache anders aus. Im Badezimmerschrank in der Wohnung von Karel Murow wurde auch eine solche Flasche gefunden. Neu. Ungeöffnet. Tims Handy sendet von irgendwo dort Signale, das heißt, er hat sich auf eigene Faust dorthin begeben. Wahrscheinlich hat er vor uns allen eine Verbindung hergestellt, wollte sich aber vergewissern ...«

Nele stockte. Sie mochte nicht daran denken, was er sich durch seine Eigenmächtigkeit eingebrockt hatte. Dass er sich nicht meldete, sein Handy aber auf Empfang geschaltet war, ließ nichts Gutes erahnen.

»Ist der Hubschrauber angefordert?«, fragte Nele in Hendriks Richtung.

»Sogar zwei. Hamburg stellt uns ein Team zur Verfügung. Aber wir müssen uns beeilen. In wenigen Stunden wird es dunkel, dann hilft der Helikopter auch nicht mehr.«

»Und die Suche zu Fuß im Unterholz können wir dann auch einstellen«, ergänzte Borrmann. »Leider ist die Hundestaffel immer noch im Hamburger Hafen. Felber meinte zwar, sie würden in einer Stunde fertig sein, aber ob sie es rechtzeitig zurück schafften, wusste er nicht. Außerdem sind die Tiere wahrscheinlich ausgepowert.«

Hendrik klatschte in die Hände.

»Was stehen wir hier noch herum?«

»Wir warten auf diesen Forstwirt.«

»Der kann doch unterwegs zu uns stoßen.«

»Kann er, aber wir wissen ja nicht einmal, von welcher Seite wir uns dem Gelände nähern sollen.«

»Verdammt ... wo steckt denn dieser Kerl?«

Zuerst hörte sie ein Ächzen und Stöhnen.

Nur langsam glitt sie aus dem leichten, nervösen Schlaf in die Dunkelheit der Realität zurück, um dann festzustellen, dass dieses unmenschliche Geräusch nicht zu ihrem fieberhaften Traum gehörte. Denn es drang weiterhin zu ihr, wurde dabei wie durch Röhren, aus denen es nicht entweichen konnte, in seiner Intensität stärker statt schwächer. Dazu gesellte sich ein anderes Geräusch. Es klang, als schleife jemand einen Sack Getreide über harten Boden.

Anouschka Rossberg blinzelte, schlug die Augen auf und versuchte, sich aufzusetzen. Ihre kalten, harten Muskeln spielten zunächst nicht mit, doch schließlich schaffte sie es, sich mit dem nackten Rücken gegen die eisige, feuchte Wand zu drücken. Die Kälte weckte sie endgültig.

Auf der entgegengesetzten Seite der Halle schien es eine Öffnung zu geben, denn dort wurde nun zunächst mattes, aber schnell intensiver werdendes Licht sichtbar. Es sickerte in die Halle, schaffte es aber nicht, die feste Dunkelheit zu vertreiben. Es war ein nervöses, flackerndes Licht, begleitet von den unheimlichen Geräuschen, die sie aus dem Schlaf gerissen hatten.

Er kehrte zurück!

Mit ihm kamen Angst und Erleichterung.

Er war nicht geschnappt worden, sie würde nicht hier unten einsam und allein verhungern müssen. Gleichzeitig stieg aber auch die Gefahr, durch seine Hand umzukommen.

Das Licht wurde heller, die Geräusche lauter.

Anou konnte erkennen, dass es sich um einen schmalen Gang handelte, eine Röhre. Wenn sie sich die Berichte des pensionierten Forstwirtes Schröder ins Gedächtnis rief, konnte sie nur schlussfolgern, dass sie sich in den Gewölben der alten Munitionsfabrik befand. Nicht alles war eingestürzt oder gesprengt worden.

Eine schwarze Gestalt tauchte in der erleuchteten Röhre auf. Das Licht stammte von einer Stirnlampe auf seinem Kopf. Er trug noch die dunkle Regenkleidung, die er sich vor ihren Augen angezogen hatte, bevor er weggegangen war, um Lebensmittel zu holen. Er ging gebückt, zog tatsächlich etwas hinter sich her.

Darauf konzentrierte Anou ihr Augenmerk.

Hatte er noch ein Opfer gefunden? Was er hinter sich herzog, war schwer und groß. Wegen des schlechten Lichts konnte Anou es nicht erkennen, meinte aber, dass es sich um einen Menschen handelte.

In der Mitte der Halle ließ er den vermeintlichen Körper fallen. Ruckartig drehte er sich um, so dass die Stirnlampe auf Anou gerichtet wurde und sie blendete. Das Licht schmerzte, sie kniff die Lider zusammen. Ein paar Sekunden schien er sie zu beobachten. Dann begann er wortlos, die Kerzen zu entzünden.

Nach und nach entfaltete sich von der Mitte der Halle aus warmes, flackerndes Licht. Die Dunkelheit wurde in die Ecken zurückgedrängt und lauerte dort auf ihren nächsten Einsatz. Mit einer Gelassenheit und Ruhe, die Anou enervierend empfand, zündete der Mann an die zwanzig Kerzen an. Dabei bewegte er sich völlig lautlos, nur das Ratschen der Streichhölzer an der Außenseite der Packung war zu hören. Mit dem Licht war der Raum alsbald auch erfüllt von schwefeligem Geruch.

Anouschka Rossberg beobachtete ihn. Fieberhaft suchte sie nach den ersten Worten, nach Sätzen, dazu geeignet, ihn auf ihre Seite zu ziehen. Es wollte ihr nicht gelingen, denn obwohl er bislang nicht ein einziges Wort gesagt hatte, fühlte Anou, dass sich etwas verändert hatte.

Wer war das dort in der Mitte des Raums auf dem Boden?

Lebte die Person noch? War es eine weitere Frau, die er auf seinen Streifzügen gefangen und betäubt hatte?

Als er genug Kerzen entzündet hatte, blieb er mit dem Rücken zu ihr stehen und entledigte sich seiner Kleidung. Er war groß und schlank, hatte eine schmale Taille und die Hüften eines Knaben. Dagegen nahmen sich seine Schultern sehr breit aus. Die definierten, kräftigen Muskeln an seinem Rücken spielten bei jeder Bewegung im Kerzenlicht. Sein Hintern und die Rückseiten der Beine waren ein einziger sehniger Strang aus trainierten Muskeln.

Als er sich zu ihr umdrehte, blieb Anouschka für einen kurzen Augenblick das Herz stehen. Er hatte sich den großen Dildo noch nicht wieder umgeschnallt, und jetzt konnte sie sehen, warum er es überhaupt tat.

Er besaß keine männlichen Genitalien!

Ein Zwitter, halb Mann, halb Frau.

Zwischen seinen Beinen war er glatt und rasiert, deutlich war seine äußere Vagina zu erkennen.

Er blieb einfach stehen, wo er war und starrte Anouschka an. Auf die Entfernung von fünf oder sechs Metern war es ihr nicht möglich, in seinen Augen zu lesen. Was erwartete er von ihr? Entblößte er sein Geheimnis vor allen Frauen, kurz bevor er sie tötete? War dieser reglose Körper dort am

Boden Anous Todesurteil? Eine weitere Frau, mit der er sich vergnügen wollte, weil er an ihr bereits das Interesse verloren hatte?

Tausend Fragen schossen Anou durch den Kopf und verhinderten einen klaren Gedanken. Sie bemühte sich trotzdem, ihre Mimik unter Kontrolle zu behalten und sich nicht anmerken zu lassen, dass sein Anblick sie schockierte.

»Findest du mich schön?«, fragte er schließlich.

Seine Stimme war fistelig und zitterte. In den Weiten der Halle klang sie trotzdem bedrohlich.

Eine falsche Antwort, das wusste Anou, bedeutete ihren Tod.

Was konnte sie sagen? Was durfte sie sagen? Die Wahrheit?

Die Wahrheit war, dass sie ihn, so wie er jetzt da stand, vom warmen Licht der Kerzen eingerahmt, nicht abschreckend fand. Er hatte einen schönen, ebenmäßigen, trainierten Körper, er wirkte wie ein griechisches Bildnis des Adonis, und jenes Teil, das sie bei Männern schon immer gestört hatte, das weder schlaff noch erigiert schön war und auf Anou immer wie ein überflüssiges Anhängsel gewirkt hatte, fehlte bei ihm. Nein, es fehlte nicht, es war eben nicht da und verhalf diesem Bild zur Perfektion.

Wenn sie Zeit gewinnen wollte, musste sie ihm die Wahrheit sagen.

»Ja«, sagte sie, so deutlich es ihr möglich war.

Ihre Stimme klang merkwürdig kratzig und tonlos.

Mit den lässigen, geschmeidigen Bewegungen einer Raubkatze kam er auf sie zu und blieb einen Meter von dem Matratzenlager entfernt stehen. Seine Augen ruhten auf ihr. In ihrem Gesicht suchte er nach der Lüge, als er seine Frage wiederholte.

»Findest du mich schön?«

Anouschka überlegte diesmal nicht lange. Sie nickte und sagte leise:

»Ja.«

Daraufhin wurde sein Blick stechend. Kein Mensch auf der Welt hätte vor diesem Blick eine Lüge verstecken können. Anou spürte förmlich, wie er durch ihre Augen in ihren Kopf eindrang, sich dort auf die Suche nach Verstecken machte, in denen die Lüge lauerte.

Schließlich wurde sein Gesicht weicher. Er schien zufrieden. »Das verstehe ich nicht«, sagte er sanft, »keine der Frauen vorher hat die Wahrheit gesagt, ich konnte es ihnen immer ansehen. Warum du?«

Anouschkas Gedanken rasten.

Durfte sie mit ihm über ihre sexuelle Ausrichtung sprechen? Würde es ihre Chancen erhöhen, wenn sie ihm erzählte, dass sie lesbisch war? Oder war das sogar gefährlich? Dieser Mann war eine seltene Mutation, er war mit diesem Makel zur Welt gekommen, und Anou konnte sich vorstellen, wie schmerzhaft seine Kindheit gewesen sein musste. Gehänselt, wahrscheinlich verprügelt von den Jungen, ausgelacht oder nicht beachtet von den Mädchen und später den Frauen. War er seit jeher auf der Suche nach einer Frau, die ihn so respektierte wie er war? War er einfach nur auf der Suche nach Liebe? Und wenn sie ihm jetzt erzählte, dass sie im eigentlichen Sinne keine normale Frau war, was dann? Er könnte es falsch verstehen. Anou konnte seine Gedanken schon vorausahnen.

Sie mag mich nur, weil sie eine Lesbe ist, weil sie auf Fotzen steht. Sie mag mich nicht in ihrer Eigenschaft als Frau, so wie Frauen männliche Körper mögen sollten.

Nein! Sie würde es ihm nicht sagen.

Aber was dann?

*Sag ihm, was du eben empfunden hast, als er vor dem
warmen Schein der Kerzen stand.*

»Du bist schön. Du siehst aus wie ein Bild, wie ein antikes Bildnis des Adonis, nur perfekter.«

Anou konnte selbst kaum glauben, was sie da tat. Das
hier war an Perversion nicht zu überbieten. Sie befand sich
in seiner Gewalt, war nackt und in Ketten irgendwo tief unter der Erde, musste um ihr Leben fürchten und sprach mit
ihrem Entführer, als sei er ihr Geliebter.

Die Situation erfordert es, sagte sie sich, *und wenn es
dein Leben rettet, dann ist es jedes einzelne Wort wert.
Diese, und alle die noch kommen werden.*

Anou hatte unbewusst eine Grenze überschritten und
spürte, dass es ab hier keine Tabus mehr geben würde. Da
draußen wartete eine Welt mit einem Menschen darin, den
sie liebte und mit dem sie zusammen sein wollte. Wenn es
sich dafür nicht lohnte, Grenzen zu überwinden und Risiken einzugehen, wofür dann?

Sie würde nicht hier unten sterben!

Sie würde diesen Verrückten überwinden und das alles
hinter sich lassen. Was nötig war, hatte sie dabei. Mut, Kraft
und Cleverness.

Während ihr das durch den Kopf schoss, schaffte Anou es
sogar, ihm ein kleines warmes Lächeln zu schenken.

Es wurde erwidert.

Es hatte zu regnen begonnen.

Zuerst nur leicht, doch bald steigerte es sich zu einem
gleichmäßig starken Landregen, der stundenlang anhalten
konnte. Der Himmel war ein einziges weites graues Meer,
ohne Hoffnung auf Licht und Wärme. Alles war nass und
glitschig, die Welt bestand allein aus Feuchtigkeit.

Sie zog die Kapuze der Regenjacke tiefer über die Stirn. Die Tropfen trommelten darauf, schienen sie einlullen zu wollen, doch dafür war es der falsche Zeitpunkt. Nele stand quasi unter Strom. Jeder Muskel ihres Körpers war angespannt, ihr Inneres selbst war ein einziges Spannungsfeld.

Sie hatten den pensionierten Forstwirt Peter Schröder beim Skatspielen in seiner Lieblingskneipe ausfindig gemacht. Der alte, aber erstaunlich fitte Mann konnte sich natürlich an die hübsche dunkelhäutige Polizistin erinnern und war bestürzt, als er von ihrer Entführung hörte. Sofort hatte er sich trotz des beschissenen Wetters bereiterklärt, sie zu dem Bunker zu führen, in dessen Nähe sie die Flasche Babyöl gefunden hatten. Nele wäre mit einer Wegerklärung zufrieden gewesen, doch Peter Schröder behauptete, sie würden den Bunker ohne seine aktive Hilfe niemals finden.

Zuerst waren Nele, Eckert und Hendrik der Meinung gewesen, der alte Mann wollte nur angeben. Das hatte sich aber schnell geändert. Das Gelände war unwegsam, unübersichtlich, und der Regen erschwerte die Sicht zusätzlich. Es gab keine detaillierte Karte für das Eibia-Gebiet, die alten Forstwege waren zugewachsen oder nicht mehr vorhanden. Der Alte hatte recht: Sie hätten sich hoffnungslos verlaufen.

Hoffnung!

Ein Wort nur, in diesen dunklen Stunden aber auch Lebenselixier.

Nele hatte gehofft, Tim irgendwo hier anzutreffen, hatte gehofft, dass er sich eines Besseren besinnen und umkehren würde. Aber sie hatten auf dem Parkplatz am Waldrand nur seinen Wagen gefunden, mit dem Zettel auf dem Sitz. Die Uhrzeit darauf hatte Nele einen Stich ins Herz versetzt. Tim war vor mehr als vier Stunden aufgebrochen.

Jemand näherte sich Nele von hinten und trat neben sie. Es war Borrmann.

Wasser perlte sein asketisches, gebräuntes Gesicht herunter. Auch er trug eine Regenjacke mit Kapuze, schien aber nichts davon zu halten, sie überzuziehen. Sein Gesicht war mürrisch.

»Das ist Scheiße!«, sagte er und wischte sich mit dem Handrücken über die Lippen. »Wir sollten abbrechen.«

Nele hätte ihn gern den Hang des Sandhügels hinuntergeschubst, auf dessen Kuppe sie standen. Einerseits hatte er ja recht, andererseits aber kam es überhaupt nicht in Frage, die Suche nach Anou und Tim abzubrechen, egal wie widrig die Umstände auch sein mochten.

»In einer halben Stunde wird es dunkel sein, dann sehen wir überhaupt nichts mehr.«

Sie hatten auch bisher kaum etwas gesehen, dank des Regens und der grauen Wolken. Unter dem dichten Dach der Nadelbäume herrschte seltsames Zwielicht, das mit jeder Minute, die sie suchten, geisterhafter wurde.

Peter Schröder schien das nicht zu stören. Er fand seinen Weg. Nach seiner Aussage waren sie von dem Bunker nicht mehr weit entfernt, und sie wären auch schon längst dort, hätten sie nicht die ganze Strecke nach Tim und Anou oder Spuren von ihnen gesucht. Gefunden hatten sie nichts. Der Regen hatte längst alles verwischt. Was vielleicht noch vorhanden war, versteckte die zunehmende Dunkelheit. Gerade deshalb mussten sie langsam vorgehen und das Unterholz entlang ihres Weges absuchen.

In der Senke vor ihnen waren Borrmanns Leute eben damit beschäftigt. Nele konnte die zuckenden Lichtkegel der Taschenlampen deutlich sehen. Sie hatte kein gutes Gefühl dabei. Eine Horde Elefanten wäre nicht auffälliger gewesen. Sollte der Täter hier sein Versteck haben, hatte er für einen solchen Fall wahrscheinlich Vorsorge getroffen und sie längst bemerkt. Für Anouschkas Überleben konnte das nicht von Vorteil sein.

Jemand sprach mit Borrmann über das kleine Headset in seinem Ohr. Er drückte drauf, nuschelte ein leise Okay und nickte Nele zu.

»Weiter geht's, hier ist auch nichts.«

Schon lief er den Sandhügel hinunter. Nele wartete noch auf Hendrik, der eben auf der anderen Seite hochstieg. Auch er trug keine Kapuze und sah aus wie der sprichwörtliche begossene Pudel. Nele zollte ihm Respekt dafür, dass er sich an der Suche beteiligte. In seiner Position hätte er das Ganze auch vom warmen und trockenen Büro aus verfolgen können.

Wortlos stiegen sie zusammen hinunter und folgten den Leuten der Spezialeinheit. In ihrer dunklen Kleidung verschmolzen sie mit dem Wald und wären ohne ihre Taschenlampen nicht zu sehen gewesen. Zu hören aber schon, denn auch bei größter Aufmerksamkeit ließ es sich in dem dichten Unterholz nicht vermeiden, dass hin und wieder jemand auf einen Zweig oder Ast trat. Sie waren zu zwölft hier, dementsprechend oft knackte es.

»Hoffentlich wird das kein Fiasko«, sagte Hendrik als er sicher war, dass außer ihnen beiden keiner zuhörte.

»Für wen?«

Er sah sie nicht an, sondern achtete auf den Weg.

»Für alle.«

»Im Moment denke ich eigentlich nur an das Leben meiner Kollegen«, sagte Nele eine Spur schärfer als beabsichtigt.

Hendrik, der über einen bemoosten Baumstamm stieg,

warf ihr einen Blick zu. In dem schlechten Licht vermochte sie seine Augen nicht zu sehen.

»Genau davon spreche ich.«

Damit war der Wortwechsel beendet, da sie auf den Weg achten mussten, der zwischen großen Betonbrocken hindurchführte. Die wenigen Worte hinterließen bei Nele ein schlechtes Gefühl. Hatte sie diesen Fall verpatzt, weil sie ihre Leute nicht unter Kontrolle hatte? War es das, was Hendrik ihr zu sagen versucht hatte?

Sie schob die Gedanken beiseite. Dafür war jetzt kein Platz.

Nicht weit vor ihnen stand plötzlich die riesenhafte Mauer des Bunkers und hob sich dunkel vor einem noch dunkleren Hintergrund ab.

Karel Murow war verwirrt!

In seinem Kopf ging es zu wie in einem Bienenstock, unmöglich, so einen klaren Gedanken zu fassen. Dabei hatte er ihr doch nur die eine Frage gestellt, die er den anderen auch gestellt hatte. Die Antwort hätte ihren Tod zur Folge haben sollen, im Geiste hatte er sich schon vorgestellt, wie das Messer in diesen perfekten Körper glitt und das Leben darin auslöschte.

Doch es war anders gekommen, weil sie anders geantwortet hatte. Zudem sprach sie die Wahrheit. Er hatte es gesehen. Niemand konnte ihn anlügen und die Lüge vor ihm verstecken. Niemand!

Ein Bildnis, hatte sie gesagt, Adonis!

Sie ähnelte seiner Mutter! Liebevoll, zärtlich, mit dem Sinn für wahre Schönheit, dem Fremden, dem Andersartigen nicht verschlossen, wie der große Rest der Menschen es war.

Aber Mutter hatte ihn verraten!

Würde auch sie ihn am Ende verraten?

Karel Murow entschied, dass er es darauf ankommen lassen wollte.

»Steh auf«, sagte er zu ihr.

Sie fragte nicht, zögerte nicht, stand mit einer gleitenden Bewegung auf und blieb ganz dicht vor ihm stehen. Er spürte ihren Atem, die Wärme ihres Körpers, sie schien sich ihrer Nacktheit nicht zu schämen. Die gefesselten Arme hingen locker herunter, ihre Brüste berührten ihn beinahe. Einen atemberaubenden Augenblick lang spürte Karel Murow etwas in seinen Lenden, was er bis dahin niemals gespürt hatte. Warm breitete sich das Gefühl in seinem Körper aus und erfüllte ihn binnen Sekunden. Ihm wurde schwindelig, doch er kämpfte dagegen an, damit sie es nicht bemerkte.

Dieser wunderbare, einzigartige Augenblick verging, als sie ihre Handgelenke ausstreckte.

»Machst du mich los?«

Unfähig sich zu bewegen stand er da und starrte ihre Hände an. An den Gelenken waren sie wund und gerötet von dem scheuernden Metall. Seine Augen wanderten an ihr empor, streiften den Bauch, die Rippenbogen, die Brüste, den Kehlkopf. Über ihre sinnlichen Lippen erreichten sie ihre Augen, die ihn unverwandt ansahen. Er konnte ihren Blick kaum ertragen, zu mühelos vermochte er in seinen Kopf zu dringen.

»Du kannst mir vertrauen.«

Konnte er das?

Gab es auf dieser Welt tatsächlich einen Menschen, dem er vertrauen konnte? Sein bisheriges Leben hatte ihn etwas anderes gelehrt. Vielleicht war aber nun der Zeitpunkt gekommen, seine Erfahrungen über Bord zu werfen und sich auf etwas Neues einzulassen!

Was hatte er schon zu verlieren?

Egal was geschah, sie würde mit ihm hier unten sterben.

Karel wandte sich ab, ging zum Werkzeugtisch hinüber und holte den Schlüssel. Bevor er zu ihr zurückkehrte, fiel sein Blick auf den Leichnam am Boden. Er hatte ihn völlig vergessen. Er packte dessen Handgelenk, das sich eklig kalt und klamm anfühlte, und schleifte den schweren Körper zu ihr hinüber. Klatschend kam er vor ihren Füßen zu liegen.

Ein jämmerlicher Laut entfloh ihrer Kehle. Sie schloss die Augen und wandte den Kopf ab.

»Du kennst ihn?«

Dies würde die erste Bewährungsprobe für sie werden. Karel beobachtete sie genau.

Mit geschlossenen Augen, das Kinn auf der rechten Schulter, die Lippen fest zusammengepresst, nickte sie. Eine Träne rann ihre Wange hinab. Täuschte er sich, oder wurde ihr Körper von einem Krampf geschüttelt?

»Er war auf der Suche nach dir. Ist er dein Freund ... war er dein Freund?«

Es dauerte eine Weile, bis sie sich so weit gefangen hatte, dass sie ihm antworten konnte. All ihre Kraft schien sie zusammennehmen zu müssen, um den Kopf in seine Richtung zu drehen und die Augen wieder öffnen zu können. Noch mehr Tränen rannen herab.

Sie nickte abermals.

»Ein Freund ... und ein Kollege, ein Polizist wie ich. Und er hat dir doch nichts getan, oder?«

Für die letzte Frage hätte er sie am liebsten geschlagen, tat es aber nicht, weil er sich über ihre Ehrlichkeit freute. Ohne Zögern hatte sie zugegeben, dass der Tote vor ihren Füßen ein Polizist war.

Karel trat vor sie hin, packte ihre Handgelenke oberhalb der Metallklammern, hielt sie fest und streichelte mit seinen Daumen die empfindlichen Innenseiten. Dabei sah er sie an. »Er hätte dich mir weggenommen. Du wirst verstehen, dass ich das nicht zulassen konnte. Das verstehst du doch, oder?«

Sie wusste nicht, wohin sie blicken sollte. Er ließ ihre Handgelenke nicht los, streichelte sie weiter, so als seien sie ein Liebespaar, beschäftigt mit einer belanglosen Unterhaltung.

»Nein!«, stieß sie schließlich hervor, riss den Kopf herum und starrte ihn an. Fiebrige Wut war in ihren Augen, aber auch Angst und Verzweiflung. »Nein, das kann ich nicht verstehen. Er hat dir nichts getan. Er wollte leben, genau wie ich.«

Winzige Speicheltropfen benetzten seine Wangen.

Er holte aus und schlug ihr mit einer fließenden, kraftvollen Bewegung ins Gesicht. Sie schrie, ihr Kopf flog zurück, ihre Lippe platzte auf. Blut floss an ihrem Kinn herab, als sie ihn wieder ansah.

»Du solltest wissen, dass du so nicht mit mir sprechen darfst. Und wenn du möchtest, dass ich deine Fesseln löse, musst du mir Respekt entgegenbringen. Du bist ehrlich, das weiß ich zu schätzen, trotzdem solltest du dich vorsehen und die Rollenverteilung nicht vergessen. Hier bist du keine Polizistin mehr.« Er versetzte ihr einen Stoß in die Rippen. »Los, stell dich da rüber.«

Sie taumelte an den Platz über dem Gully. Karel ging zur Wand hinüber und zog die Ketten so straff, dass ihre Arme weit über den Kopf gestreckt wurden. Sie stöhnte vor Schmerzen, wehrte sich aber nicht.

»Du bist ganz vertrocknet. Wir brauchen Öl.«

Ihre Wange brannte und schwoll an. Noch immer lief Blut aus ihrem Mund und tropfte auf ihre rechte Brust. Ihre Schultergelenke schmerzten in der überdehnten Stellung. Die Stimmung war so schnell umgeschlagen, dass Anouschka noch gar nicht begriff, was geschehen war. Sie hatte sich auf der Siegerstraße gewähnt, hatte die richtigen Worte gefunden und ihn für sich gewonnen. Sie war so nah dran gewesen, so verdammt nah dran, er hatte den Schlüssel für die Fesseln schon in der Hand gehabt ...

Ein Blick auf die Leiche hatte alles geändert!

Tim Siebert!

Nein, das durfte nicht sein. Nicht Tim. Großer Gott, nicht Tim. Aber er war es, da bestand kein Zweifel. Auch wenn sein Gesicht eine weiße Maske war, aus der groß die gebrochenen Augen starrten, auch wenn der tiefe Schnitt durch den Hals ihn zusätzlich entstellte, so blieb es doch Tim, den der Verrückte in diese Katakomben geschleppt hatte.

Tausend Gedanken schossen Anouschka gleichzeitig durch den Kopf. Wieso Tim? Wieso er allein? Wo waren die anderen? Wie hatte er ihn überwältigen können?

Er ließ ihr keine Zeit, Antworten zu finden.

Jetzt hing sie erneut in den Fesseln, die Flucht so weit entfernt wie nie zuvor. Die ganze Mühe umsonst, nur weil sie ihm nicht hatte sagen können, dass sie verstand, warum er Tim töten musste. Diesen Verrat an ihrem Kollegen hatte sie nicht über die Lippen bringen können. Nicht einmal für ihr eigenes Leben. Nackt stand er vor ihr, hielt eine kleine blaue Flasche in der einen Hand und goss die klare Flüssigkeit in die andere.

Babyöl!

Sofort drang der Geruch in ihre Nase, benebelte ihre Sinne zusätzlich.

Reiß dich zusammen!, schrie Anouschka sich in Gedanken an. *Wenn du dich jetzt sträubst, ist alles vorbei!*

Also zuckte sie nicht einmal zusammen, als seine Hände, die weich und warm waren, das Öl zuerst auf ihren Schultern verteilten. Ein großer Teil lief an ihrem Körper hinab. Sie schloss die Augen und ließ ihn gewähren. Spreizte sogar die Beine ein wenig, als er sich ihren Oberschenkeln widmete. Er gab sich Mühe, rieb sie ohne Hast ein, vergaß keine Stelle, hielt sich aber lang an ihren Brüsten und zwischen ihren Beinen auf.

Sie ertrug es ohne einen Ton, ohne ein Zucken. Während er sie streichelte, rief sie sich immer wieder Tims Bild vor Augen. Wie er zu Lebzeiten ausgesehen hatte, speziell seinen Gesichtsausdruck, als er sie auf dem Dach des Bunkers so unbeholfen anzumachen versucht hatte. Immer wieder das Gesicht des kleinen, verletzten Jungen, der seine Felle davonschwimmen sah, es aber nicht so recht glauben mochte. Immer wieder sein Gesicht, und während sie sich damit quälte, weinte sie nach innen, verschluckte ihre heißen Tränen und schwor sich, Tim zu rächen.

Sie würde dieses Mistschwein töten!

Nicht dafür, dass er sie entführt hatte, dass er ihr Schmerzen zufügte und sie berührte, sondern für Tim.

Für Tim!

Es war dunkel geworden im tiefen Wald.

Die nervösen Lichter der Taschenlampen von Borrmanns Männern huschten an der grauen, riesenhaften Fassade des Bunkers entlang. Sie suchten nach Spuren, nach einem Eingang, suchten nach allem, was irgendwie verdächtig aussah. Das taten sie bereits seit zehn Minuten, bisher ohne Erfolg. Die Hundestaffel hätte ihnen die Arbeit erleichtert, doch die befand sich noch auf dem Rückweg von Hamburg, und ob die Tiere nach dem Einsatz im Hafen und der langen Fahrt noch fit genug waren, stand nicht fest.

Peter Schröder war absolut sicher, dass Tim und Anouschka die Ölflasche vor diesem Bunker gefunden hatten. Daran, so hatte er mehrfach betont, konnte es keinen Zweifel geben.

Wo aber war das Versteck?

Nele stand ein wenig abseits, betrachtete das stille Wuseln der Taschenlampen und zermarterte sich den Kopf. Hatten sie etwas übersehen? Waren sie zu voreilig gewesen, nachdem sie in der Gartenlaube das Buch gefunden hatten? Die Schlussfolgerung war doch aber logisch. Eibia lag nicht weit entfernt von den Bahnübergängen, an denen die Frauen entführt worden waren, die Ölflasche, Tims Handy, all das sprach dafür ... sie waren hier richtig. Irgendwo hier hielt sich ihr Täter auf, wahrscheinlich mit Anouschka und Tim in seiner Gewalt.

Peter Schröder hatte von unterirdischen Gängen gesprochen, durch welche die Bunker früher miteinander verbunden gewesen waren. Viele waren gesprengt worden, andere eingestürzt. Er schloss aber nicht aus, dass es noch intakte Teile der Anlage gab. Nur kannte er keinen Zugang, und im Dunkeln danach zu suchen war so gut wie sinnlos. Nele würde Borrmann sowieso nicht mehr lange halten können. Ihm war es genauso wichtig wie allen anderen, die vermissten Kollegen zu finden, doch er trug auch die Verantwortung für seine Männer und hatte recht, wenn er sagte, dass eine Suche im Dunkeln sinnlos und gefährlich war.

Trotzdem, Nele würde nicht ohne Anouschka hier weggehen.

Sie sah sich um, versuchte das Unterholz hinter sich zu durchdringen. Da drinnen herrschte eine lauernde Finsternis, die nichts preisgab. Irgendwo dort vor ihr, überwuchert von Farn, versteckt hinter Büschen, geschützt durch den dichten Wald und die Dunkelheit, musste es einen Eingang geben. Nele spürte förmlich, wie nah dran sie war. Sie ging noch ein paar Schritte ins Unterholz, stand schon bis zu den Knien im Farn, als sie meinte, ein unterschwelliges Geräusch zu hören. Sie versuchte die Richtung zu orten, drehte den Kopf hin und her und legte eine Hand hinter das rechte Ohr.

Was war das?

Ein leises Fiepen?

Vielleicht eine Maus – oder gar eine Ratte.

Schon allein bei dem Gedanken lief es ihr eiskalt den Rücken hinab. Aber war der Ton nicht zu gleichmäßig, um von einem Tier zu stammen?

Nele starrte und horchte so angestrengt in die Dunkelheit, dass sie alles andere um sich herum vergaß. Sie wollte schon tiefer ins Unterholz gehen, als sich plötzlich eine Hand schwer auf ihre Schulter legte.

Nele erschrak heftig, schrie auf und fuhr herum.

Es war Hendrik.

»'tschuldigung«, sagte er, ebenfalls von Neles Reaktion erschrocken.

Er hatte Tannennadeln im Haar, seine Kleidung war verschmutzt. Bevor er den Mund aufmachte, verriet schon sein Gesichtsausdruck, was er sagen wollte.

»Wir müssen abbrechen und im Hellen wiederkommen. Borrmann hat recht. Unter diesen Umständen finden wir hier nichts. Vielleicht können wir bis morgen früh eine detaillierte Karte oder altes Architektenmaterial auftreiben.«

»Vielleicht sind Frau Rossberg und Herr Siebert bis dahin auch tot«, erwiderte Nele.

Hendrik atmete scharf ein.

»Glauben Sie etwa, dass wäre mir nicht bewusst? Oder Borrmann? Uns geht es genauso wie Ihnen. Aber wir können nichts tun. Was erwarten Sie eigentlich?«

Zum ersten Mal hörte Nele in Hendriks Stimme die Autorität seines Dienstgrades. Sie musste vorsichtig sein.

»Hören Sie …«, begann sie, und bemühte sich, ihre Stimme verzweifelt klingen zu lassen. Das war nicht schwer, denn sie war nicht weit davon entfernt, wirklich zu verzweifeln.

»Wir können doch jetzt nicht zurückfahren, uns ein paar Stunden hinlegen und dann weitermachen. Das kann doch nicht Ihr Ernst sein.«

Hendrik schüttelte den Kopf.

»Wir bleiben in der Nähe. Das Team kann sich in der Waldschänke bereithalten, bis es hell wird. Und wir beide fahren zurück in die Stadt und versuchen, irgendwelche Zeichnungen von dieser Scheiß-Anlage zu finden. Bis morgen früh sind auch die Hunde wieder einsatzbereit.«

Noch wollte er Nele freundschaftlich überzeugen, doch sie spürte, dass er von einem dienstlichen Befehl nicht mehr weit entfernt war. Jetzt konnte sie nachvollziehen, warum Tim auf eigene Faust losgezogen war. Manchmal war es die einzige Alternative. Hoffentlich hatte er nicht zu viel riskiert!

Plötzlich zerriss ein Schrei die Stille.

Zeitgleich wirbelten Nele und Hendrik herum und griffen zu den Waffen.

Rechts vom Bunker entstand Unruhe, was sich durch zuckende Lichter und laufende Schatten bemerkbar machte. Jemand rief halblaut eine Anweisung. Nele lief neben Hendrik her. Sie sahen, wie sich mehrere Taschenlampen auf eine Stelle konzentrierten, die sich zehn Meter vom Bunker entfernt im Unterholz befand.

Dort angekommen sahen sie zwei Männer auf dem Boden liegen. Erst im letzten Moment erkannte Nele, dass sie am Rande eines Lochs lagen und die Arme nach unten ausstreckten. Borrmann stand hinter ihnen und drehte sich um, als Hendrik ihn ansprach.

»Was ist passiert?«

Die Augen des Mannes blitzten auf.

»Was passieren musste«, presste er hervor. »Sehen Sie sich diesen Mist an. Überall hier im Unterholz sieht es genauso aus. Das ist in der Dunkelheit lebensgefährlich. Wir holen ihn noch da raus, dann brechen wir ab!«

Nele beugte sich vor.

Sie standen an der Bruchkante von irgendwas, das sich nicht identifizieren ließ. Vielleicht ein ehemaliges Gebäude, vielleicht ein Keller oder Reste einer Kanalisation. Hinter dieser Kante ging es senkrecht drei bis vier Meter in die Tiefe. Im Licht der Taschenlampen erkannte sie, dass der schmale Boden mit Eisenbewehrungen bestickt war. Kalt lief es ihr den Rücken hinunter.

»Ist er verletzt?«, fragte sie.

Borrmann schüttelte den Kopf. »Hat Glück gehabt, aber Sie sehen es ja selbst. Genauso gut hätte er sich aufspießen können.«

Die beiden am Boden liegenden Männer zogen ihren Kameraden an den Armen aus dem Loch. Oben angekommen hockte er sich hin und rieb sich das Knie. Dann warf er einen kurzen Blick zurück und wurde sichtlich weiß im Gesicht.

»Schwein gehabt«, war sein kurzer Kommentar.

Er war jung, nicht viel älter als fünfundzwanzig. Vor Neles innerem Auge blitzte eine Art Fotografie auf, die den Mann aufgespießt auf rostige Eisenbewehrung am Grunde des Lochs zeigte. Blut sickerte in seine dunkle Uniform. Sie schloss die Augen, schüttelte den Kopf und verjagte das Bild. Borrmann und Hendrik hatten Recht, sie mussten die Suche verschieben.

Während die Männer sich sammelten und ihre Ausrüstung überprüften, stand Nele etwas abseits und versuchte ihre rasenden Emotionen unter Kontrolle zu bringen. Obwohl ihr rein logisch klar war, dass sie so handeln mussten, wetterten ihr Bauch und ihr Herz dagegen. Irgendwo hier wartete Anouschka in der Gewalt des Entführers auf Hilfe, ihr Leben hing wahrscheinlich davon ab. Vielleicht war sie nur einen Steinwurf weit entfernt, vielleicht wurde sie ein paar Meter unter Neles Füßen gefoltert und stand Höllenqualen aus. Und sie konnte verdammt noch mal nichts dagegen tun!

Nele biss sich auf die Unterlippe, um die heißen Tränen zu unterdrücken. Während ihrer ganzen Zeit bei der Polizei hatte sie sich noch niemals derart zerrissen gefühlt. Borrmanns Männer formierten sich für den Abmarsch, sie zogen schon los, Hendrik stand auf der Lichtung vor dem Bunker und sah zu ihr herüber. Sein Blick war einfach zu deuten.

Sie musste los.

Sie wollte nicht.

Ihre Füße schienen mit dem Boden verwurzelt.

Anou, wo bist du?

Gib mir ein Zeichen, ein kleines Zeichen!

Nele sah abwechselnd zum Bunker, zu Hendrik und ins Unterholz.

Dann setzte sie sich in Bewegung, mit schweren, hölzernen Schritten, sich tief im Innern bewusst, dass es Anous

Todesurteil war, wenn sie diesen Ort jetzt verließ und erst im Morgengrauen wiederkehrte.

Es zerriss ihr schier das Herz.

Der Nachmittag im Schwimmbad hatte vieles verändert. Eigentlich hatte er sogar alles verändert, auch wenn das zunächst nicht offensichtlich geworden war.

Das, was viele Jahre hinter den Gitterstäben gelauert hatte, war entkommen. Endlich! In den Tagen danach hatte es sich noch schwach gefühlt, doch mit jedem Tag, den es länger unentdeckt in Freiheit verbrachte – und er sorgte dafür, dass es unentdeckt blieb – wurde es stärker. Es schien seine Kraft aus den Menschen zu saugen, mit denen er sich umgab.

Großer Gott, was war das für ein atemberaubendes Gefühl!

So berauschend, dass er sogar die Quälereien des Vaters als lächerlich empfand, spürte er doch, dass diese bald ein Ende haben würden. Doch erst einmal entwickelten sich die Tage, die auf den Nachmittag im Schwimmbad folgten, zu den schlimmsten seines Lebens. Gerade weil seine Mutter viel mehr zu leiden hatte als er selbst, er ihr aber nicht helfen konnte – noch nicht. Der Vater bestrafte sie grausam, weil sie es gewagt hatte, sich vor ihren Sohn zu stellen, ihn zu verteidigen, zu behaupten, er habe den Vater nicht absichtlich getreten, würde so etwas niemals tun.

Wie gern hätte er dazwischengebrüllt, dass es sehr wohl Absicht gewesen war und dass es ihm Freude bereiten würde, die Eier des Vaters mit einer Rosenschere abzuschneiden.

Dieser Gedanke hatte ihn beim ersten Mal nur kurz

315

durchzuckt wie ein Blitz, war so schnell verschwunden wie er gekommen war, doch endgültig verblasst war er dann doch nicht, hatte sich in seine Fantasie eingebrannt, und so stellte er sich immer und immer wieder vor, wie er die Rosenschere mit dem roten Griff aus der untersten Schublade in der Küche nahm, sich vor den nackten, an seinen Fernsehsessel gefesselten Vater stellte, um ihm langsam und genüsslich den Hodensack in kleinen Stücken abzutrennen. Danach den Penis, dieses lange eklige Ding, das er immer und immer wieder in die Mutter steckte. Auch den würde er stückweise abkneifen.

Die Schreie! Wie herrlich würden die Schreie in seinen Ohren klingen!

Zunächst aber blieb es Fantasie.

Eine Woche lang bekam die Mutter jeden Abend, sobald der Vater von der Arbeit nach Hause kam, Prügel. Der geringste Anlass war Grund genug. Danach betrank der Vater sich und steckte seinen Penis in sie, ihr Wimmern und Schreien ignorierend.

Er wusste genau, warum der Vater ihn selbst in Ruhe ließ, ihn nicht einmal ansah. Er war perfide und gemein, und es bereitete ihm Freude, dass er mit einem Faustschlag zwei Menschen gleichzeitig treffen konnte. Der Sohn wusste aber auch, dass der Tag kommen würde, an dem die Faust wieder in seine Richtung flog. Allzu lange würde es nicht dauern, denn so gemein wie der Vater war, so ungeduldig war er auch.

Also wartete er. Wenn er aus der Schule nach Hause kam, aß er mit seiner Mutter zu Mittag, machte Hausaufgaben mit ihr, ließ sich von ihr trösten und tröstete gleichsam sie, und verschwand am frühen Abend in seinem Zimmer. Dort, abgeschieden und heimlich, nährte er sein zwei-

tes Ich, pflegte und hegte es, und hing seiner Fantasie von der Rosenschere mit dem roten Griff nach. Immer detaillierter wurde sein Plan, und alsbald begann er, Dinge zu besorgen, von denen er meinte, dass er sie brauchen würde. Nachts lag er auf seinem Bett, presste sich Kissen auf die Ohren, um die Schmerzensschreie seiner leidenden Mutter nicht so laut hören zu müssen, und verging fast vor Wut und Ungeduld.

An einem Abend kam der Vater nicht nach Haus.

Das war keine Seltenheit.

Eine Stunde hatten sie mit dem Abendessen auf ihn gewartet, gehofft, gebangt. Dann war klar, dass er nicht mehr kommen würde. Sich in Sicherheit wiegend hatte Mutter ihn geduscht und seinen Körper mit ihrem Lieblingsöl eingerieben. Später kuschelten sich Mutter und Sohn im Bett des Kindes zusammen. Sie lag hinter ihm, presste sich ganz dicht an ihn und strich ihm immer wieder übers Haar. Dabei weinte sie geräuschlos. Er spürte die Hitze ihrer Tränen. Sie waren heißer als Feuer, heißer als die Sonne, und sie schrien nach der grausamsten Rache, derer ein Mensch überhaupt fähig war.

Obwohl er nicht mit seiner Mutter darüber hatte sprechen wollen, waren in dieser Situation, die seine Seele schier zerriss, die Worte aus ihm herausgesprudelt.

»Würdest du ihn vermissen?«

Sie verstand nicht gleich.

»Würdest du ihn vermissen, wenn er nicht wiederkommen würde?«

Sie schüttelte den Kopf.

»Ich werde ihn töten!«

Sie waren heraus, die Worte, der große Befreiungsschlag, nach dem es ihn so lange verlangt hatte und der seinem *zweiten Ich eine große Portion neue Kraft verlieh. Endlich hatte er seine Absicht offen kundtun können.*

Die Mutter wurde still.

Dann setzte sie sich ein wenig auf, drehte ihn herum und starrte ihn an.

Warum war Entsetzen in ihren Augen?

Warum war dort nicht Freude oder wenigstens Ungeduld zu sehen?

»Was hast du gesagt?«, flüsterte sie.

Es fiel ihm erstaunlich leicht, seine Worte zu wiederholen.

»Ich werde ihn töten!« Diesmal klangen sie sogar noch kraftvoller, ehrlicher, diese Worte. Nicht mehr nur wie eine Absichtserklärung, sondern wie ein Gesetz.

»Sag das nie wieder, hörst du! Niemals wieder!«

»Aber warum, er ...«

»Nein!« Sie rüttelte ihn an der Schulter. »Du darfst nicht einmal daran denken. Dann bist du genauso wie er. Und du gehst ins Gefängnis für den Rest deines Lebens.«

Er konnte kaum glauben, was seine Mutter da sagte.

»Dann bist du genauso wie er!«

Wie konnte sie nur? Verstand sie denn nicht, dass er nur auf diese Weise ihrer beider Leben retten konnte?

»Hast du mich verstanden?«, schrie sie ihn an und rüttelte wieder an seiner Schulter.

Ja, er hatte sie verstanden. Und er nickte auch, aber in seinem Inneren stand die Entscheidung längst unumstößlich fest. Seine Mutter war voller Angst, deshalb reagierte sie so. Sie fürchtete sich davor, was der Vater mit ihm anstellen würde, wenn es schiefging, und sie fürchtete sich davor, was das Gesetz mit ihm anstellen würde, wenn es klappte.

Diese Angst teilte er nicht. Weder die eine noch die andere war begründet, denn nichts von dem würde eintreten. Doch an diesem Abend war nicht der richtige Zeitpunkt, seine Mutter mit Worten davon zu überzeugen. Allein seine Tat würde sie überzeugen.

Er durfte nicht mehr warten.

Sonst würde seine Mutter zerbrechen.

Als der Vater am nächsten Abend von der Arbeit nach Hause kam, spürten sie beide sofort, dass es schlimm werden würde. Sein Frust, seine Wut, nur mühsam unterdrückt, solange er auf der Arbeit kuschen musste, entlud sich, sobald er die Wohnung betreten hatte.

»Was ist denn das für ein Fraß!«

Mit einer schnellen Handbewegung beförderte er das Essen von der Tischplatte auf den Fußboden. Der Teller zerbrach, die Nudeln mit der Tomatensoße platschten auf die Fliesen und gegen die Küchenschränke.

»Ich will Fleisch, wenn ich schon den ganzen Tag für euch dreckiges Pack arbeiten muss, kapiert?!«

Eilig stand seine Mutter auf und wollte sich bücken, um die Sauerei aufzuwischen, da packte er sie am Handgelenk und hielt sie fest.

»Das lässt du unsere Schwuchtel machen. Du brätst mir auf der Stelle ein Stück Fleisch.«

»Aber wir haben keins mehr im Haus.«

Er schlug ihr mit der flachen Hand ins Gesicht. Es klatschte laut, ihre Wange rötete sich sofort. Deutlich waren die Fingerabdrücke zu sehen.

»Dann geh gefälligst los und hol mir Pommes rot-weiß mit Currywurst.«

Die Mutter nahm das letzte bisschen Haushaltsgeld aus

der Kasse in der Küchenschublade und beeilte sich, aus der Wohnung zu kommen. Die Straße runter um die Ecke befand sich ein kleiner Imbiss, dort hatte sie schon oft das Abendessen für den Vater geholt.

Nachdem sie die Tür hinter sich zugezogen hatte, war es plötzlich still. Erschreckend still.

Der Junge saß noch immer regungslos am Tisch. Er hatte sich nicht getraut, von seinen Nudeln zu essen. Er starrte die Tischplatte an. Die gute alte Tischplatte, in der er jede Maserung kannte.

»Du sollst den Dreck wegmachen, hörst du schwer!«, fuhr der Vater ihn an.

Ruckartig erhob der Junge sich von seinem Platz und holte die Reinigungsmittel aus dem Fach unter der Spüle. Er ließ warmes Wasser in den Eimer laufen, kniete sich hin und begann, zunächst die Scherben des Tellers aus der Nudelmatsche zu klauben.

Plötzlich trat ihn der Vater mit dem Fuß in den Rücken und er landete der Länge nach in den Nudeln mit Tomatensoße. Hinter ihm stieß der Vater ein heiseres Lachen aus.

»Tunte«, sagte er. Dann stand er auf, ging zum Kühlschrank und nahm eine Flasche Bier heraus. Nachdem er sie geöffnet hatte, trank er die Hälfte in einem Zug.

Der Junge rappelte sich aus den Nudeln auf. Ohne sich das Gesicht oder die Hände abzuwischen, drehte er sich um und sah den Vater an.

»Was glotzt du so blöd, hä!«

»Ich werde dich töten«, sagte der Junge, wohl wissend, was er damit heraufbeschwor.

Der Vater bekam einen Lachanfall. Noch während er lachte, tat er einen Schritt auf seinen Sohn zu und schlug ihm mit der Faust ins Gesicht. Nicht mit voller Kraft, aber auch nicht sanft. Der Schlag reichte, um den Sohn gegen die Küchenanrichte zu schleudern, wo er sich schmerzhaft den unteren Rücken stieß.

Der Vater lachte noch lauter, prostete ihm zu und trank von dem Bier. »Dann versuch es doch, du kleine Schwuchtel. Darauf bin ich mal gespannt. Ich hoffe, du kannst das Echo vertragen.«

Er trat dem am Boden hockenden Jungen kräftig in den Hintern, so dass er zum zweiten Mal in der Nudelmatsche landete.

»Und jetzt mach die Sauerei weg, wo du schon mal da unten bist.«

Heiße Wut kochte in dem Jungen hoch, drohte ihn zu verzehren. All seine Kraft musste er aufwenden, um sich zu beruhigen. Das Etwas in seinem Inneren war nahezu entfesselt, drängte darauf zu töten. Doch der Zeitpunkt war nicht ideal. Körperlich, das wusste der Junge, war er dem Vater unterlegen, und er würde selbst sterben, wenn er ihn in seinem jetzigen Zustand angriff.

Aber der Zustand des Vaters war auch sein Vorteil. Denn immer, wenn er derart übel drauf war, trank er in einem kurzen Zeitraum eine Unmenge Alkohol. Dann würde es so sein wie immer. Nach dem Abendessen würde sich der Vater vor den Fernseher setzen, ein Bier nach dem anderen trinken und immer besoffener werden. Zwischendurch würde er seine Frau vergewaltigen und schlagen, und vielleicht, wenn er dazu noch in der Lage wäre, seinen Sohn quälen. Aber dann, irgendwann am späten Abend, vielleicht erst nach Mitternacht, würde er in seinem Sessel vor dem Fernseher einschlafen.

Erst dann war der richtige Zeitpunkt gekommen.

Also riss der Junge sich zusammen, biss sich auf die Zun-

ge, bis er Blut schmeckte, und machte sich mit dem Putz-
lappen an die Arbeit.

Die Wohnungstür ging. Seine Mutter kehrte zurück. So-
fort roch es in der Wohnung nach den Fritten, die in altem
Fett frittiert worden waren.

Die Mutter sah sofort, was vorgefallen war.

Sie stellte das Essen auf dem Tisch ab und half dann ih-
rem Sohn bei der Arbeit. Der Vater sagte nichts dazu. Er
machte sich über den Fraß her, stand schließlich auf, nahm
zwei Flaschen Bier mit und verschwand ins Wohnzimmer.

Mutter und Sohn waren fast fertig mit der Putzarbeit.
Auf allen vieren hockend steckten sie die Köpfe zusam-
men.

»Alles wird gut werden«, flüsterte die Mutter.

Der Sohn sah sie an.

Glaubte sie wirklich noch daran?

»Erst, wenn er tot ist!«, sagte er leise.

Wieder dieses Entsetzen im Blick seiner Mutter. Sie hielt
mit dem Putzen inne und starrte ihren Sohn an.

»Das darfst du nicht sagen, nicht einmal denken, hörst
du! Du darfst nicht so werden wie er.«

»Aber sonst wird er dich oder mich irgendwann töten,
verstehst du das denn nicht!«

»Nein, das wird er nicht. Gott wird uns beschützen.«

In den letzten Monaten hatte ihr christliches Gefasel im-
mer mehr zugenommen. Gebetet hatte sie schon immer re-
gelmäßig, aber seit einiger Zeit schien sie sich immer mehr
in diese religiöse Welt zu flüchten, die ihr Schutz zu gewäh-
ren versprach.

Der Junge wusste, dass das ein Trugschluss war. Gäbe es
wirklich einen Gott, dann hätte dieser schon längst einen
Schlussstrich unter diese Quälereien gezogen. Kein Gott

konnte sich doch so etwas lange anschauen. Nein, niemand würde ihnen helfen. Niemand. Der Junge schwieg und erledigte mit seiner Mutter die Arbeit. Danach schickte sie ihn auf sein Zimmer. Dort sollte er bleiben, ganz egal, was er auch hören würde.

Später hörte er dann, was er an solchen Abenden immer hörte. Geschrei, Poltern, Schläge, Stöhnen, Geschrei, Jammern, Flehen, Bitten.

Und die ganze Zeit über wartete er darauf, dass der Vater auch noch zu ihm kommen würde. Doch das tat er nicht. Irgendwann zwischen dreiundzwanzig Uhr und Mitternacht wurde es still in der Wohnung. Bis auf das Dröhnen des Fernsehers.

Der Junge wurde zunehmend ruhiger. Während er wartete, spürte er eine Veränderung in sich vorgehen. Hatte er bisher noch das Gefühl gehabt, das kraftvolle Etwas in seinem Inneren und er selbst seien zwei verschiedene Persönlichkeiten gewesen, so war er sich jetzt sicher, dass eine letzte Verschmelzung stattgefunden hatte. Die immense Kraft und der Wille, Böses zu tun, waren immer da gewesen, doch nun war er böse und nicht nur von Bösem besessen. Und es fühlte sich großartig an. Darin konnte er ruhen und mit großem Vertrauen darauf seine Aufgabe beginnen.

Der Junge legte sich auf sein Bett. Legte sich gerade auf den Rücken, die Arme eng am Körper, die Beine ausgestreckt, und blickte in der Dunkelheit seines Zimmer zur Decke, die er kaum sehen konnte. So blieb er eine halbe Stunde lang liegen, atmete tief und gleichmäßig und schöpfte zusätzliche Kraft aus der Ruhe, die ihn durchströmte. In seinem Inneren schloss er einen Pakt mit dem, was aus dem Käfig entkommen war. Den Pakt, es niemals wieder wegzusperren, wenn es ihm am heutigen Abend genug Kraft verlieh, das zu tun, was er sich vorgenommen hatte.

Irgendwann war die halbe Stunde um.

An der Geräuschlage in der Wohnung hatte sich nichts mehr geändert.

Der Junge ging barfuß zur Zimmertür, öffnete sie leise und spähte hinaus.

Die Wohnung war dunkel. Allein aus dem Wohnzimmer drang das kalt-blaue Flackern des Fernsehers.

Also gut.

Die Zeit war gekommen!

Er schlich hinüber zur Schlafzimmertür seiner Eltern. Leise öffnete er sie einen Spalt. Drinnen hörte er seine Mutter schnarchen. Sie war erschöpft und würde so leicht nicht aufwachen. Trotzdem, sicher war sicher. Und es diente ja nur ihrem eigenen Schutz. Er zog den Schlüssel aus der Innenseite des Schlosses, drückte die Tür zu, steckte den Schlüssel außen hinein und schloss ab. Dann schlich er zurück in sein Zimmer, nahm Seile, Kabelbinder und Schals. Damit ging er zum Wohnzimmer.

In der Tür blieb er stehen.

Der opulente Fernsehsessel des Vaters stand wie immer mitten im Zimmer, gerade ausgerichtet auf den Bildschirm. Die Lehne war so hoch und breit, dass der Junge seinen Vater nicht sehen konnte.

Er schlich sich von hinten an den Sessel heran. Allzu leise brauchte er nicht zu sein. Die Geräuschkulisse des Fernsehers bot einigen Schutz, außerdem würde der Vater nicht so schnell aufwachen. Neben dem Sessel standen acht leere Bierflaschen. Plus die eine hastig in der Küche getrunkene machte neun.

Der Junge blickte von hinten über den Sessel. Stinkbesof-

fen lag der Vater da wie immer. Die Beine hoch auf der ausklappbaren Fußstütze, die Arme auf den breiten Lehnen. Er trug ein weißes Unterhemd und eine weiße, kurze Unterhose. Eine gewaltige Erektion spannte den Stoff bis kurz vor dem Zerbersten. Angewidert wandte der Junge den Blick ab und begann mit seinem Vorhaben.

Er legte das leichte, aber stabile Kunststoffseil über die Unterarme des Vaters, führte es mehrmals unter dem Sessel hindurch und zog es so straff wie er sich traute, ohne den Vater zu wecken. Dann verknotete er es an der Seite des Sessels.

Jetzt die Kabelbinder!

Damit wollte er die Füße an den Metallgelenken des Fußteils fixieren. Er begann mit dem rechten Fuß. Dicht daneben kniend stieg ihm der miefige Geruch lange nicht gewechselter Socken in die Nase. Vorsichtig führte er den Kabelbinder um Fußgelenk und Metallstrebe der Stütze herum, steckte ihn zusammen und begann, ihn straff zu ziehen. Das tat er wegen des ratschenden Geräusches sehr langsam, spürte dabei jeden Kunststoffzahn einzeln durch die Führung rutschen. Über den Socken zog er den Kabelbinder gerade so straff, dass der Vater seinen Fuß nicht würde herausziehen können.

Als er sich neben den linken Fuß kniete, grunzte der Vater und bewegte sich. Der Junge verharrte still. Er hob den Blick und beobachtete das Gesicht des Vaters genau, wobei er an der immer noch gewaltigen Erektion vorbeischauen musste. Da die Augen geschlossen blieben, fuhr er schließlich mit seiner Arbeit fort. Innerhalb kurzer Zeit hatte er auch das zweite Bein angebunden. Damit war der Vater auf dem Sessel fixiert, wenn auch noch nicht fest genug. Der letzte Schritt fehlte noch.

Der Hals.

Der Junge trat erneut hinter den Sessel, nahm beide Enden des zweiten, kürzeren Kunststoffseils, hielt es vor den Hals des Vaters und führte es langsam immer dichter an den Kehlkopf heran. Jetzt war Schnelligkeit gefragt. So besoffen konnte ein Mensch gar nicht sein, dass er es nicht spüren würde, wenn ein Seil um seinen Hals geschlungen wurde.

Ein kurzer Ruck noch, dann gab es kein Zurück mehr.

Der Junge zog das Seil straff und führte die Enden hinter dem Sessel zusammen. Gleichzeitig erwachte der Vater und wollte instinktiv die Hände zum Hals heben, doch die waren bereits gefesselt. Der Junge schaffte es, die Enden zu verknoten, ehe der Vater den Kopf nach vorn riss. Als er es schließlich tat, schnitt ihm das Seil in den Hals und quetschte den Kehlkopf, so dass er den Kopf wieder sinken ließ. Das letzte Seil legte der Junge um die Oberarme des Vaters, zog es so straff er nur konnte und verknotete es an der Rückseite der hohen Lehne.

Der Vater grunzte und schüttelte benommen den Kopf. Noch hatte er nicht wirklich verstanden, was vor sich ging.

»Was soll die Scheiße«, sagte er mit schwammiger Stimme. Der Alkohol war längst noch nicht verdaut.

Der Junge trat vor den Sessel.

Im blau flackernden Licht des Fernsehers sah sein Vater unnatürlich blass aus. Sabber tropfte von seinem Kinn auf das Unterhemd. Er blinzelte hektisch, versuchte, seinen Verstand beieinanderzubehalten. Scheinbar war er tief in einem Traum gewesen. Seine Erektion begann zu schrumpfen.

»Weißt du noch, was ich vorhin zu dir gesagt habe?«

Der Vater starrte ihn aus blutunterlaufenen Augen an.

»Du machst mich sofort los, du kleine Schwuchtel, sonst ...«

»Sonst was? Was willst du mir jetzt noch antun? Du wirst weder mir noch Mutter jemals wieder etwas antun.«

Erkenntnis flackerte in den Augen des Vaters, Angst gesellte sich dazu. Der Junge registrierte es mit Genugtuung. Er nahm die Fernbedienung und stellte den Ton lauter. Gerade lief ein Action-Thriller, in dem geschossen und geschrien wurde. Das passte gut.

»Ich komme sofort wieder«, sagte er zum Vater, lief in die Küche, nahm eine normale Schere und die Rosenschere aus der Schublade und eilte ins Wohnzimmer zurück. Natürlich war der Vater eifrig damit beschäftigt, sich zu befreien. Die Seile um seine Oberarme hielten an der Lehne des Sessels nicht besonders gut, so dass er dort schon etwas Spielraum hatte. Dafür waren die Fußgelenke besonders fest. Trotzdem, er würde sich beeilen müssen.

Der Vater hörte auf sich zu winden, als er sah, was sein Sohn mitgebracht hatte.

»Was willst du damit«, fragte er. Zitterte seine Stimme etwa?

Wortlos trat der Junge abermals hinter den Sessel, nahm einen Schal, führte ihn um den Kopf des Vater und zog ihn derart straff, dass er tief in dessen Mund schnitt. Dann band er einen zweiten Schal darüber, so dass nur noch dumpfe Laute zu hören waren. Gellende, flehende Schreie wären dem Jungen zwar lieber gewesen, aber wegen der Nachbarn und seiner Mutter war er bereit, hier einen Kompromiss einzugehen.

Der Vater wand sich, kämpfte, keuchte, und würde es sicher bald schaffen, zumindest den Oberkörper frei zu bekommen.

Der Junge beeilte sich.

Mit der normalen Schere schnitt er die Unterhose des Vaters vorn auseinander. Da lag das Geschlechtsteil frei vor ihm, erschlafft jetzt, aber trotzdem noch riesig. Es stank!

Der Junge nahm die Rosenschere und hielt sie so, dass der Vater sie sehen musste.

Augenblicklich gab er wilde, gedämpfte Geräusche von sich, zerrte und kämpfte, schaffte es, den Oberkörper etwas aufzubäumen. Der Sessel ruckte hin und her. Die Augen des Vaters waren jetzt weit aufgerissen, angefüllt von schierer Panik. »Nein, nein, nein!« Zumindest diese Worte waren durch den Knebel zu verstehen.

Als er sich an dessen Angst ausreichend ergötzt hatte, wandte der Junge den Blick ab vom Gesicht seines Vaters. Vor ihm lag das Geschlecht, groß, fleischig und schlaff. Er setzte die Rosenschere an, die sich gerade weit genug öffnen ließ, um den Penis zwischen die Schneiden aufzunehmen.

Leider wehrte sich der Vater noch immer heftig, und hatte mittlerweile so viel Bewegungsspielraum, dass auch sein Schwanz hin- und herwackelte. Trotzdem bekam der Junge ihn zwischen die Schneiden, ohne das eklige Ding anfassen zu müssen.

Kräftig drückte er die Rosenschere zusammen.

Es war leicht, fast schon zu leicht.

Der Penis wurde an der Wurzel abgetrennt und fiel zwischen die Beine des Vaters auf den Sessel.

Ein Schwall Blut schoss hervor, traf die Brust des Jungen, besudelte seine Hände und Arme. Warmes, dampfendes Blut. Der Junge sprang zurück und landete auf dem Hintern. Eigentlich hatte er noch den Hodensack des Vaters abschneiden wollen, doch bei der Menge an Blut, die aus der Wunde schoss, traute er sich nicht mehr heran.

Der große, starke Mann wand sich unter Schmerzen, schrie schrie schrie, so dass seine Schreie auch durch den Knebel noch laut waren. Für die Nachbarn würde es wie der Fernseher klingen, einzig die Mutter könnte davon geweckt werden. Gut, dass er sie eingesperrt hatte.

Der Junge rückte vom Sessel weg, bis er den Fernsehschrank in seinem Rücken spürte. Dort blieb er sitzen. Das Blut spritzte jetzt nicht mehr aus der Wunde, es lief. Unglaublich, wie viel Blut da herauslief. Es lief durch den Sessel auf den Boden und färbte einen stetig größer werdenden Bereich des hellen Teppichs rot. Die Bewegungen des Vaters wurden langsamer, die Schreie leiser. Seine Kraft, die Mutter und er immer so brutal zu spüren bekommen hatten, lief aus seinem Körper.

Nicht eine Sekunde nahm der Junge den Blick vom Todeskampf seines Vaters. Schließlich, nach einer nicht messbaren Zeit, sickerte nur noch sehr wenig Blut aus der Wunde, wo einst der Penis gehangen hatte, und der Vater lag still da. Seine Augen waren aufgerissen, die Atmung hatte aufgehört.

Er war tot.

Jetzt konnte das Leben beginnen.

Anouschka rieb sich die schmerzenden Handgelenke. Frisch eingeölt und eingehüllt in die kratzenden, stinkigen Decken, hockte sie auf dem Matratzenlager. Vor einer Viertelstunde hatte er ihr die Handfesseln abgenommen, einfach so, ohne weitere Aufforderung. Dann hatte er sich ihr gegenübergesetzt und zu reden begonnen. Von seiner Kindheit, seinem despotischen Vater und dieser grausamen Tat. Anou hatte zugehört, und auch wenn sich ein Teil ihres Verstandes immerzu mit Flucht und Rache für Tim beschäftigte, hatte sie es nicht vermeiden können, seiner Erzählung zu folgen.

Es war wie ein heißer Schwall aus ihm herausgebrochen, so als habe er seit damals darauf gewartet, es jemandem erzählen zu können. Bisher hatte sie ihn ohne Unterbrechung sprechen lassen, hatte gehofft, dass er noch lange Zeit brauchen würde, denn Anou fühlte sich noch nicht stark genug, um es mit ihm aufzunehmen. Er hatte ihr weder zu essen noch zu trinken gegeben, und so musste sie auf ihre Kraftreserven setzen. Ein paar Minuten noch, sie musste ihn noch ein paar Minuten bei der Stange halten.

»Was geschah dann?«, fragte sie, ließ ihre Stimme dabei so sanft wie möglich klingen.

Karel Murow saß nackt im Schneidersitz auf dem kalten Boden, keine zwei Meter von ihr entfernt. Zwischen seinen Beinen, wo fehlte, was ihn zum Mann gemacht hätte, lag ein langes Messer. Er hielt die Hände verschränkt, den Kopf gesenkt und wippte vor und zurück. Das Licht der flackernden Kerzen ließ seine Haut golden erscheinen.

Ansatzlos sprach er weiter, so als hätte er in seinem Inneren gar nicht aufgehört.

»Die ausgeblutete Leiche hing schlaff im Sessel, nur gehalten von den Seilen und Kabelbindern. Ringsherum hatte sich eine gewaltige Blutlache gebildet. So wahnsinnig viel Blut. Die Augen standen weit offen und starrten zum Bildschirm. Selbst tot sah er immer noch fern.

Ich war so lange vor dem Sessel hocken geblieben, bis ich ganz sicher war. Dann weckte ich Mutter. Ganz sanft, mit Küssen auf Stirn und Wange, flüsterte ihr zu, dass sie nun nie mehr Angst haben müsse, dass sie nun frei sei.

Sie hat nicht verstanden. In ihrem Mundwinkel klebte

getrocknetes Blut. Ihre Bluse, in der sie eingeschlafen war, war vorn zerrissen, um die Hüfte war sie nackt. In ihren Augen schimmerte noch der Schmerz der Vergewaltigung, und trotzdem mischte sich keine Freude darunter, als ich ihr die gute Nachricht überbrachte.

Sie lief ins Wohnzimmer, bekreuzigte sich noch unter dem Türrahmen und übergab sich.

Dann sah sie mich an, als wäre ich das Böse in Person.

Angst und Abscheu waren in ihrem Blick.

›... wie dein Vater ... du bist genauso wie er!‹

Sie stand vor mir, zitternd, bleich, starrte mich an, und ich konnte nicht glauben, was sie da sagte. Wie konnte sie so etwas zu mir sagen?!

Ich hatte es doch für uns getan, damit wir endlich so leben konnten wie alle anderen Menschen auch, ohne die ständige Angst, ohne diesen grausamen Dämon.

Für uns!

Und was tat sie?

Stellte mich auf eine Stufe mit ihm.«

Wieder hatte er aufgehört zu sprechen, hielt die Augen geschlossen und wippte nun stärker vor und zurück. Seine Bewegungen hatten etwas Hypnotisches, sein durch den Kerzenschein hervorgerufener Schatten huschte riesenhaft an der Wand des Bunkers hin und her.

Anouschka betrachtete ihn fasziniert und ängstlich zugleich. Soeben war ihr klar geworden, was er nicht wahrhaben wollte. Seine Mutter hatte schon damals recht gehabt. In ihm hauste ein bösartiger Dämon, genauso wie in seinem Vater. Er würde niemals ein normaler Mensch sein, keine Therapie konnte diesem Mann helfen. Die Welt wäre ohne ihn besser dran.

Er war gefährlich, weil er sein Inneres nicht kontrollieren konnte. Im ständigen Kampf mit sich selbst verlor er dauernd, und selbst wenn seine Mutter ihn damals nicht so gedemütigt hätte, wäre er trotzdem ein zutiefst asozialer Mensch geworden. Er war ohne Penis auf die Welt gekommen, und vielleicht fehlte ja noch mehr! Konnte es sein, dass Menschen ohne Seele zur Welt kamen?

Anouschka wollte sich nicht mit solchen Gedanken belasten. Sie wollte auf keinen Fall Mitleid empfinden mit diesem Monstrum, das Tim getötet hatte.

Er wippte ohne Unterlass, starrte dabei zu Boden. Speichel lief aus seinem rechten Mundwinkel. Er schien sich in eine andere Welt verabschiedet zu haben.

War das ihre Chance?

Sollte sie jetzt handeln?

Angst und Abscheu hatten damals im Blick seiner Mutter gelegen, nur noch Angst und Abscheu. So oft hatte sie ihm zugeflüstert, wie schön sie ihn fand, hatte es durch die Liebkosungen ihrer Hände beim Verreiben des Öls auch immer wieder bewiesen, aber es war nur eine Lüge gewesen! Nur eine Lüge!

Erst jetzt, nachdem er es einer Fremden gegenüber formuliert hatte, erkannte Karel, was der Blick seiner Mutter damals in ihm ausgelöst hatte.

Seit jener Nacht, als der einzige Mensch, der ihm je etwas bedeutet hatte, ihn verriet, waren alle Emotionen in ihm abgestorben. Übrig geblieben war nur das Ungeheuer, entfesselt und stark wie nie zuvor, da es auf nichts und niemanden mehr Rücksicht nehmen musste. Von da an übernahm es die Aufgabe, sein Inneres vor weiteren Verletzungen zu schützen, jene Aufgabe, die zuvor seine Mutter erfüllt hatte. Das machte es gut, aber es verlangte auch einen Preis dafür. Das Ungeheuer wollte töten!

Und darum würde er weitermachen.

Würde die Polizistin das verstehen?

Nein.

Warum sollte er dann mit ihr darüber sprechen?

Diese dunkle Schönheit war zwar ein perfektes Bildnis, sie erkannte sogar seine Schönheit an, aber würde sie ihn am Ende nicht genauso anschauen wie alle anderen? Mit Angst und Abscheu in den Augen?

Karel Murow packte mit geschlossenen Augen das Messer zwischen seinen Beinen fester.

Als Nele Dag Hendrik beinahe erreicht hatte, hörte sie es wieder. Diesen fiependen Ton in rascher Folge, so als wäre irgendwo eine Maus in die Fänge eines Beutetiers geraten.

Oder als melde sich ein Handy, dessen Akku fast leer war!

Die Eingebung war wie ein Donnerschlag.

Nele Karminter blieb abrupt stehen, drehte sich in Richtung des Unterholzes und lauschte. Nachdem Hendrik sie vorhin so erschreckt hatte, hatte sie das Geräusch vergessen. Jetzt verfluchte sie sich innerlich dafür, die Verbindung nicht sofort hergestellt zu haben, schließlich hatten auf dem Weg zum Bunker alle nach Tims Handy gesucht, das hier irgendwo liegen musste.

Hendrik kam zu ihr zurück. »Frau Karminter ... Nele ...«, begann er, doch Nele brachte ihn mit einer raschen Handbewegung zum Schweigen.

Sie lauschte erneut, doch das Fiepen war verstummt.

»Haben Sie das nicht gehört?«, fragte sie Hendrik ohne ihn anzusehen, den Blick starr auf das undurchdringliche Unterholz gerichtet.

»Was denn?«

Sie lauschten zusammen. Hendrik ließ sich von ihr anstecken, ohne zu zögern, und das machte ihn in diesem Moment zu ihrem Freund auf Lebenszeit. Er hätte ebenso gut auch argwöhnen können, dass sie ihn hinhalten wollte.

Das Fiepen erklang erneut, diesmal leiser.

Jetzt hörte Hendrik es auch.

Er packte Nele am Arm und zeigte ins Unterholz. »Das kommt von da drüben!«

Dort, wo er hinzeigte, war nichts als Schwärze. Beide zückten ihre Stablampen, schalteten sie ein und leuchteten ins Unterholz.

»Los«, sagte Nele und marschierte voran.

Hendrik verharrte noch kurz, blickte der abmarschierenden Truppe hinterher, folgte ihr dann aber. Sie gingen hintereinander ins Unterholz, das schnell dichter wurde. Ihre Hosenbeine verfingen sich in den Dornen der wilden Brombeersträucher, und sie mussten sich unter den Zweigen der Büsche hindurchbücken.

»Die Taschenlampen aus«, zischte Nele, »wenn das Tims Handy ist, leuchtet es vielleicht noch.«

Beide blieben stehen und löschten die Lampen. Sofort war die Dunkelheit wie eine feste Masse, die sie zu ersticken drohte. Die Augen weit aufgerissen starrten sie in die Schwärze, sahen jedoch nichts, kein Leuchten, kein Schimmern, kein elektronisches Blinken. In dieser Finsternis wäre jedes noch so kleine Licht wie ein Scheinwerfer gewesen.

Nele spürte ein unangenehmes Kribbeln zwischen den Schulterblättern. Angst wollte sie sich aber nicht eingestehen. Es waren nur überempfindliche Instinkte.

»Ich höre es nicht mehr. Gehen wir noch ein Stück, es kann ja nicht weit sein«, sagte sie.

»Wir müssen den anderen Bescheid geben.«

»Die merken schon, dass wir ihnen nicht folgen.«

Nele überlegte, ob sie die Taschenlampe wieder einschalten sollte. Die Grube vor Augen, in die der SEK-Mann gestürzt war, machte ihr die Entscheidung leicht. Den scharf umrissenen Lichtkegel auf den Boden gerichtet schlich sie weiter. Dabei war es ihr egal, ob Hendrik ihr folgen oder dem Team Bescheid geben würde. Sie konnte jetzt nicht zurück – und warten schon gar nicht.

Nach einigen Metern änderte sich der Untergrund abrupt. Wo eben noch weicher, moosiger Waldboden gewesen war, bedeckte jetzt eine brüchige Betonplatte die Erde. Sie war feucht und glatt und an den Rändern zerbrochen. An ihrer vorderen Kante fiel der Boden steil ab.

Nele blieb stehen, Hendrik schloss auf, gemeinsam leuchteten sie in den Abgrund. Ohne Lampen wären sie böse gestürzt. Dieses Gelände war wirklich ein Alptraum. Drei Meter tiefer verlief ein Graben, gebildet aus den Betonkanten ehemaliger Bunker. Der Grund des Grabens war übersät von kleineren und größeren Brocken. Nele hatte den Eindruck, dass sie sich auf dem Dach eines Bunkers befanden, der entweder eingestürzt oder eingesunken war.

Ohne ein Wort schalteten sie gleichzeitig die Lampen aus.

Bis ihre Augen sich an die Dunkelheit gewöhnt hatten, sahen sie gar nichts. Dann setzte plötzlich das Fiepen wieder ein, leise, beinahe kläglich, und am Grund des Grabens leuchtete es kurz blau auf.

»Da!«, riefen beide gleichzeitig.

Hendrik ließ seine Taschenlampe aufflammen und visierte den Punkt an, an dem sie das blaue Leuchten gesehen hatten.

»Ich rühre mich nicht von der Stelle, sonst verlieren wir es wieder. Steig du runter.«

Nele registrierte zwar, dass ihr Vorgesetzter sie plötzlich duzte, hatte aber keine Zeit, sich darüber Gedanken zu machen. Sie steckte ihre Lampe in den Gürtel, ließ sich an der Betonkante herab und sprang. Sie kam schlecht auf und knickte schmerzhaft mit dem rechten Fuß um. Trotzdem kletterte sie sofort weiter zu der Stelle, an der der Lichtkegel von Hendriks Taschenlampe ruhte.

Sie sah Tims Handy sofort.

Und auch die braune Lache, die das Moos großflächig eingefärbt hatte.

Sie gab Hendrik ein Zeichen, dann nahm sie das Handy auf. Der Akku hatte sich mit dem letzten Piepen verabschiedet, war jetzt komplett entladen.

»Warum hast du nichts gesagt, du verfluchter Idiot«, flüsterte Nele dem Handy zu, so als könnte Tim sie dadurch hören.

Dag Hendrik, der sie inzwischen erreicht hatte, hockte sich neben sie und gab einen leisen Zischlaut von sich.

»Das ist Blut, viel Blut!«, sagte er.

Nele nickte nur. Was das bedeutete, wussten beide. Sie mussten es nicht aussprechen.

»Was nun?«, fragte Nele.

Anders als sie erwartet hatte, spornte der Fund des Handys sie nicht an. Sie spürte plötzlich eine gähnende Leere in sich. Die Hoffnung starb wirklich zuletzt, und man musste sie quasi zertrampeln. Das Blut, das Handy, all das sprach eine deutliche Sprache, und doch wollte Nele sich nicht damit abfinden, zu spät gekommen zu sein. Dieses Dilemma raubte ihr die Kraft.

Hendrik antwortete nicht. Er starrte nach vorn. Nele folgte seinem Blick und sah, was er sah: Eine Schleifspur aus Blut, plattgedrücktem Farn und von den Betonbrocken und

Platten abgescheuertem Moos. Eine im Licht der Taschenlampen deutliche Spur, der sie nur zu folgen brauchten.

»Ich hole das Team zurück«, sagte Hendrik und betätigte den Sendeknopf seines Funkgerätes.

Während er leise mit Borrmann sprach – Nele konnte hören, dass der SEK-Leiter mächtig sauer war –, kroch sie selbst auf allen vieren vorwärts. Das Blut wurde schnell weniger, trotzdem war die Spur noch gut genug zu sehen.

Warum war der Täter so nachlässig?

Bei der Entführung der anderen Frauen hatte er derart vorsichtig agiert, dass selbst die erfahrenen Spurentechniker des Dezernats nicht in der Lage gewesen waren, etwas zu finden. Und nun dieser Wegweiser. Warum? Fühlte er sich hier sicher? Oder war er in seinem geistigen Verfall bereits so weit vorangeschritten, dass ihm alles egal war?

Hendrik hielt sie an der Schulter fest.

»Keine Alleingänge«, raunte er.

Zusammen krochen sie um einen besonders großen Betonbrocken herum. Dahinter befand sich ein langer, aber nicht besonders tiefer Graben, der von rechts nach links verlief. Er endete, soweit sie das sehen konnten, vor den Resten eines weiteren Bunkers. Nele leuchtete dorthin. Dieser Bunker war längst nicht so gewaltig wie der andere, auch schien er zur Hälfte im Erdboden zu stecken. Trotzdem war er sehr massiv und auch auf seinem flachen Dach wuchsen Bäume und Büsche. Es wirkte, als sei er im Laufe der Jahre aus dem Boden herausgewachsen.

»Dort muss der Eingang sein«, flüsterte Nele.

»Wir warten hier, sonst finden die anderen uns nie.«

»Okay, Sie warten, ich schaue mich um.«

Noch ehe Hendrik etwas erwidern oder sie festhalten konnte, sprang Nele in den Graben hinunter. Ihr Chef rief ihr etwas hinterher, doch sie achtete nicht darauf. Gebückt rannte sie auf den Bunker zu. Ihr Herz schlug wie wild. Neue Hoffnung keimte auf. Vielleicht kamen sie ja doch nicht zu spät!

Der Graben endete an der Bunkerwand vor einem zugemauerten Eingang.

Nele suchte den Boden nach der Schleifspur ab.

Sie war nicht mehr zu sehen. Als hätte der Erdboden sie verschluckt.

Hektisch leuchtete sie den weiteren Umkreis ab. Waren das dort Fußabdrücke? Nele ging in die entsprechende Richtung, entfernte sich dabei weiter von Hendrik, der immer wieder mit unterdrückter Stimme nach ihr rief. Nele wollte es nicht hören, sie war wie in Trance. Die vermeintlichen Fußabdrücke im Gras führten um die Ecke des Bunkers und verschwanden dort. Es gab hier im Schatten des weit überstehenden Daches keinen Bewuchs mehr, sondern nur dunklen Sand und einen Teppich aus Tannennadeln. Entweder hatte der Täter seines Spuren verwischt, oder aber …

Etwas zog Neles Aufmerksamkeit an.

Nahe der Bunkerwand lag trockenes Gestrüpp zu einem Haufen aufgetürmt. Es wirkte untypisch, nicht dort hingehörend, künstlich.

Nele wollte darauf zu gehen, wurde aber unvermittelt von hinten festgehalten.

Es war Hendrik.

»Verdammt … können Sie nicht auf mich hören!« Er war eindeutig sauer und siezte sie wieder.

»Da drunter«, sagte Nele und wies mit der Taschenlampe auf den Gestrüpphaufen.

Für einen sehr kurzen Moment schwankte Hendrik zwischen seiner Absicht, Nele zurückzuhalten und auf das Team zu warten, oder allein weiterzumachen.

»Was ist da drunter?«, fragte er schließlich.

»Der Eingang.« Nele klang erregt, ihre Stimme zitterte.

»Wie kommen Sie darauf?«

Nele ließ sich auf die Knie fallen. Das Gestrüpp lag auf einer groben Segeltuchplane, die auf den ersten Blick wie der Boden selbst aussah. In der vorderen Kante der Plane war durch eine Metallöse ein Seil gezogen, das im Boden verschwand. Die Plane selbst lag scheinbar auf einer Holzplatte. Dort, wo das Seil im Boden verschwand, gab es zwischen der Platte und einer Betonkante einen Spalt.

Hendrik sah es ebenfalls.

»Tatsächlich!«

Sein Funkgerät knarrte. Borrmann war auf der Suche nach ihnen, konnte sie aber nicht finden. Während Hendrik mit ihm sprach, löste Nele das Band aus der Öse und schob die Plane mit dem Gestrüpp zurück. Die ganze Holzplatte wurde sichtbar. Sie war noch nicht alt, und die Scharniere, mit denen sie bewegt werden konnte, glänzten metallen.

»Wir müssen zum Ende des Grabens zurück. Borrmann kann uns hier nicht finden«, raunte Hendrik ihr zu.

Als Nele nicht antwortete und stattdessen nach der Holzplatte griff, packte er sie an der Schulter.

»Jetzt ist aber Schluss! Wir werden nicht allein weitermachen. Haben Sie gehört?«

Nele drehte sich zu ihm um und sah ihren Chef fest an. »Ich werde jetzt nicht aufhören. Irgendwo da unten ist Frau Rossberg … wollen Sie die Verantwortung übernehmen, wenn wir ein paar Sekunden zu spät kommen?«

Hendrik konnte sich der Entschlossenheit, die er in Neles Augen sah, nicht widersetzen und ließ seine Hand von ihrer Schultern gleiten.

Nele wandte sich ab und stemmte die Klappe hoch.

Anouschka holte aus und trat ihm ins Gesicht.

Ihre Füße waren nackt und der Winkel vom Matratzenlager aus nicht besonders günstig, aber sie hatte das Überraschungsmoment auf ihrer Seite. Außerdem blieb ihr gar nichts anderes übrig.

Als er zu sprechen aufgehört und stärker zu wippen begonnen hatte, war ihr klar geworden, dass die Situation kippte. Die Erinnerungen, die sie selbst durch ihr Nachfragen bei ihm hervorgerufen hatte, lösten etwas Unkontrollierbares in ihm aus. Anou hatte ihn genau beobachtet, das nervöse Zucken der Lider bemerkt, und als seine Hand langsam zu dem großen Messer zwischen seinen Beinen glitt, war der Zeitpunkt gekommen.

Sie traf ihn, bevor er die Augen öffnete. Durch die Fußsohlen hindurch spürte sie seine Nase brechen.

Er schrie auf wie ein heulender Hund und stürzte nach hinten. Blut schoss aus seiner Nase. Anou schnellte vom Matratzenlager empor. In diesem Moment hätte sie flüchten können, doch sie entschied sich aus zwei Gründen dagegen. Vielleicht würde sie nicht schnell genug aus dem Versteck herausfinden, und auf eine zweite Chance konnte sie nicht hoffen. Außerdem hatte sie sich geschworen, Tim zu rächen.

Hier und jetzt.

Auge um Auge.

Sie warf sich auf ihn. Spürte den nackten, straffen Körper unter sich, holte mit der rechten Hand aus, wollte ihm mit der Handkante gegen die Schläfe schlagen. Im letzten Augenblick drehte er den Kopf zur Seite, so dass sie an der

Stirn abglitt und der Schlag nicht die erhoffte Wirkung erzielte.

Seine Hand sah sie nur aus den Augenwinkeln.

Er hatte das Messer nicht losgelassen. Es schnellte von der Seite auf sie zu. Keine Zeit mehr wegzukommen. Anou riss beide Arme hoch, um den Schlag abzuwehren. Die scharfe Schneide fuhr in das Muskelfleisch ihres linken Oberarms.

Der Schmerz war entsetzlich.

Anouschka schrie laut.

Karel Murow nutzte seine Chance, bäumte sich auf und warf sie ab. Anou war ein Leichtgewicht. Sein Schwung reichte aus für einen harten Sturz auf den Rücken, ihr Hinterkopf schlug auf den Betonboden. Sofort blieb ihr die Luft weg, Sterne traten vor ihre Augen.

Nicht das Bewusstsein verlieren!

Auf keinen Fall ohnmächtig werden!

Der Schmerz in ihrem Arm sorgte dafür.

Instinktiv und ohne zu sehen, was Murow tat, rollte Anou sich zur Seite. Damit entkam sie einem mörderischen Hieb des Messers, der ihr sonst den Schädel gespalten hätte. So aber fuhr die Klinge mit gewaltiger Kraft in den Betonboden und brach. Karel Murow schrie wütend und schmerzgepeinigt auf.

Anouschka robbte nach hinten.

Sie konnte wieder sehen, der Schwindel verschwand.

Blut, sehr viel Blut lief aus dem tiefen und langen Schnitt in ihrem Oberarm. Wenn sie die Wunde nicht bald verband, würde sie allein schon wegen des Blutverlustes ohnmächtig werden. Er brauchte eigentlich nur zu warten. Das war kein guter Start. Sie hatte ihre Chance verpatzt.

Murow sah entsetzlich aus.

Sein Gesicht war eine blutverschmierte Grimasse, in der die Nase beträchtlich schief stand. Auf den Knien hockend massierte er sich den rechten Arm. Der Hieb in den Betonboden schien ihn verletzt zu haben. Anou konnte nur hoffen, dass er gebrochen war.

Hektisch sah sie sich um.

Ihr Kampf hatte sie näher an den Tisch gebracht, auf dem viele der Kerzen standen. Was sich sonst noch darauf befand, konnte sie aus ihrer tiefen Position nicht erkennen, aber sie wusste noch, dass er von dort das Messer geholt hatte.

Murow sah, wohin sie blickte. Er knurrte wie ein Tier und wollte sich hochstemmen.

Anou war schneller.

Taumelnd lief sie zu dem langen Tisch hinüber. Und tatsächlich lagen darauf allerlei Werkzeuge, die sie so schnell gar nicht einordnen konnte. Sie griff einfach nach dem nächstbesten, einer Sichel, kam aber nicht mehr dazu, sie zu benutzen.

Er sprang ihr mit einem Schrei von hinten in den Rücken. Anous Kiefer schlugen aufeinander, sie biss sich ein Stück Zunge ab, spürte den Schmerz und Blutschwall im Mund und wurde nach vorn über den Tisch katapultiert. Der Tisch kippte um, die Werkzeuge schepperten zu Boden. Anouschka wurde von Murows Körpergewicht über die Kante gedrückt. Einige Rippen im rechten Rippenbogen brachen, sofort stachen ihr die spitzen Enden ins Zwerchfell. Als sie auf dem Rücken unter Murow zu liegen kam, war Anouschka am Ende.

Überall Schmerzen, ihre Sinne schwanden.

Seine Hand packte ihr Haar, riss ihren Kopf hoch und schlug ihn auf den Betonboden. Die Welt schien zu explodieren, gleichsam mit ihrem Schädel. Plötzlich konnte Anou nichts mehr sehen, blieb aber auf einer schwammigen Ebene noch bei Bewusstsein.

Schwerfällig, so als gehöre sie gar nicht zu ihrem Körper, tastete Anous rechte Hand den Boden ab, während sich Murows Hände um ihren Hals schlossen und zudrückten. Ihr Kehlkopf wurde zusammengepresst, die Atmung abgeschnürt. Das Blut der Zungenwunde quoll ihr aus dem Mund.

Ihre Hand ertastete etwas.

Ein Werkzeug vom Tisch!

Es fühlte sich an wie ein Schraubenzieher.

Anou packte den Griff, nahm ihre letzte Kraft zusammen und stach blindlings zu. Bis zum Schaft fuhr der lange Schraubenzieher in Murows Gesäßmuskel, schrammte dabei am Hüftknochen entlang.

Sein Schrei war infernalisch und hallte in der großen Halle endlos wieder. Seine Hände verschwanden von Anous Hals, sofort strömte der Sauerstoff wieder in ihre Lungen. Aber ihr fehlte die Kraft, Murow abzuschütteln. Immer noch saß er rittlings auf ihrem Bauch, damit beschäftigt, den Schraubenzieher aus seinem Arsch zu ziehen.

Anouschkas Lider flatterten, sie wünschte sich, endlich in die Schwärze abdriften zu können, den Schmerzen entfliehen zu dürfen. Aber ein bisschen Wille war noch da, und als sie wieder sehen konnte, hob sie den Kopf etwas an und suchte nach einer weiteren Waffe, die sie erreichen konnte. Links von ihr lag die Sichel, in greifbarer Nähe, aber ihr verletzter Arm war mittlerweile so taub, dass sie ihn nicht mehr bewegen konnte.

Rechts neben ihrem Kopf stand eine Holzkiste mit mehreren Kerzen darauf, von denen einige noch brannten. Während Murow sich mit zusammengebissenen Zähnen und geschlossenen Augen den Schraubenzieher aus dem Gesäßmuskel zog, griff Anou nach rechts, bekam eine Kerze zu fassen und löste sie mit einem Ruck von der Holzkiste. Ohne zu zielen stieß sie sie nach vorn. In dem Moment wandte Murow sich um – sie traf ihn im Gesicht und drückte die Flamme in sein rechtes Auge. Er brüllte, ruderte wild mit den Armen und stürzte nach hinten.

Anou strampelte, wand sich, bekam ihre Beine unter ihm hervor, spürte dabei aber heftige Stiche ihrer gebrochenen Rippen. Sie kippte zur Seite und blieb um Atem ringend liegen.

Keine Kraft mehr.

Sie hatte verloren.

Der Blutverlust, die Verletzungen … sie brauchte Zeit, doch die würde er ihr kaum geben. Vor ihren Augen geriet die Welt aus den Fugen, alles drehte sich, wurde abwechselnd schwarz und weiß.

Nele!

Hilf mir!

Während sie an ihre Liebe dachte, wartete sie auf den alles beendenden Hieb des Messers. Es konnte nicht mehr schlimmer werden, irgendwann konnten Schmerzen sich nicht mehr übertreffen. Schade nur, dass ihr Leben so früh und auf diese Art enden musste.

Warum tötet er mich nicht?

Anou schaffte es, sich ein wenig aufzurichten.

Durch einen blutig-nebligen Schleier sah sie Karel Murow am Boden hocken und sich das verletzte Auge halten. Scheinbar war etwas darin, das er nicht herausbekam.

Anouschka hatte keine Kraft mehr aufzustehen. Sie drückte sich mit den Beinen nach hinten, weiter in den tiefen Schatten der Halle hinein, den die Kerzen nicht vertreiben konnten. Meter um Meter kroch sie in die Dunkelheit, während Murow wimmernd mit seinem Auge beschäftigt war.

»Ich bring dich um«, brüllte er plötzlich unter seinen immer noch vors Gesicht geschlagenen Händen hervor.

Für Anou klang diese Drohung wie Worte aus einer weit entfernten Welt, die ihr überhaupt nichts anhaben konnten. In dem Maße, wie es um sie herum dunkler wurde, wurde es auch in ihrem Inneren dunkel. Sie kämpfte dagegen an, versuchte verzweifelt, bei Bewusstsein zu bleiben, doch ihre Kraft schwand schnell.

Letztlich fand sie die schmerzerlösende Stille, die sich wie eine schwere Decke über sie senkte, sogar schön.

Nele Karminter wuchtete die Holzfalltür hoch, und sofort drang ein langgezogener Schrei aus dem dunklen Verlies herauf, so als habe er nur darauf gewartet zu entkommen.

Entsetzt fuhr sie zurück. Nele hatte mit vielem gerechnet, nicht aber mit einem solchen Schrei, gedämpft zwar und von weit entfernt kommend, aber doch angefüllt mit Schmerz, Angst und Verzweiflung.

Wer immer ihn ausgestoßen hatte, befand sich in Lebensgefahr!

Hendrik und sie starrten sich an.

»Großer Gott!«, flüsterte er. »Was war das?«

Nele war sich sicher. »Anou ... wir müssen sofort da runter!«

Sie leuchtete in den Schacht.

Hendrik packte sie abermals bei der Schulter und zog sie kräftig zurück. »Wenn wir jetzt da runtergehen, finden die anderen uns nie. Das Risiko ist zu groß.«

»Dann warten Sie hier. Ich gehe jedenfalls.«

Hendrik sah sie an. »Einen Befehl würden Sie ignorieren, nicht wahr?«

Nele nickte.

»Das habe ich befürchtet.« Er seufzte tief. »Gut, also gut, aber wir bleiben dicht zusammen.«

»Sie kommen mit?«

»Was für eine Frage! Ich lasse Sie doch nicht allein da hinuntergehen.«

»Danke«, sagte Nele, wandte sich ab und leuchtete in den Schacht.

Vor ihr führte eine schmale Treppe drei Meter gerade in die Tiefe. Wände und Treppe bestanden aus nacktem, altem Beton, dem die vielen Jahre anzusehen waren. Mit der Waffe in der rechten und der Stablampe in der linken Hand betrat Nele die Treppe als Erste. Obwohl der Schrei sie zur Eile antrieb, wollte sie nicht allzu unvernünftig sein. Sie konnte Anou nur helfen, wenn sie unverletzt und am Leben blieb.

Am Ende der Treppe befand sich links ein Durchgang. Ein alter, rostender Metallrahmen bewies, dass es hier einmal eine Tür gegeben hatte. Dahinter erstreckte sich ein Gang, der Nele und Hendrik erstaunte. Er war lang genug, um das Licht der Taschenlampen zu verschlucken.

»Nicht zu fassen«, sagte Hendrik mit Ehrfurcht in der Stimme. »Sieht so aus, als wäre der gesamte Wald unterkellert.«

»Die Nazis waren gründlich in dem, was sie taten.«

Nele ging vor. Der Gang war zu schmal, um nebeneinander zu gehen, und das barg natürlich ein Risiko. Hendrik hatte weder Sicht- noch Schussfeld. Neles Herz klopfte wild. Sie spürte Schweißtropfen ihren Nacken hinunterlaufen. Eine Art elektrische Spannung, die von innen kommen musste, ließ die feinen Härchen an ihren Armen sich aufrichten.

Das Gefühl, sich unter dem Erdboden zu befinden, in einem Tunnelsystem, das fünfzig Jahre alt und entsprechend marode war, war schon schlimm genug. Sie aber mussten zusätzlich noch damit rechnen, von einem Irren angegriffen zu werden, der sich hier unten wahrscheinlich sehr gut auskannte und auf eine verräterische Taschenlampe nicht angewiesen war.

Der Mann hatte alle Trümpfe auf seiner Seite. Ihnen blieb eventuell noch das Überraschungsmoment, aber auch dessen konnten sie sich nicht sicher sein, vielleicht wusste ihr Gegner längst, dass sie kamen. Nicht einmal Borrmanns gut ausgebildetes Team hätte hier mehr ausrichten können. Auch diese Profis hätten artig hintereinandergehen müssen und wären Angriffen von vorn schutzlos ausgeliefert gewesen. Vielleicht hatten die Männer die besseren Reflexe, vielleicht aber auch nicht.

Nele konzentrierte sich immer auf die nächsten zwei bis drei Meter, den Bereich eben, den die Taschenlampe erhellte.

Sie waren etwa zehn Meter weit gekommen, als ein weiterer Schrei durch den Tunnel jagte.

Abrupt blieben beide stehen.

»Das war doch eine andere Stimme«, raunte Hendrik Nele ins Ohr.

Die beiden standen dicht beieinander. Nele konnte seinen Atem im Nacken spüren. Sie nickte nur, hörte darauf das metallische Klicken, dass entstand, wenn eine Waffe entsichert wurde. Sie tat das Gleiche.

»Hörte sich weit entfernt an, aber in einem solchen

Tunnelsystem kann das auch täuschen«, meinte Hendrik. »Achten Sie auf Abzweigungen.«

Sie gingen weiter, schneller jetzt, getrieben von der Furcht zu spät zu kommen, die weitaus größer war als jene, angegriffen zu werden. Die Schreie waren ein Indiz dafür, dass irgendwo hier drinnen zwei Menschen miteinander kämpften. Darin lag ihre Chance. Mit etwas Glück konnten sie den Täter überraschen.

Der Gang verlief leicht abwärts. Die Wände drängten sich zusammen, so dass Hendriks Schultern am Beton schabten. Es wurde feucht. Wasser perlte aus Löchern, an vielen Stellen durchbrachen Wurzeln den Beton, auch dort drang Wasser ein. Sie erreichten eine Stelle, an der die Decke eingestürzt war. Eisenbewehrung ragte in den Tunnel wie Totenhände. Unten gab es eine schmale Lücke. Sie krochen hindurch.

Auf der anderen Seite machte der Gang einen scharfen Knick. Nele konnte nicht sehen, was sich dahinter befand. Sollte der Täter dort lauern, hatte er sie wegen der Taschenlampen natürlich längst entdeckt. Nele gab Hendrik ein Handzeichen, der nickte. Darauf ließ sie sich zu Boden sinken und robbte auf dem Bauch mit der Waffe im Anschlag um die Ecke. Gleichzeit leuchtete Hendrik in Augenhöhe in den Gang, ohne sich selbst zu zeigen.

Da war nichts.

Nur Leere.

Sie rannten weiter, bis Nele unvermittelt abbremste und Hendrik gegen sie lief.

Beinahe hätte sie den schwarzen Durchgang auf der linken Seite übersehen. Sie waren schon auf dessen Höhe und es wäre ihr Ende gewesen, hätte dort jemand gelauert. Hendrik, der dem Durchgang am nächsten war, leuchtete hinein und schlüpfte dann schnell hindurch. Er ging in die Hocke, sicherte in jede Richtung.

»Nichts, nur ein leerer Raum«, sagte er.

»Von denen wird es hier viele geben. Wir müssen verdammt aufpa …«

Abermals ein Schrei, diesmal geradezu infernalisch und nicht als männlich oder weiblich auszumachen. Ein Schrei, der durch Haut und Knochen ging und beiden einen lebhaften Eindruck davon vermittelte, welche Schmerzen der Mensch, der ihn ausgestoßen hatte, gerade erleiden musste.

»Anou!«, sagte Nele und rannte los.

Nichts hielt sie jetzt noch. Sie schiss auf die vielen Durchgänge, von denen jeder einzelne einen Hinterhalt bedeuten konnte. Es kam auf jede Sekunde an, zumindest darin war der Schrei sehr deutlich gewesen. Sie folgte einem Knick nach rechts, dann wieder links. Plötzlich stand sie an einer Kreuzung.

»Welche Richtung?«

»Die Taschenlampen aus«, raunte Hendrik.

Im Bruchteil einer Sekunde waren sie von perfekter Dunkelheit umgeben. Ihre Augen, noch geblendet vom Licht der Taschenlampen, waren nutzlos wie die von Blinden. Beide warteten, starrten, versuchten etwas zu erkennen.

War das ein goldenes Schimmern dort vorn?

Nele wies Hendrik darauf hin.

»Das ist Licht!«, sagte er.

Ohne die Taschenlampen wieder anzuknipsen, und deutlich langsamer und vorsichtiger als zuvor, bewegten sie sich auf die vermeintliche Lichtquelle zu. Der Gang schien immer länger zu werden, so als wolle er sie daran hindern, ihr Ziel zu erreichen.

War das ein klägliches Jammern, was sie da hörten?

In der Dunkelheit blickten die beiden sich an. Nur das Weiße ihrer Augen war zu sehen. Sie horchten angespannt. Irgendwo tropfte Wasser, leise, perlend, in der unterirdischen Stille aber doch zu hören. Daneben nur ihr stoßweiser Atem, das Klopfen ihrer Herzen und Rauschen des Blutes in den Ohren.

»Ich bring dich um!«

Der laute Schrei war wie der erste heftige Donnerschlag in der Ruhe vor dem Gewitter.

Nele stürmte los.

»Polizei, Waffe weg!«, brüllte sie, noch ehe sie ihren Gegner überhaupt sehen konnte.

Die Welt ihrer Kindheit war mit Steinen gefüllt. Mit dem Tod ihres geliebten Vaters, als sie gerade einmal sieben Jahre alt gewesen war, waren die ersten Steine aufgetaucht. Hier einer auf der Küchenanrichte, dort einer auf dem Regal, ein besonders schöner auf dem Fernseher. Zunächst waren es einfache Steine gewesen, besonders schöne Kiesel und auffällig geformte Feldsteine. Nach und nach hatten sich dann Edelsteine jeglicher Art dazugesellt, so dass ein Jahr nach dem Tod ihres Vaters das Haus übervölkert war davon. Sie lagen in Staub geschützten, beleuchteten Glasvitrinen, all diese wunderbar glitzernden, funkelnden und geheimnisvoll aussehenden Edelsteine mit den seltsamen Namen, die sich die kleine Anouschka Rossberg nicht merken konnte. Was ihr hingegen immer im Gedächtnis haften geblieben war, war die Erklärung ihrer Mutter, mit der sie ihr den roten Jaspis um den Hals gelegt und das Lederband geschlossen hatte.

Der rote Jaspis gilt in der indischen Lehre als Mutter

*aller Edelsteine. In ihm sind alle Kräfte vereinigt, denn
so wie ein Kind niemals von der Mutter getrennt werden
kann, kann der Jaspis nicht von seinen Kindern getrennt
werden. Daran soll er dich immer erinnern.*

Jetzt, auf der Schwelle zwischen Leben und Tod, schien
der Stein auf der nackten Haut ihres Brustbeins zu glühen.
Der Stein war das Einzige, was Karel Murow ihr gelassen
hatte, warum auch immer.

Anouschka befand sich im Inneren des Jaspis.

Ihre Welt war rot, dunstig, glasig, frei von Schmerz, Angst
oder Panik. Alle Gedanken daran waren hinweggefegt, und
sie fühlte sich sicher, wohlig, als wäre sie zurückgekehrt in
den Schoß ihrer Mutter. Der Tod erschien ihr jetzt nicht
mehr grausam, er hatte seinen Schrecken verloren und würde sogar willkommen sein, wenn es sich denn nicht vermeiden ließ.

All dies vermochte der Edelstein zu bewirken, andererseits aber schien er seine ihm innewohnende Kraft auch darauf zu verwenden, Anou am Leben zu erhalten. Sie wusste, dass sie noch nicht tot war, dass der Schritt hinüber zwar
klein, aber doch nicht so leicht zu bewältigen war. Es war
ein sehr merkwürdiges Gefühl. Die reale Welt war nach hinten getreten und hatte ihrem Inneren Platz gemacht. Darin,
in der Welt des Steins, gab es einen Ort, an dem sie sich erholen konnte. Dort bekam sie nichts mit von der äußeren
Umgebung.

So realisierte sie auch nicht, dass Karel Murow sie packte und vor der heraneilenden Hilfe in den finsteren Teil der
Katakomben zog. Es gab eine Tür dort hinten, metallen und
alt, aber funktionstüchtig.

Nachdem einige Zeit verstrichen war, vielleicht Sekunden, vielleicht Minuten, wollte Anous Bewusstsein die Füh-

rung wieder übernehmen. Sie kämpfte sich durch den roten Nebel, den sie eigentlich gar nicht verlassen wollte, und erreichte schließlich die reale Welt, in der es finster und feucht war.

Eine metallene Klammer hatte ihr Handgelenk gepackt.

An ihrem verletzten Arm, den sie nicht mehr spürte, wurde sie über scharfkantigen, schmutzigen Boden durch die Dunkelheit gezogen. Irgendwo über ihr keuchte jemand schwer.

War das ihr eigener Körper, in dem sie steckte?

Anouschka war sich nicht sicher, ebenso gut hätte es auch ein Sack voller Knochen sein können. Sie war sich auch nicht sicher, ob sie die Augen geöffnet hatte, denn die Dunkelheit war vollkommen. Erst als ihr ein spitzer Gegenstand in den unteren Rücken stach, ein weiterer Schmerz in einer Welt der Schmerzen, wusste sie, dass sie noch nicht tot war.

Was geschah mit ihr?

»Stehen bleiben. Polizei!«

Nele!

Es war ihre Stimme. Ganz bestimmt. Nele war da, um sie zu retten!

Aber die Worte waren stark gefiltert zu ihr gedrungen, so als hätten sie eine massive Barriere überwinden müssen, an der Nele selbst vielleicht scheitern würde.

Anou wusste instinktiv, dass sie nicht allein auf Neles Hilfe vertrauen durfte. Karel schleifte sie unnachgiebig hinter sich her, und wenn sie nichts dagegen unternahm, würde er mit ihr in den Tiefen der Erde verschwinden, ehe Nele sie finden konnte.

Woher nahm ein geschundener Körper Kraft, wenn doch keine mehr in ihm war? War er in der Lage, sie aus der äußeren Welt zu absorbieren? Hatte ein weiser Gott diese kleine Fähigkeit eingebaut für den Fall, dass alle anderen Stricke rissen? Oder war es, wie in einem Raum voll mit explosivem Gas, ein einziger Funke, der alles in Gang setzte? In ihrem Fall Neles Stimme. Die Stimme der Zukunft, des Lebens, der Liebe.

Egal. Die Kraft war da.

Nicht viel, aber sie würde reichen.

Anou tastete mit der Hand ihres unverletzten Arms in die Dunkelheit. Irgendwo musste es doch etwas geben, woran sie sich festhalten konnte! Eine Kante, ein Loch, ein Rahmen, irgendwas.

Sie spürte ihre Fingernägel brechen.

Ein unangenehmes Gefühl, jedoch keine Schmerzen. Schmerzen waren unwichtig geworden.

Da!

Ein Riss im Beton.

Anou griff zu. Packte die Kante so fest sie nur konnte. Ein heftiger Ruck ging durch ihren Körper. Plötzlich war die Klammer an ihrem Handgelenk verschwunden, und der taube, nutzlose Arm klatschte zu Boden. Gleichzeitig konzentrierte Anou sich auf ihre Stimme und brüllte so laut sie konnte den einen Namen.

»Nele!«

In ihrem Kopf klang es wie das Dröhnen einer Panzerkanone, in Wahrheit aber war es nur ein kläglicher Schrei, der sich in den Windungen des unterirdischen Gewölbes zu verlieren drohte.

Von irgendwoher drang Licht herein.

Gleichzeitig stieß etwas hart gegen Anous Kopf.

Dann blitzte und donnerte es, grell und ohrenbetäubend.

Erneut tauchte roter Nebel auf, bettete sie wie in Watte,

trug jeden Gedanken fort in andere Sphären und erlaubte ihr endlich, in tiefen, tiefen Schlaf zu fallen.

Die Hölle!
   Das ist die Hölle!
Nele, die eigentlich nichts von Mystifizierungen hielt, schoss jäh dieser Gedanke durch den Kopf, und sie stellte ihn nicht für eine Sekunde in Frage. Sie stürmte aus der dunklen, engen Röhre, und vor ihr öffnete sich ein Raum, nein, eine Halle, deren Ausdehnungen sie wegen der Dunkelheit nicht abschätzen konnte. Das spärliche Licht kam von ein paar Kerzen.

Nele stoppte aus vollem Lauf, streckte die Waffe nach vorn und zielte über den Lichtstrahl ihrer Stablampe. Ihr Herz raste, sie konnte den Schussarm kaum ruhig halten.

Ein langer Tisch lag umgestürzt, davor Werkzeuge und Messer auf dem Boden, scharfes Metall blitzte auf im Licht der Kerzen. Ketten hingen von der Decke, dort drüben ein Stapel Matratzen mit grauen Decken darauf, daneben ein Gully im Boden, umgeben von dunkler, eingesickerter Flüssigkeit, die wohl keine Farbe war. Hastig schwenkte Nele den Arm mit der Waffe von links nach rechts, spähte dabei über den kurzen Lauf, suchte ein Ziel, fand jedoch keines. Wo waren die Personen, die geschrien hatten? Wo war Anou? Tim?

Zwei Sekunden später tauchte Hendrik hinter ihr auf. Er richtete den Lichtstrahl seiner Stablampe in die Mitte der unterirdischen Halle und gab ein merkwürdiges, würgendes Geräusch von sich.

»Mein Gott!«, stieß er aus.

Im scharf umrissenen Lichtkreis seiner Lampe lag auf dem Boden ein gewaltiger Dildo, der an einem Ledergeschirr befestigt war. Nele sah ihn, schloss die Augen und biss sich auf die Lippe, bis sie Blut schmeckte. *Hoffentlich nicht*, dachte sie, *hoffentlich nicht*!

Plötzlich ein Geräusch!

Von irgendwo aus der Dunkelheit, eine metallene Tür, die zufiel.

»Stehen bleiben, Polizei!«, brüllte Nele und lief blindlings los.

Sie war sich wegen des Echos nicht sicher, meinte aber, das Geräusch wäre von der anderen Seite der Halle gekommen. Dorthin lief sie, den Blick nur auf die Dunkelheit vor sich gerichtet, und stolperte über etwas Großes am Boden. Sie strauchelte, konnte sich fangen und drehte sich herum. Worüber war sie da gestolpert? Es hatte sich weich, nachgiebig angefühlt.

Am Boden lag ein Körper. Nele wusste, wer es war, noch ehe ihr Verstand es akzeptierte.

Tim Siebert.

Weit aufgerissen seine Augen, weit aufgeschnitten sein Hals. Bleich, ohne Blut, ohne Leben.

Neles Herz verkrampfte sich.

»Nein!«, stieß sie heiser aus.

Hendrik, der ihr etwas langsamer gefolgt war, ließ sich neben der Leiche auf die Knie fallen und tastete nach dem Puls. Warum tat er das? Tim war ohne jeden Zweifel tot.

Nele wandte sich ab.

Anou!

Sie lag nicht hier, also war sie noch immer in seiner Gewalt. Vielleicht lebte sie noch, vielleicht wollte er sie als Geisel nehmen, um flüchten zu können. Sie musste sich jetzt um Anou kümmern, um die Lebenden, nicht um die Toten. Nele leuchtete nach vorn, ließ den Lichtkreis über raue Betonwände wandern und sah erst auf den zweiten Blick die Tür aus schwarzem Metall in der hinteren linken Ecke. Sie lief die paar Schritte hinüber, griff – ohne nachzudenken oder auf eine Falle zu achten – nach der Klinke und zog die Tür auf. Dahinter lag wieder ein Gang. Lang und finster.

Nele leuchtete hinein.

Keine zehn Meter entfernt stand eine große Gestalt gebückt zwischen den Betonwänden. Nele leuchtete sie an. Die Gestalt war nackt, ein Mann, nein, eine Frau, aber …

Noch ehe sie den Gedanken zu Ende bringen konnte, richtete die Gestalt sich zu voller Größe auf und sah sie an. Deren eines Auge schien verletzt zu sein, denn sie hielt es geschlossen. Aber auch ein Auge reichte, um Nele den Blick der Gestalt bis tief in ihre Seele spüren zu lassen.

Auf dem Boden vor ihm lag Anouschka. Nackt und blutüberströmt. Ob sie noch lebte, konnte Nele nicht erkennen.

Sie riss die Waffe hoch und schrie noch einmal.

»Polizei! Waffe weg!«

Der Mann bewegte sich.

Nele schoss.

Zweimal.

Sie schoss so hoch, dass sie unmöglich Anou treffen konnte, zielte aber ansonsten nicht. Es war ihr egal. Sollten die Projektile doch seinen Schädel treffen.

Plötzlich war er verschwunden.

Einen Moment war Nele von den Mündungsblitzen und dem Rauch geblendet gewesen, für den Bruchteil einer Sekunde nur, und trotzdem war er verschwunden. Ihre Angst niederkämpfend lief Nele vor, und stürzte neben Anouschka auf die Knie.

»Anou …!« Ihre zitternden Finger suchten die Halsschlagader, fanden sie, tasteten, fühlten.

Der Puls war da, schwach, aber vorhanden.

Blut strömte aus einer klaffenden Wunde in Anouschkas Oberarm, Blut lief ihr aus dem Mundwinkel, Blut lief aus einer Wunde am Kopf, die Nele nicht sehen konnte. Sie sah fürchterlich zugerichtet aus, aber sie lebte.

Lebte!

Da!

Ein Scharren und Schaben, irgendwo voraus in der Dunkelheit. Nele griff nach ihrer Waffe, die sie abgelegt hatte, um Anous Puls fühlen zu können. Hinter sich hörte sie Hendrik die Tür aufreißen.

»Einen Notarzt, wir brauchen einen Notarzt, sie lebt!«, rief sie ohne sich umzudrehen, drückte sich dann hoch und an Anouschka vorbei.

»Nele ... bleib hier«, rief Hendrik.

Nele hörte nicht hin. Es fiel ihr schwer, sich von Anou zu trennen, sie dort liegen zu lassen, doch sie wusste auch, dass es gefährlich leichtsinnig war, den Täter nicht zu verfolgen. Er durfte nicht entkommen. Wenn es nach ihr ginge, durfte er niemals wieder das Tageslicht erblicken.

Er war in einen weiteren Gang geflüchtet, der kurz hinter der Stelle, an der Anou lag, nach rechts abzweigte. Nele leuchtete hinein. So weit der Schein der Taschenlampe reichte, war niemand zu sehen.

Hinterher, langsamer jetzt, vorsichtig, die Waffe entsichert in Schusshaltung. Jeden Augenblick rechnete sie mit einem Angriff. Wohin führte dieser Gang? Der Täter kannte sich hier aus. Hatte er sich rechtzeitig einen Fluchtweg geschaffen? Führte dieser Gang zu einem Ausgang aus dem scheinbar komplizierten System aus Gängen und Räumen?

Sie durfte ihn auf keinen Fall entkommen lassen!

Die Waffe in der rechten, die Lampe in der linken Hand

arbeitete Nele sich vorwärts. Unmittelbar, und ohne dass sie es vorher bemerkt hätte, fand sie sich an einer Kreuzung wieder. Drei Gänge führten in die Dunkelheit. Einer war wie der andere. Nele leuchtete zu Boden. In der dicken Schicht aus Dreck und Staub konnte sie deutlich die Spur erkennen.

Was war das?

Sie bückte sich, betrachtete den Fleck genauer.

Blut. Frisches Blut.

Er blutete! Entweder hatte Anouschka ihn verletzt, oder sie hatte ihn doch getroffen. Hoffnung flackerte in Nele auf. Vielleicht würde er zusammenbrechen, irgendwo hier unten, tief unter der Erde. Nele würde ihn sterben lassen, ohne mit der Wimper zu zucken. Ja, würde sie das wirklich? Würde sie, die ihr eigenes Leben aufs Spiel setzte, um einen Menschen aus einem brennenden Auto zu ziehen, dieses Monster hier unten verrecken lassen? Tim Sieberts Anblick blitzte vor ihr auf, die aufgeschnittene Kehle, die leblosen Augen, dann Anou, schwer verletzt und tief gedemütigt, vielleicht gezeichnet für den Rest ihres Lebens. Ja! Sie würde ihn hier sterben lassen, denn nichts anderes hatte er verdient!

Sie folgte der Spur. Der Gang wurde bald enger und niedriger. Auch hatte sie den Eindruck, dass die Dunkelheit hier irgendwie ... fester wurde, so als sei sie eine Masse. Täuschte sie sich, oder vermochte die Taschenlampe längst nicht mehr so weit zu leuchten?

Nele bekämpfte ihre Angst und ging weiter.

Plötzlich huschte weiter vorn, dort wo es schummrig war, etwas von rechts nach links über den Gang. Ohne Zögern riss Nele die Waffe hoch und gab einen Schuss ab. Sofort jaulte etwas mit hoher Geschwindigkeit durch den Gang.

Querschläger!

Nele ließ sich zu Boden fallen. Über sich spürte sie das abgeprallte Geschoß hinwegfegen. Der Lärm des Schusses war in der engen Röhre infernalisch und betäubte ihre Ohren. Unmittelbar fing es darin laut zu fiepen an. Mit etwas Pech hatte sie sich gerade ein Knalltrauma eingehandelt.

Schmauchgeruch füllte den Gang.

Nele stand auf, ging langsam weiter, die Augen hin und her huschend, erreichte die Stelle, an der sie die Bewegung wahrgenommen hatte und verharrte. Ihr Herz raste, ihr Atem kam stoßweise und wollte sich nicht kontrollieren lassen. Sie befand sich an einer T-Kreuzung. Deutlich konnte sie in der gegenüberliegenden Betonmauer die Stelle sehen, an der das Geschoß abgeprallt war.

Hatte er das beabsichtigt?

Nele leuchtete abwechselnd in beide Richtungen. Die Gänge waren leer. Ihr kamen jetzt Zweifel, ob es richtig war, ihn hier unten zu verfolgen, noch dazu allein. Er kannte sich hier aus, sie nicht. Es würde für ihn ein Leichtes sein, sie in einen Hinterhalt zu locken. Durfte sie dieses Risiko eingehen?

Auf zitternden Beinen stand Nele unschlüssig da und zielte abwechselnd in die beiden Gänge. Plötzlich überkam sie eine tiefgreifende Angst. Alle Organe in ihrem Inneren schienen sich zusammenzuziehen, die Härchen auf ihren Armen stellten sich auf, und sie hatte das starke Bedürfnis, sich zu verkriechen. Sich ein Loch zu suchen, eine Ecke, irgendetwas, worin sie die Angst und das Böse nicht finden würden.

Langsam rückwärtsgehend tastete sie sich von der Kreuzung zurück in den Gang, aus dem sie gekommen war. Dabei zielte sie weiterhin mit der Waffe nach vorn. Was geschah hier mit ihr? Ließ sie sich von der Dunkelheit erschrecken?

Nein, es war nicht die Dunkelheit. Vielmehr schien das unsagbar Böse, das in Karel Murow hauste, auch diese Gänge auszufüllen. Nele sah ein, dass sie ihm hier unterlegen war, dass er sie töten würde, wenn sie ihn weiterhin verfolgte. Sie wollte ihn auf keinen Fall entkommen lassen, aber ebenso wenig wollte sie hier sterben und Anou allein lassen.

Verflucht!

Sie würden ihn später finden. Er konnte ja nicht weit kommen. Das Risiko war jetzt zu groß. Von irgendwo weit hinten rief plötzlich Hendrik nach ihr.

Das war für Nele wie ein Startsignal. Sie drehte sich um und begann zu laufen. Flüchtete, lief weg vor diesem Untier, und wusste schon jetzt, dass sie es später bereuen würde. Sie würde sich wie ein Feigling fühlen, zu Recht, doch in diesem Augenblick war ihr das egal. Nele wollte nur noch raus hier.

Die Wände schienen immer näher zusammenzurücken, die Decke drückte auf ihren Schädel. Sie begann zu keuchen, rannte schneller, stieß immer wieder mit den Schultern gegen die Wände, schürfte sich die rechte Wange auf. In ihrem Rücken spürte sie ihn, fühlte, wie seine Hand nach ihr griff und sie gleich packen würde. Weiter, schneller, nicht innehalten, nicht umdrehen.

Sechs Tage später

In Krankenhausbetten sehen Menschen klein, verloren und zum Tode verurteilt aus. Krankenhausbetten sind für diejenigen, die nicht darin liegen, ein deprimierender Anblick, selbst wenn sie leer sind. Automatisch stellt sich dann die Frage, ob gerade jemand darin gestorben ist.

Anouschka Rossberg war nicht gestorben. Sie war aber auch nicht weit davon entfernt gewesen, so dass ihr Anblick im Krankenhausbett fürchterlich war und Nele Karminter tief in Herz und Seele schmerzte.

Nach und nach mischten sich jetzt aber auch Zuversicht und Freude in den Schmerz und vertrieben ihn immer häufiger. Freude darüber, sie nicht verloren zu haben. Zuversicht, da sie sich auf dem Wege der Besserung befand und keine bleibenden Schäden zu erwarten waren – zumindest keine körperlichen. Ihr psychischer Zustand war noch unbekannt, denn seit sechs Tagen lag Anou im künstlichen Koma. Ihre Verletzungen waren derart, dass der Chefarzt entschieden hatte, sie in den künstlichen Schlaf zu versetzen, um die Heilung zu beschleunigen.

Der Stich in den Oberarm war noch die harmloseste Verletzung, obwohl Anou an dem Blutverlust fast gestorben wäre. Zwei Rippen waren gebrochen, eine hatte mit ihrem spitzen Ende Zwerchfell und Lunge verletzt – das war ernst. Außerdem hatte sie eine starke Gehirnerschütterung davongetragen und einige schmerzhafte Prellungen. In all dem ging die Zunge, von der ein kleines Stück fehlte, als Kleinkram unter. Morgen, so hatte der Arzt Nele vorhin versprochen, würden sie Anou aus dem Koma holen. Ihr Zustand war stabil genug, sie konnten es jetzt gefahrlos wagen.

Nele stand am Fußende des riesigen Bettes und betrachtete Anouschka.

In der Nacht ihrer Einlieferung hatte es auf der Kippe gestanden, doch Anou hatte gekämpft. Ihr eiserner Wille hatte sie über die entscheidenden Stunden gebracht. Nele bildete sich ein, dass auch sie der Grund dafür war. Sie hoffte, dass sie es war. Noch wusste sie nicht, was genau Anou in der Zeit, in der sie in Karel Murows Gewalt gewesen war, durchgemacht hatte. Ohne Frage war es schlimm gewesen, wahrscheinlich sogar traumatisch, trotzdem hoffte Nele, dass es ihre Freundin nicht zu sehr verändern und sie irgendwann wieder die Alte sein würde.

In den ersten Tagen und Nächten war in Neles Kopf ein heilloses Durcheinander gewesen, doch das hatte sich gelegt. Die ruhigen, langen Stunden in diesem Zimmer an ihrem Bett waren auch für Nele eine Erholung gewesen. Anfangs hatte sie viel geweint, doch manchmal hatten Tränen auch eine reinigende Wirkung. Nele hatte ihre Empfindungen sortiert und unter Kontrolle gebracht und wusste nun genau, was sie wollte. Solange es gut ging, solange sie sich liebten, wollte sie mit Anouschka zusammenleben. Die beruflichen Konsequenzen waren Nele jetzt egal. Sie hatte schmerzhaft gelernt, wie schnell eine Beziehung, die so wunderschön und leidenschaftlich begann, enden konnte, ohne dass man die Zeit gehabt hatte, es wirklich miteinander zu versuchen. Kein Job der Welt war es wert, dafür sein Glück aufs Spiel zu setzen!

Nele umrundete das Bett, beugte sich hinunter und hauchte Anou einen sanften Kuss auf die Stirn.

»Bis morgen, Süße … morgen sehen wir uns wieder.«

Sie strich ihr die Haare zurück, spürte ein aus tiefer Zuneigung geborenes Lächeln über ihr Gesicht huschen und wandte sich ab. Solange es dauerte, zur Tür zu gelangen, war sie sehr glücklich und sehr verliebt.

Schließlich zog sie leise die Tür des Zimmers hinter sich zu, fand sich im hellen Licht des Ganges wieder und wurde angestarrt von dem bulligen Beamten in Uniform, der an der gegenüberliegenden Wand lehnte. Das Glücksgefühl verschwand augenblicklich und machte der harten Realität Platz.

Der Beamte schob einen Kaugummi von einer Backe in die andere. Schwer hing die Dienstwaffe an seinem Gürtel. Seine breiten Schultern und die kräftigen Brustmuskeln spannten das Uniformhemd. Er trug die blonden Haare extrem kurz geschnitten. Ein Mann aus Borrmanns Truppe. Ein Profi der Selbstverteidigung, des lautlosen Tötens, vor allem aber auch des Argwohns und der Wachsamkeit.

»Geht's ihr gut?«, fragte er schmatzend.

Nele nickte. »Unverändert. Morgen wird sie geweckt.«

»Schön. Wirklich, das freut mich.«

Nele schenkte ihm ein Lächeln. »Passen Sie mir gut auf sie auf heute Nacht.«

Er drückte den Rücken durch und richtete sich zu voller Größe auf. »Solange ich auf sie aufpasse, wird ihr niemand jemals wieder etwas antun. Darauf können Sie Gift nehmen.«

Das war kein blöder Machospruch. Nele spürte, dass der Mann, dessen Namen sie nicht kannte, es ernst meinte. War er in den Katakomben dabei gewesen? Hatte er Anouschka nackt und so entsetzlich zugerichtet gesehen? Wenn ja, dann war seine Reaktion verständlich, und Nele konnte sich darauf verlassen, dass er Murow den Hals umdrehen würde, sollte der es wagen, hier aufzutauchen.

Nele schenkte ihm ein Lächeln, dann ging sie den Gang hinunter. Am Schwesternzimmer verabschiedete sie sich von Judith, der jungen Schwester, die sie in den ersten Nächten mit allem versorgt hatte und nie genervt gewesen war.

Im Fahrstuhl mit geschlossenen Augen an die Kabinenwand gelehnt, überbrückte sie die fünf Stockwerke gedankenlos und war überrascht, als die Kabine schon wieder hielt. Tiefe Müdigkeit und Erschöpfung machten ihr zu schaffen. Sie hatte nicht frei nehmen können, da Murow immer noch auf freiem Fuß war, hatte weiterhin tagsüber ihr Team geführt und nachts an Anous Bett gewartet, gedöst, gebangt. Hendrik hatte ihr zwar angeboten, sie so lange abzulösen, bis Anou aus dem Gröbsten heraus war, doch das hatte Nele abgelehnt. Sie konnte jetzt keine Auszeit nehmen.

Karel Murow hatte Tim getötet, hatte die entführten Frauen bestialisch zugerichtet und war immer noch irgendwo da draußen. Sie würde keine Pause machen, bevor er nicht gefasst war, selbst wenn sie ihrer Gesundheit damit schadete. Was war das schon im Vergleich zu dem, was die Frauen da unten ausgestanden hatten – und was weitere würden ausstehen müssen, wenn sie Murow nicht fanden.

Borrmanns Leute hatten noch in der Nacht das Labyrinth von Eibia durchsucht – soweit das überhaupt möglich war. Es gab dort noch jede Menge Gänge und Räume, trotz der Sprengungen und des natürlichen Verfalls. Sie waren aber längst nicht überall gewesen, denn manche Stellen waren einfach zu gefährlich. Wenn die Untersuchungen komplett abgeschlossen waren, was noch Tage dauern konnte, würde ein Bautrupp anrücken, alles zuschütten und zubetonieren. Egal, ob Murow noch da unten war.

Nele ahnte aber, dass er das nicht war. Das Gefühl, von ihm beobachtet zu werden, überkam sie auch jetzt wieder, als sie das Krankenhaus verließ. Es war bereits dunkel, und auch wenn das Parkhaus gut ausgeleuchtet und videoüberwacht war, blieb es dennoch ein Parkhaus – mit all den finstren Ecken und all den Betonsäulen und Wagen, hinter oder unter denen sich jemand verstecken konnte. Neles Augen huschten von einer Seite zur anderen, während sie auf ihren Wagen zuging, der nicht weit von den Aufzügen entfernt geparkt war.

Dieses Ungeheuer lebte, leckte seine Wunden, irgendwo in einem sicheren Versteck, vielleicht auch dieses wieder tief im Wald und unter der Erde. Karel Murow lebte, und Nele wurde das sichere Gefühl nicht los, dass er Witterung aufgenommen hatte, dass er sich bereits an ihre Fersen geheftet hatte, um Anouschka zu finden und das zu Ende zu bringen, woran sie ihn gehindert hatte. Er war verrückt, krank, geistesgestört, jetzt wohl noch mehr als je zuvor, und er würde nicht einfach aufgeben.

Er wurde natürlich bundesweit gesucht, was bisher aber zu nichts geführt hatte. Wie auch! Nele und Hendrik waren sich sicher, dass Murow nicht weit weg war. Er lauerte irgendwo wie ein Tier in einer Höhle. Das Dezernat hatte Vorkehrungen getroffen, mehr als Döpner eigentlich zu finanzieren bereit gewesen war. Nele rechnete es Dag hoch an, dass er alles durchgedrückt hatte, was sie verlangt hatte, auch gegen den Willen des Polizeipräsidenten. Jetzt warteten sie nur noch darauf, dass Murow etwas unternahm. Sie würden ihn nicht finden, wenn er nicht den ersten Schritt machte.

Nele erreichte ihren Wagen und schloss auf.

Bevor sie einstieg, verharrte sie kurz und sah sich in dem niedrigen Etagendeck des Parkhauses um. Sie war eine gute Beobachterin, konnte die beiden Beamten des SEK aber trotzdem nicht entdecken, die für ihre Sicherheit verantwortlich waren. Nele war der weibliche Lockvogel, die Verbindung zu Anouschka, das Gesicht aus dem Fernsehen und der Zeitung, das Murow hoffentlich gesehen hatte.

Sie stieg ein und fuhr los.

Das Kribbeln im Nacken blieb, selbst als sie die Scheinwerfer des Wagens bemerkte, der sich an sie heftete.

Wo bleibst du, Karel?

Komm und hol mich!

Dag Hendrik saß auf dem Schreibtischstuhl in seinem Büro – nein, er saß nicht, er lag. Die Schuhe hatte er ausgezogen und die Füße auf den Heizkörper gelegt. Über dem Heizkörper befand sich ein großes Fenster, das den Blick freigab auf den Hinterhof eines Elektronikfachmarktes mit den auf dem Dach montierten Leuchtreklamen. Der Winter hatte sich noch einmal für ein kurzes Intermezzo zurückgemeldet, die Temperatur lag knapp über dem Gefrierpunkt, dicke, nasse Schneeflocken trieben durch das bunte Licht der Leuchtreklamen, klatschten gegen die Scheibe und verwandelten draußen alles in eine schmutzige, grauweiße Suppe, von der man den Blick gar nicht schnell genug abwenden konnte.

Als Nele Karminter das Büro betrat, schnäuzte Hendrik sich gerade die Nase. Sie war bereits rot, genau wie seine Augen.

»Noch nicht besser?«, fragte Nele und näherte sich seinem Schreibtisch.

Er schüttelte den Kopf, steckte das benutzte Taschentuch weg, ließ aber die Füße auf dem warmen Heizkörper liegen. »Richtig hartnäckig diese Viren. Scheinen sogar gegen Alkohol resistent zu sein. Setz dich.«

Nele ließ sich in den bequemen Besucherstuhl fallen. »Du solltest frei machen und es mit etwas Ausspannen versuchen«, schlug sie vor, lächelte dabei aber halbherzig gequält.

Dag Hendrik verzog die Mundwinkel. »Herzlichen Dank. Das kommt genau von der Richtigen.«

Er hatte ja recht. Ausspannen kam für sie beide derzeit nicht in Frage. Ebenso wie sie selbst war auch Hendrik nicht der Typ Mensch, der sich ein paar Tage frei nehmen konnte, solange der Job nicht beendet war. Und das war er nicht.

»Wie geht es Frau Rossberg?«

»Ich hole sie später aus dem Krankenhaus ab. Die Ärzte haben nichts dagegen … und sie brennt darauf, endlich rauszukommen.«

»Kann ich mir vorstellen. Krankenhäuser stehen Gefängnissen in kaum etwas nach. Wie hat sie sich denn entschieden … wegen der Wohnung meine ich?«

Nele zuckte mit den Schultern.

»Sie geht in ihre eigene zurück, wie geplant, und ich werde zunächst zu ihr ziehen.«

Nele hatte kein gutes Gefühl dabei. Natürlich war es geschickt, Anouschka in ihrer eigenen Wohnung, die Karel Murow schon kannte, als Köder zu platzieren, und Anou hatte auch eingewilligt. Nach außen hin gab sie sich sehr hart, doch Nele ahnte, dass dieser Zustand nicht von Dauer sein würde. Sie war aus ihrer eigenen Wohnung entführt worden, deren Sicherheit und Unverletzlichkeit war somit zerstört. Sie würde sich dort weder wohl noch geborgen fühlen, das wusste Nele, und es würde nur so lange funktionieren, wie sie ebenfalls dort wohnte. Wenn Murow gefasst war, würde Anou sich eine andere Bleibe suchen müssen.

Wenn er gefasst war!

»Und dein Gefühl dabei?«, fragte Dag.

Nele sah zu ihm auf. Er blickte sie aus seinen rot geränderten, verschnupften Augen an. Nele hatte sich noch nicht wirklich daran gewöhnt, mit dem stellvertretenden Polizeichef per Du zu sein, geschweige denn mit ihm über ihre Gefühlslage zu sprechen. Aber ihr gemeinsamer Einsatz in Eibias Labyrinth hatte zwischen ihnen vieles verändert. Sie waren jetzt mehr Partner als Vorgesetzter und Untergebene. Und Hendrik war nicht scharf auf sie, zumindest nicht mehr, seitdem Nele ihm von ihrer sexuellen Ausrichtung erzählt hatte. Ob er es davor gewesen war, wusste sie nicht.

»Schwer zu sagen. Sie würde es allein nicht durchhalten und wird auf Dauer auch nicht dort bleiben. Sie will ebenso sehr wie alle anderen, dass Murow gefasst wird, nur deshalb macht sie es.«

Die Idee, Anouschka als Köder zu platzieren, hatte Dag als Erster formuliert, wenngleich Nele auch daran gedacht, sich aber geweigert hatte, Anou darauf anzusprechen. Anou war selbst darauf gekommen, nachdem sie aus dem künstlichen Koma erwacht war und erfahren hatte, dass ihr Peiniger noch lebendig und auf freiem Fuß war. Für Anouschka bestand kein Zweifel daran, dass Murow sie suchen würde.

Dieser Mann kann gar nicht anders handeln, hatte Anou gesagt, dabei war ihr Blick in weite Ferne entrückt, und Nele hatte sich im Stillen gefragt – nicht zum ersten Mal –, was da unten in den Katakomben vorgefallen war, was dieses Dreckschwein mit ihrer Freundin gemacht hatte. Anou selbst schwieg sich darüber noch aus, hatte bisher nur die für die Ermittlung wichtigen Details preisgegeben.

Dag Hendrik nickte.

»Hoffentlich funktioniert es. Länger als drei Wochen können wir die Dauerobservation nicht durchhalten. Sollte er bis dahin nicht aufgetaucht sein, müssen wir uns was anderes einfallen lassen.«

Nele hinterfragte nicht, was er damit meinte. Sie wusste selbst am besten, dass es zur Zeit keinen Plan B gab. Sie konnten nichts anderes tun als den Köder auswerfen und warten. Sollte Karel Murow nicht darauf hereinfallen oder sich entscheiden, erst einmal ein Jahr unterzutauchen, waren ihnen die Hände gebunden. Dann konnte nur noch Kommissar Zufall helfen, und dass der in diesem Fall noch einmal intervenieren würde, glaubte Nele nicht. Die Radarfalle war schon mehr gewesen, als sie hatten erwarten dürfen. Sie wollte sich nicht vorstellen, was es bedeutete, mit der ständigen Angst im Nacken leben zu müssen. Sie *mussten* ihn einfach innerhalb dieser drei Wochen fassen.

Beide schwiegen einen Moment. Wahrscheinlich schossen Hendrik genau die gleichen Gedanken durch den Kopf.

»Wirst du ihr heute alles erzählen?«, fragte er schließlich, holte dann eilig ein neues Taschentuch aus der Packung auf dem Schreibtisch und nieste lautstark hinein.

Nele musste sich ein Lächeln verkneifen. Er tat ihr leid mit seiner seit drei Tagen anhaltenden starken Erkältung, die er sich in den feuchten, kalten Katakomben eingehandelt hatte, andererseits wirkte er damit aber auch wie ein kleiner Junge, den man gern in den Arm nehmen und tröstend über den Rücken streichen würde.

Nele wartete mit der Antwort, bis Dags Kopf wieder frei

war. »Ja, ich denke schon. Sie hat ein Recht darauf, es zu erfahren.«

Hendrik nickte. »Ganz sicher, aber verkraftet sie es auch?«

»Ich hoffe.«

»Du kannst noch ein paar Tage warten.«

»Könnte ich, ja, aber ich bin mir nicht sicher, ob das einen Unterschied macht. Die ganze Scheiße ist ein Hammer, ob heute oder morgen. Mir dreht sich ja noch immer der Magen um, wenn ich nur daran denke. Ich werde es ihr schonend beibringen .... sofern das überhaupt möglich ist.«

Hendrik sah sie wieder an. »Und sie selbst ... hat sie schon etwas erzählt?«

Nele schüttelte den Kopf. Jeder Gedanke daran tat ihr weh, und sie ahnte, dass es für sie selbst unerträglich sein würde, wenn Anou von den Geschehnissen in den Katakomben berichtete. »Nein, aber das wird sie irgendwann ... und dann braucht sie jemanden, der ihr zuhört.«

Hendriks Mundwinkel zuckte. Verlegen spielte er mit dem Kugelschreiber auf seinem Schreibtisch. »Sie kann froh sein, dass sie dich hat ... ich könnte das nicht, glaube ich.«

Doch, wenn du verliebt wärst so wie ich, dann könntest du es auch. Du würdest es wollen, dein Herz würde danach schreien, es zu erfahren, genau wie meines, dachte Nele, sagte aber nichts.

Nele bemerkte das kurze Zögern in Anous Schritt. Ihre Freundin hielt die Schultern durchgedrückt, den Kopf aufrecht, versuchte fast krampfhaft, stark zu wirken und zögerte doch bei dem kleinen Schritt über die Schwelle in ihre Wohnung.

Hier hatte Karel Murow, das Eibia-Monster, wie ihn die

Boulevardpresse getauft hatte, sie heimgesucht. Nele versuchte sich vorzustellen, was Anou in diesem Moment durch den Kopf ging. Sie konnte es nicht. Sie war nicht entführt und von einem Perversen in einer Höhle gefangen gehalten und verletzt worden. Schilderungen waren eine Sache, es selbst zu spüren eine völlig andere.

Nele betrat hinter Anou die Wohnung und drückte die Tür leise ins Schloss. Jede Bewegung schien viel zu laute Geräusche zu verursachen. Anouschka stand inmitten des kurzen Flurs, regungslos, die Arme hängend, den Blick geradeaus. Nele, die ihre Tasche trug, trat dicht hinter sie und strich ihr über den Rücken. »Wie fühlst du dich?«

Anouschka atmete tief ein, und ohne sich umzudrehen sagte sie: »Wie in einer fremden Wohnung.«

Sie gingen ins Wohnzimmer. Nele hatte gestern vier Stunden damit zugebracht, die Hinterlassenschaften der Spurensicherung zu beseitigen und die Räume so angenehm herzurichten, wie es eben ging. Trotzdem schien jetzt eine durchdringende Kälte zu herrschen. Draußen war es nasskalt, aber da die Heizkörper an waren, konnte es daran kaum liegen.

»Ich mach es mal wärmer«, sagte sie und drehte die Ventile an den beiden Heizkörpern im Wohnzimmer voll auf.

»Wollen wir etwas essen?«, fragte sie danach.

»Höchstens eine Kleinigkeit ... aber eigentlich will ich erst ausgiebig duschen. Den Geruch des Krankenhauses abwaschen.«

Nele nickte. »Okay, du duschst, ich mach Hawaii-Toast und öffne die Flasche Rotwein.«

Anouschka hob die Augenbrauen. »Wir dürfen Alkohol trinken? Sind wir ab jetzt nicht im Dauerdienst?«

Nele winkte ab. »Schon, aber ein Glas Rotwein wird

kaum schaden. Außerdem wimmelt es draußen von Borrmanns Leuten. Wir würden es nicht einmal mitbekommen, wenn er … wenn etwas passiert.«

»Na dann! Gegen ein Glas Wein hab ich nichts einzuwenden«, sagte Anouschka betont fröhlich und verschwand ins Bad.

Nele seufzte, ging in die kleine Küche und machte sich an die Arbeit. Im Bad begann das Wasser zu rauschen. Während ihre Hände sich mit dem Toast beschäftigten, versuchte Nele Ordnung in ihren Kopf zu bekommen. Die Situation war nicht einfach und gefiel ihr immer weniger. Was sich in der Theorie gut und nachvollziehbar anhörte, klang ganz anders und fühlte sich ganz anders an, wenn man mit seinen eigenen Emotionen involviert war. Anouschka würde, so stark sie sich auch gab, noch eine gewisse Zeit brauchen, um zu ihrem alten Ich zurückzufinden. Seit sie sie aus dem Krankenhaus abgeholt hatte, hatte Nele sie genau beobachtet und die kleinen Hinweise erkannt. Das bewusste Zurschaustellen von Stärke, gleichzeitig aber auch das Zögern im Schritt, sobald die Situation ungewohnt wurde. Im Parkhaus war jemand mit quietschenden Reifen angefahren, und Anou hatte sich sofort erschrocken umgedreht. Kleinigkeiten nur, aber doch vorhanden. Zudem hatte Nele sich entschieden, ihr heute Abend, am besten bei einem entspannenden Glas Rotwein, alles zu berichten, was sie bisher über Karel Murow herausgefunden hatten. Das war starker Tobak.

Der Toast sprang aus dem Automaten, und jetzt erschrak Nele selbst. Zu tief war sie in Gedanken bei diesem Monster gewesen. Sie belegte die Scheiben mit Schinken und Ananas, fügte den Schmelzkäse hinzu und schob alles in den Backofen. Dann entkorkte sie den Rotwein, goss zwei große Schwenker halbvoll und trug sie ins Wohnzimmer.

Während sie auf Anou wartete, ging sie ans Fenster und sah auf die Straße hinunter.

Die Straßenlaternen waren bereits an. Ihr oranges Licht fiel auf schmutzige, nasse Straßen. Auf den geparkten Wagen lag noch der schwere Schnee vom letzten kräftigen Schauer. In dicken Placken rutschte er von den Scheiben und Motorhauben zu Boden. Sie konnte genau erkennen, welche Wagen schon länger standen und welche gerade erst eingeparkt hatten. Und natürlich waren die beiden Wagen, in denen die Teams des SEK saßen, gut zu erkennen, da sie beheizt waren und kein Schnee sich darauf hielt. Ein weiteres Team befand sich auf der Etage über ihnen in einer Wohnung, die gerade nicht vermietet war und renoviert werden sollte.

Nele war sich sicher, dass die Maßnahmen ausreichten, um Murow im Fall des Falles rechtzeitig ergreifen zu können. Sie reichten aber bei weitem nicht aus, Anouschka – und ihr selbst auch – ein sicheres Gefühl zu vermitteln. Murow war verschwunden wie ein Geist, vielleicht würde er auch wieder auftauchen wie ein Geist.

Als die Badezimmertür ging, wandte Nele sich vom Fenster ab.

Anouschka kam ihr mit feuchtem Haar, aber vollständig angezogen in Jeans und Sweater entgegen. Sie setzte sich auf die Couch und schlug die nackten Füße unter. Nele holte den Toast aus dem Backofen und legte ihn zum Abkühlen auf einen Holzteller. Dann setzte sie sich neben Anou und sah sie an. Die Zeit für die Wahrheit war gekommen, doch ihr fehlten die richtigen Worte.

»Du weißt nicht, wo du anfangen sollst, nicht wahr?«, sagte Anouschka unvermittelt und überraschte Nele damit. Sie lächelte. »Ertappt.«

Anou legte ihr eine Hand auf den Oberschenkel und blickte sie an.

»Ich kann es vertragen, wirklich. Ich hab das da unten durchgestanden ... und mein Kopf hat nichts zurückbehalten ... hoffe ich zumindest.«

Sie betastete die Stelle hoch oben an ihrer Schläfe, die mit sechs Stichen genäht worden war. Auf der Flucht, als Anou sich plötzlich festgehalten hatte und Murow entglitten war, hatte er ihr dort einen heftigen Schlag versetzt. Daher rührte auch die Gehirnerschütterung, die noch nicht vollends abgeklungen war. Aber eigentlich meinte sie gar nicht diese Verletzung, das war Nele klar. Sie war äußerlich und würde rasch verheilen. Was aber war mit den inneren Verletzungen, jenen, die kein Arzt sehen und heilen konnte?

Nele strich ihr über den Unterarm. »Und du bist wirklich in Ordnung? Wir können das alles hier auch abblasen ... Weißt du, niemand erwartet das von dir, und keiner würde dich für einen Feigling halten wenn du –«

»*Ich* würde es«, unterbrach Anou sie. »Verstehst du ... *Ich* würde nicht mehr in den Spiegel schauen können. Da unten, in seinem Versteck, als ich Tim sah ... ihn da liegen sah ... da habe ich geschworen, den Kerl zu erledigen. Es ist mir dort nicht gelungen, und selbst wenn ich jetzt nicht mehr an ihn herankomme, will ich trotzdem beteiligt sein, wenn wir ihn fassen. Wenigstens das bin ich Tim schuldig. Wenigstens das.«

Nele nickte. Sie hatten bereits im Krankenhaus über Tim gesprochen. Nele wusste von dem Annäherungsversuch, und damit erklärte sich auch sein Alleingang, den er viel zu teuer bezahlt hatte. Für Anouschka war das sehr schlimm. Sie hatte Tim über ihre sexuelle Ausrichtung im

Ungewissen gelassen und fühlte sich dadurch indirekt für seinen Tod verantwortlich. Da nützten auch Neles Beteuerungen, dass sie keine Schuld daran trug, nichts. Tim war in sie verknallt gewesen, hatte sie retten wollen und war dabei auf brutale Weise getötet worden. Je länger Nele darüber nachdachte, desto klarer wurde ihr, dass Anouschka daran am meisten litt.

Sie nippten von dem Rotwein, der lieblich und vollmundig war. Genau das Richtige, um einer geschundenen Seele Trost zu spenden.

Und wieder war er zu einem Teil der Dunkelheit geworden, wieder lebte er in ihr, mit ihr, hatte sie in sich aufgenommen, so wie sie ihn aufgenommen hatte. Die Dunkelheit war alles, was ihm geblieben war. In ihren Armen war er sicher. Die Menschen trauten der Dunkelheit nicht, mieden sie, warfen nur einen flüchtigen Blick hinein und sahen deshalb nicht, was sich darin befand. Nicht einmal diese Polizisten, die überall herumlungerten und glaubten, er würde sie nicht entdecken.

Sie irrten sich gewaltig.

Und sie irrten auch, wenn sie glaubten, ihn davon abhalten zu können, sie zu töten.

Sie war genauso schlecht, wie es seine Mutter gewesen war, hatte ihn betrogen und hintergangen. Aber sie hatte ihn auch etwas gelehrt: Er gehörte nicht dazu, weder zu den Frauen noch zu den Männern, er war nicht schön, war anders, abartig, ein Nichtmensch. Niemals würde sich daran etwas ändern, das hatte er durch sie erkannt.

Die Zeit dort unten in seinem Versteck war die schönste seines Lebens gewesen. Dort hatte er endlich tun können, wofür er geschaffen war. Leider war sie zu kurz gewesen, viel zu kurz. Und jetzt, nachdem er einmal von dieser unbändigen Freiheit gekostet hatte, fiel es ihm sehr schwer, sich unter Kontrolle zu halten. Der Gedanke daran, dieses perfekte Versteck für immer verloren zu haben, quälte ihn, und er hatte bis jetzt nicht verstanden, wie sie ihm auf die Schliche gekommen waren. Aber was spielte das schon für eine Rolle! Er würde ein anderes Versteck finden und beim nächsten Mal besser aufpassen.

Doch das musste noch eine Weile warten. Hier gab es etwas zu erledigen, er konnte die Stadt nicht verlassen, bevor er es nicht hinter sich gebracht hatte.

Wie lange würde es dauern, bis die Posten vor der Wohnung abziehen würden? Tage, vielleicht Wochen? Er wusste es nicht. Was er aber wusste war, dass er nicht ewig hier im Dunkeln stehen und lauern konnte. Sonst würde er bersten.

Aber er hatte ja noch eine andere Aufgabe zu erledigen. Sie war ebenso wichtig, und es sprach nichts dagegen, sie vorzuziehen.

Nele kam von der Toilette zurück. Bevor sie sich wieder zu Anou auf die Couch setzte, trat sie ans Fenster und zog die Vorhänge zu. Zwar befanden sie sich im dritten Stock, niemand konnte hereinschauen, trotzdem hatte sie das Gefühl, die Welt dort draußen ausschließen zu müssen. Sie warf einen langen Blick über die Straße und den Spielplatz mit der kahlen Baumgruppe auf der anderen Seite. Irgendwo dort draußen lauerte er, wartete auf seine Chance. Eine Gänsehaut lief ihren Rücken hinab. Energisch schloss sie die Vorhänge und huschte dann schnell zu Anou unter die Wolldecke.

Sie trank von dem Wein, bevor sie begann. Die ersten Worte waren schwer und holperig.

»Karel Murow ... eigentlich ist er eine tragische Gestalt. Du hast ja von ihm selbst gehört, wie seine Kindheit verlaufen ist. Was wir nicht wissen, können wir uns dazudenken. Den Spott seiner Mitschüler, die Einsamkeit, die Probleme mit dem Aufbau sozialer Kontakte und so weiter.

Nach dem Tod seines Vaters – und wir wissen jetzt ja, dass er dafür verantwortlich war – kam er in ein Heim für schwer erziehbare Jugendliche. Es liegt fünfzehn Kilometer außerhalb der Stadt direkt am Waldrand. Und nach dem, was wir von dem Leiter der Anstalt erfahren haben, hat sich Karel Murow schon damals mehr im Wald als in der Anstalt aufgehalten.

Pflegeeltern gibt es für so jemanden natürlich nicht, er war mit sechzehn ja auch schon recht alt. Sie vermittelten ihm dort eine Ausbildung zum Masseur – auf seinen eigenen Wunsch hin übrigens. Die Lehre hat er mit einem ordentlichen Abschluss beendet, da war er neunzehn. Er soll bei der weiblichen Kundschaft sehr beliebt gewesen sein. Nach dem Ende seiner Ausbildung verliert sich seine Spur. Er war die ganze Zeit über hier in Lüneburg gemeldet, hat aber scheinbar weder gearbeitet noch irgendwelche Sozialleistungen bekommen. Uns fehlen fünf Jahre. Wir wissen einfach nicht, was er in der Zeit getan hat oder wo genau er gewesen ist.

Für uns taucht er erst wieder auf der Bildfläche auf, als er die Stelle als Zugbegleiter bekommt. Dort hat er fast vier Jahre unauffällig gearbeitet. Bis vor zwei Monaten. Es gab Beschwerden. Er soll Frauen beschimpft haben. Die Bahn entließ ihn fristlos – vor genau vier Wochen. Warum er gerade zu dem Zeitpunkt auffällig wurde, werden wir wohl nie erfahren – es sei denn, er sagt es uns. Genauso wenig werden wir erfahren, ob er mit dem Unfall der vier jungen

Leute aus Mariensee etwas zu tun hatte. Mittlerweile bin ich aber fast überzeugt davon.«

Anouschka hob die Augenbrauen. Mit einer anmutigen Bewegung strich sie eine widerspenstige Locke nach hinten. »Gibt es denn Hinweise darauf?«

»Nicht wirklich, nein. Aber wir haben herausgefunden, dass unsere Fälle hier beileibe nicht die einzigen dieser Art sind. Wir haben uns auf die letzten vier Jahre konzentriert. Murow war als Zugbegleiter im gesamten Bundesgebiet unterwegs, also lässt es sich räumlich nicht eingrenzen. Vier Frauen, alle nachts an einsamen Bahnübergängen verschwunden, werden bis heute vermisst, und nachdem, was wir in den Katakomben von Eibia gefunden haben, besteht wohl keine Hoffnung mehr, dass sie einfach nur abgehauen sind.

Jasmin Dreyer, Natascha Trekov, Frauke Wendtland ... sie sind tot. Jasmin Dreyer starb durch einen einzigen Messerstich ins Herz. Sie hat er nicht gequält. Bei Natascha Trekov sieht das schon anders aus. Ich erspare dir Einzelheiten, aber es sieht ganz so aus, als sei er bei ihr völlig außer Kontrolle gewesen. Ebenso bei Frauke Wendtland, wenngleich ihre Verletzungen entsetzlich systematisch waren.

Dieser Mann ist in allen Belangen unberechenbar. Er ist nicht der typische Serientäter, der genau in ein von Psychologen entworfenes Schema passt ... er passt nirgendwo hinein. Und wenn er nicht den Fehler gemacht hätte, dich zu entführen, hätten wir ihn wahrscheinlich nicht so schnell gefunden.«

»Dann sollten wir ihm noch dankbar sein, was?«, warf Anou dazwischen. Ihre Stimme troff vor Sarkasmus.

»Warum jetzt die Raserei, wo er sich doch all die Jahre vorher unter Kontrolle gehabt hat ... das verstehe ich nicht.

Gehen wir mal davon aus, dass er die vier vermissten Frauen getötet hat, dann lagen zwischen diesen Fällen jeweils sechs, neun und zehn Monate. Auch hier also kein zeitliches Schema, keine Häufung – bis vor kurzem eben.

Ich habe mit unserem Psychologen gesprochen, der von einem solchen Fall auch noch nie gehört hat. Auch er ist der Meinung, dass in Murows Leben etwas Markantes passiert sein muss ... irgendwas hat diese Raserei ausgelöst. Das kann natürlich der Jobverlust gewesen sein, aber daran glaube ich nicht. Schließlich hat er schon vorher angefangen, die Frauen in den Zügen anzupöbeln. Nein, es muss einen anderen Grund geben.«

Nele griff nach dem Weinglas, trank einen winzigen Schluck und drehte es in ihren Händen.

»Und weißt du was ... ich werde das Gefühl nicht los, dass ich diesen Grund kennen müsste. Irgendwo habe ich im Zuge dieser hektischen Ermittlungen etwas übersehen. Ich zermartere mir seit Tagen den Kopf, komme aber einfach nicht drauf. Es ist, als habe man eine bestimmte Melodie im Kopf, kann sie aber nicht laut pfeifen. Kennst du das?«

Anouschka nickte. »Ist es denn wichtig?«

»Ich weiß nicht ... vielleicht. Vielleicht ist das genau der Baustein, den wir brauchen, um ihm auf die Schliche zu kommen. Aber es fällt mir einfach nicht ein.«

Anou streckte die Hand aus und strich Nele sanft über den Unterarm. »Wir brauchen ihm nicht auf die Schliche zu kommen. Er wird mich suchen, glaub mir. Ich habe ihn so enttäuscht ... er wird nicht ruhen, ehe er nicht mit mir abgerechnet hat.«

Ihre Blicke fanden sich. Nele hatte sich von Anfang an in Anous dunkle, mandelförmige Augen verliebt, und sie waren noch immer wunderschön, auch mit diesem Schatten darin.

»Willst du mir davon erzählen?«, fragte sie leise.

Anou zögerte, schien darüber nachdenken zu müssen. Schließlich schüttelte sie kaum merklich den Kopf. »Gib mir noch ein bisschen Zeit.«

Mit der Dunkelheit hatte sich die Stille in die Wohnung geschlichen, und Anouschka stellte fest, dass die Stille ihr weit mehr zusetzte. Bevor Nele sich schlafen gelegt hatte, hatte sie in jedem Raum eine Lampe angeschaltet; allesamt kleine Leuchten, die nur schummriges Licht verbreiteten, aber trotzdem ausreichend waren. Seite an Seite hatten sie unter einer Decke im Bett gelegen, den nassen Schnee gegen die Scheibe klatschen gehört und sich von dem gleichmäßigen Geräusch einlullen lassen. Auch Anouschka wäre beinahe eingeschlafen. Als jedoch Neles Atem so ruhig geworden war, dass sie ihn nicht mehr hören konnte, war sie plötzlich wieder hellwach. An Schlaf war nicht mehr zu denken gewesen, also hatte sie sich leise aus dem Bett gestohlen, war durch die Wohnung getigert, hatte aus dem Fenster gesehen, sich davon überzeugt, dass ihre Bewacher noch da waren, und war schließlich auf der Couch gelandet.

Aus Rücksicht auf Nele hatte sie den Fernseher nicht einschalten wollen. Also saß sie da und lauschte. Die Stille war tief. Im Krankenhaus hatte sie es in dieser Form nicht gegeben. Dort war auch in der Nacht eine stetige Geräuschkulisse normal gewesen; leise zwar, aber vorhanden.

Die Stille in ihrer Wohnung ließ die Erinnerung an die Wartezeit in Murows Versteck aufleben. Anou begann zu zittern. Sie rollte sich wie ein Fötus zusammen und zog die Wolldecke eng um den Körper. Obwohl es nicht sein konnte, meinte sie, den widerlichen Geruch des Matratzenlagers riechen zu können.

Würde sie das alles je wieder vergessen können?

Nein, ganz sicher nicht, aber sie hatte dennoch die Hoffnung, die Erinnerung in einer Ecke ihres Verstandes deponieren zu können, die die allermeiste Zeit verschlossen bliebe. Doch das würde dauern. Bis es so weit war, würde sie sich zusammenreißen müssen. Auf Nele konnte sie sich verlassen, das wusste sie, dennoch wollte sie ihrer Freundin nicht zu viel abverlangen. Auf so viel Hilfe angewiesen zu sein fühlte sich irgendwie nicht gut an, es offenbarte ihr selbst ihre Verletzlichkeit und nagte nicht zu knapp an ihrem Verständnis von Unabhängigkeit. Natürlich war sie froh und dankbar, Nele an ihrer Seite zu haben, und irgendwann würde sie über alles mit ihr sprechen können. Sich zu offenbaren würde helfen, aber nicht in dem Ausmaß, wie Nele sich das anscheinend vorstellte. Damit Anouschka ihr inneres Gleichgewicht wiederfinden würde, dafür würde etwas ganz anderes nötig sein.

Und sie wusste auch, was das war.

Murows Tod. Dass sie den miterleben oder sogar selbst herbeiführen würde, war leider mehr als unwahrscheinlich. Ihre Chance hatte sie in den Katakomben vertan.

In der Küche sprang der Motor des Kühlschranks an. Anouschka erschrak ob des leisen Geräusches. Erst als es zu einem Bestandteil der Stille wurde, konnte sie sich wieder entspannen.

In ihrem Kopf herrschte ein heilloses Durcheinander. Die Gedanken unter Kontrolle zu bringen war genau das, was sie am Einschlafen hinderte. Sie hatte während ihres Studiums mal gelesen, dass sich das Gedächtnis wie ein Schrank mit Schubladen organisieren ließ. Man musste sich nur vorstellen, wie man bestimmte Erinnerungen oder Empfindungen in eine Schublade steckte und diese fest verschloss.

Als wenn das so einfach wäre!

Wenn sie es versuchte, war die Schublade entweder schon voll, oder aber sie klemmte, ließ sich nicht schließen oder sprang sofort wieder auf. Auch waren ihre Gedanken so groß und sperrig, dass sie nicht in die engen Laden passen wollten.

Es war zwecklos. Sie gab es auf.

Um sich abzulenken stand Anouschka auf und schlich erneut durch die Wohnung. Ein Blick aus dem Fenster. Es hatte aufgehört zu schneien. Der Wagen stand noch auf dem Parkstreifen.

Passt bloß gut auf, Jungs.

Sie ging in die Küche, öffnete die Kühlschranktür und goss sich ein Glas Milch ein. An die Arbeitsplatte gelehnt trank sie in kleinen Schlucken. Währenddessen kristallisierte sich aus dem Gedankenwust in ihrem Kopf eine Frage heraus, die sie selbst erschreckte.

Wie kann ich es bewerkstelligen, Karel Murow eigenhändig zu töten?

Die Frage war konsequent – gleichzeitig war sie aber auch töricht und gefährlich. Sie durfte sie nicht weiterverfolgen, durfte es nicht dazu kommen lassen, dass ihre Rachegefühle zu viel Raum einnahmen.

Verdammt, das tun sie doch bereits! Und ich will es so!

Hatte sie da unten nicht geschworen, Tims Tod zu rächen?!

Und war dies nicht die einzige Möglichkeit für sie, mit ihrem Leben weiterzumachen?

Nele wird da niemals mitspielen.

Nicht wenn sie so ehrlich war, ihr zu gestehen, dass sie Murow töten wollte. Wenn aber seine Verhaftung das Ziel war, nicht irgendwann, sondern sobald wie möglich, wenn sie Nele glaubhaft machen könnte, dass sie erst dann wieder richtig würde schlafen können, wenn Karel Murow hinter Schloss und Riegel säße, müsste sie dann nicht zustimmen?

In der nächtlichen Stille ihrer Wohnung schmiedete Anouschka einen Plan. Grimmige Entschlossenheit und der Wunsch nach Rache für Tim Siebert fachten dabei die Glut an.

»Niemals!«, rief Nele aus und wandte sich demonstrativ ab. »Das ist genau der Schritt zu weit, den wir auf gar keinen Fall gehen dürfen.«

Anouschka stand in ihrem Rücken und fuhr jetzt die Argumente auf, die sie sich in der letzten schlaflosen Nacht zurechtgelegt hatte.

»Aber es ist die einzige Möglichkeit, verstehst du das denn nicht! Wir werden ihn sonst nie bekommen.«

»Dann ist das eben so.«

»Das glaube ich dir nicht, das kannst du doch nicht einfach so hinnehmen. Oder willst du in der ständigen Angst leben, dass er uns eines Tages doch noch besucht?«

Nele drehte sich wieder um. »Wir werden ihn auch so finden.«

»Mach dir doch nichts vor, Nele. Murow ist seit sieben Tagen verschwunden, es gibt nicht eine einzige Spur von ihm. Er hätte längst wieder töten können, ohne dass du es hättest verhindern können.«

Nele fixierte ihre Freundin. Sie hatte den versteckten Vorwurf sehr wohl verstanden, und es wäre nicht nötig gewesen, ihn zu formulieren. Nichts anderes war ihr in den vergangenen Tagen durch den Kopf gegangen. Natürlich könnte Karel Murow weiter töten. Er kam nicht an Anouschka heran, aber da draußen gab es noch genug andere, unvorsichtige Frauen. Nele wusste das, und es machte sie zunehmend fertig. Trotzdem wollte sie sich auf den haarsträubenden Vorschlag nicht einlassen.

»Du bist überhaupt nicht in der Verfassung, einen solchen Einsatz durchzustehen. Es bleibt bei meinem Nein.«

Anou kam einen Schritt näher und nahm Neles Hände. »Ich werde nie wieder in der Verfassung sein, wenn wir diese Sache nicht zu Ende bringen. Vielleicht kannst du mit der Angst vor Murow leben, ich kann es ganz sicher nicht. Willst du wirklich, dass ich den Dienst quittiere und mich irgendwo im Ausland verstecke?«

»Das würdest du tun?«

Anou sah ihr direkt in die Augen. »Du bist nicht da unten in seiner Gewalt gewesen ... du hast ihn nicht so kennen gelernt wie ich. Karel Murow wird nicht ruhen, bis er mich getötet hat, das weiß ich genau. Wenn du diesen Einsatz ablehnst, zerstörst du mein Leben ... und wahrscheinlich sogar unsere Liebe.«

Es war unfair, Nele mit ihrer Beziehung unter Druck zu setzen, Anou wusste das, doch gleichzeitig war es auch das einzige schlagkräftige Argument. Sie kam sich schlecht dabei vor, es zu benutzen, spürte aber gleichzeitig, dass es von der Wahrheit nicht weit entfernt war. Ihr weiteres Leben, ihr Zusammenleben, stand und fiel mit der Verhaftung von Karel Murow. Oder mit seinem Tod.

Nele schüttelte den Kopf, eher verzweifelt als abweisend. Sie zog Anouschka zu sich heran, presste sie an sich und blickte starr über ihre Schulter.

»Ich würde es mir niemals verzeihen, wenn dir dabei etwas geschieht.«

Anou nickte und strich ihr über den Rücken. »Das weiß

ich, glaub mir, ich weiß es. Aber es ist die einzige Chance ...
wir müssen nur clever genug sein, dann wird schon nichts
passieren. Vertrau mir.«

Nele drückte sie ein Stück weg und sah sie an. »Ich kann
und will das nicht entscheiden. Wir gehen zu Hendrik. Soll
er das tun.«

»Frau Rossberg ... würden Sie uns für ein paar Minuten
allein lassen, bitte.« Dag Hendrik, der die letzten zehn Minuten regungslos hinter seinem Schreibtisch gesessen und
zugehört hatte, stand nun auf und begleitete Anouschka
zur Tür seines Büros. Seine Hand in ihren unteren Rücken
gelegt, bugsierte er sie mit sanftem Druck hinaus.

»Aber ich ...«

»Ich muss mit Frau Karminter ein paar Sachen besprechen, dafür haben Sie sicher Verständnis. Wir holen Sie
gleich wieder rein, versprochen.«

Mit einem Lächeln drückte er die Tür hinter ihr zu. Dann
seufzte er tief, drehte sich um und ging hinter den Schreibtisch zurück. Nele, die bisher an der Fensterbank gelehnt
hatte, begann nun, vor dem Schreibtisch auf und ab zu laufen. Dag Hendrik beobachtete sie einen Moment dabei, die
Stirn in Falten gelegt.

»Nele ... setz dich bitte, ich kann so nicht nachdenken«,
sagte er schließlich.

Nele ließ sich mit dem halben Hintern auf die vorderste
Kante des Stuhles nieder. Sie knetete ihre Hände.

»Ich ...«

Hendrik unterbrach sie mit einer schnellen Handbewegung, bevor sie noch ein zweites Wort herausbrachte. »Ich
weiß, ich weiß, du bist offiziell dagegen. Wäre ich an deiner Stelle auch«, er machte eine kurze Pause und sah sie

von unten herauf an. »Andererseits …«, er kam nach vorn, stützte die Ellenbogen auf dem Schreibtisch ab und sprach leise weiter, »ist es aber genau das, was mir seit Tagen durch den Kopf geht. Deine Mitarbeiterin ist clever, und Mut hat sie scheinbar auch, alle Achtung …«

»Hör auf, ich will das nicht hören!«

»Doch, willst du, und du weißt es auch. Ich hätte diesen Vorschlag früher oder später sowieso gebracht. Es ist allein ihre Entscheidung, niemand zwingt sie. Und dass sie von selbst darauf gekommen ist, macht es mir umso einfacher.«

»Ich finde nicht, dass sie es allein entscheiden sollte. Sie steht noch unter dem Einfluss der Ereignisse. Sie kann es gar nicht allein entscheiden.«

Hendrik lehnte sich zurück und fixierte Nele. »Würdest du auch so reagieren, wenn du nicht mit ihr schlafen würdest?«

Nele erstarrte, ihr Blick wurde eisig. »Diese Frage steht dir nicht zu.«

»Vielleicht nicht. Aber ich will trotzdem, dass du drüber nachdenkst und ein objektives Urteil fällst. Nicht eines, das von Emotionen getrübt ist.«

Nele lag eine Erwiderung auf der Zunge. Sie schluckte sie jedoch herunter, stand hastig auf und ging zum Fenster. Sympathie, persönliche Zuneigung, alles schön und gut, doch in diesem Moment entschied sich Neles berufliche Zukunft, das wusste sie. Hendrik war ein Mann, er konnte sich nicht in sie hineinversetzen, und bei künftigen Karriereentscheidungen würde er sie immer nach diesem einen Augenblick beurteilen, ob er wollte oder nicht.

Was also blieb ihr übrig?

Sie hatte ihr Versteck verlassen!

Wie töricht von ihr.

Jetzt lief sie ohne jeden Schutz durch die Straßen der Stadt. Scheinbar ziellos suchte sie in der Fußgängerzone verschiedene Geschäfte auf, kaufte auch ein paar Kleinigkeiten, schien es aber ansonsten nur zu genießen, sich im Freien aufzuhalten. Sie saß im Café, fuhr mit der Straßenbahn und tat alles, was andere auch taten. Dabei wirkte sie erstaunlich unbekümmert! Hatte sie keine Bewacher?

Offensichtlich nicht. Und wenn, dann konnte er sie nicht sehen. Sie ihn allerdings auch nicht, hielten sie doch Ausschau nach einem völlig anderen Menschen. Sie suchten einen Mann, er war eine Frau, sie suchten nach blondem Haar, er war nun brünett. Nein, sie war allein, musste es sein, denn einmal war er ihr bereits so nahe gekommen, dass er sie hatte riechen können. Das war in einer Menschenansammlung am Bahnhof gewesen. Wie leicht hätte er ihr sein Messer in den Rücken stechen können, doch das war es nicht, was er wollte.

Er wusste, dass er schnell sein musste, dass er nur eine Chance bekäme, trotzdem wollte er ihr noch einmal in die Augen sehen. Ein letztes Mal noch. Sie sollte ihn ansehen, ihn trotz seines veränderten Äußeren erkennen und verstehen, warum sie sterben musste.

Die Vorfreude darauf linderte seine Schmerzen etwas, während er mit tief in den Taschen des Mantels vergrabenen Händen durch die Straßen ging. Noch immer spürte er bei jedem Schritt die Stichverletzung in seinem Hintern. Er hatte die Wunde selbst versorgt und genäht. Sie verheilte ganz gut, trotzdem zog er das betreffende Bein etwas nach, hoffte aber, dass es nicht weiter auffiel. Auch nicht der Umstand, dass er bei diesem beschissenen Wetter eine Sonnenbrille trug. Sie musste die hässliche Brandwunde unter seinem rechten Auge verdecken. Schließlich war das ein Merkmal, nach dem sie Ausschau halten würden.

Zu seinem Glück ging sie betont langsam durch die Straßen, schlenderte gar, so als habe sie alle Zeit der Welt. Er musste sich nicht eilen, konnte auf seine Verletzung Rücksicht nehmen. Auch musste er sie nicht immer im Blickfeld haben, so dass es wirkte, als liefe er aufs Geratewohl durch die Stadt.

Wie ein Hund folgte er ihrer Spur.

Noch immer roch ihr Körper nach dem Babyöl!

Zwei Tage lang war Anouschka Rossberg bereits durch die Straßen der Stadt gelaufen. Sie kannte die Auslage sämtlicher Geschäfte in der Einkaufszone, hatte sich Tand gekauft, den sie eigentlich nicht brauchte, hatte zu viel Cappuccino in ihrem Lieblingscafé getrunken und sich zwischendurch immer wieder die Füße plattgelaufen. Dabei schmerzten ihre langsam heilenden Rippen und die Verletzungen an Lunge und Zwerchfell. Ihr Oberarm pochte im Gleichtakt mit dem Herzen. Sie ging wie eine alte Frau, langsam, mitunter schleppend, und musste sich öfter ausruhen als eine Rentnerin. Es war eine Qual, trotzdem hielt sie eisern durch.

Murow war noch nicht aufgetaucht!

Am ersten Tag hatte sie alle paar Minuten hinter sich geblickt oder den Spiegeleffekt der Schaufensterscheiben genutzt. Sie hatte ihn in ihrem Rücken, seine Blicke auf ihrer Haut brennen gespürt – doch gesehen hatten weder sie noch einer der Jungs aus Borrmanns Team Karel Murow.

Er war scheinbar nicht da.

Oder doch?

Anouschka wurde das Gefühl nicht los, dass er sie beobachtete. So wie ein Jäger sein Opfer, wie ein Löwe das arglose Gnu, leise, lauernd, getarnt und mit der Umwelt verschwimmend. Er war irgendwo da draußen, unter den Menschen, hatte sein Aussehen verändert und wartete nun auf den richtigen Moment. Vielleicht kostete er es aber auch aus, sie zu quälen, im Ungewissen zu lassen. Vielleicht machte es ihm Spaß, sie zu betrachten, denn Situationen, in denen er hätte zuschlagen können, hatte es gegeben.

Hatte er ihre Bewacher bemerkt?

Nein, das konnte nicht sein. So wie sie es mit Hendrik abgesprochen hatten, waren es nur zwei. Die besten. Sie operierten einzeln, waren untereinander nur mit winzigen Funkgeräten, die als hautfarbene Knöpfe in ihren Ohren verschwanden, in Kontakt und kamen ihr niemals so nah, dass sie in Verbindung gebracht werden konnten. Das war sehr gefährlich, aber genauso hatte Anou es gewollt.

Warum holte er sie nicht?

Das Warten zermürbte sie.

Wie lange konnte sie diesen Zustand noch ertragen?

Anouschka beugte sich vor und nahm die große Tasse vom Tisch. Sie saß schon wieder im Café, hatte sich diesmal eine heiße Schokolade bestellt, weil sie nicht so viel Koffein zu sich nehmen wollte. Sie war schon nervös und aufgedreht genug, fühlte sich wie eine Batterie, die ständig geladen wurde und kurz vor dem Bersten stand. Sie trank den Rest aus der Tasse in einem Zug. Beim Absetzen fiel ihr Blick auf die langhaarige Brünette, die in der schummrigen Ecke saß und scheinbar in eine Illustrierte vertieft war. Ganz kurz und flüchtig traf sich ihr Blick, unbemerkbar für Außenstehende.

Anouschka stand auf, griff ihren Regenschirm und ver

ließ das Café. Bezahlt hatte sie schon, als die Kellnerin sie bedient hatte.

Der Regen hatte nachgelassen. Nur noch vereinzelte Tropfen fielen in die großen Pfützen auf Gehsteig und Straße, die der Platzregen von vorhin hinterlassen hatte. Das Wetter der letzten Tage war eine Katastrophe und behinderte sie zusätzlich. Dadurch, dass es so oft regnete, musste sie dauernd in Geschäfte, Restaurants oder Cafés einkehren. Es würde zu sehr auffallen, wenn sie es nicht täte, denn kein Mensch ging bei einem solchen Wetter freiwillig spazieren.

Anou ließ den Regenschirm geschlossen und marschierte den Gehsteig in Richtung Bahnhof. Schon die ganze Zeit hatte sie die Vorahnung, dass Murow sie in der Nähe des Bahnhofes am ehesten finden würde.

Hinter sich hörte sie die Tür des kleinen Cafés erneut zuschlagen.

Auch die Brünette war jetzt auf der Straße.

Der Zeitpunkt war gekommen.

Er konnte nicht mehr länger warten.

Es musste heute sein!

Seit dem frühen Morgen folgte er ihr bereits. Sie tat, was sie die anderen beiden Tage auch getan hatte, nichts hatte sich geändert, ihm waren keine Personen aufgefallen, die nach Polizei aussahen, nur sie selbst schien ein wenig nervöser zu sein, blickte häufiger über ihre Schulter zurück. Sie trug wieder die übliche Bluejeans und die billige, aber scheinbar warme, dicke Jacke, die ihre Figur verhüllte.

Während er ihr durch die Stadt folgte, gingen ihm erneut Fragen durch den Kopf, die er sich in den letzten Tagen öfter gestellt hatte. Warum war sie in die Wohnung zurückgekehrt? Sie musste doch wissen, dass er sie über diesen Bezugspunkt finden würde. Wollte sie vielleicht sogar, dass er sie fand? War ihre Beziehung durch das gemeinsam Erlebte derart tief, dass sie ohne ihn nicht sein konnte und sogar den Tod durch seine Hand suchte? Er war bereit, daran zu glauben. Dieser Glaube schenkte ihm Kraft und Selbstvertrauen. Sie würde damit der einzige Mensch sein, zu dem er je einen innigen dauerhaften Kontakt aufgebaut hatte, etwas, das der Liebe sehr nahe kam. Es war nur folgerichtig und konsequent, wenn sie durch seine Hand starb.

Am frühen Nachmittag ging sie in den Park.

Er folgte ihr in großem Abstand. Zu dieser Jahreszeit und bei dem schlechten Wetter waren kaum Menschen auf dem weitläufigen Gelände unterwegs. Er ließ sich noch weiter zurückfallen und nahm einen anderen Weg als sie, hielt aber über die große Rasenfläche ständigen Blickkontakt. Als die Entfernung zwischen ihnen am größten war, konnte er sie nur noch als kleine graue Gestalt erkennen, die gemächlich und gebeugt über den nassen Schotterweg schritt.

Er wählte seinen Weg so, dass sie auf der gegenüberliegenden Seite der Rasenfläche zusammentreffen würden. Mit den Händen in den Taschen, die Rechte um den Griff des Messers geschlossen, schritt er ihr entgegen.

Was für ein großartiger Augenblick!

Im diffusen grauen Licht dieses verregneten Nachmittages gingen sie im menschenleeren Park aufeinander zu. Mörder und Opfer. Liebender und Geliebte. Nichts würde die Tat jetzt noch verhindern können. Hier würde nun ihre besondere Beziehung auf eine Art ihr Ende finden, die vorherbestimmt war.

Er fühlte sich stark, voller Kraft und Leben, und musste sich zügeln, damit er nicht zu laufen begann. Stattdessen wählte er seine Schrittlänge so, dass sie sich genau am Springbrunnen treffen würden. So waren sie zur Eingangsseite des Parks hin durch den steinernen Aufbau in der Mitte des Brunnens vor Blicken geschützt. Die andere Seite des Weges war von hohen Eiben umgeben.

Ort und Zeit waren ideal.

Die Distanz schmolz dahin.

Schritt um Schritt.

Die Innenfläche seiner Hand um den Messergriff begann zu schwitzen. Diese Vorfreude war das Schönste, Intensivste, was er je gefühlt hatte. Vom Zusehen damals, als der Vater an der Wunde seines abgekniffenen Penis verblutet war, einmal abgesehen.

Dreißig Meter.

Zwanzig.

Zehn.

Jetzt hörte sie die knirschenden Schritte, die ihr entgegenkamen. Erschrocken blickte sie auf, sah aber nur eine hochgewachsene, brünette Frau. Vielleicht etwas zu kräftig in den Schultern. Er sah, wie sie ihren Blick schon wieder senken wollte, plötzlich aber im Schritt verharrte und den Kopf hochriss.

Dann war er bei ihr.

Kein Meter trennte sie mehr voneinander.

Sie standen sich gegenüber. Auge in Auge.

Er sah die Erkenntnis und Überraschung in ihrem Blick.

»Karel«, flüsterte sie.

Mit einer schnellen Bewegung stieß er zu. Die lange Klinge des Messers fuhr ihr tief in den Bauch. Sie ertrug den Schmerz ohne Schrei, stöhnte nur leicht auf und klammerte sich an seinen Unterarm.

»Karel«, flüsterte sie noch einmal.

Er konnte es nicht ertragen, ihre Stimme zu hören.

Schnell wirbelte er sie herum, schnitt ihr die Kehle auf und stieß sie über den flachen Rand des Springbrunnens in das brackige, von altem Laub verdunkelte Regenwasser, das sich darin gesammelt hatte und nun von ihrem Blut noch dunkler wurde.

Nele Karminter riss sich mit einer hastigen Bewegung die Perücke vom Kopf.

»Warum muss das Ding so fies kratzen und jucken?«

Sie warf den langen Haarschopf in die Ecke. Aus der langhaarigen Brünetten war wieder die kurzhaarige Blonde geworden.

»Weil es billiges Kunsthaar ist«, sagte Anouschka, kam auf sie zu, umarmte und küsste sie. Dann fuhr sie ihr mit den Fingern durchs Haar.

Nele schloss die Augen und schnurrte wie eine Katze.

Sie standen im Eingangsbereich von Neles Wohnung. Für heute war die Schnitzeljagd beendet. Karel Murow hatte sich nicht blicken lassen, und so langsam kam in Nele der Verdacht auf, dass sie sich umsonst die Hacken abliefen.

Es war später Nachmittag, eigentlich zu früh, um schon aufzuhören, doch beide waren müde, durchgefroren und gefrustet. Anstatt in Anous Wohnung zu gehen, so wie die anderen Abende und Nächte, hatten sie sich für Neles Wohnung entschieden. Es war an der Zeit für einen entspannten Abend, ohne die ständige Angst, dass jeden Moment die Tür auffliegen und Karel Murow hereinplatzen würde.

Als Anou mit der kurzen Massage aufhörte, öffnete Nele die Augen.

»Damit machen wir später weiter, wenn ich geduscht habe, ja?!«

Sie bückte sich, um die Stiefel auszuziehen, da klingelte ihr Handy. Nele verdrehte die Augen, seufzte, holte es aus der Manteltasche und warf einen Blick aufs Display.

»Hendrik«, sagte sie und sah Anouschka an. »Ich muss rangehen.« Sie nahm das Gespräch entgegen.

Anouschka wollte sich schon abwenden, um in der Küche einen heißen Tee zuzubereiten, der ihre kalten Füße auftauen würde, da bemerkte sie eine Änderung in Neles Haltung und Stimme. Irgendwas stimmte nicht!

Nele sagte nicht viel, hörte zu und beendete das Gespräch mit den Worten: »Ich bin in einer Viertelstunde da.«

Dann steckte sie das Handy weg.

Ihr Gesicht war plötzlich weiß, ihre Hände zitterten leicht. »Verdammte Scheiße ... jetzt weiß ich, was ich übersehen habe.«

Anouschka verstand nicht. »Was ist los?«

Für einen kurzen Moment schien Nele durch sie hindurchzustarren, den Blick auf einen Punkt gerichtet, den Anou nicht sehen konnte. Sie beendete diesen Zustand mit heftigem Blinzeln, und es schien, als kehre sie von weither zu Anou zurück.

»Ein Jogger hat im Park eine Leiche gefunden. Sie liegt im Springbrunnen, offensichtlich ermordet ... und das Opfer ist uns bekannt.«

»Was? Ich verstehe nicht ... wer?«

Nele holte tief Luft, bevor sie antwortete. »Es ist Karel Murows Mutter.«

»Aber ... die ist doch ...«

Nele schüttelte den Kopf. »Nein, ist sie nicht. Ich habe es einfach übersehen, in der ganzen Aufregung habe ich nicht mehr an sie gedacht. Sie wurde vor einer Woche entlassen. Ich hab das gewusst ... verstehst du? Der Leiter der JVA hat es mir gesagt. Die Frau hätte Polizeischutz gebraucht, sie wäre der richtige Köder gewesen ... so ein Mist ...«

Nele fasste sich in einer verzweifelt armutenden Geste an den Kopf und ließ sich kraftlos gegen die Wand sacken.

»So ein verdammter Mist.«

Anouschka wollte sie trösten, doch Nele hob abwehrend die Hände.

»Nein, lass, bitte, damit muss ich klarkommen. Ich muss sofort da hin.«

Mit einer schwerfälligen Bewegung nahm sie den Schlüssel vom Haken, wo sie ihn in Erwartung eines kuscheligen Abends bereits hingehängt hatte.

»Du bleibst hier in der Wohnung und setzt keinen Fuß vor die Tür. Verstanden?«

Anouschka nickte nur.

Sie brachte es nicht fertig, in diesem Moment ihre Freundin auch noch anzulügen, zumindest nicht mit Worten.

Aus dem Fenster beobachtete Anouschka, wie Nele aus der Tiefgarage kam und mit hoher Geschwindigkeit die Straße hinunterfuhr.

Sie durfte keine Zeit verlieren. Nele würde vom Wagen aus ein Team des SEK zu ihrer Wohnung beordern, damit sie nicht unbewacht blieb. Genau jetzt war der Zeitpunkt gekommen, auf den sie seit drei Tagen wartete. Nein, das war nicht ganz richtig. Eigentlich wartete sie schon darauf, seitdem sie im Krankenhaus aus dem künstlichen Koma erwacht war und ihren schmerzenden Körper gespürt hatte.

Anouschka Rossberg zog ihre gefütterten Stiefel an und schlüpfte in den warmen, modischen Parka mit Kapuze, in dem noch ein Rest Wärme steckte – sie hatte ihn erst vor zehn Minuten ausgezogen. Bevor sie die Wohnung verließ, überprüfte sie ihre Waffe. Sie steckte geladen im Achselfutteral, ein Ersatzmagazin war auch dabei.

Aus ihrer eigenen Wohnung hätte sie sich nicht wegschleichen können. Dort gab es nur einen Ausgang und der wurde rund um die Uhr vom SEK-Team bewacht. Hier war es leichter. Obwohl das Team sicher noch nicht eingetroffen war, verließ Anou das Haus nicht durch die Eingangstür, sondern durch die Tiefgarage. Das schwere, metallene Rolltor ließ sich nur mittels einer Codekarte öffnen, oder indem man den Zahlencode direkt in das Tastenfeld eingab. Da sie die vierstellige Zahlenfolge kannte, war das für sie kein Problem.

Nachdem sich das Tor hinter ihr wieder geschlossen hatte, schlich sie die Rampe hinauf und spähte zunächst über deren Rand hinweg zur Straße. Niemand zu sehen. Anouschka verschwand durch den rückwärtigen Bereich, kroch unter ein paar Büschen hindurch und kam so schnell in die Parallelstraße. Von dort war es nicht weit zum Bahnhof. Am Bahnhof, das stand für Anou fest, würde er sie finden. Sie hatte Nele bisher nichts davon gesagt, aber bereits zweimal hatte sie genau dort das Gefühl gehabt, von ihm beobachtet zu werden. Gesehen hatte sie ihn nicht, aber trotzdem …

Anou beschleunigte ihren Schritt und hoffte, dass Nele vergaß, das SEK-Team zu ihrer eigenen Wohnung zu beordern. Ein bisschen Vorsprung konnte nicht schaden.

Vergessen hatte Nele es nicht, doch verspätet daran gedacht, so dass Max Griebert und Olaf Jantowski den Befehl erst mit halbstündiger Verspätung bekamen. Dafür aber mit dem Zusatz, oben zu klingeln und sich persönlich davon zu überzeugen, dass Frau Rossberg in Ordnung war.

Vor dem Wohnblock stiegen sie aus ihrem Wagen, sahen sich kurz um und gingen dann auf die Eingangstür zu. Ihre Gesichter waren ausdruckslos, aber hellwach, unter ihren gefütterten Jacken steckten geladene Waffen, in den Ohren trugen sie kleine Knöpfe. Natürlich wussten sie, was im Park geschehen war, und standen unter Hochspannung. Beide waren dabei gewesen, als Anouschka Rossberg aus den Katakomben von Eibia befreit worden war, und sollte Karel Murow hier auftauchen, würden sie das Schwein gewaltig auseinandernehmen.

Griebert nickte Jantowski zu, der drückte auf die Klingel.

Sie erwarteten, Frau Rossbergs Stimme aus der Gegensprechanlage zu hören, doch nichts geschah.

Jantowski läutete noch mal.

Wieder keine Reaktion.

Sie konnte unter der Dusche stehen oder auf der Toilette sitzen, aber solche privaten Dinge interessierten die beiden Profis nicht. Nicht in einem solchen Moment. Beide drückten sämtliche Klingelknöpfe, zehn an der Zahl, bis der Summer endlich ertönte und sie die Tür aufdrücken konnten.

Der Fahrstuhl stand geöffnet im Erdgeschoss. Griebert sah kurz hinein, drückte die Nottaste und blockierte ihn damit. Ohne ein Wort zu wechseln spurteten die beiden nach oben. Auf jeder der drei Etagen starrte sie ein erschrockenes Gesicht aus einer geöffneten Haustür entgegen.

Griebert rief immer wieder die gleichen Worte.

»Polizei, bleiben Sie in Ihrer Wohnung.«

Oben angekommen sahen sie, dass die Wohnungstür unbeschädigt war. Jantowski drückte auf den Klingelknopf, mehrmals hintereinander. Sie warteten genau fünf Sekunden. Als wieder nichts geschah, nickten sie sich zu.

Griebert zog seine Waffe und ging neben der Tür in Deckung. Jantowski holte den Schlüssel heraus. Sie hatten einen für Frau Rossbergs Wohnung und einen zu dieser, durften ihn natürlich nur benutzen, wenn Gefahr im Verzug war.

Jantowski schloss auf und warf sich mit der Tür in die Wohnung, so das jemand, der dahinter stand, gegen die Wand gedrückt würde.

»Polizei! Frau Rossberg, ist alles in Ordnung?«, brüllte Griebert und stürmte mit vorgehaltener Waffe in die Wohnung. Jantowski folgte ihm, beide hatten entsichert und waren bereit zu töten.

Schnell hatten sie die Wohnung überprüft.

»Kacke!«, sagte Griebert zu seinem Kollegen und benutzte dann den Minisender in seinem Ohr.

»Eins drei an Eins eins … wir haben ein Problem!«

Jaaaa!

Das war der Duft seiner Träume!

Der Duft der Schönheit, Perfektion und Zärtlichkeit.

Sie trug ihn noch immer an ihrem Körper, so intensiv, als hätte sie ihn gerade aufgetragen. Hatte sie das getan? Hatte sie das Öl benutzt, damit er sie fand?

Er war sich sicher. Sie wollte ihn genau so, wie er sie wollte. Warum sonst kehrte sie erneut zum Bahnhof zurück, wohin er ihr in den letzten Tagen bereits mehrmals gefolgt war? Und heute, da er selbst für Ablenkung gesorgt hatte, schien sie tatsächlich allein zu sein, ohne die sonst allgegenwärtigen Schatten.

Keine zehn Meter entfernt lief sie vor ihm her. Mit ihrem dunklen Haar und der dunklen Hautfarbe stach sie aus der Masse heraus, sie war eine Schönheit in der Herde der Hässlichen, strahlte wie ein Licht, das nur er sehen konnte. Nicht ein einziges Mal hatte sie sich bisher umgesehen. Sie wusste, dass er da war, brauchte sich nicht davon zu überzeugen, hatte aber auch keine Angst vor ihm.

In seinen Lenden begann ein Feuer zu brennen. Sie würde durch seine Hand sterben, schon bald, mit dem Messer, an dem noch das Blut seiner Mutter haftete. So würde sich das Blut beider Verräterinnen vermischen, und er wäre frei. Danach konnte er gehen, wohin er wollte, und seinen einmal eingeschlagenen Weg fortsetzen.

Er folgte ihr in den Bahnhof. Sie löste am Automaten ein Ticket und sah sich dabei nun doch um. Er machte sich nicht die Mühe, sich zu verstecken. Als sie ihr Ticket hatte, stieg sie die Treppe hinunter, die zu den Gleisen führte. Er hielt Abstand, doch als der Zug einlief, und die Masse in Bewegung geriet, näherte er sich ihr bis auf ein paar Meter, beobachtete sie beim Einsteigen, und erst kurz bevor die Türen sich wieder schlossen, sprang er einen Waggon vor ihr in den Zug.

Er war im Zug!

Sie hatte ihn hineingelockt, nachdem sie sicher gewesen war, dass er ihr zum Bahnhof gefolgt war. Anouschkas Körper stand in Flammen, jede einzelne Faser unter Hochspannung. Ihr Magen war ein schwerer kleiner Klumpen und sie drohte vor Angst zu sterben.

Diese Reaktionen ihres Körpers hatte sie nicht erwartet. Sie war längst nicht so kühl und abgeklärt, wie sie gehofft hatte, ihr Trachten nach Rache hatte ihr längst nicht so viel Kraft verliehen, wie sie sie noch vorhin in der sicheren Wohnung gespürt hatte. Hier draußen war sie ihm schutzlos ausgeliefert. Sie selbst hatte sich in eine Situation gebracht, in der es nur auf sie ankam. Ein Showdown wie in einem guten alten Western, nur er und sie, keine Hilfe, keine Hoffnung.

Wie hatte sie nur so dumm sein können!

Jetzt war es zu spät zu bereuen.

Sie hatte ihn nicht gesehen, aber das war auch nicht nötig. Bevor sie in den Zug gestiegen war, war er ganz nah gewesen, so nah, dass sie sogar gemeint hatte, das verfluchte Babyöl zu riechen, und es hatte sie enorm viel Kraft gekostet, sich nicht umzudrehen. Diese Blöße hatte sie sich nicht geben wollen. Er sollte nicht sehen, wie groß ihre Angst vor ihm war.

Anou stand im Gang, eingepfercht zwischen vielen anderen Menschen, die zur Feierabendzeit die Heimfahrt aus der Stadt in ihre Wohnorte antraten. Sitzplätze waren keine mehr frei, aber sie hätte sich ohnehin nicht still auf einen Platz setzen können. Der Zug ruckelte über die Gleise, ihre Knie zitterten, und sie war froh, sich an der Stange über ihrem Kopf festhalten zu können.

Sie hatte keinen Plan. All ihr Denken war auf einen Moment ausgerichtet, den wahrscheinlich nicht sie, sondern er bestimmen würde. Hier im Zug, ein Ort, an dem er sich auskannte, der ihm nicht fremd war, würde es nicht passieren. Zu viele Menschen, zu wenig Platz, kein Raum für die Art von Intimität, die seine Tat erfordern würde. An irgendeiner Station würde sie aussteigen müssen, irgendwo auf dem Lande. Anouschka hatte den Zug nicht willkürlich gewählt. Eine der Stationen, an denen er haltmachte, war Friedburg.

Genau dort würde sie den Zug verlassen.

Oder gab es eine bessere Alternative?

Etwas mit Überraschungsmoment, eine Situation, die ihn in eine Zwangslage bringen würde.

Was konnte sie tun?

Bei all der Kaltschnäuzigkeit und Waghalsigkeit, die Anouschka mit dieser Aktion an den Tag legte, war sie weit davon entfernt, heute sterben zu wollen. Sie wollte leben, mit Nele zusammen leben und lieben, aber das war nur möglich, wenn Karel Murow vom Angesicht der Welt getilgt war. Darauf war ihr Plan von Anfang an ausgerichtet gewesen, auf diesen einen Moment, an dem sie beide allein aufeinandertreffen würden. Anou hatte nicht geglaubt, dass ihre Aktion mit Köder und kleinem versteckten Überwachungsteam etwas bringen würde. Jedenfalls nicht das, was sich Nele und Hendrik vorgestellt hatten. Während der ganzen Zeit hatte sie nur darauf gewartet, der Überwachung zu entkommen.

Jetzt war alles so schnell und überraschend passiert, jetzt war sie allein und hatte das Monster im Nacken und machte sich vor Angst fast in die Hose.

Ihr Atem ging heftig, Schweiß lief ihr die Wirbelsäule hinab. Er kam näher, sie konnte es spüren. Wollte er es doch hier im Zug zu Ende bringen?

Der Zug bremste ab und rollte in den nächsten kleinen Bahnhof ein. Die Menschen gerieten in Bewegung, einige stiegen aus, andere ein. Anouschka blieb im selben Waggon, wurde aber in Richtung Tür gedrängt. Als der Zug wieder anfuhr, spürte sie plötzlich eine Veränderung.

Eine Hitzewelle schoss durch ihren Körper, ließ ihre Kopfhaut prickeln und ihr Herz rasen.

Er war da!

Direkt hinter ihr!

Der Anblick war entsetzlich!

Die kleine, pummelige Leiche Magdalene Murows lag mit dem Gesicht nach oben in dem brackigen Wasser des über den Winter abgestellten Springbrunnens. Ihre Augen waren weit aufgerissen. Klaffend prangte die tiefe Wunde in ihrem Hals. Am helllichten Tage erstach er seine eigene

Mutter und warf sie in den Brunnen, nachdem sie zwölf Jahre für ihn im Gefängnis gesessen hatte.

Was war Karel Murow nur für ein Geschöpf?

Warum existierte er?

Nele wandte sich ab.

Um sie herum hatte der Trubel der Ermittlung erneut eingesetzt. Auch wenn sie in diesem Fall den Täter kannten, war es unerlässlich, sämtliche Spuren aufzunehmen. Die Techniker in den weißen Plastikanzügen warteten nur auf das Zeichen, endlich anfangen zu dürfen. Sie trampelten auf der Stelle und rieben sich die Hände. Genauso wie der Gerichtsmediziner.

»Können wir sie jetzt rausholen?«, fragte Patrick Kenzel Nele.

Sie nickte. Daraufhin machten sich zwei Beamte in schwarzen Wathosen und Gummistiefeln daran, den Leichnam aus dem kalten, blutigen Wasser zu holen.

Hendrik trat neben Nele. Seine Hände steckten tief in den Taschen des langen Wollmantels, um den Hals trug er einen dicken Schal. Noch immer quälte ihn die Erkältung. Er zog eine Hand aus der Tasche und hielt Nele ein gefaltetes Stück Papier hin.

»Den haben wir bei ihren Papieren gefunden, in der Tasche ihres Mantels.«

Nele nahm das Blatt entgegen. Es war feucht und zerknittert. Sie faltete es auseinander und begann zu lesen.

Mutter,
komm nicht zurück in mein Leben! Ich habe all das hinter mir gelassen, weit zurück. Ich bin jetzt ein anderer Mensch, du würdest mich nicht mehr erkennen. Ich brauche dich nicht mehr! Dein Verrat hat alles ver-

ändert, aber er hat mich auch stärker werden lassen. Du hattest unrecht damals. Ich bin nicht wie er. Ich bin stärker, und ich habe meinen Weg gefunden.

Kreuze ihn nicht.

Du würdest es nicht überleben.

Karel

Nele schüttelte den Kopf.

»Also haben Sie sich doch geschrieben. Warum hat sie uns den Brief nicht gezeigt? Das ist eine Drohung, und so wie die Dinge liegen, hätten wir Schutz für sie organisiert.« Wieder schüttelte sie den Kopf. »Sie hätte ihn uns nur zeigen müssen.«

»Hätte sie, ja, aber wir hätten auch so ihre Haftentlassung im Hinterkopf behalten müssen«, sagte Hendrik.

»Nicht wir: ich. *Ich* hätte daran denken müssen. Dafür übernehme ich die Verantwortung.«

Hendrik sah sie an, wollte etwas erwidern, da läutete sein Handy. Er presste es an sein Ohr und nahm das Gespräch entgegen. Im selben Atemzug zerfloss sein Gesicht zu einer Grimasse puren Entsetzens.

Neles Herz setzte einen Schlag aus.

»Sie ist verschwunden ... Frau Rossberg ist aus der Wohnung verschwunden!«

»Nein!«, entfuhr es Nele keuchend, und sie sackte gegen Hendrik. »Nicht noch einmal.«

Hendrik packte sie hart bei den Schultern. »Murow war definitiv nicht dort. Sie ist abgehauen. Zum Teufel noch mal, macht denn hier jeder, was er will?!«

All ihre Sinne waren aufs Äußerste gespannt, waren kurz vor dem Zerreißen, Schweiß lief nun in Strömen an ihrem

Rücken hinab. Die entsetzliche Angst schien ihre Muskeln mit einem lähmenden Gift zu durchziehen. Sie hörte und spürte ein leises Schnüffeln. Jemand, der größer war als sie, roch an ihrem Haar. Ruckartig drehte Anou sich um.

Hinter ihr stand eine große, kräftige, brünette Frau.

Ihre Augen!

Seine Augen! Die Brandwunde darunter.

Ein Lächeln umspielte seine Lippen. Er senkte kurz die Lider mit den langen dunklen Wimpern, als er nochmals an ihrem Haar roch. Sie standen so dicht beieinander wie ein Liebespaar, die anderen Fahrgäste drängten sie zusammen, Anou kam nicht weg. Er würde sie hier erstechen, ohne dass sie etwas dagegen unternehmen konnte.

Panik überkam sie!

Anou drängte nach hinten, weg von ihm, fort aus seiner Reichweite. Die anderen beklagten sich, stießen zurück, doch Anou ließ sich nicht aufhalten. Karel Murow blieb zunächst stehen und sah ihr durch den Korridor, den sie schuf, lächelnd nach. Dann schloss sich der Korridor aus menschlichen Leibern und trennte sie voneinander. Anou erreichte das Ende des Waggons. Was sollte sie tun? Sie hatte diesen gefährlichen Mörder in einen Zug voller Menschen gelockt. Wie weit war es noch bis zum nächsten Halt? Anou wusste es nicht. Aber selbst fünf Minuten würden zu lange sein.

Ihr Blick fiel auf den roten Griff oben neben dem Fenster.

Die Notbremse!

Ohne weiter nachzudenken reckte sie sich hoch und zog kräftig daran.

Augenblicklich begann der Zug zu bremsen. Jämmerlich quietschte Metall auf Metall. Die Menschen schrien auf, stolperten, Stimmen wurden laut, jemand stieß sie weg.

Anou stolperte auf die Tür zu.

Der Zug stoppte auf freier Strecke.

Anouschka betätigte den Handgriff, öffnete die Waggontür und sprang aufs Gleisbett hinunter. Sie kam mit dem rechten Fuß unglücklich auf der Kante einer Holzbohle auf und knickte um. Heftiger Schmerz schoss von ihrem Fußgelenk ins Bein hinauf. Auch in ihrem Brustkorb machten sich sofort wieder die gebrochenen Rippen bemerkbar.

Sie stolperte vorwärts, stürzte aufs Schotterbett und schürfte sich die Hände auf. Plötzlich bekam sie kaum noch Luft und meinte, Blut in ihrem Mund zu schmecken.

Ihre Lunge! Die Verletzung an ihrer Lunge war wieder aufgebrochen!

Schnell rappelte sie sich auf und stolperte zwischen den Gleissträngen der zweiten Spur neben dem stehenden Zug in Richtung der Lok. Erst als sie ein paar Meter geschafft hatte, wagte sie es, sich umzudrehen.

Karel Murow war ebenfalls aus dem Zug gesprungen.

Er hatte sich die Perücke vom Kopf gerissen und kam mit langen Schritten auf sie zu. Seine rechte Hand steckte in der Tasche des Damenmantels, und sie wusste genau, was darin versteckt war. Aus den großen Waggonfenstern starrten die Menschen auf sie hinab. Von denen konnte Anouschka keine Hilfe erwarten, auch nicht von dem Schaffner, der in der geöffneten Tür erschien, irgendwas brüllte, den Zug aber nicht verließ.

Anouschka lief noch ein paar Meter, um eine möglichst große Entfernung zwischen sich, den Zug und die anderen Menschen zu bringen. Karel Murow folgte ihr in aufreizender Lässigkeit. Die ganze Zeit über lächelte er.

Schließlich konnte Anou nicht mehr. Ihr Atem ging rasselnd, sie presste sich eine Hand an den Brustkorb, weil dort wilder Schmerz pochte. Keinen Schritt würde sie noch laufen können.

Hier war Endstation!

Sie blieb stehen und drehte sich um. Mit der rechten Hand holte sie ihre Dienstwaffe aus dem Futteral und entsicherte sie mit dem Daumen. Am langen Arm ließ sie die Mündung auf den Boden gerichtet. Noch zitterte ihre Hand viel zu stark.

In ihr veränderte sich schlagartig etwas. Die Welt um sie herum verschwand, der Zug, die Menschen, alles rückte in weite Ferne. Hier und jetzt waren nur noch sie und Karel Murow. Die Welt war nun ausschließlich für sie da. Es war beinahe so, als befänden sie sich erneut in seinem Reich tief im Wald und unter der Erde.

Murow war stehen geblieben. Drei Meter trennten sie voneinander. Er lächelte.

»Du hast es gewusst, oder?«

»Was gewusst?«

Anou wunderte sich, wie fest und kalt ihre Stimme klang. War das überhaupt ihre Stimme, oder gab es da jemanden in ihrem Körper, der die Regie übernommen hatte?

»Dass du mir nicht entkommen kannst. Wir sind für immer aneinandergebunden.« Er machte einen Schritt auf sie zu und zog das Messer aus der Tasche.

Anous Blick fiel auf die Klinge, an der getrocknetes Blut klebte. Das Blut seiner Mutter.

Sie hob die Waffe und zielte auf Murow. Der zuckte nicht einmal zurück.

»Damit wirst du es nicht zu Ende bringen, nicht wahr?«, sagte er, und seine Stimme klang sanft und betörend.

Plötzlich war das Zittern verschwunden. Ihr Herz raste zwar noch wie wild, der Rest des Körpers aber wurde von einer unheimlichen Ruhe gepackt. Von einer kaltblütigen Ruhe.

»Du bist schön«, sagte Anou, »aber du gehörst nicht auf diese Welt.«

Dann drückte sie ab.

In ihrer eigenen, entrückten Zeit sah sie das Projektil durch die Luft rasen und ein Loch in Murows Stirn reißen. Sie sah einen Ausdruck in seine Augen treten, der sich am besten mit Unverständnis beschreiben ließ. Noch in dem winzigen Augenblick, da sein Kopf zerbarst und jedes Denken und Sein für alle Zeit gestoppt wurde, wollte und konnte er nicht verstehen, was sie ihm antat. Neben diesem Unverständnis blitzte aber noch etwas anderes auf, etwas, das Anouschka lieber nicht gesehen hätte. Große, bittere Enttäuschung trübte seine Augen, vielleicht über das Leben, das er hatte führen müssen, vielleicht aber auch über sie. Es war ein Ausdruck, der sich tief und auf ewig in Anouschkas Seele einbrannte. Noch im Tod hinterließ Karel Murow Schmerzen, so wie sein Leben ein einziger langer Schmerz gewesen war, aus dem er niemals hatte entkommen können. Er wurde zurück aufs Gleisbett geschleudert, blieb auf dem Rücken liegen, seine Beine zuckten noch zweimal, dann war Schluss.

Anouschka Rossberg ließ die Waffe fallen und sackte zusammen. Sie nahm eine große Stille wahr, die dem lauten Knall des Schusses folgte, und mit dieser Stille schien die Welt in ihrer Bewegung zu verharren. Zeit allerdings verrann, ob schnell oder langsam konnte sie nicht sagen, ob viel oder wenig nahm sie nicht wahr, doch irgendwann spürte sie den harten, spitzen Schotter in ihr Fleisch drücken. Ein Gefühl! Sie fühlte! Tief war die Angst gewesen, Karel Murow könnte all ihre Emotionen mit sich genommen haben, könnte sie als geistleeres Wesen zurückgelassen haben. Doch dem war nicht so. Anouschka Rossberg war noch da.

Und sie sah Menschen. Aufgeregt, wild gestikulierend, kamen sie auf sie zu. Über ihr ertönte das wilde Flattern von Hubschrauberrotoren. Sirenen. Geschrei. Sie aber sah nur die eine Frau mit kurzem blonden Haar, die über das Gleisbett auf sie zugerannt kam. Tränen liefen in Strömen Anouschkas Gesicht hinab.

War die Welt nicht ein klein wenig heller geworden?

Danksagung

Einen Roman zu schreiben ist eine einsame Sache. Zumindest ist es bei mir so. Ich muss dafür allein sein, den Rest der Welt außen vor lassen, und niemand bekommt das Manuskript zu lesen, bevor ich nicht zufrieden bin damit – und das kann dauern. Trotzdem ist es keine Sache, die man völlig allein macht. Natürlich sind andere Menschen daran beteiligt, ein paar wenige, ohne die auch dieses Buch nicht oder nur wesentlich schlechter erschienen wäre. Diesen Menschen will ich meinen Dank aussprechen.

Allen voran meiner Frau Stefanie. Wofür ich ihr danken will, das würde hier den Rahmen sprengen, also mach ich es kurz und sage: Dafür, dass du es mit mir aushältst. Hut ab! Das schaffe sogar ich oft nicht.

Dann natürlich meinem Agenten Klaus Middendorf. Er war zur richtigen Zeit da, wo ich ihn brauchte, ist geblieben, auch die dunklen Wege mitgegangen, und jetzt wird er mich nicht wieder los. Sorry, mein Bester! Mitgefangen, mitgehangen!

Danke auch an Stefan Aretz, für ehrliches Interesse und ein gutes Auge. Alter, nicht jeder verträgt meine Geschichten zu einem so frühen Zeitpunkt, und ich hoffe, dass du noch lange durchhältst, schließlich mute ich dir eine Menge zu!

Ein großes DANKE geht an Vera Thielenhaus und Barbara Heinzius bei Random House. Mädels, bei euch fühle ich mich richtig wohl! Und irgendjemand wird früher oder später mit mir auf den Berg müssen.

Jörg Schön hat mich vor Jahren mal nach München gelockt, und mir beigebracht, die Axt an der Wand auch zu benutzen. Leichen blieben nicht zurück, keine Bange. Jörg, ich hoffe, du liest das hier. Das vergesse ich dir nie!

Ach so, Fritzi hätte ich beinahe vergessen. Dabei lieferte sie unwissentlich die Idee für diese Geschichte und gibt darin eine hervorragende Leiche ab. Danke dir!

Diesen Roman habe ich frei erfunden, und wenn es Parallelen zu tatsächlichen Geschehnissen oder realen Menschen gibt, bitte ich dies zu entschuldigen. Alle Orte sind ausgedacht, bis auf einen. Die Eibia-Munitionswerke gab es wirklich, und wenn man heute durch die Wälder streift, in denen noch Reste davon existieren, läuft es einem kalt den Rücken hinab, und man graut sich vor der Energie, die Menschen aufbringen, um anderen Menschen Böses zu tun.

Mehr über mich gibt es übrigens unter www.andreas winkelmann.com. Und für diese hervorragende Website gebührt Gregor Middendorf Lob und Dank.

Unsere Leseempfehlung

540 Seiten
Auch als E-Book
erhältlich

Nach zahlreichen Selbstmorden von Kollegen wird Sabine Nemez – Kommissarin beim BKA – misstrauisch. Vieles weist auf eine jahrzehntealte Verschwörung und deren von Rache getriebenes Opfer hin. Sabine bittet ihren ehemaligen Kollegen, den Profiler Maarten S. Sneijder, um Hilfe. Doch der verweigert die Zusammenarbeit – bis Sabine spurlos verschwindet und Sneijder selbst eingreift. Womit er nicht nur einem hasserfüllten Mörder in die Quere kommt, sondern auch seinen einstigen Freunden und Kollegen, die alles tun würden, um die Sünden ihrer Vergangenheit endgültig auzulöschen ...

Unsere Leseempfehlung

Unsere Leseempfehlung

Unsere Leseempfehlung

592 Seiten
Auch als
Hörbuch und
E-Book erhältlich

Eine geheimnisvolle Nonne betritt das BKA-Gebäude in Wiesbaden und kündigt an, in den nächsten 7 Tagen 7 Morde zu begehen. Über alles Weitere will sie nur mit dem Profiler Maarten S. Sneijder sprechen. Doch der hat gerade gekündigt, und so befragt Sneijders Kollegin Sabine Nemez die Nonne. Aber die schweigt beharrlich – und der erste Mord passiert. Und während die Nonne in U-Haft sitzt, werden Sneijder und Nemez Opfer eines raffinierten Plans, der gnadenlos ein Menschleben nach dem anderen fordert und dessen Ursprung in einer grausamen, dunklen Vergangenheit liegt …

Unsere Leseempfehlung

480 Seiten
Auch als E-Book
erhältlich

In Bern wird die Leiche einer Frau gefunden, in deren Haut der Mörder ein geheimnisvolles Zeichen geritzt hat. Sie bleibt nicht sein einziges Opfer. Der niederländische Profiler Maarten S. Sneijder und BKA-Kommissarin Sabine Nemez lassen sich auf eine blutige Schnitzeljagd ein – doch der Killer scheint ihnen immer einen Schritt voraus. Währenddessen soll die junge Psychologin Hannah in einem Gefängnis für geistig abnorme Rechtsbrecher eine Therapiegruppe leiten, ist jedoch nur an einem einzelnen Häftling interessiert: Piet van Loon. Dieser wird jetzt zur Schlüsselfigur in einem teuflischen Spiel ...

Unsere Leseempfehlung